Het meisje in het ijs

Robert Bryndza bij Boekerij:

Het meisje in het ijs
De stalker in de nacht
Donker water

www.boekerij.nl

Robert Bryndza

Het meisje in het ijs

BOEKERIJ

Eerste druk januari 2018
Achtste druk oktober 2018

ISBN 978-90-225-8510-8
ISBN 978-94-023-0978-2 (e-book)
NUR 330

Oorspronkelijke titel: *The Girl in the Ice*
Oorspronkelijke uitgever: Bookouture, an imprint of StoryFire Ltd.
Vertaling: Willeke Lempens
Omslagontwerp: DPS Design & Prepress Studio, Amsterdam
Omslagbeeld: Henry Steadman
Zetwerk: Text & Image, Assen

Voor Ján, die mijn leven deelt via humor en nu ook via drama.

PROLOOG

De stoeptegels glansden in het maanlicht, terwijl Andrea Douglas-Brown zich door de verlaten straat haastte. Haar hoge hakken klikklakten luid in een zo nu en dan onderbroken ritme – het gevolg van alle wodka die ze had gedronken. De januarilucht was scherp, haar blote benen prikten van de kou. Kerst en oud en nieuw waren voorbij en hadden een koude, steriele leegte achtergelaten. Winkelruiten gleden voorbij, gehuld in duisternis, slechts onderbroken door een obscure slijterij met een flakkerende straatlantaarn ervoor. Binnen zat een Indiase man onderuitgezakt in de gloed van zijn laptop. Hij merkte niet eens dat ze langsbeende.

Andrea zinderde zo van woede, had zo'n haast gehad om weg te komen uit die pub, dat ze zich pas afvroeg waar ze naartoe ging toen de etalages plaatsmaakten voor grote huizen die wat verder van de stoep af lagen. Boven haar strekte een skelet van iepentakken zich uit naar de sterreloze hemel. Ze stopte en leunde tegen een muur om op adem te komen. Haar bloed kolkte door haar aderen en toen ze inademde, brandde de kille lucht in haar longen. Toen ze zich omdraaide, zag ze dat ze al een heel eind de heuvel op was, zo'n beetje halverwege. Achter haar lag de straat als een spoor van stroop in het oranje licht van de natriumlampen, met onderaan het in duisternis gehulde treinstation. De stilte en de kou drukten op haar. Het enige dat er bewoog, was het wolkje dat uit haar mond kwam, waar haar adem zich mengde met de ijzige lucht. Ze stopte haar roze clutch onder haar arm en trok, nadat ze zich ervan had verzekerd dat er niemand in de buurt was, de voorkant van haar jurk omhoog om een iPhone uit haar ondergoed te halen. De Swarovski-kristallen op het hoesje glinsterden traag onder de oranje straatlantaarn. Het schermpje vertelde haar dat ze geen ontvangst had. Ze vloekte, stopte het ding terug en ritste haar kleine roze clutch open. Daar zat nog een iPhone in, een ouder model, eveneens versierd met Swarovski-glitters, al ontbraken er nogal wat. Ook deze telefoon kreeg geen signaal.

Paniek besloop Andrea toen ze om zich heen keek. Alle huizen lagen een flink eind van de straat, diep weggestopt achter hoge heggen en ijzeren hekwerken. Misschien had ze boven op de heuvel wel ontvangst. Bekijk het ook maar, dacht ze, ze ging haar vaders chauffeur bellen. En dan bedacht ze wel een verklaring voor wat ze ten zuiden van de rivier deed. Ze knoopte haar leren jackje dicht, sloeg haar armen om zich heen en ging op weg naar de top van de heuvel, met haar oude iPhone als een soort talisman in haar hand.

Achter haar klonk het geluid van een automotor. Ze draaide haar hoofd, kneep haar ogen tot spleetjes tegen het felle licht van de koplampen en voelde zich naakt toen het licht haar pantyloze benen bescheen. Haar hoop dat het een taxi was, werd de bodem in geslagen toen ze zag dat het om een gewone lage auto ging, zonder bordje VRIJ op het dak. Ze draaide zich weer om en liep verder. Het geluid van de motor werd steeds luider en even later waren de lichten vlak achter haar; ze wierpen een grote lichtkring op de stoep voor haar. Maar hij haalde haar niet in. Een paar seconden later beschenen ze haar rug, Andrea kon de warmte bijna voelen. Opnieuw wierp ze een blik in de lichtbundel. De auto reed heel traag, op een paar meter achter haar.

Woede vlamde op toen ze besefte wiens auto het was. Ze zwaaide haar lange haren over haar schouder, draaide zich om en beende verder. De auto maakte wat meer snelheid en kwam vlak naast haar rijden. Hij had getinte ramen; de speakers dreunden en bonkten. Het geluid kriebelde in haar keel en tintelde in haar oren. Ze stopte abrupt. Even later kwam ook de auto tot stilstand. Hij liet zich een paar meter naar achteren rollen, tot het voorste zijraampje weer op dezelfde hoogte was als zij. De muziek viel stil, de motor ronkte door.

Andrea bukte zich en tuurde naar het inktzwarte glas, maar zag slechts haar eigen spiegelbeeld. Toen stak ze haar hand uit en voelde aan het portier. Op slot. Met de platte kant van haar roze clutch bonsde ze tegen het glas en voelde toen nog eens.

'Ik heb geen zin in spelletjes, ik meende wat ik daarnet zei!' riep ze. 'Doe open die deur, anders... anders...'

De auto bleef roerloos staan, de motor bleef gonzen.

Anders wát? leek hij te zeggen.

Andrea propte haar tas weer onder haar arm, stak haar middelvinger op naar het donkere glas en beende weg, het laatste stuk van de heuvel op.

Langs de stoeprand stond een boom. Met de dikke stam tussen haar en de koplampen van de auto probeerde ze haar telefoon opnieuw. Ze hield hem hoog boven haar hoofd om het signaal te vangen. Er was geen enkele ster te zien. Boven haar hing een bruinoranje wolk, zo laag dat ze hem bijna leek te kunnen aanraken. De auto kroop centimeter voor centimeter naar voren en hield stil naast de boom.

Angst begon Andrea's lichaam binnen te kruipen. In de schaduw van de boom keek ze zoekend om zich heen. Aan weerszijden van de straat stonden hoge, dichte heggen tot aan de stoep, de straat zelf boorde zich steeds verder een duistere buitenwijk in. Maar toen zag ze aan de overkant een smalle steeg tussen twee grote huizen en een bordje met het opschrift DULWICH 1¼.

'Pak me dan, als je kan,' mompelde ze en ze haalde diep adem om de straat over te rennen. Haar voet bleef echter haken achter een van de dikke boomwortels die onder de stoeptegels uitstak. Pijn schoot door haar enkel toen deze omklapte. Ze verloor haar evenwicht, haar clutch en telefoon schoven van haar vandaan toen haar heup de stoeprand raakte, waarna ze omrolde en haar hoofd met een doffe klap tegen het asfalt sloeg. Verdwaasd bleef ze liggen, in de gloed van de koplampen.

Toen die uitgingen, werd Andrea in duisternis gehuld.

Ze hoorde een portier opengaan en probeerde op te staan, maar het wegdek onder haar golfde en draaide. Er verscheen een paar benen in haar blikveld, een spijkerbroek... een paar dure sportschoenen, die eerst wazig werden en toen dubbel. Ze stak haar arm uit, in de verwachting dat de bekende figuur haar overeind zou helpen. In plaats daarvan omklemde een in leer geklede hand in een snelle beweging haar neus en mond. De andere arm omvatte haar bovenarmen en drukte ze tegen haar lichaam. Het leer van de handschoen was zacht en warm, maar de kracht en de dwang van de vingers verontrustten haar. Ze werd ruw omhooggetrokken, naar het achterportier gesleurd en in de auto geduwd, waar ze plat op haar buik op de achterbank belandde. De kou achter haar verdween toen het portier werd dichtgesmeten. Geschokt bleef Andrea liggen, niet helemaal in staat te bevatten wat haar zojuist was overkomen.

De auto schommelde toen de chauffeur op de passagiersstoel ging zitten en het portier dichttrok. De centrale deurvergrendeling klikte en zoemde even. Andrea hoorde het handschoenenkastje opengaan, er klonk wat gerammel, het kastje ging weer dicht. De auto deinde op en neer toen de figuur tussen de voorstoelen doorkroop, boven op haar ging zitten en alle lucht uit haar longen perste. Enkele ogenblikken later zat er smalle kabelbinder om haar polsen, die ze strak op haar rug trok en in haar vel sneed. Vervolgens schoof de figuur over haar lichaam naar beneden, snel en lenig, waarna zijn gespierde bovenbenen op haar vastgebonden polsen drukten. De pijn in haar verzwikte enkel werd heviger toen met een schokkerig geluid een stuk ducttape werd losgetrokken, waar haar enkels mee werden samengebonden. Ze rook de zware lucht van dennenluchtverfrisser met een koperachtig randje, en begreep dat haar neus bloedde.

Het maakte Andrea woest. De adrenaline zette al haar zintuigen op scherp. 'Wat doe je, godverdomme?' riep ze. 'Ik ga gillen, hoor. Je weet hoe hard ik dat kan!'

Maar de figuur draaide zich slechts om, met zijn knieën op haar onderrug, en drukte de lucht weer uit haar longen. Vanuit haar ooghoek zag ze een schaduw flitsen, waarna iets zwaars en hards op haar achterhoofd neerkwam. Opnieuw pijn, sterretjes voor haar ogen. Weer ging de arm omhoog, weer kwam hij beneden... en toen werd alles zwart.

De straat bleef stil en leeg, terwijl de eerste sneeuwvlokken begonnen te vallen en traag naar beneden dwarrelden. De glanzende auto met zijn getinte ruiten reed bijna geluidloos weg, de nacht in.

1

Lee Kinney stapte uit de voordeur van de kleine hoekwoning waarin hij nog steeds bij zijn moeder woonde en keek naar de witte hoofdstraat. Hij trok een pakje sigaretten uit de zak van zijn joggingbroek en stak er een op. Het had het hele weekend gesneeuwd. En het sneeuwde nog steeds: de vlokken bedekten de wirwar van voetstappen en bandensporen op de grond. Het station van Forest Hill lag kalmpjes onder aan de heuvel: de maandagochtendforenzen die zich anders altijd langs hem haastten, op weg naar hun kantoor in het centrum van Londen, lagen waarschijnlijk nog in hun warme nest te genieten van een onverwachte vrije ochtend met hun wederhelft.

Bofkonten.

Vanaf het moment dat hij zes jaar geleden van school was gekomen zat Lee zonder werk, maar die goeie ouwe tijd dat je lui vanaf de bank steun kon trekken was voorbij. De nieuwe Tory-regering was keihard voor langdurig werklozen. Dus werkte Lee nu fulltime voor zijn uitkering. De gemeente had hem wel een vrij soepele werkervaringsplek toegewezen: tuinman bij het Horniman Museum, op slechts tien minuten lopen van zijn huis. Eigenlijk had hij vanochtend thuis willen blijven, zoals iedereen, maar Jobcentre Plus had hem niet laten weten dat het werk was afgelast. Hij had er laaiende ruzie over gekregen met zijn moeder, die had geroepen dat zijn uitkering zou worden stopgezet als hij niet ging en dat hij dan naar andere woonruimte kon gaan zoeken.

Er werd op het voorraam getikt. Zijn moeder gebaarde met een boos gezicht dat hij op moest schieten. Hij stak zijn middelvinger naar haar op en begon te lopen, de heuvel op.

Vier knappe tienermeisjes kwamen hem tegemoet. Ze droegen

allemaal de rode blazer, korte rok en kniekousen van de Dulwich School for Girls. Met hun heteaardappelaccent kletsten ze opgetogen over hoe ze van school naar huis waren gestuurd, al swipend op hun iPhone en met de kenmerkende witte oortelefoondraadjes bungelend tegen het borstzakje van hun blazer. Ze liepen naast elkaar en gingen niet uit elkaar toen Lee hen bereikte, waardoor hij werd gedwongen van de stoep af te stappen, recht in de berg natte sneeuw die de veegwagen er had achtergelaten. Hij voelde het ijskoude water in zijn nieuwe sportschoenen sijpelen en schonk hun een vuile blik, maar de vier werden volkomen in beslag genomen door hun geroddel en gilden het uit van de pret.

Verwende kakwijven, dacht hij. Toen hij de top van de heuvel had bereikt, zag hij de klokkentoren van het Horniman Museum achter de kale takken van de iepen liggen. Sneeuw plakte als hompen nat wc-papier aan het gele zandsteen.

Lee sloeg rechts af, een woonstraat in die parallel liep aan de ijzeren hekken van het museumterrein. Deze steeg flink en de huizen werden steeds groter. Bovenaan stopte hij even om op adem te komen. Sneeuwvlokken prikten in zijn ogen, scherp en koud. Op een mooie dag kon je van hieruit zien hoe Londen zich kilometers uitstrekte, tot aan het London Eye bij de Thames, maar vandaag hingen er lage, dikke, witte wolken en zag Lee alleen de opdringerige bebouwing van Overhill op de heuvel naast de zijne.

De kleine poort in het ijzeren hekwerk zat op slot. De wind blies nu horizontaal, Lee rilde in zijn dunne joggingpak. De tuinploeg werd geleid door een vervelende oude vent. Lee moest eigenlijk wachten tot hij door hem binnengelaten werd, maar de straat was volkomen leeg. Hij keek nog een keer goed om zich heen, klom toen over het hek en verdween over een smal pad tussen de hoge, groen blijvende struiken.

Daar, afgeschermd van de gierende wind, viel de wereld om hem heen griezelig stil. De sneeuw viel steeds dikker en vulde razendsnel zijn krakende voetstappen terwijl hij tussen de lange heggen door liep. Het Horniman Museum lag op een terrein van bijna zeven hectare groot; helemaal achterin lagen schuren met tuinspullen, tegen een hoge muur met een ronde bovenkant. Alles was een duizeligmakend waas van wit. Lee verloor zijn hele richtingsgevoel. Ineens was hij al bij de oranjerie. Verrast door het sierlijke gebouw van glas en smeedijzer beende hij vlug terug, maar een paar minuten later bevond hij zich opnieuw op onbekend terrein, bij een T-splitsing.

Hoe vaak heb ik verdomme nou al door deze tuin gelopen, dacht hij, en hij koos voor rechts, waar het pad naar een lager gelegen deel leidde. Witmarmeren cherubijnen poseerden er op besneeuwde bakstenen sokkels. De wind huilde er laag tussendoor en toen Lee langs de beelden liep, had hij het gevoel dat hun lege, melkwitte ogen hem nastaarden. Hij bleef staan, met een hand boven zijn ogen tegen de snijdende sneeuw, en probeerde te bedenken hoe hij het snelst bij het bezoekerscentrum kwam. Gewoonlijk mochten de mannen van het tuinonderhoud niet in het museum komen, maar het was nu ijskoud en het café was misschien wel open, dus verrek maar: hij ging zich zoals ieder normaal mens opwarmen!

Zijn telefoon zoemde in zijn zak, hij trok hem tevoorschijn. Het was een appje van Jobcentre Plus: vanwege de slechte weersomstandigheden hoefde hij zijn werkplaatsingsplek vandaag niet te bezoeken. Hij stopte de telefoon terug in zijn zak. Het leek wel alsof alle cherubijnen zijn kant op keken. Was dat net ook al zo? Hij stelde zich voor hoe al die parelwitte kopjes langzaam meedraaiden en hem volgden terwijl hij door de tuin schuifelde. Hij schudde deze gedachte uit zijn hoofd en haastte zich langs hun lege blikken, zich concentrerend op de besneeuwde bodem. Hij kwam tevoorschijn op een stille open plek bij een bootjesvijver die niet langer werd gebruikt.

Hij stopte en tuurde met half dichtgeknepen ogen door de dwarrelende sneeuwvlokken heen. In het midden van een maagdelijk ovaal van sneeuw lag een verveloze blauwe roeiboot op de bevroren vijver. Aan de andere kant van de vijver lag een klein, verkommerd botenhuis. Onder de balken zag Lee nog net het dekzeil van een oude roeiboot.

De sneeuw sijpelde in zijn doorweekte joggingbroek. Dwars door zijn jack heen verspreidde de kou zich over zijn hele ribbenkast, en tot zijn schaamte besefte hij dat hij bang was. Hij moest hier weg zien te komen! Als hij terugrende door die verzonken tuin, kon hij het pad langs de rand van het terrein vinden en er bij London Road uit gaan. Het tankstation daar was vast wel open, kon hij daar nieuwe peuken en een stuk chocolade kopen.

Hij wilde zich net omdraaien, toen een geluid de stilte doorbrak. Het was blikkerig en vervormd, en kwam uit de richting van het botenhuis.

'Hé! Wie is daar?' riep hij, zijn stem hoog en paniekerig. Pas toen het geluid abrupt ophield en zich een paar tellen later begon te herhalen, realiseerde Lee zich dat het om de ringtone van een mobiele telefoon ging, misschien wel die van een van zijn collega's.

Door de sneeuw wist hij niet waar het pad eindigde en het water begon, dus bleef Lee zo dicht mogelijk bij de bomen langs de oever van de bootjesvijver. Voorzichtig zocht hij zich er een weg omheen, op het geluid van de ringtone af. Het deuntje jengelde zacht en pas toen hij heel dichtbij was, hoorde hij dat het uit het botenhuis kwam.

Hij kwam bij het lage dak, keek eronder en zag een vage gloed in de duisternis achter de kleine boot. Maar toen de ringtone een paar tellen later weer ophield, ging ook dit lichtje uit. Lee zuchtte opgelucht: het was alleen maar een telefoon. Regelmatig klommen er 's nachts junkies en zwervers over de muur. De tuinploeg vond vaak genoeg lege portemonnees (gedumpt nadat het geld en de kaarten eruit waren gehaald), gebruikte condooms en naalden. Die telefoon hadden ze waarschijnlijk ook weggegooid... Maar waarom zou je een telefoon dumpen... Dat doe je toch alleen als hij echt heel erg slecht is, dacht Lee.

Hij liep om het kleine botenhuis heen. De palen van een kleine steiger staken uit de sneeuw, die doorliep tot onder het lage dak. Waar de sneeuw niet had kunnen komen, zag Lee dat het hout volkomen was doorgerot. Voorzichtig kroop hij langs de steiger, toen dook hij onder de dakrand. Het hout boven zijn hoofd was zompig en half weggerot, met lange slierten spinnenweb eraan. Hij stond nu naast de roeiboot en zag aan de andere kant van het schuurtje, op een smalle houten richel, een iPhone liggen.

Opwinding groeide in zijn borstkas. Een iPhone! Die kon hij zonder enig probleem in de pub verpatsen. Hij duwde met zijn voet tegen de roeiboot, maar die bewoog geen millimeter: het water lag er stijf bevroren omheen. Hij liep om de boeg heen naar het uiteinde van de steiger. Daar zakte hij op zijn knieën, hij boog zich naar voren en veegde met de mouw van zijn jack het poederige laagje sneeuw weg. Een dikke laag ijs werd zichtbaar. Het water eronder was extreem helder: in de diepte ontwaarde hij nog net twee vissen, rood en zwart gemarmerd, die er traag rondzwommen. Ze lieten een serie piepkleine bubbels opstijgen, die bij de onderkant van het ijs alle kanten op rolden.

De telefoon begon weer te rinkelen. Lee schrok er zo van dat hij bijna van de steiger viel. Het smakeloze deuntje weerkaatste onder het dak. Lee zag de verlichte iPhone nu duidelijk liggen: op zijn kant op een houten richel tegen de andere wand van het botenhuis, net boven de bevroren waterlijn. Hij had een hoesje vol glinsterende steentjes.

Lee liep naar de roeiboot en zwaaide zijn been erin. Hij zette zijn voet op het houten bankje en keek, met zijn andere voet nog op de steiger, wat er gebeurde. De boot bleef doodstil liggen. Toen zwaaide hij zijn andere been er ook in en klom in de boot. Maar zelfs toen kon hij nog niet bij de iPhone.

Aangespoord door de gedachte aan een flink stapeltje bankbiljetten in de zak van zijn joggingbroek, sloeg Lee zijn been over de andere kant van de boot en zette zijn voet voorzichtig op het ijs. Vervolgens duwde hij zo hard als hij kon, zonder de rand van de boot los te laten en met dus enkel het risico op een natte voet. Het ijs brak niet. Hierop zette hij ook zijn andere voet op het ijs en luisterde ingespannen of hij het bekende schrille geluid hoorde, dat duidde op spanning of zwakte. Niets. Voorzichtig zette hij een kleine stap, en toen nog een. Het was alsof hij over een betonnen vloer liep.

Het lage houten dak liep schuin af. Om bij de iPhone te komen zou Lee door de knieën moeten. Terwijl hij neerhurkte, verlichtte het schermpje van de telefoon weer het interieur van het botenhuis. Lee zag een paar oude plastic flessen en ander afval in het ijs omhoogsteken. Maar toen kwam er iets in zijn blikveld dat hem hevig deed schrikken. Het zag eruit als het topje van een vinger.

Met bonzend hart stak hij zijn hand uit. Hij kneep er zachtjes in. Het voelde koud en rubberachtig aan. Er zat ijs aan de vingernagel, die dieppaars was gelakt. Lee trok de mouw van zijn jack omlaag en wreef ermee over het ijs rond de vinger. Het licht van de iPhone kleurde het bevroren wateroppervlak troebel groen. Eronder zag hij een hand, die zo ver omhoog reikte dat een van de vingers deels door het ijs stak. De bijbehorende arm verdween in het duister van de diepte.

Toen de telefoon ophield met rinkelen, volgde er een oorverdovende stilte. En toen zag hij het: vlak onder de plek waar hij op zijn hurken zat, lag het gezicht van een meisje. Haar opgezwollen, melkachtig bruine ogen staarden hem leeg aan. Een warrige bos donker haar was versmolten met het ijs. Een vis zwom lui voorbij. Zijn staart streek langs de lippen van het meisje, die licht openstonden alsof ze op het punt stond iets te gaan zeggen.

Met een gil deinsde Lee naar achteren. Hij sprong op en stootte zijn hoofd aan het lage plafond van het botenhuis. Toen hij terugviel op het ijs, gleden zijn benen onder hem vandaan.

Even bleef hij als verdoofd liggen. Toen hoorde hij vaag iets beginnen te knarsen en te kraken. Paniekerig begon hij te schoppen en te spartelen om op te staan en zo ver mogelijk bij het dode meisje vandaan te komen, maar zijn benen gleden opnieuw onder hem weg. Ditmaal zakte hij door het ijs, het ijskoude water in. Hij voelde hoe de levenloze armen van het meisje zich om de zijne wikkelden, voelde haar koude, slijmerige huid tegen de zijne. En hoe harder hij zich verzette, hoe erger hun ledematen zich met elkaar vervlochten. De kou was scherp, allesoverheersend. Hij kreeg een slok van het gore water binnen, schopte en worstelde, maar wist zich toch los te rukken en op te trekken aan de rand van de roeiboot. Hijgend en kokhalzend wilde hij dat hij die telefoon te pakken had gekregen. Maar niet langer om hem te kunnen verkopen.

Het enige wat hij nu nog wilde, was om hulp bellen.

2

Erika Foster zat al een half uur te wachten bij de morsige receptie van het politiebureau van Lewisham Row. Ze verschoof ongemakkelijk op haar groene plastic stoel in het rijtje aan de vloer vastgeschroefde stoelen, waarvan de verbleekte, glimmende zittingen al jaren werden gepolijst door ongeruste en schuldbewuste achterwerken. Achter een groot raam dat uitkeek op de parkeerplaats, deden een rondweg, een grijze kantoorflat en een groot winkelcentrum hun best om niet te verdwijnen in de sneeuwstorm. Een diagonaal spoor van gesmolten sneeuw liep van de ingang naar de receptiebalie, waarachter een brigadier met hangwangen met een glazige blik naar zijn computer zat te kijken. Afwezig pulkte hij tussen zijn tanden, trok zijn vinger eruit om zijn vondst te bekijken en stak hem weer in zijn mond.

'De baas zal zo wel komen,' zei hij.

Zijn ogen vlogen over Erika's lichaam en namen haar magere lichaam in zich op, met de gebleekte spijkerbroek, de wollen trui, het paarse bomberjack. Zijn blik bleef hangen bij de kleine koffer op wieltjes bij haar voeten. Erika schonk hem een boze blik, waarna ze allebei wegkeken. De muur naast haar hing vol posters met algemene informatie. LAAT U GEEN MISDRIJF OVERKOMEN! Erika vond het een nogal stupide advies op deze plek, de receptie van een politiebureau in een buitenwijk van Londen.

Het slot van de deur naast de receptiebalie zoemde, waarna commissaris Marsh verscheen. Zijn kortgeknipte haar was grijs geworden in de jaren sinds Erika hem voor het laatst had gezien, maar zijn vermoeide gezicht was nog steeds knap. Erika stond op en schudde hem de hand.

'Inspecteur Foster, sorry dat ik u heb laten wachten. Hebt u een goede vlucht gehad?' zei hij, terwijl hij haar kleding bestudeerde.

'Vertraging, meneer... Vandaar mijn burgerkloffie,' antwoordde ze verontschuldigend.

'Die klotesneeuw kon ook niet op een slechter moment komen,' vond Marsh, en hij liet erop volgen: 'Brigadier Woolf, dit is inspecteur Foster. Zij voegt zich vanuit Manchester bij ons. Ik wil graag dat je haar zo spoedig mogelijk een auto toewijst...'

'Ja, meneer,' zei Woolf met een knikje.

'En ik moet een telefoon hebben,' merkte Erika op. 'Als je een wat ouder model zou kunnen vinden, het liefst met echte knoppen? Ik haat touchscreens.'

'Kom, laten we beginnen,' zei Marsh en hij trok een pasje door een lezer, waarop de deur weer begon te zoemen en met een klik openging.

'Zeikwijf,' bromde Woolf toen de deur achter hen was dichtgevallen.

Erika volgde Marsh door een lange, lage gang. Overal rinkelden telefoons. Geüniformeerde agenten en ondersteunend personeel liepen op hen af, hun bleke wintergezichten strak en gespannen. Aan de muur flitste een fantasievoetbalteam voorbij; een paar tellen later was er zo'n zelfde prikbord, gevuld met rijen foto's en de kop IN HET HARNAS GESNEUVELD. Erika sloot vlug haar ogen en opende ze pas weer toen ze zeker wist dat ze er voorbij was. Ze botste daardoor bijna op Marsh, die was gestopt voor een deur met het opschrift CENTRALE MELDKAMER. Door de half geopende luxaflex voor de glazen scheidingswand zag ze dat de ruimte barstensvol zat. Angst kroop omhoog in haar keel, ze begon te zweten in haar dikke jack. Marsh legde zijn hand op de deurknop.

'Meneer, u zou me toch eerst briefen...' begon Erika.

'Geen tijd voor.' En voordat Erika nog iets kon zeggen, had hij de deur al geopend en gebaarde hij haar voor te gaan.

De centrale meldkamer van Lewisham Row was groot en open van opzet. De rond de twintig agenten die er zaten, vielen allemaal stil, hun verwachtingsvolle gezichten badend in het harde licht van de TL-buizen boven hun hoofd. De twee glazen zijwanden grensden allebei aan een gang, met langs de ene wand een batterij printers en kopieerapparaten. De dunne tapijttegels ervoor waren platgelopen en er liepen sporen van ieder bureau naar de whiteboards die naast elkaar tegen de achterwand stonden opgesteld. Terwijl Marsh naar voren beende, zette Erika vlug haar koffer naast een kopieerapparaat dat luidruchtig papier stond uit te braken en zette zich op de hoek van een bureau.

'Goeiemorgen, iedereen,' zei Marsh. 'Zoals we allemaal weten, is de drieëntwintigjarige Andrea Douglas-Brown vier dagen geleden als vermist opgegeven. Daarop is een waar mediacircus losgebarsten. Vanochtend, even na negenen, is het lichaam van een jong meisje dat past bij Andrea's omschrijving aangetroffen op het terrein van het Horniman Museum in Forest Hill. De voorlopige identificatie is geschied op basis van een telefoon die op naam van Andrea stond, maar die identificatie is nog niet officieel. De technische recherche is onderweg, maar alles wordt natuurlijk vreselijk vertraagd door die kutsneeuw...' Er begon een telefoon te rinkelen. Marsh zweeg even. De telefoon rinkelde door. 'Kom op, mensen, dit is een centrale meldkamer. Neem die telefoon godverdomme op!'

Een agent achterin griste de hoorn van de haak en begon zacht te spreken.

'Als de identificatie juist blijkt, hebben we hier te maken met de moord op een jong meisje uit een zeer invloedrijke familie, dus we moeten zorgen dat we iedereen voor blijven. De pers, noem maar op. Anders gaan er koppen rollen.'

De kranten van die dag lagen op het bureau tegenover Erika. De koppen schreeuwden: DOCHTER LABOUR-BONS VERDWENEN en ONTVOERING ANDIE TERREURPLOT? De derde was het opvallendst, met een foto van Andrea over de volle pagina en de titel: MEEGENOMEN?

'Dit is inspecteur Foster. Zij voegt zich bij ons vanuit de Metropolitan Police van Manchester,' sloot Marsh zijn verhaal af. Erika voelde dat alle ogen zich op haar richtten.

'Goedemorgen, iedereen. Ik ben blij dat ik...' begon Erika.

Maar een agent met vettig donker haar onderbrak haar: 'Baas, ik zit op de zaak-Douglas-Brown, aangezien het om een vermiste persoon gaat en...'

'En wát, inspecteur Sparks?' vroeg Marsh.

'En mijn team werkt als een geoliede machine. Ik trek de diverse aanwijzingen na, onderhoud het contact met de familie...'

'Inspecteur Foster heeft ruime ervaring met gevoelige moordzaken...'

'Maar...'

'Sparks, geen discussie. Inspecteur Foster neemt de leiding van je over... Ze zal een vliegende start moeten maken, maar ik weet zeker dat jij je best voor haar gaat doen,' zei Marsh.

Er viel een ongemakkelijke stilte, waarin Sparks achteroverleunde en Erika een blik vol walging schonk. Zij hield zijn blik vast en weigerde weg te kijken.

Marsh vervolgde: 'Enne... mondje dicht, iedereen. Ik meen het: geen media, geen roddelpraktijken. Oké?'

De agenten mompelden instemmend.

'En nu, inspecteur Foster, mee naar mijn kantoor.'

Erika stond in Marsh' kantoor op de bovenste verdieping van het politiebureau, terwijl hij door de stapels papier op zijn bureau zocht. Ze wierp een blik uit het raam, dat een breder beeld van Lewisham bood. Achter het winkelcentrum en het station strekten de roodbakstenen rijtjeshuizen zich in ongelijke lijnen uit in de richting van Blackheath. Marsh' kantoor was anders dan je van een politiecommissaris zou verwachten. Hier geen rijen modelautootjes op de vensterbank, geen familiefoto's in de boekenkast. Zijn bureau was een chaos van hoog opgestapelde papieren, de boekenkast bij het raam leek te worden gebruikt als extra bergruimte, volgepropt als hij was met dossiermappen, ongeopende post, oude kerstkaarten en omgekrulde Post-it-briefjes vol Marsh' spitse kriebelschrift. In een hoek lagen zijn officiële uniform en pet over een stoel gedrapeerd, op de kreukelige pantalon lag zijn Blackberry zich rood knipperend op te laden. Het was een merkwaardige mix van een tienerslaapkamer en de werkkamer van een hoge pief.

Eindelijk had Marsh de kleine luchtkussenenvelop die hij zocht gevonden. Hij gaf hem aan Erika. Zij scheurde er een hoek vanaf en trok het mapje met haar politiepenning en identiteitskaart eruit.

'Dus nu ga ik zomaar van zero naar hero?' zei ze, terwijl ze de penning om en om draaide.

'Dit gaat niet over jou, inspecteur Foster. Je zou gewoon blij moeten zijn,' zei Marsh terwijl hij zich omdraaide en wegzakte in zijn stoel.

'Meneer, mij is goed duidelijk gemaakt dat ik, wanneer ik weer aan het werk ging, eerst minimaal een half jaar aan administratieve taken zou worden gezet.'

Marsh wees naar de stoel tegenover hem.

'Foster, toen ik jou belde, ging het nog om een zaak van een vermist persoon. Nu hebben we ineens te maken met moord. Moet ik je eraan herinneren wie haar vader is?'

'Lord Douglas-Brown. Was dat niet een van de grootste toeleveranciers van de regering bij de oorlog in Irak? Terwijl hij tegelijkertijd ook in het kabinet zat?'

'Dit gaat niet over politiek.'

'Sinds wanneer geef ik om politiek, meneer?'

'Andrea Douglas-Brown is in mijn stadsdeel vermist geraakt. Lord Douglas-Brown heeft enorme druk uitgeoefend. Hij is een invloedrijk man die carrières kan maken of breken. Later vanochtend heb ik weer een bespreking met de assistent-korpschef en iemand van dat verdomde Cabinet Office...'

'Het draait dus om uw carrière?'

Marsh keek haar kort aan. 'Ik wil dat dit lijk geïdentificeerd wordt en ik wil een verdachte. En wel snel.'

'Ja, meneer.' Erika aarzelde nog even. 'Mag ik vragen... Waarom ik? Is het plan om mij als eerste in de leeuwenkuil te werpen, als een soort mikpunt? Zodat Sparks daarna de troep bij elkaar kan vegen en de held uithangen? Want ik verdien het te weten als...'

'Andrea's moeder is Slowaakse, jij ook... Ik dacht dat dat misschien zou kunnen helpen, om iemand onder ons te hebben met wie de moeder zich kan identificeren.'

'Dus ik word gewoon uit pr-overwegingen op deze zaak gezet?'

'Als je het zo wilt zien. Maar ik weet ook dat je een buitengewoon goede politiefunctionaris bent. Oké, je hebt recentelijk wat problemen gehad, maar je prestaties overtreffen ruimschoots wat er is...'

'Geen geslijm, meneer,' onderbrak Erika hem.

'Foster, het enige wat jij nooit onder de knie hebt gekregen, is het gebruik van tact in de omgang met je collega's. Als je wist hoe dat moest, zat je nu misschien aan deze kant van dit bureau.'

'Tja, ik heb principes,' zei Erika terwijl ze hem recht aankeek.

Er viel een stilte.

'Erika... Ik heb jou hierbij gehaald omdat ik vind dat je een nieuwe kans verdient. Lul jezelf nou niet van deze klus af, nog voor je eraan bent begonnen.'

'Goed, meneer,' zei Erika.

'Oké, ga nu naar de plaats delict en rapporteer aan mij zodra je meer weet. Als het inderdaad om Andrea Douglas-Brown gaat, zal de familie haar officieel moeten identificeren.'

Erika stond op om weg te gaan.

Met een veel zachtere stem zei Marsh nu: 'Ik heb er nog niet de kans voor gekregen, bij de begrafenis bedoel ik, om te zeggen hoe erg ik het vond van Mark... Hij was een uitstekend politieman, en een vriend.'

'Dank u, meneer.' Erika tuurde naar het tapijt. Ze vond het nog steeds moeilijk om zijn naam te horen. Maar ze verbood zichzelf te gaan huilen.

Marsh schraapte zijn keel. Zijn zakelijke toon keerde terug. 'Ik weet dat ik erop kan rekenen dat jij zult zorgen voor een spoedige veroordeling. Hou me van elke stap op de hoogte.'

'Goed, meneer,' zei Erika.

'En eh... inspecteur Foster?'

'Ja, meneer?'

'Trek gauw iets professionelers aan.'

3

Toen Erika de dameskleedkamer had gevonden, werkte ze snel. Ze kleedde zich om in het bijna vergeten, maar nog steeds vertrouwde ensemble van een zwarte pantalon, witte blouse, donkere trui en lange leren jas.

Ze stopte haar burgerkleren net in een van de lockers, toen ze een verkreukelde *Daily Mail* op een van de lange houten banken zag liggen. Ze trok de krant naar zich toe en streek hem glad. Onder de kop DOCHTER LABOUR-BONS VERDWENEN stond een grote foto van Andrea Douglas-Brown. Ze was mooi en zag er goed uit, met lange bruine haren, volle lippen en sprankelende bruine ogen. Ze was zongebruind, droeg een piepklein bikinitopje en trok haar schouders naar achteren om haar volle borsten te benadrukken. Ze keek zelfverzekerd en temperamentvol in de camera. De foto was genomen op een jacht: achter haar was de lucht knalblauw en glinsterde de zon op het wateroppervlak. Andrea werd aan beide kanten ingeklemd door krachtige, brede mannenschouders, de een wat langer dan de ander, die voor de rest van de foto waren afgesneden.

De *Daily Mail* omschreef Andrea als een 'onbeduidend societymeisje', wat Andrea vast niet leuk had gevonden om te lezen, maar ze werd in ieder geval niet 'Andie' genoemd, zoals in de andere tabloids. De krant had haar ouders gesproken, lord en lady Douglas-Brown, en haar verloofde, en allemaal smeekten ze Andrea contact met hen op te nemen.

Erika zocht in haar leren jas naar haar notitieblokje, dat er na al die maanden nog steeds in zat. Ze noteerde de naam van de verloofde, ene Giles Osborne, en schreef eronder: *Is Andrea soms weggelopen?* Ze keek even naar de aantekening en gumde hem toen zo woest uit dat het papier scheurde. Ze schoof het notitieblokje in de achterzak van haar pantalon. Toen ze haar politiepenning in de andere zak wilde stoppen, aarzelde ze even en bestudeerde het pasje: het bekende gewicht, het leren hoesje dat na al die jaren in de achterzak van haar broek de vorm van haar billen had aangenomen.

Erika liep naar een van de spiegels boven de rij wastafels, klapte het leren mapje open en stak het voor zich uit. Op de foto zag ze een zelfverzekerde vrouw, haar blonde haar strak achterover gekamd, die trots in de camera keek. De vrouw in de spiegel die het identiteitsbewijs vasthield, was broodmager en lijkbleek. Haar korte blonde haar stond in plukken overeind en was grijs bij de wortels. Erika keek even naar haar trillende arm en klapte het mapje toen dicht.

Ze zou een verzoek voor een nieuwe foto indienen.

4

Brigadier Woolf stond op de gang op haar te wachten toen Erika uit de kleedkamer kwam. Hij waggelde met haar mee, en het viel hem op dat ze zeker een kop groter was dan hij.

'Hier is uw telefoon: volledig opgeladen en klaar voor gebruik,' zei hij, en hij gaf haar een doorzichtige plastic zak met een telefoon en een oplader erin. 'Na de lunch staat er een auto voor u klaar.'

'Heb je niets met knoppen?' zei Erika bits, toen ze zag dat het een smartphone was.

'Er zit een AAN/UIT-knop op,' beet hij terug.

'Als mijn auto er is, zou je die dan in de kofferbak willen leggen?' vroeg Erika, wijzend naar haar rolkoffer. Toen liep ze langs hem de deur van de centrale meldkamer door. Alle gesprekken vielen stil toen ze binnenkwam.

Een kleine, volslanke vrouw kwam op haar af. 'Ik ben rechercheur Moss. We zijn nog bezig een kantoor voor u te regelen.' De vrouw had pluizig rood haar en zoveel sproeten op haar gezicht dat ze vlekken vormden. Ze vervolgde: 'Alle info gaat meteen op de borden en ik zal steeds een uitdraai op uw kantoor laten leggen, zodra...'

'Gewoon een bureau is goed genoeg,' zei Erika. Ze liep naar de whiteboards, waarop een grote plattegrond hing van het terrein van het Horniman Museum, met daaronder een still van Andrea op een bewakingscamera.

'Dat is het laatste beeld van haar dat we hebben, toen ze op station London Bridge op de trein van 20.47 uur naar Forest Hill stapte,' zei Moss, die haar was gevolgd.

Op de still stapte Andrea net met een welgevormd bloot been in de wagon. Ze keek chagrijnig en was tiptop gekleed, in een strak leren jackje op een korte zwarte jurk, met roze hoge hakken en een bijpassende clutch.

'Was ze alleen toen ze instapte?' vroeg Erika.

'Ja. Ik heb de bewakingsband waar we die still uit hebben gehaald hier,' antwoordde Moss. Ze pakte een laptop, zette het ding op een berg dossiers en maximaliseerde een venster. Ze bekeken het timelapsefilmpje waarop het perron van opzij werd gefilmd en Andrea dwars door het beeld de treinwagon in stapte. Het duurde maar een paar seconden, dus zette Moss het fragment in een loop.

'Ze kijkt behoorlijk pissig,' zei Erika.

'Ja, alsof ze op weg is om iemand eens flink de waarheid te vertellen,' beaamde Moss.

'Waar was haar verloofde?'

'Die heeft een waterdicht alibi: hij was bij een evenement in Central London.'

Ze keken nog een paar keer hoe Andrea vanaf het perron in de trein verdween. Ze was de enige persoon die was gefilmd, het perron was verder verlaten.

'Dit is onze Skipper, brigadier Crane,' zei Moss en ze wees naar een jongen met kort blond haar, die tegelijkertijd aan de telefoon zat, dossiers doorbladerde en een hele Marsreep in zijn mond propte waarvan hij zo veel mogelijk zonder kauwen probeerde door te slikken.

Vanuit haar ooghoek zag Erika dat Sparks zijn telefoontje beëindigde, zijn jas aantrok en naar de deur begon te lopen. 'Waar ga jij naartoe?' vroeg ze.

Sparks stopte en draaide zich om. 'De technische recherche heeft aangegeven dat we naar de plaats delict kunnen komen. En we hebben snel een bevestiging van de identiteit nodig. Of was u dat vergeten, mevrouw?'

'Ik zou graag willen dat je hier bleef, Sparks. Rechercheur Moss zal mij vergezellen... En jij, hoe heet je?' vroeg ze aan een lange, knappe zwarte agent, die aan een bureau vlakbij zat te telefoneren.

'Rechercheur Peterson,' zei hij, met zijn hand over het mondstuk.

'Oké, rechercheur Peterson, jij gaat ook met mij mee.'

‘En wat moet ik hier dan doen, een beetje duimen zitten draaien?’ wilde Sparks weten.

‘Nee. Ik wil toegang tot alle bewakingsbeelden van het Horniman Museum en de straten eromheen.’

‘Hebben we al,’ onderbrak hij haar.

‘Nee, ik wil dat je je blik verruimt tot de achtenveertig uur voor Andrea’s verdwijning én alles daarna. En ik wil een huis-aan-huis-onderzoek in de omgeving van het museum. Ook wil ik letterlijk alles wat je over Andrea kunt vinden: familie, vrienden, haal haar bankgegevens naar boven, medische dossiers, telefoondata, mails, social media. Wie vond haar aardig, wie had een hekel aan haar? Ik wil alles weten. Had ze een computer, een laptop? Kan niet anders, dus die wil ik ook.’

‘We krijgen haar laptop niet, daar was lord Douglas-Brown heel duidelijk…’ begon Sparks.

‘Nou, en ik zeg dat je hem moet gaan halen.’ De hele meldkamer was ineens doodstil. Erika ging verder: ‘En niemand… ik herhaal, niemand praat met de pers of deelt wat dan ook. Horen jullie me? Ik wil niet eens dat er “geen commentaar” wordt gezegd. Gewoon, monden dicht… Goed, heb je nu genoeg om bezig te blijven, inspecteur Sparks?’

‘Ja,’ zei Sparks met een woeste blik.

‘En Crane, zorg jij ervoor dat alles in de meldkamer soepel verloopt?’

‘Ik ben er al mee bezig,’ zei hij en hij slikte het laatste restje van zijn Mars door.

‘Goed zo. We treffen elkaar hier om vier uur weer.’

Toen stapte Erika de deur uit, op de voet gevolgd door Moss en Peterson.

Sparks smeet zijn jas neer. ‘Trut,’ bromde hij voor zich uit en hij ging weer achter zijn computer zitten.

5

Moss tuurde over het stuur naar de besneeuwde weg voor haar. Erika zat naast haar op de passagiersstoel en Peterson achterin. De ongemakkelijke stilte tussen hen werd regelmatig onderbroken door de ruitenwissers, die zich schurend en piepend over het glas bewogen en eruitzagen alsof ze waren ingesmeerd met kokosrasp.

South London was een en al groezelige grijstinten. Vervallen rijtjeshuizen gleden voorbij, alle voortuintjes waren geplaveid tot parkeerplekken. De enige kleuraccenten kwamen van de kliko's die buiten op een kluitje stonden, in zwart, groen en blauw.

De weg maakte een scherpe bocht naar links, waarna ze tot stilstand kwamen achter een rij auto's die zich uitstrekte tot de eerste bocht van eenrichtingsrotonde Catford. Moss zette de sirene aan. Vrijwel meteen begonnen de auto's voor hen de stoep op te rijden om hen erlangs te laten.

De verwarming van de politieauto was kapot. Dat was een mooi excuus voor Erika om haar trillende handen diep in de zakken van haar leren jas te houden. Ze hoopte maar dat ze trilden van de honger, niet omdat ze opzag tegen de taak die voor haar lag. Opeens zag ze een zakje rode dropveters liggen in het vakje boven de radio, en ze verbrak de stilte: 'Mag ik?'

'Ja hoor, pak maar,' zei Moss. Ze trapte het gaspedaal in, waarna ze tussen het verkeer door schoten. De achterwielen schoven over het bevroren wegdek.

Erika trok een dropveter uit het zakje, propte hem in haar mond en begon te kauwen. Toen gluurde ze via het spiegeltje op haar zonneklep naar Peterson. Hij zat ingespannen over een iPad gebogen. Hij was lang en tenger en had een ovaal, jongensachtig gezicht. Hij deed haar een beetje denken aan een houten speelgoedsoldaatje. Hij keek op en hield haar blik vast.

'Zo dan, en wat kun je me vertellen over Andrea Douglas-Brown?' vroeg Erika, terwijl ze de dropveter doorslikte en er nog een pakte.

Peterson keek verbaasd. 'Heeft de chef u niet gebriefd, baas?'

'Jawel. Maar doe eens alsof hij dat niet heeft gedaan. Ik bekijk elke zaak graag vanaf het begin, het zal je verbazen welke nieuwe inzichten er dan soms naar boven komen.'

'Ze is drieëntwintig jaar oud,' begon hij.

'Had ze werk?'

'Er is geen arbeidsverleden...'

'Hoezo niet?'

Peterson trok zijn schouders op. 'Ze hoefde niet te werken. Lord Douglas-Brown is de eigenaar van SamTech, een bedrijf in persoonsbeveiliging dat GPS- en softwaresystemen ontwikkelt voor de regering. Bij de laatste berekening was hij goed voor dertig miljoen.'

'Heeft ze broers of zussen?' vroeg Erika.

'Ja, een jongere broer, David, en een oudere zus, Linda.'

'Je kunt dus wel stellen dat Andrea en haar broer en zus trustfondskinderen zijn?' concludeerde Erika.

'Ja en nee. De zus, Linda, werkt wel, zij het voor haar moeder. Lady Douglas-Brown runt een chique bloemisterij. David studeert letteren.'

Ze waren op Catford High Street aangekomen. Daar was al gestrooid. Het verkeer bewoog zich normaal voort. Ze flitsten langs goedkope winkels, leenkantoortjes en kruideniers die hun exotische waren zo hoog hadden opgestapeld dat ze in de gelige sneeuwprut op de stoep dreigden te vallen.

'En Andrea's verloofde, Giles Osborne?'

'Ze gaan... Ze zouden van de zomer een groots trouwfeest houden,' zei Moss.

'Wat doet hij voor de kost?' vroeg Erika.

'Hij runt een evenementenbureau. Nogal chic gedoe: de Henley Regatta, lanceringen van nieuwe producten, societybruiloften.'

‘Woonde Andrea met hem samen?’

‘Nee, ze woont nog thuis bij haar ouders, in Chiswick.’

‘Dat is West London, toch?’ vroeg Erika.

Peterson knikte naar haar in het spiegeltje.

Moss vervolgde: ‘U zou hun huis eens moeten zien! Ze hebben vier woningen samengevoegd en de kelders uitgegraven... Het moet miljoenen waard zijn.’

Ze reden langs een Topps Tiles die er gesloten uitzag, de parkeerplaats ervan was een groot leeg vierkant vol verse sneeuw. Daarna kwam een Harvester-restaurant, waarvoor een man met oorwarmers langzaam een grote kerstboom in een shredder stond te duwen. Het geronk van de motor trilde door de hele auto en verdween pas toen ze langs een cluster verwaarloosde pubs reden. Voor een ervan, The Stag, stond een oude vrouw met een ingevallen gezicht een sigaret te roken tegen een afgebladderde groene deur. Naast haar stond een hond met zijn kop in een vuilniszak, de besneeuwde stoep lag bezaaid met weggegooid eten.

‘Wat moest Andrea Douglas-Brown hier in godsnaam, in haar eentje? Nogal ver van het gebaande pad af voor de dochter van een miljonair uit Chiswick, is het niet?’ zei Erika.

Een sneeuwvlaag wikkelde zich even om de auto, toen hij weer optrok kwam het Horniman Museum in zicht. Het zandstenen bouwwerk werd geflankeerd door hoge yucca’s en palmbomen, die hier met hun sneeuwlaag dubbel misplaatst leken.

Bij het ijzeren hekwerk aangekomen ging Moss langzamer rijden, waarna ze naast een jonge geüniformeerde agent stopte. Erika draaide haar raampje naar beneden. Hij leunde naar binnen en legde zijn in leer geklede hand op de rand van het portier. Sneeuw dwarrelde naar binnen en plakte op de bekleding aan de binnenkant van het portier. Erika toonde hem haar politiepenning.

‘Volgende afslag links. Pas op, het is steil daar. We hebben al een strooiwagen omhoog gestuurd, maar doe rustig aan,’ zei hij.

Erika knikte en draaide het raampje weer omhoog.

Moss sloeg linksaf en toen reden ze de steile weg op. Toen ze bijna boven waren, zagen ze een wegversperring met weer een andere geüniformeerde agent en op de stoep, links van de politietape, een groepje journalisten in dikke winterkleding. Zij hadden wel interesse in de aankomst van de politieauto: de ene na de andere flits weerspiegelde in de voorruit.

'Wegwezen jullie,' bromde Moss, terwijl ze probeerde op te schakelen naar de derde versnelling. De tandwielen knarsten, de politieauto maakte een soort sprong naar voren en sloeg toen af. 'Shit!' riep Moss, en ze kneep in het stuur en trapte op de rem. Maar ze bleven glijden. In haar spiegel zag Erika de weg achter hen wegzakken. De fotografen reageerden meteen en flitsten nog wat meer.

'Scherp naar links draaien. Nú!' riep Peterson, die zijn raampje naar beneden had gedraaid en zijn hoofd naar buiten had gestoken. Erika greep zich vast aan het dashboard, terwijl Moss de glijpartij wist te stoppen door vol op het stuur te leunen en hen op een net vrijgekomen parkeerplek zonder sneeuw te manoeuvreren. Op het kale asfalt kregen de wielen eindelijk weer grip, en de auto kwam gierend tot stilstand.

'Puur geluk,' meende Peterson met een droge grijns. Sneeuwvlokken dwarrelden door zijn raampje naar binnen en bleven plakken in zijn korte dreadlocks.

'Dat was verdomme puur ijs,' zei Moss en ze haalde diep adem.

Toen Erika haar gordel los klikte, voelde ze tot haar schaamte dat haar benen trilden. Ze stapten uit, terwijl de fotografen besmuikt lachten én vragen over de identiteit van het lijk op hen afvuurden. De sneeuw vloog recht in hun ogen toen ze hun politiepenning lieten zien, waarna de politietape werd opgetild om hen door te laten. Terwijl Erika zich bukte, voelde ze ineens blijdschap dat ze terug was: die tape die voor haar werd opgetild, het gevoel van dat pasje in haar hand...

Een andere geüniformeerde agent leidde hen naar de ingang van het museumterrein. Er stond nu een grote, witte tent van de technische recherche over het botenhuis heen, de onderkant verdween in de sneeuw. Een van de forensisch medewerkers stond klaar met overalls voor Erika, Moss en Peterson. Die trokken ze aan voordat ze naar binnen gingen.

In de tent weerkaatsten grote schijnwerpers op de sneeuw en beschenen het rottende hout van het lage dak. Ze gluurden onder het tentzeil, waar drie forensisch medewerkers het hoofd van hun team assisteerden en elke centimeter van het interieur van het botenhuis uitkamden. Op de kleine houten steiger lag een glimmende roeiboot. Een politieduiker in een gladde, zwarte uitrusting kwam net druipend omhoog uit het ijskoude water en bracht een warme, zurig-muffe vijverlucht met zich mee. Om hem heen dreef allerlei troep waar het ijs was gesmolten onder de warme lampen.

'Inspecteur Foster,' zei een zware mannenstem.

Ditmaal moest Erika haar nek rekken om te kunnen opkijken naar de lange gestalte die achter het botenhuis vandaan kwam. Hij trok zijn mondkapje naar beneden, waarna ze een trots en knap gezicht met grote donkere ogen zag. Zijn wenkbrauwen waren geëpileerd tot twee onberispelijke strepen.

'Ik ben Isaac Strong, de forensisch patholoog,' zei hij. 'Moss en Peterson ken ik al,' voegde hij eraan toe, waarop deze knikten. Hij leidde hen langs de buitenwand van het botenhuis naar een metalen brancard die in de lengte tegen de achterwand van de tent was geplaatst. Het dode meisje lag er naakt op, op de restanten van een gescheurde, bemodderde jurk rond haar middel na. Eronder waren de kapotte repen van een zwarte string te zien. Haar volle lippen stonden een beetje uiteen en een van haar voortanden was vlak bij het tandvlees afgebroken. Haar wijd open ogen toonden een melkachtige doodsblik, haar lange haar was platgedrukt en zat vol blaadjes en viezigheid uit het water.

'Ze is het, hè?' zei Erika zacht.

Moss en Peterson knikten.

'Oké,' verbrak Isaac de stilte. 'Haar lichaam is bevroren in het ijs gevonden. In dit vroege stadium zou ik gokken... en ik herhaal, gokken... dat ze al minstens tweeënzeventig uur in het water ligt. Drie dagen geleden is de temperatuur onder nul gezakt. Ook werkte haar telefoon nog toen ze werd gevonden: een jongen die hier werkt hoorde hem rinkelen.' Hij overhandigde Erika een iPhone in een doorzichtige plastic zak. Het hoesje was versierd met Swarovski-kristallen.

'Weten we wie haar belde?' vroeg Erika, hopend op een snelle eerste aanwijzing.

'Nee. De batterij hield er kort nadat we hem uit het water hadden gehaald mee op. Hij is al onderzocht op vingerafdrukken, maar het is een zootje.'

'Waar is die jongen die haar heeft gevonden?'

'Die zit in een ambulance bij het bezoekerscentrum. Hij was er slecht aan toe toen de geüniformeerden arriveerden. Hij was door het ijs gezakt en boven op het lichaam terechtgekomen. Door de schok had hij alles ondergekotst, gepist en gescheten, dus proberen we nu als de donder zijn DNA te elimineren,' zei Isaac. Hij liep naar het lichaam op de brancard.

'De zwellingen in het gezicht en de striemen in de hals zouden kunnen duiden op wurging, en haar rechtersleutelbeen is gebroken,' zei hij. Hij gebruikte een in latex gehulde hand om het hoofd voorzichtig op te tillen. 'En op beide slapen ontbreekt, op zo'n beetje dezelfde plek, een pluk haar.'

'De dader kan achter haar hebben gestaan en aan haar haar hebben getrokken,' opperde Moss.

'Is er bewijs van seksueel geweld?' vroeg Erika.

'Ik heb tijd nodig om dat nader te onderzoeken. Er zitten wel striemen en krassen op de binnenkant van haar dijen, op de ribben, de borsten...'

Hij wees naar een reeks rode strepen onder elke borst en plaatste zijn hand er voorzichtig overheen om de indruk van vingers op haar ribbenkast te laten zien. 'In de polsen zitten diepe insnijdingen, wat zou kunnen betekenen dat haar handen vastgebonden zijn geweest, maar haar armen zaten niet meer vast toen ze het water in ging. Ook zitten er kneuzingen op de achterkant van haar hoofd en hebben we stukjes tandglazuur gevonden in de voorste hoekpaal van de steiger... We zoeken nog naar de restanten van de tand. Die zou ze kunnen hebben ingeslikt, dus dan vind ik hem misschien nog.'

'Toen ze vermist raakte, droeg ze roze hoge hakken en had ze een roze tas bij zich. Is daar al iets van gevonden?' vroeg Moss.

'Ze droeg alleen die jurk en dat ondergoed, zonder beha... en geen schoenen.' Isaac tilde de benen voorzichtig op. 'En haar hielen zijn zwaar beschadigd.'

'Met blote voeten voortgesleept,' zei Erika en ze deinsde terug toen ze Andrea's voeten zag. Deze waren zo afgeschaafd en ingescheurd dat het roze vlees eronder zichtbaar was.

'Een van onze duikers heeft wel dit uit het water gehaald.' Isaac gaf Erika een plastic zakje aan. Er zat een rijbewijs in. Ze keken met zijn allen naar de foto en zwegen.

'Heftig. Alsof ze ons vanuit haar graf aankijkt,' zei Peterson uiteindelijk.

Dat vond Erika ook. Vaak waren de ogen op zo'n foto nogal glazig of keek iemand die een dergelijk lot had ondergaan zo'n beetje als een hert voor de koplampen van een auto, maar Andrea schonk hun een heel zelfverzekerde blik.

'Jezus,' zei Erika en ze keek van de foto van Andrea naar het lijk, dat vies en met grote open ogen op de brancard lag. 'Hoe snel kun je de exacte doodsoorzaak vaststellen?'

'Ik heb jullie al zat gegeven waar jullie iets mee kunnen. Voor het vaststellen van de doodsoorzaak zal ik echt eerst de lijkschouwing moeten doen,' zei Isaac geïrriteerd.

'Wat je vandaag nog zult doen. Toch?' vroeg Erika, terwijl ze zijn blik vasthield.

'Ja, vandaag,' zei Isaac.

Buiten de forensische tent was alles stil. Het sneeuwde niet meer en een groep geüniformeerde agenten liep zwijgend het gebied rond de vijver uit te kammen. Hun donkere benen werden steeds witter terwijl ze door de sneeuw waadden.

Erika haalde haar telefoon tevoorschijn en belde Marsh. 'Meneer, het is inderdaad Andrea Douglas-Brown,' zei ze.

Er viel een stilte. 'Shit.'

'Ik loop nu naar de jongen die haar heeft gevonden en daarna ga ik de ouders op de hoogte brengen,' zei Erika.

‘Wat denk jij? Foster?’

‘We hebben hier zonder enige twijfel te maken met moord, misschien verkrachting met wurging of verdrinking. Alles wat ik heb, is onderweg naar het bureau.’

‘Hebben we al verdachten in beeld?’

‘Nee, meneer, maar ik val er sowieso middenin. We moeten in ieder geval een officiële identificatie met de familie regelen. De forensisch patholoog gaat rechtstreeks vanaf de plaats delict een lijkschouwing uitvoeren. Ik hou u op de hoogte van de verwikkelingen daaromtrent.’

‘Als ik de media kan vertellen dat we een verdachte hebben...’ begon Marsh.

‘Ja, meneer, dat weet ik. Een gesprek met de familie is de eerste stap van ons onderzoek. Er is een grote kans dat die de moordenaar kende. Van het moment van haar verdwijning zijn geen getuigen, niemand heeft gezien dat ze is meegenomen. Ze kan de moordenaar dus ook hier hebben ontmoet.’

‘Rustig aan, Foster. Ga er nou niet met gestrekt been in, door aan te nemen dat Andrea een of ander ranzig seksafspraakje had.’

‘Ik zei helemaal niets over ranzige seks...’

‘Vergeet niet dat het hier gaat om een zeer gerespecteerde familie die...’

‘Meneer, ik heb dit al vaker gedaan, hoor.’

‘Ja ja. Als je je maar realiseert met wie je te maken hebt.’

‘Jazeker, een rouwend gezin. En ik ben verplicht de gebruikelijke vragen te stellen, meneer.’

‘Ja. Maar dit is een bevel: rustig aan.’

Toen Erika het gesprek beëindigde, voelde ze zich kregelig door die stomme houding van Marsh. Het enige wat ze haatte aan Groot-Brittannië was dat stomme klassensysteem. Zelfs bij een moordonderzoek leek Marsh die familie een soort vipbehandeling te willen geven.

Moss en Peterson kwamen met een geüniformeerde politieagent uit de tent tevoorschijn. Met zijn allen liepen ze vervolgens langs de vijver en door de verzonken tuin. Erika vroeg zich af of die beelden met hun lege ogen hadden toegekeken toen Andrea langs werd gesleurd, smekend om haar leven.

De radio op de kraag van de agent begon ruis uit te braken. 'Er is zojuist een kleine roze handtas gevonden in een heg aan London Road,' klonk een blikkerige stem.

'Welke kant is London Road?' vroeg Erika.

'De hoofdstraat,' zei de agent en hij wees naar een rij bomen.

Na maanden thuis op de bank te hebben gezeten, kostte het Erika aardig wat moeite om haar hersenen weer in de juiste versnelling te krijgen. Telkens wanneer ze haar ogen sloot, zag ze Andrea's lichaam voor zich, met die opengescheurde huid, die kneuzingen overal en die lege, wijd open ogen. Moordonderzoeken waren ook zo verschillend. Een gemiddeld huis kon een forensisch team al dagen aan de gang houden, maar deze plaats delict strekte zich mogelijk uit over maar liefst zeven hectare, en dan lag er ook nog bewijsmateriaal in de openbare ruimte, onder een dikke laag sneeuw.

'Breng maar naar het bezoekerscentrum, bij de ambulance,' zei Erika tegen de agent, die zich weghaastte. Even later kwamen zij, Moss en Peterson tussen de heggenrijen uit. Onder aan een lichte, met sneeuw bedekte helling stond een futuristische glazen doos: het bezoekerscentrum. Op het pleintje ervoor was de sneeuw omgewoeld door een ambulance. Achter de openstaande achterdeuren ervan zat een jongen van begin twintig met een grauw gezicht te trillen onder een paar dekens. Een kleine vrouw keek toe hoe een lid van het onderzoeksteam de kleding van de jongen verwerkte. Zorgvuldig beschreef zijn gehandschoende hand de etiketten van doorzichtige plastic zakken met achtereenvolgens een besmeurd trainingspak, trui en sportschoenen. De vrouw had dezelfde borstelige wenkbrauwen als de jongen, maar een veel scherper en kleiner gezicht.

'Ik wil daar wel een bon van,' zei ze, 'een lijstje van wat jullie allemaal hebben ingenomen. Die joggingbroek heeft Lee pas sinds november en die sportschoenen zijn ook nieuw – ik moet ze nog dertien weken afbetalen. Hoe lang hebben jullie die spullen nodig?'

'Het is allemaal officieel bewijsmateriaal van een moordonderzoek geworden,' zei Erika toen ze bij de ambulance aankwam. 'Ik ben inspecteur Foster en dit zijn rechercheur Moss en rechercheur Peterson.' Ze lieten de vrouw hun politiepenning zien, ze liet haar kraalogen over de foto's gaan.

'En u bent?' wilde Erika weten.

'Grace Kinney. Mijn Lee ging alleen maar keurig naar zijn werk. En nu heeft hij hier moeten staan wachten in de kou. Straks belandt hij nog in de ziektewet en krijgt hij geen geld meer!'

'Lee, kun je ons precies vertellen wat er is gebeurd?'

Lee knikte. Zijn gezicht was bleek en zijn blik stond gejaagd. Hij begon te vertellen hoe hij op zijn werk was aangekomen en het geluid van een rinkelende telefoon had gevolgd, waardoor hij uiteindelijk Andrea's lichaam onder het ijs had ontdekt. Zijn verhaal werd onderbroken door een politieagent, die bij de achterdeur van de ambulance verscheen. Hij droeg een kleine roze clutch in een doorzichtige zak. In een andere plastic zak zat de inhoud ervan: zes briefjes van vijftig pond, twee tampons, mascara, een lippenstift en een parfumverstuiver.

'Zijn dat spullen van dat dode meisje?' informeerde Grace, nieuwsgierig glurend.

De agent stopte de bewijszakken vlug achter zijn rug.

'Nu heeft ze het toch al gezien,' snauwde Erika tegen de agent. Toen vervolgde ze: 'Mevrouw Kinney, u moet begrijpen dat het gaat om bewijsmateriaal in een vertrouwelijk onderzoek en...'

'Ik hou heus mijn mond wel, maakt u zich maar geen zorgen,' zei Grace. 'Maar wat zo'n grietje met een designertas en een hoop vijftigjes hier in godsnaam moest...'

'Wat denkt u?' vroeg Erika.

'Ja hallo, ik ga uw werk niet voor u doen! Maar je hoeft geen Sherlock Holmes te zijn om te snappen dat ze in het leven zat. Ze is hier waarschijnlijk met een klant naartoe gekomen en toen is het misgegaan,' zei Grace.

'Lee, heb jij dat dode meisje herkend?'

'Waarom zou mijn Lee een hoer herkennen?'

'We zeggen niet... Wij denken niet dat ze prostituee was.'

Grace leek niet te merken dat Lee het moeilijk had. Hij plukte aan de deken en trok zo'n diepe rimpel in zijn voorhoofd dat zijn borstelige wenkbrauwen elkaar bijna raakten. 'Ze was mooi,' zei hij zacht. 'Zelfs dood nog, onder het ijs... Ze is een gruwelijke dood gestorven, hè?'

Erika knikte.

'Dat zag ik aan haar gezicht,' zei Lee. 'Sorry, wat was de vraag ook alweer?'

'Herkende je haar, Lee? Had je haar hier al eens eerder gezien?' herhaalde Erika.

'Nee, ik heb haar nog nooit gezien,' zei hij.

'Wij denken dat ze uit een van de pubs in de hoofdstraat kwam, voordat ze vermist raakte,' vertelde Peterson. 'In welke pubs komen vooral jongeren?'

Lee trok zijn schouders op. 'The Wetherspoon's is altijd wel druk in het weekend... En The Pig and Whistle. Die zit vlak bij het station.'

'Ga je vaak uit, Lee?' vroeg Peterson. Lee trok weer zijn schouders op. Peterson vervolgde: 'The Wetherspoon's, The Pig and Whistle. Nog meer pubs?'

'Daar blijft hij altijd ver uit de buurt, is het niet?' zei Grace, met een strenge blik naar Lee.

'Ja, ja, dat doe ik. Uit de buurt blijven, bedoel ik,' zei Lee haastig.

Grace ging verder: 'Ooit was het hier leuk wonen. Niets bijzonders, maar gewoon prettig. Dat ruige Wetherspoon's was vroeger het Odeon, heel gezellig. Het ergst zijn nog wel The Glue Pot en The Stag. Ik zeg je, al overstroomde de wereld met pis en lagen alleen die twee zuipketen hoog genoeg, dan ging ik er nog niet naartoe. Het krioelt er verdomme ook nog van de immigranten – daar bedoel ik niets mee, hoor, schat,' voegde ze er voor Peterson aan toe. Erika zag dat Moss een glimlach moest onderdrukken.

Grace ging door, nog steeds blind voor Lees ongemak. 'Ik zeg je, als ik door de hoofdstraat loop, voel ik me een vreemde in mijn eigen land: Polen, Roemenen, Oekraïners, Russen, Indiërs, Afrikanen... En van Lee hoor ik dat ze allemaal naar het Jobcentre komen:

met opgehouden hand, pakken wat ze pakken kunnen. Jullie zouden die pubs in de hoofdstraat eens moeten binnenvallen. Daar werken er een hele hoop achter de bar, en in hun eetpauze knijpen ze ertussenuit om zich in te schrijven! Maar daar wordt dan een oogje bij toegeknepen. Nee, het is mijn Lee die in weer en wind de straat op moet en veertig uur in de week moet werken, voor zestig ballen. Walgelijk.'

'Hoe lang werk je al bij het museum?' vroeg Erika.

Lee trok zijn schouders op. 'Vier weken voor de kerst ben ik er begonnen.'

'En nou is het vast weer Lees schuld dat hij niet kan werken, omdat een of andere stomme hoer zich heeft laten...'

'Zo is het wel genoeg,' zei Erika.

Grace bond in. 'Oké, het is natuurlijk nog steeds iemands dochter. Weten jullie al wie ze is?'

'Dat kunnen we in dit stadium nog niet zeggen.'

Ineens was Grace geïnteresseerd. 'Het is toch niet die ene, die vermiste rijke troela? Hoe heette ze ook alweer, Lee... Angela? Leek ze op dat meisje uit de krant?'

Lee staarde blanco voor zich uit. Alsof hij het moment waarop hij Andrea door die ruit van ijs had gezien opnieuw beleefde.

'Zoals ik al zei, het lichaam moet nog worden geïdentificeerd,' zei Erika. 'Lee, wij nemen wel contact voor je op met het Jobcentre en melden daar wat er aan de hand is. Blijf wel een beetje in de buurt. Het zou kunnen dat we je nog een keer willen spreken.'

'Wat nou, denkt u soms dat hij het land zal ontvluchten?' snauwde Grace. 'Ik zou niet weten hoe! Hoewel, als je zo om je heen kijkt, zijn *wij* waarschijnlijk uiteindelijk degenen die weg moeten!'

Erika, Moss en Peterson vertrokken, het ambulancepersoneel maakte de ambulance klaar voor vertrek.

'Zo, dat was een lastige tante,' zei Moss.

'Maar ze heeft ons meer verteld dan Lee,' vond Erika. 'Laten we die pubs maar eens gaan bekijken. The Glue Pot, The Stag. Zou Andrea daar zijn geweest op de avond dat ze vermist raakte?'

6

Toen ze het museum uit kwamen, joeg hun alweer een sneeuwstorm in het gezicht, dus besloten ze de politieauto te laten staan en de trein naar London Bridge te nemen en vervolgens de metro naar Chiswick.

In de metro was het druk en warm. Het grootste deel van de reis stonden ze dicht op elkaar gepakt, Erika ingeklemd tussen haar nieuwe collega's. De ranke Peterson was daarbij zo'n beetje het tegenovergestelde van de gedrongen Moss aan haar andere zij. Erika verlangde naar vijf minuten alleen, een beetje ruimte en frisse lucht om haar hoofd op orde te krijgen. In vijfentwintig jaar recherchewerk had ze misschien wel honderden mensen moeten meedelen dat ze een dierbare hadden verloren, maar sinds ze ook aan de andere kant had gestaan, voelde ze zich daar anders bij. De pijn was nog zo rauw. En nu zou ze het Andrea's ouders moeten vertellen en aanzien hoe dat nu o zo bekende verdriet hen verscheurde.

Toen ze uit het metrostation van Turnham Green stapten, was het sneeuwen weer opgehouden. Vergeleken met South London was Chiswick High Road keurig. De stoepen waren er schoon, er stonden pas geschilderde brievenbussen. Zelfstandige slagers en biologische winkels werden afgewisseld met victoriaanse rijtjeshuizen met smetteloze, in ruitjes verdeelde schuiframen. De banken en supermarkten oogden er fris en modern. Zelfs de sneeuw leek er witter.

De woning van de familie Douglas-Brown lag aan een brede, doodlopende straat, een eindje van de drukke hoofdstraat af. Het gigantische georgiaanse huis was door zandstralen bevrijd van jaren van roet en smog, waar boterkleurige stenen onder vandaan waren gekomen. Het pand overheerste de huizen eromheen, hoewel het deels aan het zicht werd onttrokken door de hoge bomen in het plantsoen in het midden van de straat. Over de sneeuw leidden tientallen voetstappen naar de plek waar een groepje fotografen rondhing, met hun camera over hun warme winterjas en opstijgende stoom boven hun koffie-to-go. Ze veerden allen op toen Erika, Moss en Peterson het huis naderden en door de hoofdpoort stapten. Camera's begonnen te klikken, flitslichten weerkaatsten op de zwarte hoogglans van de kloeke voordeur van de familie Douglas-Brown. Erika haalde diep adem en drukte op de bel. Ergens diep in het huis klonk een welluidende gong.

'Zijn jullie van de politie?' riep een stem achter hen.

'Dat lijk, is het Andie?' riep een ander. Erika sloot kort haar ogen, ze voelde de aanwezigheid van de fotografen als een dood gewicht achter zich. Wat gaf hun godverdomme het recht om haar Andie te noemen? Zelfs haar eigen ouders noemden haar niet zo.

Toen ging de voordeur open, zij het slechts gedeeltelijk. Een kleine, donkerharige oudere dame keek door de spleet naar hen op. Ze schermde haar ogen af toen de camera's weer begonnen te flitsen.

'Goedemorgen, wij zouden Simon en Diana Douglas-Brown graag willen spreken,' zei Erika, waarna de drie agenten hun penning lieten zien. Ze hadden verwacht dat de vrouw hen daarop zou binnenlaten, maar ze gluurde hen slechts aan vanonder zware oogleden. De flitsen van de camera's weerspiegelden in haar donkere ogen.

'U informeert naar lord en lady Douglas-Brown?'

'Ja. Het gaat over de verdwijning van hun dochter, Andrea,' zei Erika zacht.

'Ik ben de huishoudster van de familie Douglas-Brown. Geeft u me alstublieft uw identiteitsbewijzen,' verzocht de kleine vrouw, 'en wacht hier, dan probeer ik bevestigd te krijgen dat u bent wie u beweert.' Ze verzamelde hun penningen en sloot de deur.

Een nieuwe ronde van flitsen blonk in het schilderwerk.

'Kunnen jullie bevestigen dat ze is verkracht?' riep een stem.

'Kunt u bevestigen dat het om moord gaat? En zo ja, gelooft u dan dat deze politiek gemotiveerd was?' riep een andere.

Erika keek Moss en Peterson van opzij aan, terwijl ze naar de deur bleven staren. De seconden tikten voorbij. Ze konden de warmte van de cameraflitsen op hun rug bijna voelen.

'Wat denkt ze eigenlijk dat we proberen te doen? Ze godverdomme dubbel glas aansmeren?' siste Moss zacht.

'Vorig jaar heeft lord Douglas te maken gehad met een stunt met een verborgen camera,' fluisterde Peterson vanuit zijn mondhoek. '*News of the World* filmde hem terwijl hij een defensiehandelaar uit Teheran probeerde om te kopen.'

'Die nepsjeik?' mompelde Erika terug. Ze wilde net nog wat zeggen toen de deur openging, iets verder ditmaal. De camerasluiters achter haar sloegen weer op hol.

'Ja, die lijken in orde,' zei de kleine vrouw, terwijl ze hun pasjes teruggaf en hen wenkte verder te komen. Ze volgden haar naar binnen, zij sloot de deur, tegen de kou en de fotografen.

Een smalle gang leidde naar een zuilengang, vanwaaruit een elegante, beklede houten trap omhoog kronkelde langs drie verdiepingen. Hoog boven hen was een rond glas-in-lood dakvenster, dat een patroon van zachte kleuren op de roomkleurige muren wierp. Onder aan de trap stond een glanzende staande klok; de slinger zwaaide stilletjes heen en weer. De huishoudster leidde hen door een gang, langs een deur waarachter ze een glimp opvingen van een grote keuken in staal en graniet, en langs een enorme vergulde spiegel met eronder een al even indrukwekkende vaas vol verse bloemen. Ze kwamen bij een eiken deur met daarachter een werkkamer die uitkeek op een besneeuwde achtertuin.

'Wacht u hier, alstublieft,' zei de huishoudster. Ze schonk hun nog een kille blik, beende de kamer uit en sloot de deur achter zich. Onder een schuifraam stond een stevig bureau van donker hout, met op het leren bovenblad niets dan een ranke, zilverkleurige laptop. De linkerwand van de ruimte werd in beslag genomen door een boekenkast, rechts stonden een grote leren bank met knopen en twee leunstoelen. En recht voor hen hing een hele wand vol met ingelijste foto's van Simon Douglas-Brown, die Erika herkende van de krantenberichten over Andrea's verdwijning. Hij was een kleine, viriel uitziende man met felle bruine ogen.

De foto's vormden een overzicht van Douglas-Browns belangrijkste prestaties, te beginnen (met nog een volle bos haar) in 1987, toen zijn technologiebedrijf op de beurs van Londen werd genoteerd. Er volgde een serie foto's met de koningin, Margaret Thatcher, John Major en vervolgens Tony Blair, en steeds werd zijn haardos wat dunner. Erika zag dat Hare Majesteit een flink stuk groter was dan lord Douglas-Brown. Van Tony Blair waren er maar liefst vier foto's, een teken van de nauwe betrokkenheid van Douglas-Brown met het werk van de Labour-regering.

Twee foto's, groter dan de rest, hingen trots in het midden van de verzameling. De eerste was een staatsieportret van Simon Douglas-Brown op een rood tapijt voor een houten lambrisering. Om zijn schouders lag een hermelijnen mantel. Het onderschrift vertelde dat de foto was genomen op de dag van zijn inhuldiging: toen hij in de adelstand was verheven en Baron Simon Douglas-Brown of Hunstanton was geworden. Op de tweede foto stond hij in precies dezelfde pose, maar dan naast zijn vrouw Diana, klein en fragiel in een elegante witte japon. Ze had lang donker haar en zag eruit als een oudere, uitgemergelde versie van Andrea.

'Waar ligt dat, Hunstanton?' vroeg Erika.

'Aan de kust bij Norfolk. Ze hebben er een heel aardig Sea Life Centre,' zei Moss, terwijl ze zich met een emotieloos gezicht naar de foto boog.

'Dus zijn vrouw is lady Diana geworden,' zei Peterson.

'Ja,' zei Moss. 'En die titel lijkt haar óók niet veel geluk te hebben gebracht.'

'Vermaken jullie je een beetje?' beet Erika hun toe. 'Ik kan me anders niet herinneren dat het erg komisch was toen Andrea's lichaam uit het ijs werd getild.'

Moss en Peterson verontschuldigden zich vlug. In een ongemakkelijke stilte bekeken ze samen de laatste foto's. Lord en lady Douglas-Brown met president Barack Obama en zijn vrouw Michelle. De Obama's torenden hoog boven de Douglas-Browns uit, die hun gezicht in een haast maniakale grijns vertrokken. Buiten beeld stond vast een lange rij van lords, ladies, diplomaten, industriemagnaten en hun magere echtgenotes te wachten tot ze voor precies zo'n foto voor de camera konden stappen. Een ontmoeting van slechts enkele seconden, voor de eeuwigheid vastgelegd op de egomuur.

Een kort kuchje deed hen zich omdraaien van de fotomuur. Simon en Diana Douglas-Brown stonden in de deuropening van de werkkamer. Erika had meteen spijt dat ze over hen had geoordeeld. De twee mensen die hen daar verwachtingsvol aankeken, waren niet meer dan een stel doodsbange ouders.

'Alstublieft, vertelt u ons wat er aan de hand is. Is het Andrea?' vroeg Diana.

Erika hoorde een accent aan Diana's keurige Engels dat veel op dat van haarzelf leek. 'Gaat u alstublieft zitten,' zei ze.

Toen Diana hun gezichtsuitdrukking zag, sloeg ze haar handen voor haar gezicht. 'Nee, nee, nee, nee, nee! Ze is het niet, niet mijn kindje. Alstublieft, niet mijn kindje!'

Simon sloeg een arm om zijn vrouw heen.

'Het spijt me enorm, maar ik moet u meedelen dat het lichaam van uw dochter vanochtend op het terrein van het Horniman Museum in South London is gevonden,' gaf Erika toe.

'En weet u zeker dat het om haar gaat?' vroeg Simon.

'Ja. We hebben Andrea's rijbewijs bij haar aangetroffen... op haar lichaam, en er lag een mobiele telefoon op naam van Andrea op de plaats delict,' zei Erika. 'We doen wat we kunnen om de doodsoorzaak vast te stellen, maar ik moet u zeggen dat we denken dat het onder verdachte omstandigheden is gebeurd. Wij denken dat Andrea is vermoord.'

'Vermóórd?' Diana kromp ineen en liet zich zakken op een bank naast de boekenkast, met haar handen nog steeds voor haar gezicht. Simons olijfkleurige huid had al zijn kleur verloren.

'Andrea, vermoord?' herhaalde Diana. 'Wie zou haar nu willen doden?'

Erika zweeg even en zei toen: 'Ik vrees dat we u moeten verzoeken met ons mee te komen, om Andrea's lichaam officieel te identificeren.'

Er viel nog een stilte. Ergens in het pand sloeg een klok. Diana deed haar handen omlaag en keek Erika onderzoekend aan. '*Odkial ste?*' zei ze.

'*Narodila som sa v Nitre*,' antwoordde Erika.

'Geen Slowaaks nu. Laten we gewoon Engels spreken,' stelde Simon voor.

'Waarom komt een vrouw uit Nitra mij vertellen dat mijn dochter dood is?' zei Diana, terwijl ze Erika strak aankeek. Uitdagend.

'Net als u ben ik al langer in Engeland dan ik in Slowakije heb gewoond,' zei Erika.

'U lijkt in niets op mij! Waar is die andere agent, die hier eerder is geweest... die Sparks? Ik wil niet dat het lot van onze dochter in de handen van een of andere Slowaakse ligt.'

'Mevrouw Douglas-Brown...' begon Erika, terwijl ze woede in zich voelde opborrelen.

'Het is lády Douglas-Brown.'

Erika snauwde terug: 'Ik zit al vijfentwintig jaar bij de politie. En inspecteur ben ik al...'

'Ik kan u verzekeren dat wij alles doen wat in onze macht ligt om degene die dit heeft gedaan op te sporen,' zei Peterson, terwijl hij naar voren stapte en Erika indringend aankeek.

Erika slikte, trok haar notitieblokje tevoorschijn en bladerde door naar een lege pagina. 'Lady Diana, zou ik u een paar vragen mogen stellen?'

'Nee. Nee, dat mag u niet,' zei Simon. Zijn donkere ogen werden koud. 'Ziet u dan niet dat mijn vrouw... dat wij... Ik moet een paar mensen bellen. Waar zei u ook alweer dat u van was?'

'Nitra, in het westen van Slowakije. Maar zoals ik zei, ik woon al ruim twintig jaar in Engeland.'

'Ik hoef godverdomme uw levensverhaal niet! Ik wilde weten of jullie van de Metropolitan Police zijn.'

'O. Ja, van het bureau op Lewisham Row,' zei Erika.

'Juist. Nou ja, ik wil even wat rondbellen. Uitzoeken hoe de vork in de steel steekt. Ik heb namelijk altijd direct contact gehad met assistent-korpschef Oakley...'

'Meneer, ik heb nu de leiding over het onderzoek...'

'... en ik heb in diverse politiestuurgroepen samengewerkt met hoofdinspecteur Clive Robinson en...'

'Hoewel ik dat alles natuurlijk respecteer, moet u ook begrijpen dat ik dit onderzoek nu leid en dat ik u beiden echt een paar vragen moet stellen!' Te laat realiseerde Erika zich dat ze was gaan schreeuwen. Er viel een stilte.

'Baas, kan ik u even spreken?' zei Peterson. Hij wierp een blik op Moss, die hem een bijna onzichtbaar knikje schonk.

Erika voelde dat ze bloosde.

'Baas, heel even. Nú,' zei Peterson.

Erika stond op en volgde hem de gang op. Peterson sloot de deur, Erika leunde tegen de muur en probeerde haar ademhaling weer rustig te krijgen.

'Ik weet het,' zei ze.

'Luister, baas, ik ga u niet de les lezen. U bent ook maar midden in deze klerezooi gedropt, dat begrijp ik heel goed, maar u kunt echt niet agressief gaan doen tegen de ouders van het slachtoffer. Want dat is gewoon wat ze op dit moment zijn: ouders. Laat hem maar blaffen, wij weten hoe het van hieraf zal gaan.'

'Ik weet het,' zei Erika. 'Shit, o shit...'

'Waarom wilde de moeder eigenlijk weten waar in Slovenië u vandaan kwam?'

'Slowakije,' corrigeerde Erika hem. 'Dat is typisch Slowaaks: lui uit Bratislava voelen zich altijd beter dan anderen... Ik vermoed dat zij daarvandaan komt.'

'En dus voelt ze zich beter dan u,' vulde Peterson aan.

Erika haalde diep adem, knikte en probeerde haar woede van zich af te zetten.

Vanaf het eind van de gang kwamen twee mannen in overall aangelopen. Ze sleepten een enorme kerstboom achter zich aan. Erika en Peterson gingen uit elkaar om hen erlangs te laten. De boom was uitgedroogd en op sommige plekken al bruin. Toen hij met zijn takken langs de muur streek, regende het dennennaalden op het dikke blauw-met-groene tapijt.

Peterson keek alsof hij nog iets wilde zeggen, maar bedacht zich en besloot tot een andere aanpak. 'Het is al ver na lunchtijd en u ziet eruit alsof u wel een suikerpiek kunt gebruiken,' zei hij, terwijl hij Erika's bleke gezicht in zich opnam. 'Ik weet dat u de baas bent, maar als u nu alvast eens ging... dan treffen we elkaar later weer in een café hier ergens om de hoek.'

'Ik zal me binnen even gaan verontschuldigen.'

'Baas... Laat het maar even bezinken, ja? Wij proberen nog zo veel mogelijk los te peuteren en dan komen we naar u toe.'

'Ja, oké dan. Als je maar wel...'

'Ik regel dat ze haar komen identificeren, ja.'

'En we hebben Andrea's laptop nodig en... Nou ja, zorg gewoon dat je zo veel mogelijk te pakken krijgt.'

Peterson knikte en liep terug naar de werkkamer.

Erika bleef nog even staan. Ze had het totaal verknald, en nu stond ze met lege handen. Ze wilde net nog even een beetje gaan rondneuzen, toen de huishoudster met de zware oogleden weer opdook.

'Zal ik u er maar even uit laten?' zei ze.

Over een spoor van dode dennennaalden liepen ze naar de voordeur. Toen Erika aan de andere kant van de drempel stond en de camera's weer begonnen te flitsen, moest ze hard op haar onderlip bijten om niet in huilen uit te barsten.

7

Het begon al te schemeren toen Moss en Peterson Erika weer troffen in een koffiezaak aan Chiswick High Road. Gefrustreerd had ze wel een uur lang door het raam zitten kijken hoe het steeds donkerder werd, op deze dag die zo lang had geleken maar waarop ze voor haar gevoel niets had bereikt. Het was niets voor haar om een verhoor zo bot te verkloten – zeker niet bij de ouders van het slachtoffer.

Toen ze aankwam was het er nog rustig, maar intussen krioelde de zaak van de hippe singles, en in een hoek zaten een paar sexy jonge moeders achter een muur van dure buggy's.

Peterson en Moss bestelden koffie en een sandwich, waarna ze bij Erika aan tafel schoven.

'Luister, bedankt dat je ingreep. Ik weet niet wat me bezielde, ik sloeg de plank echt volledig mis,' zei Erika beschaamd.

'Geen probleem,' zei Peterson en hij nam een enorme hap van zijn sandwich.

'Diana Douglas-Brown ging te ver, maar ja, dit was dan ook niet echt de mooiste dag van haar leven, hè?' zei Moss, die ook begon te eten.

'Nee, maar ik had niet... Maar goed, wat hebben jullie nog meer voor me?' vroeg Erika. Geduldig wachtte ze tot beiden klaar waren met kauwen.

'Simon en Diana weten niet wat Andrea in South London deed,' zei Moss. Ze had afgesproken om met David en Linda, haar broer en zus, naar de bioscoop te gaan. Zij hebben nog bij het Odeon in Hammersmith op haar gewacht, maar ze kwam niet opdagen.'

'Waren zij nu thuis?'

'Ja. Maar David lag boven te slapen en lady Diana wilde hem niet wakker maken.'

'Wakker maken? Hij is toch al in de twintig?' vroeg Erika.

'Hij sliep kennelijk nog maar net,' zei Moss. 'Ze hadden de hele nacht om beurten de wacht gehouden bij de telefoon, voor het geval Andrea zou bellen. Ze schijnt al eerder vermist te zijn geweest.'

'Wat? Wanneer dan? Hebben we daar een dossier van?'

'Nee, dat hebben ze nooit aangegeven. Een paar jaar terug was ze een lang weekend spoorloos. Ze bleek naar Frankrijk met een kerel die ze in een bar had ontmoet. Toen de limiet van haar creditcard was bereikt, kwam ze terug.'

'Hebben jullie wel een naam van degene met wie ze er toen vandoor was?'

'Ja, ene Carl Michaels, op dat moment nog studerend. Ze hadden geen vooropgezet plan of zo, het was gewoon een ondeugend weekendje, met het bijkomende voordeel van Andrea's platina Visakaart,' zei Moss.

'Hebben jullie haar zus ook gezien, Linda?' vroeg Erika.

'Ja, zij bracht het dienblad met de thee. We dachten eerst dat ze het dienstmeisje was. Ze is heel anders dan Andrea: slonzig en een beetje dik. Ze werkt in de bloemenzaak van de moeder,' zei Peterson.

'En hoe reageerde zij op het nieuws?' vroeg Erika.

'Ze liet het dienblad vallen, hoewel...' Moss aarzelde.

'Wat?' vroeg Erika. Opnieuw baalde ze dat ze er niet zelf bij was geweest.

Moss keek naar Peterson.

'Haar reactie leek een beetje geschmierd,' zei hij.

'Geschmierd?' vroeg Erika.

'U weet wel, slecht geacteerd. Maar ik weet het niet, hoor. Mensen kunnen zo raar reageren. Die hele familie lijkt wel een beetje gestoord, als je het mij vraagt,' zei Peterson.

'Tja, wie zijn familie is niet gestoord?' voegde Moss eraan toe. 'En geld versterkt dat alleen maar.'

Er begon een telefoon te rinkelen. Het duurde even voordat Erika besefte dat het die van haar was. Ze trok het ding tevoorschijn en nam op. Het was Isaac, die haar vertelde dat de slechte weersomstandigheden de boel danig hadden vertraagd. De uitslag van de lijkschouwing zou er de volgende ochtend zijn.

'Ik had echt gewild dat ze het lichaam vanavond nog hadden kunnen identificeren,' zei Erika toen ze had opgehangen.

'Dit zou ook in uw voordeel kunnen werken: het geeft sir Simon de kans om weer een beetje af te koelen,' zei Peterson.

'Heeft hij nog wat gezegd?' vroeg Erika.

'Ja, dat hij wil dat Sparks de zaak terugkrijgt,' zei Moss.

Ze aten zwijgend verder. Het was inmiddels donker. De voorbijschuivende koplampen beschenen de onophoudelijk neerdwarrelende sneeuw.

8

Even na zevenen die avond kwamen Erika, Moss en Peterson weer op Lewisham Row aan. Ze liepen direct door naar de centrale meldkamer. Deze zat helemaal vol met politiemensen, die verwachtingsvol zaten te wachten om de bevindingen van die dag met elkaar te delen. Erika liet haar lange leren jas van zich afglijden en liep naar de rij whiteboards tegen de achterwand van de ruimte.

'Oké, iedereen. Ik weet dat het een lange dag is geweest, maar wat hebben we allemaal?'

'Hoe was uw ontmoeting met de familie? Hoe vond sir Simon u, inspecteur Foster?' sneerde Sparks. Hij zat achterovergeleund op zijn stoel.

Alsof het was afgesproken, opende commissaris Marsh de deur van de meldkamer. 'Foster, ik moet je spreken.'

'Meneer, ik sta net iedereen te briefen over de gebeurtenissen van vandaag...'

'Oké. Kom dan zodra je klaar bent naar mijn kantoor,' blafte hij. Hij trok de deur met een klap dicht.

'Dus het ging goed, neem ik aan?' jende Sparks. Zijn computerscherm kleurde zijn valse grijns lichtblauw.

Erika negeerde hem en draaide zich weer naar de whiteboards. Naast Andrea's foto hingen er nu ook foto's van Linda en David. Belangstellend merkte ze op dat Andrea en haar broer allebei erg aantrekkelijk waren, maar dat Linda dik was en er oud uitzag, met een spitse neus en veel bleker van huid dan haar broer en zus.

'Zijn de kinderen wel allemaal van dezelfde ouders?' vroeg Erika, terwijl ze met een marker op het whiteboard tikte.

Deze vraag verraste de meldkamer duidelijk.

Brigadier Crane zei overdonderd: 'We gingen ervan uit van wel...'

'Hoezo gingen jullie daarvan uit?' vroeg Erika.

'Nou, het leken zulke...'

'Keurige, chique lui?' vulde Erika aan. 'Vergeet dit nooit: allereerst zoeken we de verdachte in de familie. Laat je niet verblinden door het feit dat ze in een duur deel van Londen wonen, invloed en macht hebben. Kijk jij maar eens naar die kinderen, maar wel discreet natuurlijk. Goed dan, we weten dat Andrea afgelopen donderdag, de achtste, eigenlijk had afgesproken met David en Linda bij de bioscoop. Maar daar kwam ze niet opdagen. Waar is ze toen naartoe gegaan? Had ze soms afgesproken met een vriend, een geheime minnaar? Wie heeft er specifiek naar Andrea's leven gekeken?'

Een kleine Indiase vrouw van in de twintig stond op. 'Agent Singh,' zei ze en ze kwam naar voren. Erika gaf haar haar marker.

'Andrea heeft al acht maanden een relatie met de zevenentwintigjarige Giles Osborne. Onlangs hebben ze zich zelfs verloofd. Hij is eigenaar van Yakka Events, een bedrijf in luxe evenementen en feesten, gevestigd in Kensington.'

'Yakka Events. Wat betekent *yakka*?' vroeg Erika.

'Dat is het Aboriginal woord voor "werk". Op de website van het bedrijf staat te lezen dat hij een tussenjaar in Australië heeft doorgebracht.'

'Om van de inboorlingen te leren hoe je canapés en champagne serveert?' zei Erika.

Er werd kort geglimlacht in de meldkamer.

'Hij heeft altijd op particuliere scholen gezeten, komt uit een rijke familie. En hij heeft een alibi voor de avond waarop Andrea vermist is geraakt.'

'Ik heb hem allang ondervraagd. Dit weten we allemaal al sinds vorige week,' onderbrak Sparks haar.

'En hoe zit het met de gegevens van Andrea's telefoon, en de social media? Ik neem aan dat die zijn opgevraagd?'

'Ja,' zei Singh.

'Waar zijn ze?'

'Daar ben ik nog mee bezig. Ik heb ze vanochtend opgevraagd, dus we hopen ze in de komende vierentwintig uur binnen te krijgen,' zei Crane.

'Waarom zijn die niet veel eerder al opgevraagd, toen Andrea als vermist werd opgegeven?' vroeg Erika.

Er viel een stilte.

'Uit angst om jullie neus in het leven van welvarende, invloedrijke lui te steken?'

'Het was mijn beslissing om die niet op te vragen,' zei Sparks. 'De familie had toen nog steeds het idee dat Andrea was weggelopen, hield haar socialmedia-accounts in de gaten en deelde alle informatie met ons.'

Erika draaide met haar ogen. 'Ik wil die gegevens zien zodra we ze binnenkrijgen, plus alles wat er van de harddisk van die telefoon wordt afgehaald,' zei ze tegen Crane. 'Oké, Sparks, jij bent kennelijk nog steeds vol van de kerstgedachte. Wat heb je aan de hand van de bewakingsbeelden weten te ontdekken?'

Inspecteur Sparks' stoel knarste toen hij achteroverleunde. 'Geen goed nieuws, vrees ik. Tot een paar dagen geleden waren drie van de bewakingscamera's op London Road uitgeschakeld. Dus hebben we niets van het plein voor het station of van de hoofdstraat in de richting van het Horniman Museum. En de achterafstraten zijn natuurlijk ook niet gedekt, dus zijn we wat dat aangaat blind voor wat er op de avond van de achtste is gebeurd.'

'Shit,' zei Erika.

'We hebben haar wel als ze uit de trein stapt op station Forest Hill om...' Sparks bladerde door zijn aantekeningen. '... 21.06 uur. Ze stapt uit, loopt over het perron en verlaat het station langs het kaartjesloket. Dat was op dat moment onbemand en er stapten slechts een paar andere mensen met haar uit.'

'Kunnen we die traceren? Misschien zijn ze een eindje met haar opgelopen.'

'Daar ben ik al mee bezig,' maakte Sparks zijn verhaal af.

'En hoe loopt het huis-aan-huisonderzoek?'

Brigadier Crane boog zich naar voren. 'Niet zo best, baas. De meeste mensen waren óf nog weg na het kerstverlof, óf ze lagen te pitten.'

'Iets over de pubs?'

'The Wetherspoon's en The Pig and Whistle hebben bewakingscamera's. Daar is ze niet binnen geweest. Er zitten nog vier pubs in de hoofdstraat.'

'Grace Kinney noemde er twee: The Glue Pot en The Stag.'

'Daar zijn we ook geweest. Geen fraaie tenten, baas, en niemand die daar werkt kon zich herinneren haar te hebben gezien.'

'Kijk naar de personeelsroosters, zoek uit wie de vaste klanten zijn, check het opnieuw. Andrea was gekleed voor een avondje uit. Grote kans dat ze daar toch ergens binnen is geweest.'

'Misschien ging ze naar een huisfeest?' opperde Singh.

'Oké, zou kunnen. En de slijterijen? Is ze daar ergens gesignaleerd, voor sigaretten of drank?'

'Hetzelfde liedje: die hebben wel een bewakingscamera, maar de beelden zijn vaak nogal fragmentarisch. En op geen ervan is ze gespot,' zei Crane.

'En voor het huis waar haar tas is gevonden dan?'

'Ja, nummer negenenveertig. Helaas: ook niets. Daar woont een seniele oude dame met een inwonende verzorger. Geen van beiden had iets gezien of gehoord.'

Er viel een ongemakkelijke stilte.

'Misschien moet u uw team wat rust gunnen. Het is een lange dag geweest,' merkte Sparks op.

'Ja, goed. Laten we elkaar hier morgenvroeg om negen uur weer treffen. Tegen die tijd zou de uitslag van de lijkschouwing binnen moeten zijn, evenals de gegevens van de telefoon en de social media.' Erika wenste haar agenten een prettige avond. Toen ze als laatste overbleef in de meldkamer, bleef ze zwijgend naar de whiteboards staan turen. Haar blik bleef plakken aan Andrea's foto.

'Moet je jezelf nou toch zien. Drieëntwintig pas, je had je hele leven nog voor je.'

Andrea keek uitdagend terug, bijna spottend.

Erika maakte een sprongetje van schrik toen haar telefoon overging.

'Hoe lang moet ik nog wachten?' blafte Marsh.

'Shit, sorry, meneer. Ik ben al op weg naar boven.'

9

'Je hebt dus nog steeds niets?' Met een rood gezicht ijsbeerde Marsh door zijn kantoor. Erika had hem zojuist op de hoogte gebracht van de vorderingen van haar eerste onderzoeksdag.

'Het is pas de eerste dag, meneer. En zoals ik zei: het slachtoffer is al geïdentificeerd, en dat heb ik buiten de pers weten te houden. Ik denk dat er een of twee pubs zijn waar Andrea mogelijk kan worden geplaatst voor de avond van haar verdwijning.'

'*Mogelijk geplaatst*, wat bedoel je daarmee?'

'Het onderzoek wordt gehinderd door een zwart gat in de bewakingsbeelden op London Road en in de omgeving van het station. Daardoor zal het meer tijd en mankracht kosten om mensen op hun nek te zitten, uit te horen. Iedereen heeft verdomd hard gewerkt, ook al omdat het weer de voortgang ernstig heeft vertraagd...'

'En wat ging er in godsnaam door je heen, toen je de Douglas-Browns aanviel?'

Erika haalde diep adem. 'Ik geef grif toe, meneer, dat mijn contact met de ouders van het slachtoffer geen schoonheidsprijs verdient.'

'Dat heb je verdomme mooi goed! Ik dacht dat je het juist goed met lady Diana zou kunnen vinden, omdat jullie allebei Slowaaks zijn.'

'Tja, dat was eigenlijk juist het probleem. Ze vond me maar gewoontjes, niet goed genoeg om dit moordonderzoek te leiden.'

'Nou ja, je hebt niet voor een carrière bij de politie gekozen omdat mensen dan altijd aardig tegen je zouden zijn, inspecteur Foster. Ik zou je naar een cursus moeten sturen: omgaan met het publiek.'

'Dat is nou net het probleem: we behandelen hen helemaal niet als leden van het publiek. Sir Simon heeft toch niet de leiding over het onderzoek? Want dat schijnt hij wel te denken... Hoe weet u eigenlijk wat er bij hen thuis is gebeurd? Hij heeft u gebeld, is het niet? Heeft hij uw doorkiesnummer?'

'Je bevindt je op glad ijs, inspecteur Foster,' zei Marsh. 'Als je het weten wilt: hij heeft inspecteur Sparks gebeld, en die heeft de boodschap aan mij doorgegeven.'

'Goh, wat goed van hem.'

Marsh schonk haar een strenge blik. 'Ik heb mijn nek uitgestoken om jou op deze zaak te krijgen...'

'Ik hoef geen medelijden van u, meneer!'

'... en als je niet oppast, ben je alweer weg voor je goed en wel bent begonnen. Je moet eens leren je mond te houden. Ik heb je op deze zaak gezet omdat je een verdomd goede smeris bent, een van de beste die ik ken. Hoewel ik op dit moment een beetje aan mezelf begin te twijfelen.'

'Het spijt me, meneer. Het is een lange dag geweest: zware omstandigheden, geen slaap... Maar u kent mij: ik draai niet om de hete brij heen en ik zal hem vinden, degene die dit heeft gedaan.'

'Oké,' zei Marsh, die alweer wat was gekalmeerd. 'Maar je zult je oprechte excuses aan de familie Douglas-Brown moeten aanbieden.'

'Goed, meneer.'

'En eens een nacht fatsoenlijk slapen. Je ziet er niet uit.'

'Bedankt, meneer.'

'Waar logeer je eigenlijk?'

'In een hotel.'

'Goed zo. En nu opgehoepeld. En zorg dat je morgen fris weer op het werk verschijnt,' zei Marsh, waarna hij gebaarde dat hij klaar met haar was.

Erika was woedend toen ze Marsh' kantoor verliet: woedend dat ze een standje had gekregen en woedend op zichzelf dat ze het had verkloot. Ze liep terug naar de meldkamer om haar jas te pakken. Andrea keek haar vanaf het midden van het whiteboard brutaal aan. Onder het felle licht werden de handgeschreven aantekeningen eromheen één waas. Erika wreef door haar vermoeide ogen, het was alsof ze alles door een beslagen ruit zag. Ze kreeg maar geen grip op deze zaak. Vermoeidheid overspoelde haar boosheid. Ze trok haar jas aan en deed het licht uit. Bij het verlaten van de meldkamer botste ze in de gang bijna op brigadier Woolf.

'Ik kwam het u net vertellen. We hebben een auto voor u geregeld, een blauwe Ford Mondeo.' Hij stak haar een sleutel toe. Zijn brede gezicht keek nog norser dan eerder die dag.

'Bedankt,' zei Erika en ze pakte de sleutel van hem aan. Samen liepen ze vervolgens in de richting van de hoofdingang. Het kostte Woolf duidelijk moeite om haar bij te houden.

'Uw bagage heb ik er nog niet in gezet. Een paar jaar geleden ben ik aan mijn rug geopereerd, er moest een tussenwervelschijf uit. De koffer staat achter mijn balie...'

Ze kwamen bij de receptie, waar een magere, slonzige vrouw over Woolfs balie heen hing te bellen. Ze droeg een vieze, gescheurde spijkerbroek en een vlekkerige oude parka vol brandplekken. Ze had haar lange grijze haar met een elastiek in een paardenstaart gebonden en onder haar ogen zaten donkere kringen. Naast haar stonden twee onverzorgde meisjes luid te juichen naar een jongetje met stekeltjeshaar dat boven op Erika's koffer zat. Hij droeg een groezelige witte joggingbroek en draaide met zijn heupen, met één hand aan het handvat van de koffer en de andere in de lucht, alsof hij op een bokkend wild paard zat. Woolf haastte zich achter zijn balie en legde zijn vinger op de haak om het telefoontje te onderbreken.

'Ik was in gesprek, godverdomme!' gromde de vrouw verontwaardigd, waarbij een mond vol scheve, bruine tanden zichtbaar werd.

'Ivy. Dat is een politietelefoon,' zei Woolf.

'Nou, hij is al tien minuten niet overgegaan. Wees blij: de boeven nemen even pauze!'

'Wie wilde je bellen? Dan doe ik het wel voor je,' zei Woolf.

'Ik weet verdomme wel hoe ik moet bellen!'

'Wie is dit?' vroeg Erika.

Ivy hield de hoorn buiten Woolfs bereik, bekeek Erika van top tot teen en zei toen: 'Droopy en ik kennen elkaar al heel lang, is het niet, Droopy? Ik noem 'm altijd Droopy. Wat een lelijkerd is het, hè?'

'Jij daar, van mijn koffer af!' riep Erika tegen de jongen, die niet ouder kon zijn dan zeven of acht. Hij reageerde niet, maar bleef gillend van de pret haar koffer berijden.

Woolf worstelde nog steeds met Ivy om de telefoonhoorn. Uiteindelijk wist hij hem los te wrikken.

'Ik zou deze telefoon godverdomme gewoon moeten mogen gebruiken. Het is alleen maar lokaal tarief, en daarbij: ik betaal jouw loon toch ook?'

'O ja? Hoe dan?' vroeg Woolf.

'Ik heb geld. Ik betaal belasting en daar wordt jouw loon van betaald!'

Erika liep naar haar koffer om het jongetje eraf te tillen. Hij boog zich echter vliegensvlug naar voren en zette zijn tanden in de rug van haar hand. Het verbaasde haar hoeveel pijn het deed.

'Loslaten, nu!' zei Erika, terwijl ze haar best deed om kalm te blijven. Maar hij keek met een gemene grijns naar haar op en beet nog wat harder. Een snerpende pijn schoot door haar hand. Erika haalde uit en sloeg het jongetje recht in zijn gezicht, hard. Hij slaakte een kreet, liet haar hand los en viel met een doffe klap van de koffer op de grond.

'Wie denk jij godverdomme dat je bent?' gromde Ivy, terwijl ze naar Erika uithaalde.

Toen Erika haar probeerde te ontwijken, merkte ze dat ze met haar rug tegen de muur stond. Een lang lemmet blikkerde op slechts een paar centimeter van haar gezicht. Gelukkig wist Woolf Ivy nog net op tijd weg te trekken.

'Ivy, kom op, rustig aan...' begon hij, terwijl hij de hevig spartelende vrouw met veel moeite onder haar oksels in bedwang hield.

'Zeg mij niet dat ik rustig aan moet doen, lelijke papzak!' zei Ivy venijnig. 'Als je aan mijn kinderen komt, trut, snij ik je gezicht zo aan flarden, daar zit ik echt niet mee. Ik heb niets te verliezen.'

Erika probeerde haar ademhaling onder controle te krijgen terwijl ze de stiletto steeds dichterbij zag komen.

'Laat dat mes los... Loslaten,' gromde Woolf, die eindelijk Ivy's pols beet wist te krijgen, zodat hij het mes uit haar hand kon draaien.

Toen het op de vloer kletterde, zette hij er vlug zijn voet op.

'Moest dat nou zo ruw, Droopy?' zei Ivy en ze wreef over haar pols. Woolf bleef haar in de gaten houden terwijl hij zich bukte om het mes op te rapen. Met een druk op de knop verdween het lemmet weer in het handvat. Het jongetje en de twee meisjes waren niet langer dreigend en rumoerig, het waren gewoon kinderen, die vooral bang leken voor wat Ivy zou gaan doen. Erika kon zich niet voorstellen hoe hun leven eruitzag. Ze keek naar de kleine jongen, die een groezelige vuist tegen zijn pijnlijke wang drukte.

'Sorry, het spijt me zo... Hoe heet je?'

Hij deinsde achteruit. Wat kon ze ook tegen hem zeggen? Dat ze een rotdag had gehad? Erika keek naar hun vieze kleding, hun ondervoede lijfjes...

'Ik wil een klacht indienen,' zei Ivy glunderend.

'Werkelijk?' zei Woolf en hij begon Ivy naar de hoofdingang te duwen.

'Ja, politiegeweld... Blijf met je poten van me af... Politiegeweld tegen een minderjarige.'

'Daar zul je dan een formulier voor moeten invullen,' zei Woolf. 'Voordat je een nacht in de cel doorbrengt, voor het met een mes bedreigen van een politieagent.'

Ivy kneep haar ogen tot spleetjes. 'Nee, daar heb ik godverdomme geen tijd voor! Kom, kinderen, mee!' Ze keek Erika nog een keer aan, waarna ze met zijn allen door de deur verdwenen. Even later flitsten hun jassen langs het raam.

'Shit.' Erika liet zich tegen de balie zakken en wreef over de rug van haar hand. 'Ik had hem niet mogen slaan.'

Er stond een wit-met-paarse rij tandafdrukken diep in haar huid. Bloed vermengde zich met het speeksel van het jongetje. Woolf liep naar een doos waar MESSEN op stond en gooide Ivy's stiletto erin. Toen liep hij om de balie heen om een eerstehulpset te pakken, zette de doos op de tafel naast Erika en klapte het deksel open.

'Ken je haar?' vroeg Erika.

'Zeker weten. Ivy Norris, oftewel Jean McArdle, Beth Crosby... Soms noemt ze zich ook Paulette O'Brien. Iedereen kent haar hier.'

Hij goot wat alcoholoplossing op een steriel verband en drukte dit tegen de rug van Erika's hand. De nare, prikkende pijn werd verzacht door een troostende pepermuntgeur. Toen vervolgde hij: 'Ze is een hardnekkige drugsverslaafde prostituee met een strafblad zo lang als de Chinese muur. Haar specialiteit was ooit "moeder en dochter", als u begrijpt wat ik bedoel – tot de dochter overleed aan een overdosis.'

'En de vaders van de kinderen?'

'Het zijn eigenlijk haar kleinkinderen. Tja, wie weet? Je kunt net zo goed met je vinger in het telefoonboek prikken.'

Woolf tilde het verband op en begon de bloederige wond schoon te maken met een nieuw stuk verband.

'Zijn ze dakloos?'

Woolf knikte.

'Kunnen we ze niet in de crisisopvang krijgen, voor bed, bad, brood?' vroeg Erika. Ze zag Ivy nog steeds: ze stond op de parkeerplaats te roken en in het wilde weg te schreeuwen. De kinderen stonden dicht tegen haar aan, ineengedoken onder hun oma's zwaaiende armen.

Woolf lachte grimmig. 'Bij de meeste opvanghuizen mag ze niet meer komen, omdat ze er steeds de hoer uithing.'

Hij plakte een grote, vierkante pleister op de rug van Erika's hand.

'Bedankt,' zei Erika en ze boog haar vingers even.

Woolf begon de EHBO-doos weer in te pakken. 'U weet vast wel wat ik u nu ga vertellen. U moet naar een dokter, voor een tetanusprik en u weet wel... Straatkinderen zijn niet gezond.'

'Ja ja,' zei Erika.

'En ik zal dit in het logboek moeten noteren, alles wat er is gebeurd. Zij heeft u met een mes bedreigd, hij heeft u gebeten...'

'Ja, en ik heb hem geslagen. Ik heb verdomme een kind geslagen... Is goed, jij moet je werk gewoon doen. Nogmaals bedankt.'

Hij knikte, ging weer op zijn stoel zitten en pakte wat papieren.

Erika draaide zich terug naar het raam. Maar Ivy en de kinderen waren verdwenen.

10

De kou buiten sneed door merg en been. Er brandde licht in de hoofdingang van het politiebureau van Lewisham Row, maar de parkeerplaats was op het eerste oog een poel van duisternis. Lange rijen auto's stonden er te glinsteren van de rijp onder zwak brandende straatlantaarns, erachter kroop het stadsverkeer gestaag voorbij. Erika's hand bonkte nog steeds. Ze richtte de sleutelhanger naar links, klikte en deed toen hetzelfde voor rechts. Een auto, helemaal achter op de parkeerplaats, knipperde tweemaal kort. Ze vloekte en begon toen te lopen, sleurde haar rolkoffer door de diepe sneeuw.

Ze legde hem in de kofferbak en stapte in. Het interieur van de auto was ijskoud, maar hij rook nieuw. Ze zette de motor aan en schakelde de centrale deurvergrendeling in. Toen de verwarming de boel een beetje had opgewarmd, reed ze langzaam naar de uitgang.

Op de stoep buiten de parkeerplaats stond Ivy, met de kinderen onbeheersbaar trillend tegen haar aan. Erika stopte bij hen en opende haar raampje. 'Waar ga je naartoe, Ivy?'

Ivy draaide zich om. De wind ving een lange grijze haarlok en drukte hem tegen haar gezicht. 'Wat gaat jou dat aan?' vroeg ze.

'Ik kan jullie een lift geven.'

'Waarom zouden we in de auto stappen bij iemand die kinderen slaat?'

'Het spijt me, dat was echt stom van me. Ik heb een rotdag achter de rug.'

Ivy snoof. 'Jíj hebt een rotdag gehad? Moet je mijn leven eens proberen, schat,' zei ze.

'Ik kan je brengen waar je wilt. Kunnen de kinderen zich ook even opwarmen,' zei Erika. Ze zag dat de meisjes blote benen hadden onder hun dunne jurkjes.

Ivy kneep haar ogen tot spleetjes. 'En wat moet ik daarvoor terugdoen?'

'Je hoeft alleen maar in de auto te komen zitten,' zei Erika. Ze pakte een biljet van twintig pond. Toen Ivy het wilde pakken, trok Erika het vlug weg. 'Dat krijg je zodra ik je heb afgezet, op voorwaarde dat er niet meer met messen wordt gedreigd of gebeten.'

Ivy schonk de jongen een strenge blik. Hij knikte gehoorzaam. 'Oké dan,' zei ze en ze trok het achterportier open. De kinderen klommen naar binnen en kropen op de achterbank.

Toen Ivy naast Erika kwam zitten, rook ze een scherpe, hoerige geur. Ze bedwong haar angst voor Ivy's nabijheid en zei: 'Gordels om.' Het leek haar vooral voor zichzelf veiliger als ze allemaal vastzaten.

'Jazeker, anders overtreden we de wet,' zei Ivy lachend. Ze trok de autogordel om zich heen en maakte hem met een klik vast.

'Waar wil je naartoe?'

'Catford,' zei Ivy.

Erika pakte haar telefoon en opende GoogleMaps.

'Shit, mens,' zei Ivy, 'ik wijs het je wel. Hier linksaf.'

De auto reed erg soepel. En terwijl de straatlantaarns over de voorruit trokken, bracht de ongewone combinatie van Ivy en haar kleinkinderen een haast aangename stilte in Erika teweeg.

'Zo. Heb jij kinderen?' vroeg Ivy.

'Nee,' zei Erika. Ze zette de ruitenwissers aan toen een sneeuwvlaag tegen de voorruit sloeg.

'Ben je soms een pot?'

'Nee.'

'Kan me ook niet schelen, ik heb helemaal niks tegen potten. Je kunt stevig met ze drinken en ze zijn goed in klussen... Ik heb het ook een keertje geprobeerd, weet je. Maar ik vond het niet lekker smaken.'

'Wat, klussen?' grapte Erika.

'Ha ha, erg leuk. Nu we het er zo over hebben, misschien dat ik toch nog eens de lesbische kant op ga. Dan zal ik mijn geld moeten delen, maar ik word de smaak van een lul ook een beetje zat.'

Erika keek haar aan.

'Kom op, liefje, je dacht toch niet dat ik bij de Marks and Spencer's werkte, wel?'

'Waar woon je?' vroeg Erika.

'Dat zal ik jou godverdomme aan je neus hangen!' Ivy wilde op haar afvliegen, maar de autogordel hield haar tegen.

'Rustig maar... Je vertelt me net dat je "de smaak van een lul een beetje zat begint te worden" en dan is vragen naar je adres onbeschoft?'

'Niet zo bijdehand, jij, ik ken jouw type. Gek op je werk, hè? Maar heb je ook vrienden?' Er viel een stilte. 'Dat dacht ik wel. Nooit eens vrij, is het wel? Jullie soort zou je eigen moeder nog verlinken... Hier links.'

Erika zette de richtingaanwijzer aan en sloeg af. 'Ik woon momenteel ook nergens,' zei ze. Ze dacht dat ze wel wat over zichzelf kon loslaten. 'Mijn man is onlangs overleden, ik ben er een poosje uit geweest en...'

'Je bent geflipt, hè?'

'Nee, maar daar ben ik wel dichtbij geweest,' zei Erika.

'Mijn vent is neergestoken. Jaren geleden al. In mijn armen doodgebloed... Daar rechts. Maar nu is alles weer goed met je, toch? Mooi zo. Ik had ook bij de politie kunnen zitten... of nog iets beters,' zei Ivy met een valse grijns.

'Ken je deze wijk goed?' vroeg Erika.

'Ja. Ik woon hier al mijn hele leven.'

'Welke bars kun je me aanbevelen?'

'*Welke bars kan ik aanbevelen?*' zei ze, Erika's stem imiterend.

'Oké dan, welke bars kén je?'

'Ik ken ze allemaal. Zoals ik al zei, ik sjouw hier al jaren rond, heb tenten zien komen en gaan. De ruige houden het altijd het langst vol.'

Ze reden langs het Catford Broadway Theatre. Op de fel verlichte gevel werd nog steeds reclame gemaakt voor een kerstklucht.

'Zet ons hier maar af,' zei Ivy.

Catford High Street was verlaten. Erika stopte bij een zebrapad, naast een Ladbrokes-wedkantoor en een Halifax-filiaal.

'Maar er staan hier helemaal geen woonhuizen,' zei Erika.

'Ik zei toch dat ik geen huis heb!'

'Maar waar slapen jullie dan?'

'Hé, ik moet nog werken. Kom op, maak ze maar wakker,' beet Ivy haar kleinzoon toe. Erika keek in haar achteruitkijkspiegel. De twee meisjes lagen met hun hoofden tegen elkaar aan te slapen, de jongen keek haar met een bleek gezicht aan.

'Sorry, dat ik je heb geslagen,' zei Erika.

Zijn gezicht bleef uitdrukkingsloos.

'Ja ja, het is goed. Geef me dat geld nou maar,' zei Ivy. Ze klikte haar gordel los en opende het portier. Erika zocht in haar jaszak naar het twintigje, Ivy griste het uit haar hand en stopte het in haar parka.

'Voor je gaat, Ivy: wat weet je over de pubs in Forest Hill? The Stag bijvoorbeeld?'

'Daar hebben ze een stripper die alles doet wat je wilt, zodra haar bierglas vol pondmunten zit,' zei Ivy.

'En The Glue Pot?' vroeg Erika.

Ineens veranderde Ivy's hele lichaamstaal en haar ogen werden groot. 'Daar weet ik helemaal niets van,' zei ze schor.

'En daarnet zei je nog dat je alle bars hier kende. Kom op, vertel eens wat over The Glue Pot.'

'Daar ga ik nooit naar binnen,' fluisterde Ivy. 'En ik weet ook niets, hoor je me?'

'Hoezo niet?'

Ivy zweeg even en keek Erika toen strak aan. 'Ik zou maar even naar die hand laten kijken. Kleine Mike is seropositief...'

Toen stapte ze uit, smeet het portier dicht en verdween tussen de winkels, met de kinderen achter zich aan. Erika was zo bezig met Ivy's reactie op de naam van die pub, dat amper tot haar doordrong wat de vrouw zojuist tegen haar had gezegd. Ze gooide haar portier open en volgde hen naar de ingang van de vochtige steeg. Daar tuurde ze in het donker, maar ze kon hen in de schaduwen al niet meer ontwaren. 'Ivy,' riep ze. 'Ivy! Wat bedoelde je daarmee, dat je daar nooit naar binnen gaat? Waarom niet?'

Toen Erika de steeg in liep, vervaagde het licht van de straatlantaarns algauw. Ze voelde iets zachts, plakkerigs onder haar voeten.

'Ivy... Ik kan je nog meer geld geven. Je hoeft me alleen maar te vertellen wat je weet...'

Ze haalde haar telefoon uit haar zak en zette het licht aan. De steeg lag vol met gebruikte naalden, condooms, weggegooide verpakkingen en prijskaartjes. 'Ik ben bezig met een moordonderzoek,' ging ze verder. 'En The Glue Pot is de laatste plek waar dit meisje is gezien...'

Haar stem weerkaatste tegen de muren. Er kwam geen enkele reactie. Ze kwam bij een draadgazen hek van zeker drie meter hoog, met ijzeren punten erop. Erachter zag ze nog net een overwoekerde tuin met een paar afgedankte gasflessen. Ze keek om zich heen.

'Waar zijn ze godverdomme gebleven?' mompelde ze voor zich uit. Ze rende terug door de steeg, maar vond geen enkele uitweg. Er waren alleen de twee hoge bakstenen muren.

Toen Erika terugkwam bij de auto, stond haar portier nog steeds open. Het alarm rinkelde zachtjes. Ze keek om zich heen en stapte weer in. Had ze het zich nou allemaal ingebeeld? Een paar tellen lang vreesde ze dat dat hele verhaal – Ivy, de kinderen – een hallucinatie was geweest. Maar toen voelde ze een steek in de rug van haar hand en zag ze de vierkante pleister.

Vlug schakelde ze de centrale deurvergrendeling in en reed met piepende banden weg. Verse adrenaline stroomde door haar lichaam. Iets klopte er niet aan Ivy's reactie op het horen van de naam The Glue Pot. Ze was doodsbang geworden. Maar waarom?

Het kon Erika niet schelen hoe laat het was of hoe hard ze aan slaap toe was. Ze ging nu naar die pub.

11

Erika reed terug naar Forest Hill en parkeerde een paar straten van de hoofdstraat, in een rustige woonwijk. De pub lag halverwege de hoofdstraat: een bakstenen gebouw van twee verdiepingen, met een bordeauxrode gevel. THE GLUE POT, stond er in het wit. De T was een stripachtig tekeningetje van een schilderkwast boven een pot witte lijm. Het was een ergerlijk logo, saai en stompzinnig. Het pand had vier ramen, twee op elke verdieping, met dikke stenen vensterbanken. Achter de ramen op de eerste verdieping was het donker. Van de twee beneden was er een dichtgetimmerd, voor het andere hing vitrage met een vage gloed erachter. Ondanks de kou stond de buitendeur op een kier. Een bord beloofde dat als je twee glazen huiswijn bestelde, je de rest van de fles gratis kreeg.

Erika stapte naar binnen. Na de buitendeur bleek er een tweede deur met zwaar beschadigd veiligheidsglas te zitten.

De bar was zo goed als verlaten. Er zaten slechts twee jonge mannen te roken aan een van de vele formica tafels. Toen ze hen passeerde, keken ze even naar haar op en vervolgens naar haar lange benen, waarna ze terugkeerden naar hun bier. Een kant van de kleine dansvloer stond vol met oude stapelstoelen, door de boxen klonk een jingle van Magic FM, gevolgd door de eerste tonen van *Careless Whisper*. Erika liep naar de lange, lage bar vol hangende glazen achterin. Een gedrongen meisje zat er op een piepklein draagbaar tv'tje *Celebrity Big Brother* te kijken.

'Een dubbele wodka met tonic, alsjeblieft,' zei Erika.

Het meisje stond op, reikte naar een glas en duwde het tegen het kraantje onder aan de op zijn kop hangende wodkafles, dit alles zonder haar blik van het scherm te halen. Ze droeg een verbleekt KYLIE SHOWGIRL TOUR-shirt dat om haar stevige boezem en mollige lichaam spande. Ze trok de achterkant van het shirt over haar forse achterwerk.

'Bent u op zoek naar een au pair? Of kinderopvang?' vroeg het meisje, dat Erika's accent kennelijk had opgemerkt. Erika dacht aan haar uitspraak ook iets te horen. Pools, Russisch? Ze kon het niet plaatsen. Het meisje duwde het glas nog eens tegen het kraantje.

'Ja,' zei Erika, die had besloten het spel mee te spelen. Het meisje pakte nu een plastic fles met tonic en vulde het glas ermee tot de rand. Toen zette ze het drankje op de bar en schoof haar een vierkante kaart en een pen toe.

'Voor twintig pond mag u een kaart op het bord hangen. Elke dinsdag worden de kaarten ververst. Dat is dan drieëntwintig vijftig, inclusief het drinken,' zei ze.

Erika rekende af, ging zitten en nam een slok. Het drankje was lauw en de prik was eruit.

'Waarom hebt u uw man niet gestuurd?' vroeg het meisje, terwijl ze keek wat Erika opschreef.

'Dan gaat hij alleen nog maar meer drinken!'

Het meisje knikte begrijpend.

Erika liep naar het kleine kurken prikbord dat het meisje had aangewezen, aan de muur naast de bar. Er hingen tientallen kaartjes op, allemaal over elkaar heen en met de hand beschreven in het Slowaaks, Pools, Russisch, Roemeens, over vraag en aanbod van bouwvakkers, oppassen en au pairs.

'Is het hier altijd zo rustig?' vroeg Erika, terwijl ze de lege bar rondkeek.

'Het is januari,' zei het meisje schouderophalend. Ze stond met een oude doek asbakken uit te vegen. 'En er is geen voetbal.'

'Mijn vriendin heeft haar au pair ook gevonden via een advertentie hier,' zei Erika, terwijl ze weer naar haar barkruk liep. 'Komen hier veel vrouwen? En jonge meisjes die au pair willen worden?'

'Soms.'

'Volgens mijn vriendin was er een meisje dat werk zocht, dat ik hier zou kunnen treffen.'

Het meisje stopte met vegen en schonk haar een kille blik. Erika nam nog een slok en haalde toen haar telefoon tevoorschijn. Ze scrolde naar de foto van Andrea en liet hem haar zien.

'Zij.'

'Nooit gezien,' zei het meisje, iets te snel.

'Echt niet? Volgens mijn vriendin was ze hier een paar dagen geleden nog...'

'Ik heb haar niet gezien.' Het meisje pakte een dienblad op dat half vol stond met lege glazen en wilde ermee weglopen.

'Ik ben nog niet klaar,' zei Erika en ze legde haar politiepenning op de bar.

Het meisje aarzelde even en zette het dienblad weer neer. Toen ze zich omdraaide en het identiteitsbewijs zag liggen, kreeg ze een paniekerige blik in haar ogen.

'Nee, rustig maar. Ik wil alleen dat je mijn vragen beantwoordt. Hoe heet je?'

'Kristina.'

'Kristina?'

'Gewoon Kristina,' hield ze vol.

'Oké, Gewoon-Kristina. Dan vraag ik het je nog een keer: heb je dit meisje hier wel eens gezien?'

Kristina bestudeerde de foto van Andrea op Erika's telefoon en schudde haar hoofd toen zo heftig dat haar wangen ervan trilden.

'Werkte je hier op de avond van de achtste? Dat was een donderdag, iets meer dan een week geleden.'

Het meisje dacht even na en schudde toen opnieuw haar hoofd.

'Weet je het zeker? Ze is eerder vandaag dood gevonden.'

Het meisje kauwde op haar lip.

'Is dit jouw pub?'

'Nee.'

'Je werkt hier gewoon?'

'Ja.'

'Wie is dan de eigenaar of eigenares?'

Ze trok haar schouders op.

'Kom op, Kristina. Dat is informatie die ik zo kan achterhalen, via de brouwerij. En die mannen zaten daarnet hierbinnen te roken, ondanks het rookverbod. Weet je hoeveel dat aan boete gaat kosten? Duizenden ponden. En dan hebben we ook nog het illegale arbeidsbemiddelingsbureau. Je hebt mij zojuist twintig pond gerekend voor het ophangen van een advertentie. Ik hoef maar even te bellen en over vijf minuten stormt hier een heel team agenten naar binnen. En dan ben jij de verantwoordelijke...'

Kristina begon te huilen. Haar enorme boezem trilde en haar gezicht werd rood. Met de punt van een theedoek depte ze haar kraalogen droog.

'Maar als je gewoon een paar vragen voor me beantwoordt,' zei Erika, 'dan zorg ik ervoor dat je wordt gezien als een onschuldige medewerker.'

Kristina hield op met huilen. Ze zuchtte diep.

'Oké... Het is goed, Kristina, er gaat niets ergs gebeuren. Goed, kijk nu alsjeblieft nog eens naar deze foto. Heb je dit meisje hier op de avond van de achtste gezien? Dat was afgelopen donderdag. Ze is ontvoerd en vermoord. Als je me iets kunt vertellen, help je me misschien om degene die dit heeft gedaan te vinden.'

Het meisje keek met opgezwollen ogen naar Andrea's foto. 'Ze zat daar, in de hoek,' zei ze uiteindelijk. Erika draaide zich om en zag een tafeltje bij de dansvloer. Ze zag ook dat de twee mannen weg waren, ze hadden hun bierglazen nog niet eens leeggedronken.

'Weet je zeker dat het ditzelfde meisje was?' vroeg Erika en ze hield de foto op de telefoon weer omhoog.

'Ja. Ik kan me herinneren hoe mooi ze was.'

'Was ze alleen? Of had ze met iemand afgesproken?'

Kristina knikte. 'Ze was met een jonge vrouw, met kort blond haar.'

'Zo kort als dat van mij?' vroeg Erika.

Het meisje knikte.

'Nog iets?'

'Ze hebben wat besteld, twee drankjes misschien, dat weet ik niet meer precies, het was een heel drukke avond en... en...'

Erika zag dat ze steeds nerveuzer en angstiger begon te worden.

'Ga door, Kristina. Het komt goed, dat beloof ik je.'

'Ik weet niet wanneer ze is weggegaan, die vriendin van haar, bedoel ik... maar toen ik weer keek, zat er een man bij haar.'

'Hoe zag die eruit?'

Ze trok haar schouders op. 'Lang, donker... Ze hadden ruzie.'

'Hoe bedoel je, "lang en donker"? Heb je niet wat meer details voor me?' zei Erika, terwijl ze haar frustratie probeerde te verbergen. Dit was een heuse doorbraak, maar dan moest Kristina niet zo vaag blijven. Ze nam een besluit en pakte haar telefoon.

'Kristina, ik wil graag dat je met me meekomt naar het bureau, dan maken we daar wat wij een "compositiefoto" noemen, van de vrouw en de man die je bij Andrea hebt zien zitten.'

'Nee, nee, nee, nee,' zei Kristina en ze begon achteruit weg te lopen.

Erika draaide het nummer van de receptie van Lewisham Row. De telefoon ging over. 'Jouw informatie zou ertoe kunnen leiden dat wij ontdekken wie deze jonge vrouw, Andrea, heeft vermoord.'

'Maar ik ben aan het werk en...'

'Ik kan ze ook hierheen laten komen, dan handelen we het meteen af.'

De agent van dienst nam op.

'Met inspecteur Erika Foster. Ik wil graag een paar geüniformeerden en een politieauto bij pub The Glue Pot aan London Road in Forest Hill. En wie is er momenteel aan het werk die een compositiefoto kan maken?'

Vanuit haar ooghoek zag Erika iets bewegen, waarna ze zich realiseerde dat Kristina door een deur achter de bar was gevlucht.

'Shit! Wacht even, ik bel je zo terug.' Erika sprong over de bar en kwam in een vettig keukentje terecht. Daar stond een deur wijd open. Ze stapte de steeg erachter in, die zich lang en leeg in beide richtingen uitstrekte. Het begon weer licht te sneeuwen. Het was er griezelig stil.

Erika doorzocht de hele steeg, in beide richtingen. De huizen eromheen waren donker, de straten aan de uiteinden verlaten. De sneeuwvlokken werden steeds dikker, de wind floot tussen de gebouwen door. Het was ijskoud. Erika trok haar jas om zich heen.

Ze had sterk het idee dat ze werd bespied.

12

Er werden twee geüniformeerde politieagenten naar The Glue Pot gestuurd, maar hun uitgebreide zoektocht leverde niets op. Kristina was in rook opgegaan. Het appartement boven de pub was leeg, het versleten meubilair omgeven door troep.

Het was al na middernacht toen de agenten tegen Erika zeiden dat ze beter wat kon gaan slapen. Zij zouden de wacht wel houden in de pub en, zodra het dag werd, de kroegbaas opsporen. Als Kristina terugkwam, brachten ze haar meteen naar het bureau.

Erika voelde zich nog steeds gejaagd toen ze terugliep naar haar auto, die een paar straten verderop stond. De straten waren zo stil dat elk geluid leek te worden versterkt: de gure wind die om de huizen blies, een windgong op een veranda... Het was bijna alsof ze de blikken uit de donkere ramen overal om haar heen kon voelen.

Vanuit haar ooghoek zag ze achter een van de ramen een schaduw bewegen. Maar toen ze zich omdraaide, zag ze slechts een donker erkerraam. Stond iemand haar daar te bespieden? Ze besefte dat ze hevig aan rust toe was. Bij het eerste het beste hotel zou ze inchecken. Ze opende het portier van haar auto, stapte in en schakelde de centrale deurvergrendeling in. Ze liet de stoel naar achter zakken, legde haar hoofd achterover en sloot haar ogen.

Het is een snikhete dag in een verlopen straat in Rochdale. Erika's beschermende politiekleding plakt aan haar huid. Ze verschuift ongemakkelijk, gehurkt tegen de lage muur voor een rijtjeswoning die in de hitte hoog boven haar opdoemt. Naast haar zitten twee agenten, aan de andere kant van het hekje zitten er nog drie. Een van hen is Mark, de middelste.

Door weken van surveilleren kent ze dit huis op haar duimpje. Een betonnen plaatsje vol kliko's aan de voorkant, een gas- en elektriciteitsmeter aan de muur waar de afdekplaat vanaf is getrokken.

Na de voordeur en de trap leidt een deur links op de overloop naar de achterslaapkamer. Dat is waar ze de meth maken. Ze hebben er een vrouw zien binnengaan met een klein kind. Het is link, maar ze zijn goed voorbereid. Erika heeft het draaiboek talloze keren met haar team van acht doorgenomen. Maar nu zitten ze voor het huis. Nu is het echt. Zodra ze dreigt te worden overspoeld door angst, keert ze zich daar vlug van af.

Ze knikt, waarna haar in het zwart geklede team zich stilletjes in beweging zet en naar de voordeur sluipt. De zon weerkaatst op de draaiende schijf van de elektriciteitsmeter. Eenmaal, tweemaal, het ritme lijkt zich bijna aan te passen aan het gebonk van de stormram. Bij de derde keer versplintert het hout en knalt de voordeur krakend open.

Vervolgens breekt de hel los.

Er wordt geschoten. Het raam boven de meter knalt naar binnen. De schoten komen vanuit het huis achter hen. Erika draait haar hoofd. Dat leuke huis aan de overkant. Met zijn schuiframen, zijn koperen cijfers op de deur, zijn Farrow & Ball-verf op de binnenmuren. Het echtpaar was zo gastvrij geweest, zo bescheiden toen de politie bezig was met de surveillance.

Alles valt op zijn plek als Erika's blik naar hun bovenraam wordt getrokken. Ze ziet een donkere schaduw, het volgende moment voelt ze een verscheurende pijn in haar hals en proeft ze bloed. Mark staat meteen naast haar en hurkt neer om haar te helpen. Ze probeert iets te zeggen, hem te waarschuwen: 'Kijk uit, achter je!' *Maar er loopt bloed in haar keel. De hysterie van de hele situatie maakt het bijna grappig. Dan klinkt er een luide knal en wordt de zijkant van Marks hoofd opengereten...*

Met een schok werd Erika wakker, happend naar adem. Ze voelde zich omgeven door een vreemde, drukkende helderheid. Ze ademde uit, in één lange stroom. Pas toen ze het stuur voor zich zag, wist ze weer waar ze was: terug in het heden, in haar auto. Een laag verse sneeuw had de ramen bedekt.

Ze kende deze droom. Ze ontwaakte er altijd op hetzelfde moment uit. Soms was hij in zwart-wit en was Marks bloed net gesmolten chocolade.

Ze ademde diep in en uit. Langzaam werd haar hartslag weer rustiger, drong de werkelijkheid verder tot haar door. Ze hoorde gedempte stemmen en voetstappen, het geluid werd luider en verdween toen weer: gewoon een paar mensen die langs haar auto liepen.

Ze keek naar het digitale klokje op het dashboard. Het was bijna vijf uur 's ochtends. Kennelijk had ze een paar uur geslapen. Ze voelde zich echter geen greintje beter. Ze ging rechtop zitten, haar lichaam was stijf en koud, en ze startte de motor. De verwarming blies ijskoude lucht in haar gezicht.

Toen de auto wat was opgewarmd, zette Erika de ruitenwissers aan en wachtte tot ze weer zicht kreeg op de straat, die was bedekt met een verse laag wit. Toen ze de pleister op de rug van haar hand zag, herinnerde ze zich weer dat ze eigenlijk naar een dokter zou moeten. De gebeurtenissen van gisteravond dwongen haar echter om door te gaan, voorlopig.

Andrea was in die pub geweest... Wie waren de vrouw en de man met wie ze daar had gesproken? En waarom was die barjuffrouw ervandoor gegaan?

Het was gemakkelijker om die droom weg te duwen, nu ze een probleem had dat haar aandacht opeiste. Erika zette de auto in de versnelling en ging op weg naar het politiebureau.

13

Het was stil op het politiebureau van Lewisham Row om half zes in de ochtend. Het enige geluid was een vaag getimmer vanuit de gang met cellen. De dameskleedkamer was verlaten. Erika trok haar vuile kleren uit, liep door naar de grote gemeenschappelijke doucheruimte en zette het water zo heet als ze kon verdragen. Terwijl ze onder de straal genoot van de warmte, trok de stoom steeds hoger op en verdwenen zowel de victoriaanse tegeltjes als Erika uit beeld.

Om zes uur zat ze in schone kleding in haar eentje in de centrale meldkamer, met in haar handen een kop koffie en een reep uit de automaat. Vanaf de muur keek Andrea Douglas-Brown haar overmoedig aan.

Erika liep naar het bureau dat aan haar was toegewezen, vond haar wachtwoord en logde in op het intranet. Het was acht maanden geleden dat ze voor het laatst naar haar werkmail had gekeken. Niet uit terughoudendheid of zo, ze had er simpelweg geen toegang toe gehad. Al scrollend zag ze mailtjes van oud-collega's, nieuwsbrieven, spam, plus een oproep voor een formele hoorzitting. Daar moest ze bijna om lachen: ze hadden haar op de hoogte gesteld van een officiële disciplinaire hoorzitting via een intern mailsysteem waar ze haar vanaf hadden gegooid.

Met een lange veeg met de muis markeerde ze alle oude mails en drukte op Wissen.

Er was nu nog maar één mail, van brigadier Crane, gisteravond laat aan haar verstuurd:

Hierbij Andrea D-B's volledige Facebookgeschiedenis van 2007 tot 2014. Plus de gegevens van haar telefoon, die op de plaats delict is gevonden.
CRANE

Erika opende het bijgevoegde document en drukte op Afdrukken. Enkele ogenblikken later kwam de printer zoemend tot leven. Het apparaat begon razendsnel papier uit te spuwen. Erika pakte de stapel en liep ermee naar de personeelskantine, in de hoop dat die al geopend was zodat ze er een fatsoenlijke kop koffie kon halen, maar helaas was hij nog in duisternis gehuld. Ze nam een stoel achterin, knipte de lichten aan en begon in Andrea Douglas-Browns Facebookaccount te bladeren.

Het besloeg 217 pagina's en was een verslag van bijna zeven jaar, waarin Andrea veranderde van een frisse veertienjarige in een zwoele sirene van begin twintig. In haar eerste posts was ze nog tamelijk conservatief, maar zodra de jongens in beeld kwamen, begon ze zich steeds uitdagender te kleden.

Andrea's jaren op Facebook werden vertegenwoordigd door een eindeloze stroom van feestfoto's en selfies. Honderden kiekjes met knappe mannen en mooie meiden, en zelden vaker dan een paar keer dezelfde mensen. Kennelijk was Andrea een feestbeest geweest, en wel aan het chique eind van het spectrum. De clubs die ze had bezocht waren van het type waar je een tafel moest reserveren en er leek op de foto's op die tafels nooit een gebrek te zijn aan champagneflessen.

Op Facebook was door de jaren heen opvallend weinig interactie met de broer en zus. Haar oudere zus, Linda, had slechts een paar posts over de familie 'geliket', evenals haar jongere broer, David, maar daarbij ging het enkel om berichtjes over de jaarlijkse vakantie van de familie Douglas-Brown in Griekenland, en later in een villa in Dubrovnik, Kroatië.

Die vakanties interesseerden Erika het meest. Het ging om jaarlijks drie weken in augustus, die steeds volgens hetzelfde patroon verliepen. Aan het begin van elke vakantie postte Andrea een paar familievriendelijke plaatjes: een groepsfoto van een etentje in een mooi restaurant, of het hele gezin in badkleding bij een strandhuisje tijdens een ongedwongen lunch. Bij al deze lunches droeg Andrea een bikini en poseerde ze voor de foto, terwijl ze met haar donkere haar dramatisch over één schouder elegant in haar eten prikte. In schril contrast hiermee zat Linda ineengezakt voor zich uit te kijken, met een hoge stapel eten op haar bord, duidelijk geïrriteerd dat ze nog niet mocht aanvallen. Zij leek elke vakantie weer dikker en hulde zich altijd in lange T-shirts op een legging. David daarentegen, begon als een extreem magere dertienjarige met een bril, weggedoken onder zijn moeders slanke arm, maar veranderde langzaam in een knappe jongeman.

Andrea leek het beter te kunnen vinden met haar broer dan met haar zus: op veel van de foto's trok ze hem stevig tegen zich aan, terwijl hij tegenstribbelde met zijn bril scheef op zijn neus. Er waren bijna geen foto's van Linda en David samen. Sir Simon en lady Diana gaven weinig van zichzelf prijs op de foto's; jaar in, jaar uit trokken zij hetzelfde gezicht: een brede maar afwezige glimlach. Hier had je lady Diana in een combi van badpak en sarong, daar was sir Simon in een wijde surfbroek die hij wat te hoog over zijn harige buik had getrokken.

Elke vakantie verloor Andrea al gauw haar interesse in haar familie en begon ze foto's van jongens uit de omgeving te posten. Eerst waren die nog een beetje stalkerachtig: groepen jongens die zich er niet van bewust waren dat ze werden gefotografeerd terwijl ze stonden te roken of zonder shirt voetbalden op het strand. Vervolgens concentreerde Andrea zich op één jongen in het bijzonder en bracht de laatste week van de vakantie met hem door, aan het enorme aantal foto's te zien behoorlijk geobsedeerd. De foute types leken haar het meest aan te spreken: oudere jongens, donkere types met gespierde torso's, tatoeages en piercings. Op één foto, genomen in de zomer van 2009, zat Andrea in een piepkleine bikini op een gigantische Harley Davidson te doen alsof ze reed, terwijl een donkerharige knaap, waarschijnlijk de eigenaar van de motor, was verbannen naar de buddyseat. Hij had zijn ene hand in haar bikinislipje, in de andere hield hij een sigaret, met het gloeiende puntje vlak bij Andrea's gebruinde huid. Zij keek in de camera met een blik die zei: *Ik heb hier de touwtjes in handen.*

Erika schreef in de kantlijn: *Wie heeft deze foto genomen?*

Ze merkte amper dat het doorgeefluik van de kantine werd geopend en wazig voor zich uit kijkende agenten binnenstroomden om te komen ontbijten. Ze bleef doorlezen, gegrepen door Andrea's leven.

In 2012 verscheen er een nieuwe vriendin op het toneel, ene Barbora Kardosova.

Slowaakse naam? schreef Erika in de kantlijn.

Barbora was donker en mooi, net als Andrea, en werd in rap tempo een goede vriendin, die in 2012 en 2013 zelfs mee mocht op vakantie. In haar leek Andrea een handlanger te hebben gevonden bij haar jacht op jongens. Hoewel ze dat tegen die tijd heel wat mondainer aanpakte, te zien aan de foto's van de vele donkerharige hunks in chique nachtclubs of op al even chique ligbedden.

Andrea begon Barbora blijkbaar zelfs als haar boezemvriendin te zien: ze postte foto's waarop ze er samen ontspannen bij stonden. Op die foto's was Andrea niet opgemaakt en leek ze zich veel minder bewust van de camera. Zonder haar oorlogskleuren was ze in veel opzichten nog veel knapper, rondhuppelend met een oprechte glimlach op haar gezicht. Op een van de foto's poseerden de twee meiden naast elkaar voor een spiegel, in grote truien die tot over hun knieën reikten. Het waren rare, ouderwetse dingen: op die van Barbora renden geborduurde katten achter bollen wol aan, op die van Andrea lag een enorme rode kater in een mandje. De flits van de telefooncamera weerspiegelde in de bovenhoek van de spiegel. Er stond een opmerking van Andrea's zus bij: *Flikker op uit mijn slaapkamer, trut!*

Andrea had de opmerking geliket en er met een ☺ op geantwoord.

Maar eind 2013 verdween Barbora opeens zonder enige verklaring uit beeld toen ze Andrea ontvriendde. Erika bladerde een paar pagina's terug om te checken of ze soms iets miste. Na dit punt verscheen Barbora op geen enkele foto meer, likete ze zelfs geen enkele post meer. Ongeveer een half jaar later, in juni 2014, werd Andrea's

Facebookaccount inactief gemaakt – zonder verklaring of boodschap aan haar vrienden waarin ze aankondigde met Facebook te willen stoppen.

Erika richtte zich dan maar op de telefoongegevens. In vergelijking met het Facebookverhaal waren deze maar saai en nogal summier. Crane had alle nummers toegelicht: het ging om telefoontjes naar Andrea's verloofde Giles Osborne, een keer op zaterdag naar de plaatselijke afhaalchinees. Gedurende zeven opeenvolgende zaterdagen voor kerst had Andrea een telefonische stem op *The x Factor* uitgebracht. De overige telefoontjes waren naar familieleden, de bloemisterij van haar moeder in Kensington en haar vaders secretaresse. Op de avond van haar verdwijning had Andrea niet gebeld, ook al was deze telefoon vlak bij haar op de plaats delict aangetroffen. De telefoongegevens besloegen slechts acht maanden, tot juni 2014.

Er klonk een hoop herrie: iemand liet een beker vallen, hij knalde kapot op de stenen vloer. Erika keek op en besefte dat het inmiddels volop licht was en dat de kantine volliep. Toen ze op haar horloge keek, zag ze dat het tien voor negen was. Omdat ze niet te laat wilde komen voor de briefing, raapte ze snel haar papieren bij elkaar en stapte op.

Op de gang liep ze commissaris Marsh tegen het lijf.

'Ik heb het logboek van gisteravond gezien,' zei hij, met één opgetrokken wenkbrauw.

'Meneer, het wordt allemaal uitgelegd. Ik heb een goede aanwijzing.'

'Welke?'

'Dat zult u tijdens de briefing horen,' zei ze toen ze bij de meldkamer waren aangekomen. Eenmaal binnen zag Erika dat het hele team achter haar bureau zat. Het werd stil.

'Oké, goedemorgen, iedereen. Ik zal beginnen met het bericht dat het brigadier Crane is gelukt Andrea's volledige Facebookgeschiedenis te achterhalen, evenals haar telefoongegevens, wat geweldig is en erg snel. Andrea was zeer actief op de site, maar afgelopen juni heeft ze haar account ineens stopgezet. En haar telefoongegevens lopen ook maar tot juni 2014. Waarom? Is ze van nummer veranderd?'

'In juni heeft ze Giles Osborne ontmoet,' bracht inspecteur Sparks haar in herinnering.

'Oké. Maar waarom zou ze rond dezelfde tijd van telefoonnummer veranderen en haar Facebookaccount stopzetten?'

'Misschien wilde ze een frisse start maken. Sommige mannen worden jaloers als hun vriendin exen en een verleden blijkt te hebben,' zei Singh.

'Ze gebruikte Facebook overduidelijk om met mannen in contact te komen, dus toen ze zich verloofde was dat niet meer nodig,' opperde Sparks.

'Maar haar telefoongegevens... nou ja, die zijn bijna té simpel. Wil je me nu echt wijsmaken dat ze de man van haar dromen tegenkwam en vanaf dat moment vond dat haar leven compleet was en andere contacten niet meer nodig waren?'

'Dat zei ik niet,' zei Sparks.

'Nee, maar ergens klopt het niet. Op de avond van haar verdwijning heeft ze niemand gebeld. Laten we eens wat graafwerk verrichten: haar oude telefoon zoeken en daar de gegevens uit halen, kijken of ze misschien een tweede telefoon had, waar wij niets van weten. En zoek alles uit over ene Barbora Kardosova – let op de uitspraak: "kardosh-ova". Zij was tussen 2012 en 2013 heel goed bevriend met Andrea, totdat ze opeens uit beeld verdween. Hebben ze ruzie gehad, waar is zij nu, kunnen we haar spreken? Ik wil alles over haar weten, zorg dat je haar vindt. En dan: ex-vriendjes. Andrea kwam geen aandacht van mannen tekort, kijk wat je allemaal naar boven kunt halen.'

'Maar ga er wel discreet mee om,' maande Marsh, die ergens achterin stond.

Erika vervolgde: 'Gisteravond heb ik een bezoekje gebracht aan The Glue Pot. Een barjuffrouw genaamd Kristina verzekerde me dat Andrea daar op de avond van haar verdwijning is geweest. Volgens haar trof ze er eerst een vrouw met kort blond haar en later een donkerharige man.'

‘Laat je deze Kristina naar het bureau komen voor een compositiefoto?’ vroeg Sparks.

‘Ze schrok nogal toen ik dat voorstelde.’

‘Oké. Hoe luidt haar achternaam?’ wilde Sparks weten.

‘Eh, dat heb ik haar niet meer kunnen vragen...’

Sparks grinnikte vals en knikte.

Erika ging verder: ‘Maar een andere vrouw die ik heb gesproken, ene Ivy Norris...’

Sparks onderbrak haar. ‘Jezus! Ik zou maar niets geloven van wat Ivy Norris je op de mouw speldt. Die ouwe snol staat erom bekend dat ze maar wat lult en altijd rotzooi trapt.’

‘Oké, maar Ivy Norris reageerde nogal vreemd toen ik de naam The Glue Pot liet vallen. Ze was bang. Dus wil ik alles wat jullie kunnen vinden over die pub. Spoor die barjuffrouw op, ondervraag de kroegbaas. Ik heb het idee dat daar een link naar Andrea ligt en die moeten we snel zien te vinden, voordat alles weer anders is.’

‘Inspecteur Foster... Kan ik u misschien even onder vier ogen spreken?’ zei Marsh.

‘Jazeker, meneer... Moss en Peterson, ik wil graag dat jullie vandaag met me meegaan. De uitslag van de lijkschouwing komt binnen en de Douglas-Browns zullen het lichaam officieel identificeren.’

Hierop barstte er een druk geroezemoes los in de meldkamer. Erika volgde Marsh naar zijn kantoor, sloot de deur en nam plaats tegenover hem.

‘Dus de Douglas-Browns komen vanochtend voor de officiële vaststelling van de identiteit?’

‘Ja, om half elf.’

‘Dan zal ik de officiële politieverklaring ook op dat tijdstip afgeven. Onze persvoorlichtster, Colleen, is erg goed. En natuurlijk willen we benadrukken dat het gaat om de moord op een onschuldig meisje. We zullen ons er echter ook op moeten voorbereiden dat de pers er een politieke draai aan zal geven,’ zei Marsh mistroostig.

‘Tja, de kranten moeten ook verkocht worden,’ zei Erika. Er viel een stilte waarin Marsh met zijn vingers op het bureau trommelde.

'Ik moet weten welke invalshoek jouw onderzoek krijgt,' zei hij ten slotte.

'Ik zoek gewoon de moordenaar, meneer.'

'Niet zo bijdehand.'

'Nou ja, u was er net ook bij in de meldkamer. Die getuige, Kristina, heeft Andrea op de avond van haar verdwijning in The Glue Pot gezien. Volgens haar was ze in het gezelschap van een blonde vrouw en een donkerharige man. Dus zoek ik eerst die twee.'

'En waar is die Kristina nu?'

'Die is ervandoor gegaan voordat ik de kans kreeg meer informatie uit haar te krijgen.'

'Wist ze dat je van de politie was?'

'Ja.'

'Kan ze het idee hebben gehad dat het voor haarzelf beter was om tegen jou te zeggen dat ze Andrea had gezien?'

'Pardon, meneer?'

'Luister, Erika. Die Kristina is hier hoogstwaarschijnlijk illegaal en als de dood het land te worden uitgezet. Ze zou je nog hebben verteld dat ze Elvis bij de jukebox had zien staan, als ze dacht daar haar hachje mee te kunnen redden.'

'Nee, meneer, ik geloof echt dat dit een bruikbare tip is. En dan is er nog die andere vrouw, iemand uit de buurt, Ivy Norris. Haar reactie op The Glue Pot was...'

'Erika, ik heb in het logboek het verslag van gisteravond gezien. Daar staat in dat jij Ivy Norris' kleinzoon hebt geslagen, waarna zij jou met een mes heeft bedreigd.'

'Ja, dat joch beet me en daar reageerde ik verkeerd op. Maar dat is niet relevant. Meneer, Ivy Norris kent deze wijk en iets aan die pub maakt haar bang.'

'Weet je dat er afgelopen maand in de Rambler's Rest in Sydenham vier mensen een kopje kleiner zijn gemaakt? Daar gaat ze waarschijnlijk ook niet zo graag wat drinken.'

'Meneer!'

Maar Marsh vervolgde: 'Ik heb verdomme de assistent-korpschef op mijn nek gehad – ik moet alle verwikkelingen in dit onderzoek rapporteren aan iemand van het Cabinet Office. Ze willen zich ervan verzekeren dat er geen onverkwikkelijke, ongefundeerde details over de familie Douglas-Brown worden opgedregd en gaan rondgonzen in de media.'

'De media heb ik niet in de hand. En ik laat ook geen details van een lopend onderzoek lekken. Dat weet u heel goed, meneer.'

'Jawel, maar ik wil dat je...'

'Meneer, ik moet gewoon mijn werk kunnen doen. Wees eens eerlijk: bedoelt u soms dat er bepaalde dingen zijn waar ik geen onderzoek naar mag doen?'

Marsh trok een vies gezicht. 'Welnee!'

'Wat probeert u me dan te vertellen?'

'Ik probeer je te vertellen dat je je aan de feiten moet houden. Wij verdenken The Glue Pot er al lang van betrokken te zijn bij het tewerkstellen van illegale immigranten. Daar komt nog bij dat het een bekende hangplek voor prostituees is. Je hebt harde feiten nodig, voor je begint te beweren dat Andrea Douglas-Brown daar op de avond van haar verdwijning is geweest.'

'En als ik die barjuffrouw terugvind en een identificatie via compositiefoto met haar weet te regelen?'

'Nou, dan wens ik je veel succes, want die zit waarschijnlijk allang achter in een vrachtwagen onderweg naar Calais!'

'Meneer! We hebben bewakingsbeelden van Andrea. Op de avond van haar verdwijning is zij inderdaad op de trein naar Forest Hill gestapt, haar lichaam is er vlak bij de hoofdstraat gevonden. Christus, kan het nog duidelijker zijn dat ik wel eens gelijk zou kunnen hebben?'

Marsh keek haar geïrriteerd aan. 'Oké. Maar wees voorzichtig en voer het onderzoek subtiel uit. De pers houdt ons in de gaten.'

'Zal ik doen, meneer.'

'En ik wil op de hoogte gehouden worden. Van alles, begrepen?'

'Ja, meneer.'

Marsh schonk haar nog een veelbetekenende blik, waarna ze zijn kantoor verliet.

14

Het mortuarium leek ook dat kleine beetje warmte dat Erika nog in zich had op te slokken, terwijl ze door de lange, door TL-buizen verlichte gang liepen. Ze kwamen bij een metalen deur, die zoemend openging nadat Moss hun komst via de intercom had aangekondigd. Forensisch patholoog Isaac Strong kwam hun tegemoet.

'Goedemorgen,' sprak hij zacht. Er hing een aura van rust en regelmaat om hem heen. De witte laboratoriumjas om zijn lange lichaam was smetteloos en kreukloos gestreken, in het borstzakje stak een mobiele telefoon in een donkerleren hoesje. Hij droeg een strakke zwarte spijkerbroek met Crocs en had zijn donkere haar van zijn hoge voorhoofd gekamd. Opnieuw werd Erika getroffen door de zachte bruine blik onder zijn dunne, boogvormige wenkbrauwen. Zijn autopsieruimte bestond uit een merkwaardige combinatie van staal en victoriaanse porseleinen tegels. Een hele wand werd in beslag genomen door een rij roestvrijstalen deuren, in het midden van de ruimte stonden drie sectietafels, eveneens van roestvrij staal en omringd door afvoergoten. Op de dichtstbijzijnde tafel lag Andrea Douglas-Brown onder een wit laken. Haar ogen waren nu gesloten, haar haar gewassen en keurig weggekamd van haar voorhoofd. De bloeduitstortingen waren donkerder geworden, haar gezicht was nog steeds opgezwollen. Erika had voor haar familie gehoopt dat Andrea eruit zou komen te zien alsof ze lag te slapen, maar ondanks alle inspanningen was nog steeds goed te zien dat ze was mishandeld.

Isaac liep om de tafel heen en trok voorzichtig het laken weg. Naast de vele blauwe plekken en rode striemen op haar naakte lichaam waren er nu ook de keurige, grove stiksteken van de Y-vormige incisie, die vanaf de beide schouders tussen de volle borsten over het borstbeen naar beneden liep.

'Er zat geen vloeistof in de longen, dus moet ze al overleden zijn geweest toen ze in het water belandde,' zei Isaac. 'Het ijs heeft het bederf vertraagd, maar je ziet ook dat de huid is verbleekt door langdurige blootstelling aan water. De striemen in de hals en een gebroken sleutelbeen duiden op dood door wurging. En zoals ik het zie, geven de bloeduitstortingen rond de hals een hand van gemiddelde grootte aan, zonder ongebruikelijke kenmerken zoals ontbrekende vingers.'

Hij zweeg even.

'De uitslagen van de afdeling Toxicologie laten zien dat ze een hoog percentage alcohol in haar bloed had, evenals een kleine hoeveelheid cocaïne. Ze had al meerdere uren niet gegeten: haar maag was leeg, op de afgebroken voortand na, die ze waarschijnlijk tijdens de aanval heeft doorgeslikt.'

Hij hield een potje met daarin het stuk tand tegen het licht.

'Op haar mond en tanden heb ik sporen gevonden van een chemische kleefstof die in de meeste merken tape voorkomt.'

'Ze is dus gekneveld?' vroeg Erika.

'Daar lijkt het wel op. Er zijn geen aanwijzingen dat ze is verkracht. Het lijkt er echter wel op dat ze kort voor het tijdstip van haar overlijden anale seks heeft gehad, ogenschijnlijk met wederzijdse instemming. Ik heb een uitstrijkje gemaakt van de anus, maar ook hier heb ik geen sperma of bloed kunnen vinden. Alleen wat latex en kleine hoeveelheden glijmiddel.'

'Ze heeft er dus een condoom bij gebruikt,' stelde Erika vast.

'Degene die anale seks met haar heeft gehad, heeft een condoom gebruikt,' corrigeerde Isaac haar.

'Maar hoe weet je dat deze anale seks met wederzijdse instemming heeft plaatsgevonden?'

Er viel een ongemakkelijke stilte.

Toen lichtte Isaac toe: 'Er is een onmiskenbaar verschil te zien tussen penetratie met wederzijdse instemming en zonder. Bij wederzijdse instemming is het lichaam meestal ontspannen. Zonder is er vaak sprake van extreme stress, paniek en verzet, waardoor spieren zich spannen en knijpen, wat op zijn beurt weer kan leiden tot inwendige kneuzingen en schuurplekken. Ze had echter geen enkele schade aan de wand van haar rectum. Een andere theorie is natuurlijk dat de anale penetratie pas na het overlijden heeft plaatsgevonden.'

'Mijn god, alsjeblieft,' zei Erika. 'Ik mag toch hopen van niet.'

'Oké, het ís mogelijk, maar ik betwijfel het, eerlijk gezegd. Het lijkt hier te gaan om een behoorlijk gestoorde, heethoofdige aanvaller. Hij is als een beest tekeergegaan, heeft haar aan beide kanten de haren uit de slapen getrokken. Zou zo iemand de zin en de zelfbeheersing hebben om een condoom om te doen?'

'Zijn er op de plaats delict condooms gevonden?' vroeg Erika.

'Rond het botenhuis en de vijver stikte het ervan. We zijn ermee bezig om die allemaal te analyseren, maar dat duurt nog even.'

Ze zwegen een ogenblik.

'Denkt u dat Andrea daar het type voor was, voor anale seks?' zei Peterson ineens.

'Dat is me nogal een vooroordeel,' vond Isaac.

'Nou ja, we kunnen hier politiek correct gaan staan doen, of we zeggen gewoon waar het op staat. Is het dan niet een bepaald type dat anale seks goedvindt?' redeneerde Peterson.

'Die gedachtegang bevalt me helemaal niets,' zei Erika.

'Maar zo moeten we wel denken,' hield Peterson vol.

'Wil je daarmee zeggen dat alleen sletten 'm in de kont willen, meiden die zich doelbewust in linke situaties plaatsen?' vroeg Moss.

'Wat denk jij, gaat het hier om een partijtje uit de hand gelopen buitenseks?' vroeg Erika aan Isaac.

'Zoals ik al zei, het is niet mijn taak om te raden hoe iemand bij leven is geweest. Als ik iemand zie, moet ik bepalen hoe hij of zij is overleden. Je kunt hier zien dat haar handen met een kabelbinder vastgebonden zijn geweest. Dat ding heeft zich behoorlijk diep in haar huid gevreten. Haar benen waren ook aan elkaar gebonden, in de enkel van het linkerbeen zit een haarscheurtje.'

'Nee, dit was geen geëscaleerde kinky wip, dit was een ontvoering,' zei Erika. 'Ze kan best eerder op de dag seks hebben gehad met haar verloofde, en daarna... Jezus. We zullen het die verloofde moeten vragen. Is er nog ander DNA-materiaal?'

'Als dat er al was, is het hoogstwaarschijnlijk weggespoeld toen ze nog onder het ijs lag,' zei Isaac.

Toen ze klaar waren, hadden ze nog een paar minuten voordat de familie Douglas-Brown Andrea's lichaam kwam identificeren. Moss en Peterson grepen deze kans om een sigaretje te gaan roken, Erika ging in op het aanbod om mee te gaan, ook al was ze al jaren geleden gestopt. Staand in de deuropening van een van de nooduitgangen keken ze uit op de achterkant van een garage. Overal stonden auto's op de brug, met allemaal mannen in een verlichte put eronder.

Erika had meer verkrachtings- en moordzaken onder handen gehad dan ze zich kon herinneren. Terwijl ze zwijgend samen stonden te roken, keek ze naar de mannen die aan de overkant stonden te werken. Ze waren allemaal jong en sterk. Hoe dicht kwam de gemiddelde man in zijn leven bij het verkrachten en vermoorden van een vrouw? Hoeveel van hen hielden zich in, hoeveel van hen wisten ermee weg te komen?

'Andrea is de sleutel. Was het iemand die ze kende?' vroeg Erika zich hardop af, terwijl ze de sigarettenrook de koude lucht in blies. Een lang vergeten nicotinestoot kolkte door haar bloed.

'Denkt u dat ze het museumterrein op is gelokt, of is ze er uit vrije wil naartoe gegaan?' vroeg Peterson.

'Er is zo weinig bruikbaar bewijsmateriaal! Geen DNA. En dan waren de bewakingscamera's ook nog net buiten werking.'

'Kan dat soms met opzet zo zijn geregeld?' vroeg Moss. 'Van die bewakingscamera's? Kan het iemand van binnenuit zijn geweest, iemand die iets had tegen sir Simon of de familie?'

'Nee, die waardeloze camera's, dat komt puur door de bezuinigingen van de regering. En als het een professionele ontvoering en executie was, dan hadden ze haar telefoon en identiteitsbewijs toch niet op de plaats delict laten liggen? Lijkt me nogal slordig,' zei Peterson.

'Misschien wilden ze juist dat ze snel werd geïdentificeerd. Om de boodschap duidelijk te maken,' opperde Moss.

'Andrea kreeg nogal wat aandacht van mannen. Wat denken jullie van een gekwetste minnaar?'

'Dat is een mogelijkheid. Maar wie dan? Ze was verloofd. En sinds ze die Giles Osborne had leren kennen, leek ze te leven als een non. We moeten die vent spreken,' zei Moss.

Isaac verscheen achter hen. 'De familie Douglas-Brown is zojuist de parkeerplaats op gereden,' kondigde hij aan.

'Dit deel van mijn werk haat ik,' zei Moss, terwijl ze haar half opgerookte sigaret onder haar schoenzool uitdrukte en vervolgens terugschoof in het pakje.

Simon en Diana Douglas-Brown arriveerden samen met hun dochter Linda en zoon David. Erika vond het vreemd aanvoelen dat ze Andrea's broer en zus nu pas ontmoette. Door Andrea's Facebookaccount wist ze al zoveel over hen.

Diana en Simon waren in onberispelijk zwart. Diana zag eruit alsof ze door haar man en zoon overeind moest worden gehouden. David was opvallend lang en slank en droeg een modern strak zwart pak en een bril. Linda liep naast haar vader en zag er ouwelijk uit in haar zwarte klokrok en dikke winterjas. Ze hadden allemaal rode ogen van het huilen.

'Goedemorgen. Komt u maar mee, we zijn hier klaar voor u,' zei Erika, terwijl ze hen naar de deur van de identificatieruimte leidde.

Simon legde een hand over die van zijn vrouw. 'Blijf jij maar hier. David en Linda, jullie ook. Ik doe dit wel alleen.'

'Pap, we zijn er nu, we doen dit samen,' zei David. Zijn stem had een volle, krachtige ondertoon, net als die van zijn vader. Hij paste niet echt bij zijn nerd-achtige voorkomen. Linda beet even op haar lip en knikte toen.

Erika liet hen de ruimte binnen. Deze was klein en praktisch ingericht, met twee stoelen en een houten tafel met een akelig vrolijke bos plastic narcissen erop.

'Neemt u alstublieft de tijd,' zei Erika en ze leidde hen naar een groot glazen raam. Aan de andere kant ervan hing een gesloten gordijn. Het viel Erika op dat dit verkeerd om was opgehangen, waardoor je de vergeelde voering zag en het half losse stiksel aan de bovenkant. Ironisch dat de doden de goede kant te zien kregen, terwijl de familieleden en vrienden aan de andere kant moesten wachten, alsof ze in de coulissen stonden.

Diana verstrakte zichtbaar toen een assistent van het mortuarium het gordijn opentrok en Andrea onthulde, die onder een wit laken lag. Een zachtgeel licht scheen op de houten lambrisering van de identificatieruimte. Erika vond het identificeren van een dode altijd een haast abstracte gebeurtenis, theatraal. Sommige familieleden bleven emotieloos, anderen huilden onbeheersbaar. Een man, zo herinnerde ze zich, had ooit zo hard op het glas gebonkt dat er een barst in was gekomen.

'Ja. Ze is het, dat is Andrea,' zei Diana. Ze slikte en haar ogen liepen vol tranen. Ze drukte een keurige witte zakdoek tegen haar fraai opgemaakte gezicht. Linda verblikte of verbloosde niet. Ze kantelde slechts haar hoofd, haar ogen groot van morbide nieuwsgierigheid. David keek grimmig voor zich uit, vechtend tegen de tranen.

Maar het was Simon die zijn zelfbeheersing verloor. Met een jammerend geluid zakte hij ineen. David liep meteen naar zijn vader om hem te omhelzen, maar deze duwde hem heftig van zich af. Toen pas begon David ook te huilen: hij boog zich voorover en begon hevig trillend te snikken.

'We zullen u wat privacy gunnen. Neemt u alle tijd die u nodig hebt,' zei Erika. Diana knikte naar haar toen ze zich terugtrok.

Na vijf lange minuten kwam de familie eindelijk tevoorschijn, met bloeddoorlopen ogen. Erika stond hen op de gang samen met Moss en Peterson op te wachten.

'Bedankt dat u dat hebt gedaan,' zei Erika zacht. 'Zouden wij u allen misschien later vanmiddag kunnen spreken?'

'Waar wilt u het dan met ons over hebben?' vroeg Simon. Zijn rode ogen keken opeens behoedzaam en verlegen.

'We willen graag wat meer over Andrea weten. Om erachter te komen of ze de dader kende.'

'Hoezo zou ze haar moordenaar hebben gekend? Denken jullie soms dat Andrea zich met dat soort lui ophield?' zei Simon.

‘Nee, meneer, dat denk ik niet. Maar we zijn verplicht dit soort vragen te stellen.’

‘Waar is Andrea’s verloofde eigenlijk?’ vroeg Moss.

‘Giles begreep dat wij als familie even met rust gelaten willen worden. Ik weet zeker dat hij erbij zal zijn wanneer...’ Lady Diana zweeg abrupt. Misschien realiseerde ze zich nu pas dat ze een begrafenis zou moeten regelen.

Ze keken hoe de familie langzaam over de besneeuwde parkeerplaats naar een klaarstaande auto liep. Terwijl iedereen instapte, keek Simon Douglas-Brown Erika strak aan, zijn bloeddoorlopen ogen boorden zich in de hare. Toen stapte hij ook in en reed de auto weg, de sneeuw in.

15

Yakka Events was gevestigd in een futuristisch kantoorpand in een woonstraat in Kensington. Het doemde hoog op tussen de gewone rijtjeshuizen, als een opzichtig kunstwerk dat op het verkeerde adres was afgeleverd. Erika, Peterson en Moss moesten bij twee verschillende rookglazen deuren aanbellen voor ze voor de receptiebalie stonden. Daar zat een jonge receptioniste met oortjes in achter haar computer te typen. Ze zag hen wel, maar zei niets en bleef stug doortikken. Erika boog zich over haar bureau heen en trok een van de oortjes los.

'Ik ben inspecteur Foster en dit zijn rechercheur Moss en rechercheur Peterson. Wij zouden Giles Osborne graag spreken.'

'De heer Osborne heeft het druk. Als u een ogenblik heeft, dan maak ik dit even af en schrijf ik u daarna in voor een afspraak,' zei de receptioniste, waarna ze het oortje met veel vertoon weer in haar oor duwde.

Erika boog zich opnieuw naar voren en trok aan de kabel, waardoor beide oortjes losschoten. 'Ik vraag het je niet, ik zeg het je. We willen Giles Osborne spreken.'

Ze lieten allemaal hun politiepenning zien. De houding van het meisje bleef even hooghartig, maar ze pakte de telefoon. 'Waar gaat het over?'

'De dood van zijn verloofde,' zei Erika.

De receptioniste toetste een nummer in.

'Waar denkt ze verdomme anders dat we voor komen? Voor een kat in een boom?' bromde Peterson.

Erika schonk hem een strenge blik.

De receptioniste legde de hoorn weer op de haak. 'De heer Osborne komt er zo aan. U kunt hier op hem wachten.'

Ze bracht hen naar een relaxruimte met banken en een lage houten koffietafel met een keurige waaier van designtijdschriften erop. In de hoek stond een bescheiden bar met een enorme verlichte koelkast vol bierflesjes en een gigantisch, zilverkleurig espressoapparaat. Aan de muur hing een lange fotocollage van verschillende Yakka-evenementen, die hoofdzakelijk leken te bestaan uit het uitdelen van gratis champagne door knappe jonge meisjes en jongens.

'Mij zou hij nooit aannemen, met mijn dikke kont,' mompelde Moss terwijl ze gingen zitten. Erika keek haar van opzij aan en zag voor het eerst dat Moss erbij grijnsde. Ze grijnsde terug.

Even later stapte Giles Osborne binnen via de rookglazen deur naast de bar. Hij was klein en gezet en had donker, vettig haar met een zijscheiding. Zijn kraalogen stonden te dicht bij elkaar en hij had een grote neus en geen kin. Hij had zich in een skinny spijkerbroek weten te persen en droeg een v-halsshirt dat veel te strak om zijn uitpuilende buik spande. Merkwaardige, puntige enkellaarzen, die hem op Humpty Dumpty deden lijken, maakten zijn outfit af. Het verbaasde Erika dat dit degene was met wie Andrea had willen trouwen.

'Hallo, ik ben Giles Osborne. Wat kan ik voor jullie doen?' zei hij zelfverzekerd, met een bekakt accent.

Erika stelde iedereen aan hem voor en zei toen: 'Om te beginnen willen we u onze condoléances aanbieden.'

'Dank je wel. Het was een enorme schok. Ik ben het nog steeds aan het verwerken, ik weet niet of ik ooit...' Hij kreeg een gepijnigde blik in zijn ogen, maar stelde niet voor om ergens anders naartoe te gaan.

'Kunnen we niet ergens gaan zitten waar wat meer privacy is? We willen u graag een paar vragen stellen,' zei Erika.

'Ik heb de politie gisteren al uitgebreid gesproken, ene inspecteur Sparks,' zei hij en hij kneep zijn ogen er achterdochtig bij tot spleetjes.

'Ja, en we waarderen het zeer dat u de tijd voor ons neemt. Maar u moet begrijpen dat het hier gaat om een moordonderzoek en dat wij moeten zorgen dat we echt alle informatie...'

Giles keek hen even aan en leek zijn achterdocht toen aan de kant te schuiven. 'Uiteraard. Mag ik jullie wat te drinken aanbieden? Cappuccino, espresso, macchiato?'

'Voor mij een cappuccino,' zei Moss.

Peterson knikte instemmend.

'Ik ook, graag,' zei Erika.

'Michelle, wij zitten in de vergaderzaal,' riep Giles naar de receptioniste. Toen hield hij de glazen deur open en liep met hen door een grote ruimte waarin zes of zeven jonge mannen en vrouwen achter hun computer zaten te werken. Ze leken geen van allen ouder dan vijfentwintig. De volgende glazen deur die Giles opende, leidde naar een vergaderruimte met een lange glazen tafel. Op een grote plasmatelevisie aan de muur was een website vol miniatuurfoto's te zien. Toen ze wat beter keek, realiseerde Erika zich dat het om doodskisten ging. Giles haastte zich naar een laptop op de glazen tafel en minimaliseerde vlug de browser, waarna het logo van Yakka Events in beeld verscheen.

'Ik kan me niet eens voorstellen hoe zwaar deze periode voor lord en lady Douglas-Brown moet zijn. Dus ik dacht, dan maak ik maar alvast een beginnetje met het plannen van Andrea's begrafenis,' lichtte hij toe.

'Andrea is pas een uur geleden officieel geïdentificeerd,' zei Moss.

Hij kaatste de bal terug: 'Ja, maar dat hadden jullie ook al gedaan. Toch?'

'Dat klopt,' gaf Erika toe.

'Je weet van tevoren nooit hoe je op een onverwacht sterfgeval reageert. Het zal voor jullie misschien vreemd lijken, maar...' Hij onderbrak zichzelf en sloeg zich voor het hoofd. 'Sorry, ik heb gewoon iets nodig om me op te richten... Ik moet iets doen, en dingen regelen zit me in het bloed. Ik kan gewoon niet geloven wat er is gebeurd...'

Erika trok een tissue uit de doos die op de vergadertafel stond en gaf hem aan Giles.

'Dank je.' Hij pakte hem aan en snoot zijn neus.

'Is uw bedrijf een succes?' vroeg Erika, die van onderwerp veranderde terwijl ze plaatsnamen aan de vergadertafel.

'Jazeker, ik mag niet klagen. Er zijn altijd mensen die de wereld over hun nieuwe product willen vertellen. Recessies komen en recessies gaan, maar er blijft behoefte aan het presenteren van ideeën, merken, manifestaties. Ik ben er om te helpen die boodschap over te brengen.'

'En welke boodschap hoopt u over te brengen bij het regelen van Andrea's begrafenis?' vroeg Moss.

Voordat Giles antwoord kon geven, kwam de receptioniste binnen met de koffie.

'Bedankt, Michelle, je bent een engel,' zei Giles, terwijl ze alweer wegliep. 'Eh, dat is een heel goede vraag. Ik wil dat mensen zich Andrea herinneren zoals ze was: een mooie jonge meid, puur en gezond, onschuldig, met haar hele leven nog voor zich...'

Dit moest Erika even laten bezinken. Ze zag dat Moss en Peterson hetzelfde deden.

'Erg lekkere koffie,' zei Moss.

'Dank je. We hebben dit product zelf helpen lanceren. Het is helemaal Fairtrade. De boeren krijgen voor hun oogst dik boven de marktwaarde betaald, hun kinderen gaan naar school. Ze hebben toegang tot sanitaire voorzieningen, schoon water, volledige gezondheidszorg.'

'Ik wist niet dat ik zoveel goeds deed, enkel door een cappuccinootje te drinken,' zei Peterson, zijn stem druipend van het sarcasme. Erika zag dat Peterson en Moss Giles Osborne ook niet erg mochten, maar dit gesprek zou op niets uitlopen als hij dat in de gaten kreeg.

'Wij zijn hier vandaag,' zei Erika, 'om te proberen een beter beeld van Andrea te krijgen. We geloven namelijk dat de beste manier om de dader te pakken te krijgen, is om alle puzzelstukken van haar leven in elkaar te passen, alle laatste dingen die ze heeft gedaan op een rijtje te zetten.'

'Natuurlijk,' zei Giles. 'Het was een schok, een vreselijke schok.' Zijn ogen begonnen zich weer te vullen met tranen. Boos veegde hij ze met het verkreukte zakdoekje weg en snoof een paar keer. 'We zouden deze zomer gaan trouwen. Ze was zo opgetogen. Ze was al gaan kijken voor een jurk. Ze wilde graag een Vera Wang en ik gaf mijn Andrea altijd wat ze wilde...'

'Wilden haar ouders die dan niet betalen?' vroeg Erika.

'Nee. Volgens de Slowaakse traditie betaalt elke familie de helft... Ben je ook Slowaakse? Ik meen een accent te horen,' zei Giles.

'Dat ben ik inderdaad.'

'Getrouwd?'

'Nee. Mag ik vragen hoe u en Andrea elkaar hebben leren kennen?'

'Ze kwam afgelopen juni voor me werken.'

'Als wat?'

'Als een van onze proefmonstermeisjes. Al geloof ik niet dat de betekenis van het woord "werk" haar erg veel zei. Ik ken lady Diana al een paar jaar. Voor onze evenementen maken we vaak gebruik van haar bloemisterij. Zij vertelde me op een gegeven moment dat haar jongste dochter een baantje zocht, liet me een foto van haar zien en... hoppetee.'

'Wat bedoelt u daarmee?' vroeg Peterson.

'Nou ja, ze was beeldschoon, precies het type dat wij graag inhuren. En natuurlijk was ik al heel snel verliefd, haha.'

'Heeft ze lang voor u gewerkt, voordat er zich een relatie tussen u beiden ontwikkelde?' vroeg Peterson.

'Nee... Nou ja, de liefde kostte wat meer tijd dan de duur van haar dienstbetrekking. Ze heeft slechts één dienst gedraaid: proefglaasjes Moët ronddelen. Ze was er waardeloos in. Ze gedroeg zich alsof ze te gast op het feest was, in plaats van er aan het werk te zijn, en werd stomdronken! Dat was dus geen succes, maar eh, wij wel...' Giles onderbrak zichzelf. 'Maar hoor eens, is dit allemaal relevant? Ik zou denken dat jullie beter gauw op zoek kunnen naar de moordenaar.'

'Het was dus nogal een flitsende verkeringstijd. Jullie hebben elkaar pas acht maanden geleden ontmoet, in juni, is het niet?' zei Erika.

'Ja.'

'En al heel vroeg in de relatie hebt u haar ten huwelijk gevraagd.'

'Zoals ik al zei: het was liefde op het eerste gezicht.'

'Denkt u dat dat ook voor Andrea gold?' vroeg Moss.

'Zeg, hoor eens, sta ik soms onder verdenking?' vroeg Giles, terwijl hij ongemakkelijk begon te schuiven op zijn stoel.

'Waarom denkt u dat? We zeiden toch dat we u alleen maar een paar vragen wilden stellen,' zei Erika.

'Maar ik héb dit allemaal al verteld! Als jullie nu eens ter zake komen, dan kan ik jullie gewoon vertellen waar ik op de avond van Andrea's verdwijning was. Op donderdag de achtste was ik van drie uur 's middags tot drie uur 's nachts bij een productlancering, bij Raw Spice in Soho, Beak Street 106. Daarna ben ik samen met mijn team terug naar kantoor gegaan, om wat te drinken en bij te komen. Dat kunnen jullie zo checken via de beelden van onze bewakingscamera's. Om zes uur die ochtend zijn we weer de deur uit gegaan voor een ontbijtje, bij de McDonald's in Kensington High Street. Zeker twaalf van mijn medewerkers kunnen dit bevestigen en van die andere plekken bestaan ongetwijfeld ook zat bewakingsbeelden. De portier van mijn flat heeft me om zeven uur 's ochtends zien thuiskomen en ik ben 's middags pas de deur weer uit gegaan.'

'Wat is Raw Spice?' vroeg Peterson.

'Een sushi *fusion*-ervaring.'

'Sushi fusion?'

'Ik had al niet verwacht dat iemand als jij zou weten wat dat is,' zei Giles bot.

'Iemand zoals ik?' vroeg Peterson en hij begon demonstratief aan een van zijn korte dreadlocks te draaien.

'Nee, nee, nee... Ik bedoelde iemand die... die zich hoogstwaarschijnlijk niet voortbeweegt in de hogere kringen van Central London...'

Op dat moment greep Erika in. 'Ja ja, allemaal leuk en aardig, maar luister eens, meneer Osborne...'

'Giles, alsjeblieft. Op dit kantoor noemen we elkaar bij de voornaam.'

'Oké, Giles. Zit je op Facebook?'

'Natuurlijk,' antwoordde hij fel. 'Ik run een evenementenbureau. Wij zijn uiterst actief op alle social media.'

‘En Andrea?’

‘Nee, zij was een van de weinige mensen die ik ooit heb ontmoet die niet op Facebook zat. Ik heb nog geprobeerd... ik heb een paar keer geprobeerd om haar op Instagram te krijgen, maar ze is... was hopeloos met techniek.’

Erika stond op, haalde een paar screenshots van Andrea’s Facebookaccount tevoorschijn en legde ze voor Giles op de glazen tafel.

‘Ze had wel een Facebookaccount. Dat heeft ze echter in juni 2014 inactief gemaakt – rond de tijd dat jullie elkaar hebben ontmoet.’

Giles trok de papieren naar zich toe. ‘Misschien wilde ze met een schone lei beginnen,’ zei hij ontdaan, terwijl hij wanhopig zijn best deed niet te reageren op een foto van Andrea, gedrapeerd om een knappe kerel wiens hand een van haar in een wit haltertopje gehulde borsten omvatte.

‘Ze heeft dus tegen je gelogen dat ze niet op Facebook zat.’

‘Nou ja, “liegen” klinkt wel erg hard.’

‘Maar waarom zou ze zoiets voor jou willen verzwijgen?’

‘Ik... Dat weet ik niet.’

‘Giles, ken je The Glue Pot in Forest Hill?’ vroeg Peterson.

‘Nee, ik geloof van niet. Wat is dat?’

‘Een pub.’

‘Dan ken ik hem zeker niet. Ik ga, zeg maar, nooit stappen ten zuiden van de rivier.’

‘Daar is Andrea voor het laatst gezien, vlak voor haar verdwijning. Ze was er in het gezelschap van een jonge vrouw met kort blond haar, en even later een donkerharige man. Enig idee wie dat geweest kunnen zijn? Had ze vrienden in South London, in de buurt van Forest Hill?’

‘Nee. Nou ja... Niet dat ik weet.’

‘Kun jij iemand bedenken die haar iets zou willen aandoen? Was ze bijvoorbeeld nog iemand geld schuldig?’

‘Welnee! Dankzij sir Simon en mij kwam Andrea nooit iets tekort. Op de avond van haar verdwijning zou ze samen met Linda en David naar de film gaan, had ze me verteld. Ik had haar zelf aangeraden meer contact met haar broer en zus te zoeken. Die drie zijn nooit erg hecht geweest.'

'Waardoor kwam dat?'

'Ach, je kent dat wel... Rijke families. De ouders delegeren de zorg voor hun kinderen aan kinderjuffen en docenten. En er is natuurlijk altijd strijd om aandacht tussen broers en zussen... Afijn, David en Andrea leken veel meer aandacht te krijgen dan Linda. Ik heb geluk gehad, ik ben enig kind.'

Erika moest weer aan Humpty Dumpty denken. Kleine, tonnetjeronde Giles in zijn eentje op een muurtje, bungelend met zijn benen.

'Heb je ooit een meisje ontmoet dat Barbora Kardosova heette? Ze was een vriendin van Andrea.' Erika schoof een foto van Barbora over de tafel.

Giles boog zich ernaartoe en bestudeerde hem. 'Nee. Maar Andrea heeft die naam wel eens laten vallen. Ze scheen Andrea heel wreed te hebben gedumpt als vriendin, kort voordat wij elkaar leerden kennen.'

'Hoe goed kende je Andrea's vrienden en vriendinnen?'

'Vriendinnen had ze niet veel. Ze probeerde soms wat hechter te worden met andere meiden, maar dan werden die jaloers. Andrea is – was – erg knap.'

'Hadden Andrea en jij een actief seksleven?' vroeg Peterson.

'Pardon? Jazeker, we waren net verloofd...'

'Heb je op de dag van haar verdwijning nog seksueel contact met Andrea gehad?'

'Wat heeft dat nou te maken met...' begon Giles.

'Wil je de vraag gewoon beantwoorden, alsjeblieft?' zei Erika.

'Eh, ik geloof van wel, 's middags. Luister, ik snap echt niet wat dit met haar verdwijning te maken kan hebben. Informeren naar mijn seksleven! Dat gaat jullie geen fuck aan!' Giles zag knalrood.

'Hebben jullie toen zowel anale als vaginale seks gehad?' vroeg Peterson droog.

Giles vloog zo snel overeind dat zijn koffiemok omviel en zijn stoel achterover. 'Zo is het wel genoeg! Eruit! Horen jullie me? Dit was toch gewoon maar een informeel praatje? Ik hoef jullie helemaal niets te vertellen, dit is puur op vrijwillige basis.'

'Natuurlijk,' zei Erika. 'Maar zou je die vraag alsjeblieft toch willen beantwoorden? Andrea is voor haar dood lang en meedogenloos mishandeld. We vragen dit niet zonder reden.'

'Wat? Of wij... of we ons hebben bezondigd aan een tegennatuurlijke daad? Nee, NEE! Ik zou nooit willen trouwen met een meisje dat...' Giles trok aan de hals van zijn T-shirt, hij kreeg de woorden er niet uit. 'Het spijt me, maar jullie moeten nu echt gaan. Als jullie me nog meer vragen willen stellen, vraag ik om een advocaat. Dit is hoogst onverkwikkelijk, stuitend gewoon.'

De gemorste koffie had de rand van de glazen tafel bereikt en begon luid spetterend op het tapijt te druppen.

'Is ze verkracht? Heeft hij haar erg toegetakeld?' vroeg hij opeens zacht, waarna hij in huilen uitbarstte. Geleund tegen de tafel snikte hij in de mouw van zijn T-shirt.

'We denken niet dat Andrea seksueel is misbruikt, maar het was een langdurige en wrede aanval,' zei Erika zacht.

'O, mijn god,' zei Giles. Hij haalde diep adem en wreef weer door zijn ogen. 'Ik kan gewoon niet bedenken... Ik kan me niet voorstellen wat ze moet hebben doorgemaakt.'

Erika gunde hem even wat tijd voor ze verderging: 'Zou je me kunnen vertellen, Giles, of Andrea meer dan één telefoon had?'

Hij keek verward naar haar op. 'Nee. Nee, ze had een Swarovski-iPhone, sir Simons secretaresse handelde de rekeningen ervan af. Net als bij Linda en David.'

Erika keek Moss en Peterson aan, waarna ze allemaal opstonden.

'Ik denk dat we het hier maar bij laten. Meneer Osborne, bedankt. Mijn excuses voor het type vragen, maar je antwoorden op deze lastige vragen zijn echt nuttig voor ons onderzoek.' Erika raakte even zijn mouw aan. 'We komen er zelf wel uit,' voegde ze eraan toe.

Ze passeerden Michelle, die net met een handvol tissues de glazen vergaderzaal binnenkwam en hun een afkeurende blik schonk.

'En? Wat denken jullie?' vroeg Erika, toen ze de deur uit stapten.

'Ik ga het gewoon zeggen, omdat ik weet dat we het allemaal denken. Wat moest zij in vredesnaam met hém? Over hooggegrepen gesproken!' riep Peterson uit.

'En ik geloof ook niet dat hij haar erg goed kende,' zei Moss.

'Of ze vertelde hem alleen wat ze wilde dat hij wist,' voegde Peterson eraan toe.

16

Tegen de middag was het officiële nieuws van Andrea's overlijden al op alle media te zien en te horen. Toen Erika, Moss en Peterson het huis van de familie Douglas-Brown naderden, bleek de verzameling fotografen in het plantsoentje behoorlijk te zijn gegroeid. Het was een drukte van belang op de inmiddels smeltende sneeuw. Ditmaal hoefden ze niet op de drempel te blijven wachten: ze werden meteen naar een ruime salon geleid, die zowel uitkeek op de boom voor het huis als op de grote achtertuin. Rond een langwerpige lage koffietafel stonden twee grote, lichtgekleurde banken en een paar leunstoelen. Er was een met wit marmer verfraaide open haard en in de hoek stond een salonvleugel met een verzameling fotolijstjes erop.

'Goedendag,' zei Simon Douglas-Brown, terwijl hij opstond van een van de banken om hun de hand te schudden. Diana Douglas-Brown zat naast hem. Zij stond niet op. Haar ogen waren rood en dik; ze droeg geen make-up. David en Linda zaten naast hun ouders. Simon, Diana en David waren nog steeds in het zwart, maar Linda droeg een geruite rok en een wijde, witwollen trui met jonge katjes die met bollen wol speelden erop. Erika herkende deze trui van Facebook: Andrea had hem aangehad op die foto met Barbora.

'Bedankt dat u ons wilde ontvangen,' zei Erika. 'Voor we beginnen, wil ik me verontschuldigen voor mijn onbeleefde gedrag van gisteren. Dat was niet de bedoeling en ik bied mijn oprechte excuses aan als ik u eventueel heb beledigd.'

Simon keek haar verrast aan. 'Maar natuurlijk, beschouwt u het maar als vergeten. En dank u.'

'Ja, bedankt,' herhaalde Diana schor.

'Wij zouden graag wat meer te weten komen over Andrea's leven,' zei Erika, terwijl ze plaatsnam op de bank tegenover het gezin. Peterson en Moss gingen aan weerszijden van haar zitten. 'Mogen we u een paar vragen stellen?'

De Douglas-Browns knikten.

Erika keek naar David en Linda. 'Ik begrijp dat Andrea op de avond van haar verdwijning met jullie had afgesproken?'

'Ja, we zouden elkaar treffen bij The Odeon in Hammersmith, om samen naar de film te gaan,' zei Linda.

'Welke film?'

David trok zijn schouders op en keek naar Linda.

'*Gravity*,' zei Linda. 'Andrea riep constant dat ze die dolgraag wilde zien.'

'Heeft ze jullie verteld waarom ze deze afspraak afzegde?'

'Ze heeft hem niet afgezegd, ze kwam gewoon niet opdagen,' zei Linda.

'Oké. We hebben een getuige die Andrea heeft gezien in een pub in South London, The Glue Pot. Zegt dat jullie iets?'

Het hele gezin schudde zijn hoofd.

'Dat klinkt niet als een gelegenheid die Andrea zou bezoeken,' zei Diana. Ze klonk een beetje vaag en afwezig.

'Zou ze er een afspraak kunnen hebben gehad? Had Andrea vrienden in die omgeving?'

'Mijn hemel, nee,' zei Diana.

'Andrea versleet zoveel vrienden,' zei Linda, terwijl ze met een nerveuze hoofdbeweging haar korte pony uit haar ogen schudde.

'Linda, dat is niet eerlijk,' zei haar moeder zwakjes.

'Het is toch zo? Er was altijd wel weer een nieuw iemand, die ze in een of andere bar of club had ontmoet – ze bezat een hele stapel ledenpasjes. Het ene moment was ze helemaal weg van zo iemand, het volgende verstootte ze hem weer. Verbannen vanwege een of andere pietluttige misstap.'

'Zoals?' vroeg Erika.

'Zoals er leuker uitzien dan zij, of praten met een jongen met wie zij wilde praten. Of te veel over zichzelf praten...'

'Linda,' zei haar vader waarschuwend.

'Ik vertel gewoon de waarheid!'

'Nee, je kamt je zus af, die is overleden. Die zich niet meer tegen je kan verdedigen...' Simon onderbrak zichzelf.

'Gingen Andrea en jij wel eens samen naar bars en clubs?' vroeg Moss.

'Nee,' zei Linda scherp.

'Die ledenpasjes, wat bedoel je daar precies mee?'

'Gewoon, dat je lid bent van een bepaalde club. Maar ik geloof niet dat dat soort tenten iets voor jou zouden zijn,' voegde Linda eraan toe, terwijl ze Moss van top tot teen bekeek.

'Línda!' zei Simon.

Zijn dochter ging een beetje ongemakkelijk verzitten, haar forse achterwerk schoof deels over de rand van de bank. 'Sorry, dat was onbeleefd,' zei ze en ze schudde weer met haar pony. Erika vroeg zich af of dat een zenuwtrekje van haar was.

'Geen probleem,' zei Moss minzaam. 'Dit is geen officieel verhoor. We zijn slechts op zoek naar informatie die kan helpen om Andrea's moordenaar te vinden.'

'Ik kan jullie een lijst bezorgen van de clubs waar Andrea lid van was. Ik zal hem door mijn secretaresse laten doormailen,' zei Simon.

'Linda, jij werkt bij een bloemisterij, is het niet?' vroeg Peterson.

Linda bekeek ook hem van top tot teen, alsof hij haar nu pas opviel. Ditmaal was haar blik goedkeurend. 'Ja. Het is de zaak van mijn moeder. Ik ben er assistent-manager. Heb jij een vriendin?'

'Eh... nee,' zei Peterson.

'Jammer,' zei Linda, weinig overtuigend. 'We krijgen voor Valentijnsdag een paar heel leuke dingen binnen.'

'En jij, David?' vroeg Peterson.

David hing onderuitgezakt op de bank en tuurde met een lege blik voor zich uit. De hals van zijn trui was opgetrokken tot over zijn onderlip. 'Ik studeer,' zei hij.

'Waar?'

'Hier in Londen, op UCL.'

'En wat studeer je?'

'Architectuurgeschiedenis.'

'Hij heeft altijd al architect willen worden,' zei zijn moeder trots en ze legde een hand op zijn arm. David trok zijn arm vlug weg. Heel even keek Diana alsof ze opnieuw in huilen zou uitbarsten.

'Wanneer heb jij Andrea voor het laatst gezien?' vroeg Erika.

'De middag voordat we met elkaar naar de film zouden gaan,' zei David.

'Ging je vaak stappen met Andrea in Londen?'

'Nee. Zij was van de Kardashian-glitter, ik heb meer met Shoreditch, begrijp je wel?'

'Bedoel je de bars en clubs van Shoreditch?' vroeg Peterson.

David knikte.

Peterson voegde eraan toe: 'Ik woon in Shoreditch. Ik heb er een hypotheek kunnen krijgen vlak voordat de onroerendgoedprijzen de pan uit rezen.'

Linda bekeek Peterson alsof hij een gebakje was dat klaarstond om te worden verslonden.

David ging verder: 'Ja. Als ik eindelijk aan mijn trustfonds mag, koop ik daar iets voor mezelf.'

'David,' waarschuwde zijn vader.

'Het is toch zo? Hij stelde me een vraag, ik gaf antwoord.'

Bijna onmerkbaar veranderde er iets aan de sfeer in de ruimte. Simon en Diana wisselden een blik, toen viel er een stilte.

'Dus Linda, jij bent bloemiste en David studeert. Wat deed Andrea?' vroeg Moss.

'Andrea was verloofd,' zei Linda, met een stem die droop van de ironie.

'En nu is het genoeg!' bulderde Simon opeens. 'Ik sta niet toe dat jullie twee zo doen, zo'n afschuwelijke sfeer in deze kamer verspreiden. Andrea is dood, op wrede wijze vermoord! En jullie zitten hier op haar af te geven!'

'Ik deed helemaal niets, het was Linda,' zei David.

'O ja, heb ik het weer gedaan. Het is altijd Linda...'

Hun vader negeerde hen allebei. 'Andrea was een mooie meid. Maar dat niet alleen, ze straalde, maakte altijd alles en iedereen vrolijk. Ze was mooi en kwetsbaar en... en... er is gewoon een lichtje gedoofd in ons leven.'

De sfeer in de kamer veranderde opnieuw. Het gezin schoof wat ongemakkelijk heen en weer, bewoog zich naar elkaar toe en werd een eenheid.

'Wat kunnen jullie ons vertellen over Andrea's vriendin Barbora Kardosova?' vroeg Erika.

'Ik geloof dat zij de beste vriendin was die Andrea ooit heeft gehad,' zei Diana. 'Zij ging zelfs mee op vakantie. Een tijdlang waren die twee superdikke vriendinnen, toen verdween Barbora opeens uit beeld. Volgens Andrea was ze verhuisd.'

'Weten jullie waarheen?'

'Nee. Ze gaf geen adres door, beantwoordde Andrea's mails niet meer,' zei Diana.

'Vond u dat niet vreemd?'

'Natuurlijk wel. Maar ik geloof dat ze uit een gebroken gezin kwam, haar moeder was niet gezond. En ach, mensen stellen je nu eenmaal onvermijdelijk teleur...'

'Hebben ze ruzie gehad?'

'Zou kunnen, maar Andrea was... Nou ja, over dat soort zaken zou ze nooit liegen, dat zou ze ons gewoon hebben verteld. Andrea denkt – dacht – dat Barbora jaloers op haar was geworden.'

'Andrea's telefoongegevens gaan maar terug tot juni 2014,' vertelde Erika.

'Ja, haar vorige telefoon was ze kwijtgeraakt. Die had ze al sinds haar dertiende of veertiende,' legde Simon uit.

'Hebt u hem voor haar vervangen?'

'Ja.'

'Hebt u het nummer van die oude telefoon nog?'

'Waar hebt u dat voor nodig?'

'Gewoon routine.'

'O ja? Ik zou denken dat acht maanden aan belgegevens genoeg zouden moeten zijn...'

Ze zagen allemaal dat Simon zich ongemakkelijk begon te voelen.

'Had Andrea een tweede telefoon?'

'Nee.'

'Is het mogelijk dat ze die wel had, maar dat u daar niet van op de hoogte was?'

'Nou, nee. De familie beheert haar trustfonds en Andrea maakte vooral gebruik van creditcards. We zouden het dus wel hebben geweten als ze een telefoon had gekocht. Maar waarom zou ze?'

'Het zou fijn zijn als we haar oude telefoonnummer konden krijgen.'

Simon keek Erika aan. 'Oké, ik zal het er met mijn secretaresse over hebben. Zij kan die gegevens wel terugvinden.'

Erika wilde haar volgende vraag stellen, toen Diana ineens het woord nam: 'Ik snap niet waarom Andrea helemaal de rivier is overgestoken! En daar heeft iemand haar dus meegenomen en vermoord. Mijn kindje, mijn kindje... Ze is dood!' Diana werd helemaal hysterisch, hapte kokhalzend naar adem.

Simon en David begonnen haar meteen te troosten, maar Linda schudde weer nerveus met haar pony en plukte aan een pluisje op haar kattentrui.

'Alstublieft, dat waren wel genoeg vragen,' zei Simon.

Erika kon haar ergernis maar moeilijk verbergen. 'Zouden we misschien even een kijkje in Andrea's kamer mogen nemen?'

'Wat, nu? Daar zijn allang mensen van jullie naar komen kijken.'

'Alstublieft, u zou ons er zo mee helpen,' zei Erika.

'Ik kan wel even met ze meelopen, pappa,' zei Linda. 'Komt u maar, hoor.'

Ze volgden Linda de salon uit, langs een nog steeds hysterische Diana. David schonk Linda een knikje en een vage glimlach en ging toen verder met het troosten van zijn moeder. Onderweg naar de deur kwamen ze langs de piano vol foto's van de familie Douglas-Brown en hun drie kinderen – allemaal glimlachend, allemaal gelukkig.

17

Andrea's slaapkamer was groot en net als de rest van het huis prachtig gemeubileerd. Drie grote schuiframen langs de ene wand keken uit op het plantsoentje waarin de pers nog steeds rondschuifelde. Linda liep voor hen naar binnen en beende op de ramen af. De fotografen beneden kwamen meteen in actie en begonnen te klikken. Linda trok de jaloezieën met een klap naar beneden.

'Barbaren! We kunnen niets doen, zitten helemaal klem hierbinnen. David heeft al geklaagd dat hij niet eens een sigaretje kan roken op het terras. Volgens pappa zou dat er stom uitzien.'

De stevige jaloezieën hulden de kamer in duisternis. Linda knipte het licht aan. Het middelste raam was het grootst. Eronder stond een gigantische kaptafel van glimmend gepolijst hout. Hij was keurig opgeruimd en er stond een verbijsterende hoeveelheid make-up op: een grote pot met borstels en eyeliner, een rij nagellakpotjes in allerlei kleuren, een stapel poederdozen en lippenstiften die in lange rijen op hun beurt stonden te wachten. Over een hoek van de spiegel hingen talloze armbandjes en tickets van concerten: Madonna, Katy Perry, Lady Gaga, Rihanna, Robbie Williams.

De hele rechterwand werd gevormd door een garderobekast. Toen Erika de spiegeldeur open liet glijden, dreef de geur van Chanel Chance haar tegemoet. Erin hing een kostbare verzameling designerkleding, voornamelijk korte rokjes en jurken. De bodem van de kast stond vol met schoenendozen.

'Dus Andrea kreeg een toelage?' vroeg Erika, terwijl ze kleerhangers opzijschoof.

'Op haar eenentwintigste verjaardag kreeg ze toegang tot haar trustfonds, net als ik. Alleen David moet nog wat geduld hebben, wat wel voor enige... aanvaringen heeft gezorgd,' zei Linda.

'Hoe bedoel je?'

'De mannen in deze familie moeten tot hun vijfentwintigste wachten.'

'Waarom?'

'David is een echte jongen van eenentwintig: hij geeft zijn geld het liefst uit aan vrouwen, drank en auto's. Maar hij is een stuk attenter dan Andrea, hoewel hij minder geld heeft. Van hem krijg ik altijd de mooiste verjaarscadeaus.' Linda schudde weer met haar pony en kruiste haar armen voor haar stevige poezenboezem.

'En waar geef jij je geld aan uit?' vroeg Moss.

'Dat is een heel botte vraag, die ik niet hoef te beantwoorden,' zei Linda nuffig.

Naast de garderobekast stond een keurig opgemaakt hemelbed met een blauw-met-witte deken en een rijtje knuffels op het hoofdkussen. Erboven hing een poster van One Direction.

'Die vond ze al niet echt leuk meer,' verklaarde Linda, die haar blik had gevolgd. 'Volgens haar waren het maar jochies en was zij tegenwoordig gek op mannen.'

'Maar ze was toch verloofd?' zei Erika.

Linda lachte bitter.

'Wat is er zo grappig, Linda?'

'Hebben jullie Giles gezien? Als ze de ganzen volstoppen voor de foie gras, staat hij altijd vooraan...'

'Waarom denk je dat Andrea iets met Giles had?'

'Kom op, agentjes, is dat niet overduidelijk? Geld natuurlijk. Hij staat op het punt om een fenomenaal landgoed in Wiltshire te erven, plus een huis op Barbados. Zijn ouders zijn goed voor triljoenen en lopen op hun laatste benen. Ze hebben hem heel laat gekregen: toen ze zwanger werd, dacht zijn moeder dat ze in de overgang was.'

'Is Andrea Giles wel eens ontrouw geweest?' vroeg Moss.

'Er vielen constant mannen voor Andrea. Overal waar zij kwam, veranderden ze in sneue, kwijlende wezens. Zij kreeg een kick van al die aandacht.'

'Maar had ze een verhouding?' drong Moss aan.

'De helft van de tijd wist ik amper waar ze was of wat ze uitvrat. We waren niet erg hecht. Maar ik hield van haar en ik vind het vreselijk dat ze dood is...' Voor het eerst leek het erop dat Linda zou gaan huilen.

'En jij, Linda?' begon Moss.

'Wat is er met mij? Wil je weten of ik de mannen ook aan het kwijlen krijg? Wat denk je zelf?' kapte Linda haar bot af.

'Ik wilde vragen of je een vriend had,' lichtte Moss toe.

'Dat gaat je niets aan. Heb jíj er een?'

'Nee, ik ben getrouwd,' zei Moss.

'En wat doet hij voor de kost?' vroeg Linda.

'Zij. Ze is lerares,' zei Moss luchtig. Erika deed haar best niet verbaasd te kijken.

'Nee, ik heb geen vriend,' zei Linda.

'Kunnen deze ramen helemaal open?' vroeg Peterson. Hij liep naar het middelste schuifraam en boog zich naar voren om achter de gesloten jaloezie te kijken. 'Of zit er een beveiliging op?'

'Nee, ze gaan helemaal open,' zei Linda, terwijl ze bewonderend naar Petersons achterste keek. Toen Erika bij hem kwam staan, zag ze dat er een brandtrap naar beneden was.

'Is Andrea wel eens stiekem door het raam geklommen als ze huisarrest had, om naar vrienden te gaan?' vroeg Erika.

'Mijn ouders hebben nooit de tijd genomen, noch de neiging gehad om ons huisarrest te geven. Als we weg willen, gaan we gewoon via de voordeur,' zei Linda.

'En jullie kunnen gaan en staan waar jullie willen?'

'Natuurlijk.'

Erika zakte op haar knieën en keek onder het bed. Er lagen wat stofvlokken op de glanzend houten vloer, maar één stuk was opvallend schoner dan de rest. Ze stond weer op, liep naar de ladekast en legde haar hand op het handvat van de bovenste la. 'Zou je het erg vinden om heel even buiten te wachten, Linda?'

'Hoezo? Ik dacht dat jullie alleen een beetje kwamen kletsen?'

'Linda, kun je me dan wat foto's van Andrea laten zien? Misschien hebben we daar wat aan,' zei Peterson en hij liep naar haar toe en legde heel even een hand op Linda's arm. Haar bleke, ronde gezicht werd vuurrood.

'Eh... ja, ik geloof dat ik er wel een paar heb,' zei ze, met een brede glimlach opkijkend naar Peterson. Toen ze weg waren, deed Erika de deur achter hen dicht.

'Die goeie ouwe Peterson, alles voor het team,' grapte Moss, waarna ze eraan toevoegde: 'Wat is er?'

Erika liep terug naar het bed. 'Is de technische recherche op deze kamer geweest toen Andrea alleen nog maar vermist was?'

'Nee, alleen Sparks is langs gegaan en heeft wat rondgesnuffeld. Maar ik vermoed dat Simon of Diana toen bij hem is gebleven, dus erg degelijk is dat niet gedaan.'

'Er is iets onder het bed dat er verdacht uitziet,' zei Erika.

Ze knielden allebei, haalden latex handschoenen uit hun jas en trokken ze aan. Erika liet zich op haar buik onder het bed glijden. Moss scheen bij met een zaklamp, terwijl Erika de zo goed als stofloze vloerplank bestudeerde. Ze streek met haar vinger langs de randen. Toen pakte ze haar sleutelbos, stak een sleutel tussen de kieren en tilde de bewuste plank op. Hij was echter te lang en het bed te laag, waardoor ze hem er net niet uit kon tillen. Erika legde de plank terug en schoof weer onder het bed vandaan. Toen pakten zij en Moss elk een kant van het bed en sleurden het met veel moeite een paar centimeter naar achteren.

'Jezus, dat is geen IKEA-troep,' zei Moss met een grimas.

Erika liep om het bed heen en trok de vloerplank omhoog.

In een holte eronder lag de verpakking van een mobiele telefoon. Voorzichtig pakte Erika de doos eruit en opende hem. De schimmelige kartonnen behuizing zat er nog in, maar de telefoon niet. Wel zat er een zakje met witte pilletjes in, een donker blokje van iets wat eruitzag als hasj, verpakt in huishoudfolie, een pakje grote Rizlavloeitjes en een doos Swan Vestas-filters. Ook was er een instructieboekje voor een iPhone 5S en een handsfree-set, nog in het plastic. Erika haalde het beschimmelde karton eruit. Eronder lag een wit bonnetje. Het was geprint op dun, glad papier, met aan een kant iets plakkerig geels waardoor de inkt was vervaagd. De andere kant was onbedrukt, maar daar was met blauwe pen in een kinderlijk handschrift geschreven: *Jij ben me schatje x.*

'Een opwaardeervoucher voor een mobieltje,' zei Erika, terwijl ze het blaadje weer omdraaide.

'Maar er staat maar een half transactienummer op,' ging Moss door. 'Wat is dat eigenlijk voor troep?'

Erika hield het bonnetje voor haar neus. 'Opgedroogd eigeel.'

'En hoe zit het met dat voorraadje?' vroeg Moss, met een blik naar de verpakking.

'Ik weet het niet. Jammer genoeg is het nogal gangbaar spul. Die zes pillen zouden ecstasy kunnen zijn. En een paar gram hasj? Dat is gewoon voor eigen gebruik,' zei Erika. 'Laten we dit maar gauw in een zakje doen en de technische recherche de rest van haar slaapkamer laten onderzoeken.'

Toen ze weer beneden kwamen, liepen Simon en David net met een arts naar de voordeur.

'Alles in orde?' vroeg Erika.

Simon bedankte de man en opende de deur, waarna de arts zich onder een spervuur van cameraflitsen over het voorpad haastte, zijn leren tas stevig onder zijn arm geklemd. Terwijl Simon de voordeur weer dichttrok, kwamen ook Peterson en Linda weer naar beneden.

'Nee, alles is níét in orde: mijn vrouw heeft een ernstig trauma opgelopen. Ik zou jullie willen vragen om te vertrekken.'

'Dit hebben we onder Andrea's bed gevonden,' zei Erika. En ze stak de plastic bewijszak met de mobielverpakking en de drugs omhoog.

'Wat? Nee, nee, nee, nee, nee,' gromde Simon. 'Mijn kinderen gebruiken geen drugs! Hoe weet ik dat jullie dit er niet zelf hebben neergelegd?'

'Meneer, het gaat ons niet om die drugs. Waar het ons om gaat, is het vermoeden dat Andrea een tweede telefoon had. In deze doos zat een opwaardeervoucher voor een mobieltje, van vier maanden geleden. Wist u daarvan?'

'Nee. Laat eens zien...' Sir Simon pakte de dunne plastic zak met het bonnetje aan en bestudeerde het, terwijl David en Linda geboeid toekeken.

'Wiens handschrift is dit?'

'Dat weten we niet. Kan het van Giles zijn?'

'Die heeft op Gordonstoun gezeten. Dan mag je toch verwachten dat hij het verschil tussen "me" en "mijn" wel kent. Maar hoe weten jullie dat dit van haar is? Het kan toch ook gewoon een oude doos zijn?'

'Kan uw secretaresse een tweede telefoon voor Andrea hebben geregeld?'

'Welnee! Niet zonder mij daarover te vertellen,' zei Simon. 'Zeg, wat weten jullie twee hiervan? Gebruikte Andrea wel eens drugs?' zei hij, terwijl hij zich omdraaide naar David en Linda.

'Wij weten helemaal niets, pappa.' Linda schudde haar pony weer uit haar ogen.

David stond ook zijn hoofd te schudden.

'Goed dan, dank u wel, meneer. Laat het ons alstublieft meteen weten als u nog iets ontdekt. Ik heb alvast een forensisch team besteld, om een kijkje te nemen in Andrea's slaapkamer.'

'Pardon? En daar vraagt u mijn toestemming voor?'

'Nee, ik deel u mee dat, in het belang van het onderzoek naar de moordenaar van uw dochter Andrea, ik het nodig acht dat een team van forensisch onderzoekers een kijkje in Andrea's slaapkamer neemt, meneer,' zei Erika.

'Jullie doen ook maar wat jullie willen, hè?' blafte Simon. En hij beende naar zijn werkkamer en trok de deur met een klap achter zich dicht.

Net toen ze aankwamen bij Erika's auto in Chiswick High Road ging haar telefoon.

'Met inspecteur Sparks. Ik sta nu in The Glue Pot. Even over die compositiefoto die je hebt proberen te regelen met die getuige, die Kristina.'

'Ja? Heb je haar gevonden?' vroeg Erika. Haar hoop bloeide op.

'Nee. En volgens de kroegbaas werkt hier helemaal geen Kristina.'

‘Waar heb je die kroegbaas gevonden?’

‘Die woont twee deuren verderop.’

‘Met wie heb ik dan gesproken?’

‘Daar heb ik het barpersoneel naar gevraagd. Er is wel een Kristina die past bij jouw omschrijving. Zij valt er heel af en toe in, voor cash, als een van de anderen een avondje vrij wil. Een van hen had een adres en daar zijn we gaan kijken. Het was een zit-slaapkamer in de buurt van het station, maar er was niemand.’

‘Van wie is die kamer?’ vroeg Erika.

‘De huisbaas ervan woont in Spanje en voor zover hij en de verhuurder wisten, staat hij al drie maanden leeg. Die Kristina van jou was dus een kraakster, of ze gebruikte het gewoon als vals adres.’

‘Shit! Laat de technische recherche die zit-slaapkamer checken op vingerafdrukken. Tot nu toe is zij de enige die Andrea met die mysterieuze man en vrouw heeft gezien.’

18

Even na vijven arriveerden ze weer op het bureau van Lewisham Row. Het team in de centrale meldkamer maakte een uitgebluste indruk, maar bij de geur van koffie keek iedereen verwachtingsvol op.

'Kom allemaal maar een beker halen. Er zijn ook donuts,' zei Erika. Ze waren op de terugweg langs de Starbucks gereden. Overal begonnen mensen zich uit te rekken en op te staan van achter hun bureau.

Crane kwam naar hen toe. Hij had de hele tijd bewakingsbeelden zitten bestuderen. 'Baas, u bent te gek. Fatsoenlijke koffie!' zei hij, terwijl hij in zijn ogen wreef.

'Ik hoop dat je wat goed nieuws voor me hebt over de beelden van London Road,' zei Erika. Ze hield hem de zak met donuts voor.

'We hebben de tijdschema's en routes van de bussen gedubbelcheckt en bij Transport for London de bewakingsbeelden opgevraagd van alle bussen die over London Road hebben gereden, langs het museum en het station, op de avond van Andrea's verdwijning. Ook veel taxi's hebben tegenwoordig een bewakingscamera: we zijn nog bezig die op te sporen. Maar die busbeelden krijgen we op zijn vroegst pas morgen binnen.' Cranes hand boven de zak met donuts aarzelde even.

'Ga je gang,' zei Erika, waarop hij zijn hand erin stak. 'Zet ze maar een beetje onder druk, de klok tikt door. Ik neem aan dat jullie hebben gehoord over de verdwenen barjuffrouw, Kristina?'

Het team knikte, al kauwend op donuts en slurpend van de koffie.

'Hoe zit het met Andrea's telefoon en laptop? Hebben jullie daar nog iets interessants vanaf gehaald?' vroeg Erika.

'Nee. Nou ja, we hebben het gros van de foto's teruggevonden die we al kenden van haar oude Facebookaccount, plus eindeloze spelletjes Candy Crush Saga. Daar was ze kennelijk door geobsedeerd. Blijkbaar gebruikte ze haar laptop enkel voor spelletjes – en natuurlijk iTunes. De iPhone die op de plaats delict is gevonden, was zo goed als leeg: geen foto's of filmpjes en nauwelijks appjes of sms'jes.'

Commissaris Marsh stak zijn hoofd om de deur van de meldkamer. 'Inspecteur Foster, kan ik je even spreken?'

'Ja, meneer. Moss, Peterson... Willen jullie iedereen even vertellen wat we onder Andrea's bed hebben gevonden?' vroeg Erika. Ze stopte het laatste stukje donut in haar mond en liep de meldkamer uit. Ze volgde Marsh naar zijn kantoor, waar ze hem op de hoogte bracht van de doos met het bonnetje onder het bed en de verdwenen barjuffrouw van The Glue Pot.

Aan het eind van haar verhaal tuurde Marsh naar de duisternis buiten. 'Brand je team niet op, Foster, oké?'

Hij leek iets relaxter dan eerder. Erika vroeg zich af of dat kwam door de krantenkoppen, die hun invalshoek hadden verplaatst: van de vorderingen van de politie naar de tragiek van Andrea's dood. Voorlopig althans lag de nadruk op het mooie jonge meisje wier leven wreed was beëindigd.

'De afdeling Persvoorlichting heeft zich prima gekweten van zijn taak de nieuwscyclus bij te stellen,' zei Marsh, alsof hij Erika's gedachten kon lezen.

'Is dat hoe ze het tegenwoordig noemen, "de nieuwscyclus bijstellen"?' vroeg Erika met een wrange grijns.

'Kijk, er staat zelfs iets over jou,' zei hij en hij begon voor te lezen: "De zaak wordt geleid door inspecteur Erika Foster, een ervaren politievrouw die onder andere meervoudig moordenaar Barry Paton voor het gerecht heeft weten te slepen. Zij wordt tevens geprezen om haar successen aangaande het aantal veroordelingen wegens eermoord, binnen de moslimgemeenschap van Manchester..." En ze hebben er een goede foto bij gezet: wij tweeën bij het proces van Paton.'

'Had u ze niet meteen ook mijn adres kunnen geven?' beet Erika hem toe. 'Ik heb nu al een paar maanden niets meer van Barry Paton ontvangen. Maar hij heeft me wel ooit per brief gefeliciteerd met het feit dat ik mijn eigen echtgenoot had laten doodschieten.'

Er viel een stilte.

'Het spijt me,' zei Marsh. 'Ik dacht dat je het leuk zou vinden, maar dat was dom van me. Sorry, Erika.'

'Het geeft niet, meneer. Het is een lange dag geweest.'

'Ik kreeg vandaag Personeelszaken op mijn nek. Ze zeiden dat je hun nog steeds geen adres hebt doorgegeven,' zei Marsh, die vlug overschakelde op een ander onderwerp.

'Bent u nu ook al boodschappenjongen voor Personeelszaken?'

'En je moet naar de dokter: je bent gisteravond blootgesteld aan lichaamssappen,' zei Marsh. Hij wees naar de inmiddels groezelige pleister op de rug van Erika's hand.

Voor het eerst dacht ze terug aan wat Ivy had gezegd, over dat die kleine jongen seropositief zou zijn. Ze schrok er zelf van hoe weinig haar dat kon schelen. 'Daar heb ik nog geen tijd voor gehad, meneer.'

'Waarvoor? Om naar de dokter te gaan? Of om een verblijfplek te vinden?'

'Ik zal me laten nakijken,' zei Erika.

'Maar waar slaap je dan?' vroeg Marsh. 'We moeten toch weten waar we je kunnen bereiken.'

'U hebt mijn mobiele...'

'Erika! Waar slaap je?'

Er viel een ongemakkelijke stilte.

'Nergens, meneer, nog niet.'

'Wat heb je vannacht dan gedaan?'

'Doorgewerkt.'

'Je hebt de leiding over een belangrijke moordzaak. Je moet goed voor jezelf zorgen. Dit is pas de tweede dag. Als je zo doorgaat, hoe gaat het dan op dag zeven met je?'

'Er komt geen dag zeven, niet als het aan mij ligt,' zei Erika zelfbewust.

Marsh gaf haar een visitekaartje. 'Dit is van een inloopkliniek. En verder: wij hebben een appartement geërfd van Marcies ouders. De vorige bewoners zijn er net uit en het ligt vlak bij het station. Hoef je niet door al die rompslomp van huren en zo. Kom later maar even naar mijn huis, als je interesse hebt, dan geef ik je de sleutels.'

'Oké. Bedankt, meneer. Maar eerst heb ik hier nog wat te doen.'

'Als het kan, voor negenen. Ik probeer door de week op tijd naar bed te gaan.'

Toen Erika terugkeerde in de meldkamer kwam agent Singh haar tegemoet, triomfantelijk zwaaiend met een vel papier.

'De secretaresse van Simon Douglas-Brown heeft ons het contract van Andrea's oude telefoon gefaxt, die telefoon die ze in juni is kwijtgeraakt. We hebben al een verzoek ingediend bij de telefoonprovider voor de gegevens. Die zouden hier morgenochtend moeten zijn.'

'Dat vraagt om een tweede donut!' zei Erika en ze ging met de zak rond.

'O, en die opwaardeervoucher die u in die doos onder Andrea's bed had gevonden? Die kwam van een Costcutter's-supermarkt in de buurt van London Bridge,' zei Crane. 'Er stond een datum-tijdstempel op. Ik heb zojuist gebeld met de manager, hij gaat de bewakingsbeelden terugkijken. Ze bewaren ze daar maar vier maanden, dus het spant erom, maar je weet maar nooit.'

'Fantastisch,' zei Erika.

Crane grinnikte en griste nog een donut uit de zak.

'Moeten we er niet een bewaren voor inspecteur Sparks?' vroeg Moss.

'Ik weet het niet, ik geloof dat ik hem al zoet genoeg vind.' Erika grijnsde, wat haar een daverend gelach van haar collega's opleverde. Ze voelde zich inmiddels op haar gemak in deze meldkamer – de sfeer, de kameraadschappelijkheid – maar was zich er ook van bewust dat haar team al erg lang aan het werk was. Daarom vertelde ze hun dat het voor vandaag wel genoeg was.

'Fijne avond, baas,' klonk het overal, terwijl iedereen zijn jas en tas pakte. Langzaam liep de meldkamer leeg, totdat Erika alleen achterbleef. Ze nam de hoorn op van de telefoon op haar bureau en toetste het nummer in dat Marsh haar had gegeven. Een bandje vertelde haar dat de inloopkliniek momenteel gesloten was en de volgende ochtend om zeven uur zijn deuren weer opende.

Erika legde weer op en begon te plukken aan de vieze pleister op haar hand. Ze kneep even met haar ogen toen de plakrand zich losmaakte van haar huid. Eronder bleek het al best ver geheeld. Het was nog maar een klein beetje blauw rond het boogje van bleke korstjes op de wondjes die de tanden van het jongetje hadden achtergelaten.

Erika gooide de pleister in de prullenbak en liep naar de whiteboards achter in de meldkamer. De opgetogenheid die ze eerder had gevoeld, begon weg te sijpelen. Ze was uitgeput, achter in haar hoofd stak een dof dreunende hoofdpijn de kop op. Ze bestudeerde het bewijsmateriaal op de borden: alle kaarten en foto's, de nog levende Andrea op haar rijbewijs, de dode Andrea met haar wijd open ogen en verwarde haar vol blaadjes, dat tegen de zijkant van haar gezicht plakte. Meestal kreeg ze algauw grip op een zaak, maar deze leek wel een zwart gat dat steeds verder openscheurde, terwijl de tegenstrijdige feiten opbloeiden en zich vermeerderden als de cellen van een tumor.

Ze had slaap nodig. En daarvoor, dat besefte ze heel goed, moest ze een bed gaan zoeken.

19

Toen ze het bureau verliet, merkte Erika pas dat ze bovendien uitgehongerd was. Dus stopte ze bij een Italiaans restaurant in New Cross en verraste zichzelf door in sneltempo een gigantisch bord spaghetti carbonara weg te werken, gevolgd door een enorme portie tiramisu. Het was even over negen toen ze Marsh' straat in draaide, in een lommerrijk, welvarend gedeelte van South London.

Erika parkeerde haar auto en liep naar de voordeur van nummer elf. Toen ze zag dat het hele huis in duisternis was gehuld, was ze eigenlijk opgelucht. Ze pakte veel liever een hotel voor een paar dagen en zocht van daaruit een appartement, dan dat ze Marsh' medelijden wilde. De gordijnen voor het grote erkerraam beneden waren open, waardoor ze via de doorzonkamer zo het Hilly Fields Park kon zien liggen, met daarachter de lichtjes van de Londense skyline.

Ze wilde zich net omdraaien en teruglopen naar de auto, toen er aan de voorkant van het huis water door een sierlijke regenpijp begon te stromen en achter een klein raam boven haar het licht aanging. Erika kneep haar ogen tot spleetjes toen ze ineens op een keurig verlicht vierkant stond. Marsh keek vanuit het raampje op haar neer, toen hij haar zag, wuifde hij ongemakkelijk. Ze zwaaide terug en wachtte bij de voordeur.

Toen de commissaris de deur opende, was hij gekleed in een geruite pyjamabroek en een verbleekt Homer Simpson-shirt en droogde hij zijn handen af aan een roze Barbiehanddoek.

'Sorry, meneer, ik vrees dat ik een beetje te laat ben,' zei Erika.

'Geeft niet. Het is net baddertijd.'

'Leuke handdoek hebt u daar,' zei Erika.

'Niet *mijn* baddertijd, maar...'

'Dat was een grapje, meneer.'

'Ah, juist.' Hij grijnsde. Alsof het afgesproken was, klonk er op dat moment een kreet, waarna twee piepkleine, giechelende meisjes met lang donker haar de gang in renden. Het ene droeg slechts een roze trui, onderbroekje en sokken, het andere droeg hetzelfde, maar dan met een minispijkerbroekje rond haar enkels. Het tweede meisje stommelde naar voren, verloor haar evenwicht, viel en raakte met een harde bons de houten vloer. Heel even keek ze op naar Marsh, terwijl haar grote bruine ogen probeerden te bedenken of ze nu moest gaan huilen of niet. Een donkerharige vrouw van halverwege de dertig kwam achter hen aan gehold. Ze was nonchalant gekleed in een strakke, pastelblauwe broek en een witte blouse, waarin haar volle borsten en zandloperfiguur goed uitkwamen. Vlak onder haar hoog opgerolde mouwen plakte badschuim op haar blote armen. Ze was erg knap, net als haar tweelingdochters.

'O, jee,' zei ze laconiek, terwijl ze haar handen op haar smalle heupen zette. 'Was je gevallen?'

Het meisje besloot daarop dat de situatie veel ernstiger was dan het leek, vertrok haar gezicht en zette een keel op.

'Hallo, Erika, welkom in de mallemolen,' zei de vrouw.

'Hoi, Marcie... Je ziet er geweldig uit,' zei Erika.

Marsh tilde het huilende meisje op en gaf een kus op haar gezicht, dat nu donkerrood was en blonk van de tranen. Marcie pakte het andere meisje, dat Erika stond aan te staren en zette haar op haar ronde heup.

'Meen je dat nou? Wat lief van je. Het enige dat ik doe om in vorm te blijven, is achter de tweeling aan rennen.' Marcie blies een haarlok weg van haar volmaakte, roomkleurige huid. 'Als je toch blijft, zullen we de deur dan dichtdoen? Alle warmte vliegt naar buiten.'

'Sorry. Natuurlijk,' zei Erika en ze stapte de hal binnen en trok de deur achter zich dicht.

'Dit is Sophie,' zei Marsh, terwijl hij het nog steeds huilende meisje wiegde.

'En dit is Mia,' zei Marcie.

'Hallo,' zei Erika tegen de meisjes. 'Goh, jullie zijn alle twee even mooi.'

Erika had nooit helemaal onder de knie gekregen hoe je tegen kinderen praatte. Verkrachters en moordenaars, daar kon ze mee overweg, maar kinderen... Daar was ze een beetje bang voor.

Sophie hield eindelijk op met huilen en sloot zich aan bij Mia, zodat ze Erika nu allebei aanstaarden.

'Sorry, dit is duidelijk geen goed moment,' zei Erika.

'Welnee, geeft niets,' zei Marsh.

Marcie nam Sophie van hem over en zette haar op haar andere heup. 'Goed, zeg Erika maar goedenacht, meiden.'

'Nacht-nacht,' piepten ze allebei.

'Welterusten!' zei Erika.

'Leuk om je weer eens te hebben gezien, Erika,' voegde Marcie eraan toe, waarna ze wegbeende. Erika en Marsh keken haar nog even na.

'Zal ik een glas wijn voor je inschenken?' vroeg Marsh toen hij zich omdraaide.

'Nee. Ik ben hier slechts vanwege uw aanbod... van dat appartement.'

'O ja, kom verder. Maar, schoenen uit, graag.'

Marsh liep in de richting van een deur aan het eind van de gang, terwijl Erika met haar schoenveters begon te vechten. Even later kon ze hem volgen. De houten vloer was koud en ze voelde zich vreemd kwetsbaar op haar sokken. Achter de deur was een landelijke keuken met een lange houten tafel met stoelen. In een hoek stond een rode Aga warmte uit te stralen, een grote koelkast naast de deur was met magneten volgehangen met vlekkerige spatschilderijen in allerlei kleuren. Een al even vlekkerige schildering domineerde de muur boven een houten ladekast.

'Dat is er eentje van Marcie,' zei Marsh, die Erika's blik had gevolgd. 'Ze is erg getalenteerd. Ze heeft er alleen geen tijd meer voor.'

'Heeft ze die op de koelkast ook gemaakt?' vroeg Erika. Zodra ze het had gezegd, had ze er al spijt van.

'Nee. Die zijn van de tweeling,' zei Marsh.

Er viel een ongemakkelijke stilte.

'Nou, hier heb je alles,' zei Marsh en hij pakte een grote envelop van het aanrecht. 'Het appartement is niet ver: aan Foxberry Road in Brockley, vlak bij het station. Het huurcontract loopt per maand, zodat we zelf kunnen uitmaken hoe lang dit moet duren. Geef me een dezer dagen maar gewoon een cheque.'

Erika opende de envelop en haalde er een sleutelbos uit. Ze was blij dat het niet slechts een vriendendienst van Marsh was.

'Dank u wel, meneer.'

'Het is al laat,' zei Marsh toen.

'Maar natuurlijk. Ik moet ervandoor, wennen aan mijn nieuwe huisje,' zei Erika.

'O ja, nog één ding. Sir Simon heeft contact opgenomen met Colleen, onze officiële woordvoerster. Hij wil een oproep doen via de pers, nu de voorpaginafoto's van Andrea er bij iedereen nog vers in zitten.'

'Maar natuurlijk, goed idee.'

'Ja. We gaan iets in elkaar draaien voor morgenmiddag, zodat het avondnieuws en de kranten het kunnen oppikken.'

'Heel goed, meneer. Ik hoop morgen toegang tot meer informatie te krijgen, kunnen we dat gelijk meenemen.'

Zodra de voordeur achter haar was dichtgevallen, liep Erika terug naar haar auto, weg van de huiselijke warmte van Marsh' leven. Ze boog haar hoofd en beet op haar lip, vastbesloten niet te gaan huilen. Dat leven, met die knusse echtgenoot en kinderen, had ook voor haar binnen handbereik gelegen. Ze had het zelfs een paar maal uitgesteld, tot groot verdriet van Mark.

En nu was haar kans voorgoed verkeken.

20

Toen Erika Foxberry Road in reed, was het daar stil en rustig. Ze reed langs het station van Brockley, het perron lag er fel verlicht en verlaten bij. Een trein schoot onder een voetbrug vandaan en reed met veel lawaai verder in de richting van Central London. Erika reed door langs een lange rij huizen. Het appartementengebouw bleek helemaal op het eind hiervan te liggen, waar de straat een scherpe bocht naar rechts maakte. Er was een lege parkeerplaats recht voor de deur, maar haar gevoel van triomf duurde niet lang: het was uitsluitend voor bewoners, ze zou een vergunning moeten aanvragen. Stik maar, dacht ze, en ze parkeerde er toch.

De gemeenschappelijke voordeur ging moeizaam open door de berg reclamefolders die erachter lag. Op het ganglicht zat een timer, die zacht zoemde toen ze de smalle trap beklom, haar koffer bonkend achter zich aan.

Haar appartement lag op de bovenste verdieping. Toen ze de overloop betrad, zag ze dat ze buren had: tegenover de hare zat nog een deur.

Binnen voelde het alsof de verwarming al een hele tijd niet aan was geweest. En elektriciteit leek er ook al niet te zijn. Er volgde een lange, ijskoude zoektocht, met het licht van haar telefoonschermpje als zaklamp. Uiteindelijk vond ze de stoppenkast, weggestopt achter in een kast in de gang. De lichten sprongen aan.

Achter de eerste deur in de gang zat een badkamer: klein, wit en schoon, met alleen een douche, geen bad. Ernaast lag een bescheiden slaapkamer met een grenen tweepersoonsbed en een wiebelige IKEA-kleerkast. Boven het bed hing weer zo'n vlekkenschilderij. Erika stak een sigaret op en bestudeerde de kriebelige ondertekening onder op het doek: MARCIE ST.CLAIR. Met de sigaret tussen haar lippen haalde ze het schilderij van de muur en zette het achter een paar plastic emmers in het gangkastje.

Aan het eind van de gang lag een woonkamer met een open keuken. Ook deze was klein, maar modern ingericht in een vrij onpersoonlijke IKEA-stijl. Onpersoonlijk was voorlopig perfect. Erika trok de kastjes open, op zoek naar een asbak. Toen die er niet bleek te zijn, pakte ze maar een theekopje.

Bij het erkerraam stond een smalle blauwe bank met een salontafel. Erika plofte erop neer en keek naar de kleine televisie met zijn stoffige scherm. Hij was niet ingestoken, het snoer en de antenne lagen op de grond naast het tv-tafeltje.

Toen keerde Erika zich naar het raam en staarde in het duister. De kale kamer en haar eigen spiegelbeeld staarden naar haar terug. Zodra ze haar sigaret op had, drukte ze hem uit in het theekopje en stak er nog een op.

21

Een paar huizen van Erika's appartement vandaan zat iemand gehurkt achter in een steeg. Doordat hij van top tot teen in het zwart was gehuld, ging hij geheel op in het donker. De figuur keek hoe Erika staand voor haar raam nog een sigaret opstak en een rookwolk uitblies, die om het kale peertje boven haar hoofd kringelde.

Ik dacht dat ze lastiger te vinden zou zijn. Maar daar heb je d'r, hoor: inspecteur Foster, in het volle licht, zich uitstallend voor het raam als een hoer in de rosse buurt.

Op de foto die de kranten steeds gebruikten, zag haar gezicht er voller en jeugdiger uit, hier voor het raam leek ze spichtig, afgemat... jongensachtig bijna.

Opeens keek Erika in de richting van de figuur. Ze kantelde haar hoofd en legde haar kin op haar hand. Het gloeiende puntje van haar sigaret was op enkele centimeters van haar gezicht.

Kan ze me zien? De figuur trok zich nog wat verder terug in de schaduw. *Kijkt ze naar mij, precies zoals ik naar haar kijk? Nee, dat kan niet. Zo goed is die trut nu ook weer niet. Ze kijkt naar haar eigen spiegelbeeld, en ze baalt vast als een stekker van wat ze ziet.*

Het feit dat inspecteur Foster de leiding over het onderzoek naar Andrea's dood had gekregen, had hem veel zorgen gebaard. Toen hij haar googelde, had hij ontdekt dat ze gold als een snel rijzende ster bij de Metropolitan Police van Manchester. Al op haar negenendertigste promoveerde ze tot inspecteur, na haar vangst van Barry Paton, de beheerder van een jeugdhonk die zes jonge meisjes had omgebracht.

Maar Barry Paton wílde gepakt worden. Mij zal ze niet te pakken krijgen. Ze heeft officieel afgedaan, de boel verkloot, vijf politieagenten de dood in gejaagd, waaronder die domme echtgenoot van haar. En nu hebben ze haar deze zaak toegewezen, omdat ze weten dat ze zal falen. Ze willen een kneus.

De temperatuur daalde snel, het zou opnieuw een ijskoude nacht worden. Maar zo dichtbij te zijn en inspecteur Foster zelfs te kunnen zien, was sensationeel.

Er reed een auto de straat in. De figuur kroop nog wat verder weg in de steeg en wachtte tot de koplampen voorbij waren. Er klonk een zacht geronk toen een zwarte kat over de muur sloop. Het dier stopte geschrokken toen het de donkere gedaante opmerkte.

'We lijken wel een tweeling,' fluisterde de figuur. Hij stak zijn gehandschoende hand uit en bewoog zich voorzichtig naar voren. De kat liet zich aaien. 'Braaf, poesje, braaf.'

De kat en de mens keken elkaar even in de ogen, toen sprong de kat geluidloos van de muur en verdween naar de andere kant. De figuur keek naar zijn in leer gehulde handen, draaide ze om en om, boog en strekte zijn vingers.

Ik heb Andrea's gezeik zo lang gepikt, maar ik had nooit verwacht dat ik het echt zou doen: die wurgfantasie van me uitleven, alle leven uit haar lichaam persen...

Terwijl de dagen waren verstreken, was de figuur er steeds vaster van overtuigd geraakt, op het hoogmoedige af, dat Andrea's lichaam niet gevonden zou worden. Dat ze bevroren onder het ijs zou blijven liggen. Dat de winter voorbij zou gaan en ze pas door de warmte van het voorjaar zou gaan wegrotten – net zo lang tot haar masker van schoonheid was verdwenen en ze meer leek op hoe ze werkelijk was.

Maar vier dagen later werd ze al gevonden, nog helemaal intact.

Er klonk het geluid van een dichtvallende deur. Toen de figuur omhoogkeek, zag hij dat het licht achter het raam van inspecteur Foster uit was. Ze had haar appartement verlaten en stapte de straat op, naar haar auto.

De figuur glimlachte, dook omlaag en trok zich vliegensvlug terug, en versmolt met de schaduwen in de donkere steeg.

22

Erika hield van autorijden. Het ging haar niet om de auto: die hoefde niets bijzonders te zijn, als hij maar veilig en warm was. Terwijl ze door de verlaten straten van South London reed, zat de auto als een cocon om haar heen en voelde ze zich er veel meer in thuis dan in Marsh' appartement.

Ze wendde haar hoofd af toen ze langs de begraafplaats van Brockley kwam, waar de grafzerken onder de straatlantaarns lagen te blinken. De auto maakte meteen een slinger naar rechts. Ze besefte dat ze rustiger moest gaan rijden. Overdag was de sneeuw een beetje gaan smelten, maar vanavond was het weer gaan vriezen, waardoor de straten gevaarlijk glad waren geworden.

Ze zette haar telefoon op handsfree en belde het bureau. Brigadier Woolf nam op. Ze vroeg hem naar de namen van de onguurste pubs van de buurt.

'Mag ik vragen waarom?' zei hij. Zijn stem klonk blikkerig.

'Ik heb trek in een drankje.'

Er viel een stilte. 'Oké, dan... Je hebt The Mermaid, The Bird In The Hand, The Stag, The Crown – en dan niet The Crown die eigenlijk een Wetherspoon's is: er is er nog een waar de brouwerij op het punt staat de boel dicht te gooien. Boven aan Gant Road ligt die. En dan is er natuurlijk nog The Glue Pot.'

'Dank je.'

'Inspecteur Foster, hou me op de hoogte van waar u zit. Als u versterking nodig hebt...'

Erika hing midden in zijn zin op.

In de daaropvolgende drie uur bezocht ze een paar van de meest naargeestige pubs die ze in haar lange carrière had bezocht. Maar het waren niet de armoe, de troep of de dronken menigte die haar dwarszaten. Het was de wanhoop in de ogen van de mensen die tegen de bar aan hingen, de hopeloosheid waarmee ze onderuitgezakt in een hoek zaten, of hoe ze het beetje geld dat ze hadden in een fruitmachine stopten.

En wat ze nog zorgwekkender vond, was dat deze pubs echt geen kilometers verwijderd lagen van de rijke buitenwijken. Zo zat er een afschuwelijke keet genaamd The Mermaid vlak naast een Indiaas fusionrestaurant dat reclame maakte met zijn recent toebedeelde Michelinster. In het fel verlichte interieur kon iedereen het goed geklede publiek vrolijk in groepjes zien zitten dineren. En The Bird In The Hand, waar Erika een gejaagd kijkend meisje dat met een baby liep te bedelen twintig pond gaf, lag naast een chique wijnbar vol glamoureus geklede vrouwen en hun welgestelde echtgenoten.

Was zij de enige die dit opviel?

Tegen middernacht belandde Erika bij The Crown aan Gant Road. Dit was een ouderwets uitziend café met koperen lampen boven een rode gevel. Ze gingen er de deur bijna sluiten, maar Erika wist nog net binnen te komen door de portier een knisperend briefje van twintig toe te stoppen.

Binnen was het stampvol en rumoerig. Alle ruiten waren beslagen en er hing een zware lucht van bier, zweet en goedkoop parfum. Het leek allemaal nogal ruig volk, maar ze hadden duidelijk hun best gedaan om er goed uit te zien. Erika stond zich net af te vragen waar dit feest voor bedoeld was, toen ze degene die ze zocht in het oog kreeg.

Ivy zat op een lage barkruk achterin, naast een blikkerende fruitmachine. Naast haar zat een stevige jonge vrouw met donkere wortels in haar blonde haar en een piercing door haar lip. Erika begon zich langzaam naar hen toe te werken. Daarbij moest ze zich tussen groepjes mensen door persen die al behoorlijk ver heen leken te zijn. Toen ze bij Ivy aankwam, zag ze dat haar pupillen verwijd waren, waardoor haar ogen eruitzagen als twee weerzinwekkend donkere poelen.

'Wat mot jij hier?' zei Ivy, terwijl ze haar best deed om haar ogen scherp te stellen.

'Ik wilde jou even spreken,' riep Erika, over de herrie heen.

'Ik heb hiervoor betaald, hoor,' riep Ivy, zwaaiend met haar vinger. Toen pas zag Erika de volle boodschappentassen onder de krukken.

'Rustig maar, daar gaat het helemaal niet over,' zei Erika.

De stevige dame naast Ivy schonk Erika een dreigende blik. 'Alles goed, Ive?' vroeg ze, terwijl ze naar voren leunde zonder Erika's blik los te laten.

'Ja hoor,' zei Ivy. 'Zij trakteert op het volgende rondje.'

Terwijl Erika Ivy's buurvrouw een briefje van twintig gaf, realiseerde ze zich dat ze die avond al heel wat had uitgegeven. De vrouw maakte zich los van het krukje waarop ze zat en verdween in de drukte.

'Waar zijn de kinderen?' vroeg Erika.

'Wie?'

'Je kleinkinderen?'

'Boven. Ze leggen te slapen. Hoezo, wil je ze nog een keer slaan?'

'Ivy...'

'Nou, ga dan maar in de rij staan, schat. Die drie hebben me vandaag de hele dag lopen fucken.'

'Ivy, ik moet je spreken over The Glue Pot,' zei Erika, terwijl ze op de nog warme kruk naast haar ging zitten.

'Watte?' zei Ivy, terwijl ze zich probeerde te concentreren.

'Weet je het nog? Die pub waar we het over hebben gehad: The Glue Pot, aan London Road.'

'Daar kom ik nooit,' zei Ivy met een dikke tong.

'Ja, dat weet ik. Maar waaróm kom je daar nooit?'

'Gewoon, daarom...'

'Alsjeblieft, je moet me meer vertellen. Waarom niet, Ivy?'

'Ach, flikker op!'

Erika hield nog een twintigje omhoog. Ivy probeerde haar ogen erop scherp te stellen en deed een greep, waarna ze het biljet tussen de broeksband van haar groezelige spijkerbroek stopte.

'Nou? Waar wil je het over hebben?'

'The Glue Pot.'

'Foute boel daar. Slechte man... Heel slecht...' zei Ivy hoofdschuddend.

‘Er is daar een slechte man?’

‘Ja...’ Ivy’s ogen rolden nu heen en weer, alsof ze van alles voor zich zag – dingen die niemand anders kon zien. Toen draaide ze resoluut haar hoofd.

‘Ivy... Die slechterik, hoe heet die?’

‘Hij is echt slecht, ik zeg het je, schat...’

‘Heb je gehoord over dat dode meisje, Andrea?’ Erika haalde haar telefoon uit haar zak en zocht Andrea’s foto op. ‘Dit is ze, Ivy, haar naam was Andrea. Ze was mooi, had donker haar. Denk je dat Andrea die slechte man ook kende?’

Het lukte Ivy heel even zich op het fototje te concentreren. ‘Ja, ze was zeker mooi.’

‘Heb je haar wel eens gezien?’

‘Een paar keer.’

‘Heb je dit meisje die paar keer in The Glue Pot gezien?’ vroeg Erika, terwijl ze de telefoon voor Ivy’s neus hield.

‘Ik was ook mooi, vroeger...’ Ivy’s ogen rolden weer door haar hoofd en ze begon van de kruk af te glijden.

‘Kom op, Ivy, blijf erbij,’ zei Erika. Ze greep de vrouw beet en zette haar weer recht op haar kruk. ‘Kijk alsjeblieft nog een keer naar deze foto.’

Ivy deed wat ze vroeg. ‘De slechteriken zijn altijd het ergst, maar ook het best. Je laat ze alles met je doen, zelfs als het pijn doet, zelfs als je het niet wilt...’

Erika keek in de richting van de bar. Ze zag dat de dikke vrouw met de gepiercete lip helemaal geen drankje voor hen aan het halen was. Ze stond met een groepje mannen te praten, die haar en Ivy scherp in de gaten hielden.

‘Ivy, dit is belangrijk. Heb je het nu over Andrea? Sprak zij met die slechte man af in The Glue Pot? Hij had donker haar. Alsjeblieft, geef me íéts, een naam...’

Ivy begon te kwijlen en blies een spuugbel uit. Toen deze knapte, streek ze met haar tong over haar kin. Erika zag een glimp van een stel rotte tanden.

‘Ja, ik heb haar gezien, met hem... en een of andere blonde trut.

Achterlijke meiden, zijn allebei veel te ver gegaan met hem,' zei Ivy.

'Wat zeg je, Ivy? Een donkerharige man en een blonde vrouw?'

'Is dit een officieel bezoekje?' vroeg opeens een stem.

Toen Erika opkeek, zag ze een beer van een vent met pluizig rood haar.

'Ik heb d'r niet uitgenodigd,' zei Ivy, waarna ze eraan toevoegde: 'Ze is een godvergeten smeris.'

'Nee, dit is geen officieel bezoek,' zei Erika.

'Dan zou ik graag willen dat u wegging,' zei de man. Zijn stem was dreigend kalm en zacht.

'Ivy, als je nog iets bedenkt of ziet, dit is mijn nummer.' Erika trok een pen en een papiertje uit haar leren jas, krabbelde haar mobiele nummer erop en stopte het vodje in de zak van Ivy's spijkerbroek. De man pakte Erika bij haar arm. 'Sorry, hoor,' zei ze, 'maar wat doet u nu? Wie denkt u eigenlijk dat u bent?'

'De eigenaar van deze zaak. Iedereen hier is uitgenodigd, ik deel gratis drank uit. Maar u hebt geen uitnodiging en daarom moet ik u verzoeken te vertrekken – anders zal ik de wet moeten overtreden.'

'Ik zei dat dit geen officieel bezoek was, maar dat kan het elk gewenst moment worden,' zei Erika.

'Dit is een dodenwake,' zei de man zakelijk. 'En we voeren hier een strikt nulsmerissenbeleid.'

'Hoe noemde u mij?' vroeg Erika, zo kalm mogelijk.

Een kleine man met een vreemd, gnoomachtig uiterlijk voegde zich bij hen. 'Hep jij me moejer gekend?' vroeg hij op beschuldigende toon.

'Uw moeder?' vroeg Erika.

'Dat zeg ik. Me moejer, Pearl.'

'En wie bent u?'

'Dat vraag je iemand toch godverdomme niet op de wake van zijn bloedeigenste moejer! Wie ben jíj, godverdomme?'

'Dit is dus de dodenwake voor uw moeder Pearl?' vroeg Erika.

'Ja, en wat gaat jou dat godverdomme aan?'

Erika keek om zich heen. Overal begonnen mensen naar hen te kijken.

'Rustig, Michael,' zei de kroegbaas.

'D'r houding bevalt me niks niet. Verwaande, magere tuthola,' zei Michael, terwijl hij Erika van top tot teen bekeek.

'Kalm aan, meneer,' zei Erika.

'Mijnhéér...? Steek je nou de draak met me?'

'Nee, ik ben politieagent,' zei Erika en ze trok haar identiteitskaart tevoorschijn.

'Een smeris? Wat mot die hier? Jij zei tegen me dat je had afgesproken dat...'

'Heb ik ook, Michael. Deze "politieagent" wilde net weggaan.'

'D'r is godverdomme een smeris in de tent!' riep een spichtige, roodharige vrouw met slechts één roze slipper aan, die dichterbij was gestommeld. Er klonk het geluid van brekend glas, waarna twee mannen begonnen te vechten. De roodharige vrouw smeet haar bier in Erika's gezicht en gebaarde met haar vingers van: 'kom op, dan'. Erika voelde dat ze bij haar middel werd gepakt. Eerst dacht ze dat iemand haar aanviel, maar het was de kroegbaas: hij tilde haar hoog op, terwijl overal mensen naar haar scholden en spuugden. Met zijn enorme lengte en gewicht wist hij haar dwars door de drukte naar achter de bar te krijgen.

'En nu wegwezen, godverdomme! Daarheen, naar de keuken, daar is een achterdeur naar de steeg,' riep hij. En hij stak zijn hand uit om te voorkomen dat mensen zich door het smalle luikje naast de bar persten. Er suisde een glas over Erika's hoofd, en er ging een wodkafles aan diggelen. Aan de andere kant van de bar trok de vrouw die het glas had gegooid een ander luik omhoog, waarna de massa op Erika af kwam stormen.

'Wegwezen!' siste de kroegbaas en hij duwde haar door de opening van een stinkend gordijn. Ze stommelde door een vaag verlichte gang, botste tegen een stapel dozen met chips en struikelde over een krat vol lege flesjes. De luide muziek kon het geluid van chaos en brekend glas achter haar amper overstemmen. Ze zag dat er aan de kroegbaas werd geduwd en getrokken, terwijl hij de deuropening probeerde te blokkeren. Ze vond de deur van een keuken vol viezigheid en vet en duwde de nooduitgang open. De koude lucht sloeg tegen haar klamme huid, die plakkerig was van het bier, en ze zag dat ze inderdaad in een steeg stond.

Erika rende terug naar de straat, langs de damp en stampei uit de ramen van de bar, en haastte zich naar haar auto, die godzijdank nog steeds keurig voor de deur stond.

Ze stapte in en reed met piepende banden weg. Ze voelde zich opgelucht en opgetogen tegelijk, de adrenaline pompte door haar aderen. Toen pas dacht ze aan Ivy, die nog steeds daarbinnen was. Ivy, die Andrea met de donkerharige man en de blonde vrouw had gezien.

Was zij op de avond van Andrea's verdwijning in The Glue Pot geweest? Betekende dat dat die barjuffrouw van The Glue Pot de waarheid had verteld?

23

Zodra ze de volgende ochtend op het bureau kwam, werd Erika bij commissaris Marsh geroepen. Ze had een cheque bij zich voor de huur, plus het ondertekende contract voor het appartement. Tot haar verrassing zag ze, toen ze het kantoortje binnenstapte, inspecteur Sparks tegenover Marsh zitten. Sparks had een zelfvoldane blik op zijn gezicht.

'Meneer?'

Marsh viel meteen met de deur in huis: 'Wat had je gisteravond in godsnaam in je hoofd, toen je naar The Crown ging?'

Erika keek van Marsh naar Sparks en weer terug. 'Ik heb alleen maar sinaasappelsap gedronken...'

'Dit is geen geintje! Je hebt de wake van Pearl Gadd verstoord en een gigantische chaos veroorzaakt. Ken je de familie Gadd?'

'Nee, moet dat?'

'Dat is een ellendig stelletje schorem dat aan het hoofd staat van een enorm vrachtwagenimperium in het zuiden van Engeland. Desalniettemin, die lui hebben met ons samengewerkt.'

'Met ons sámengewerkt, meneer? Moet ik een van hen soms een bureau in de meldkamer geven?'

'Niet zo bijdehand.'

Sparks deed zijn best om niet te laten merken dat hij van de woordenwisseling genoot. Hij zat hen met zijn kin op de rug van zijn hand aan te kijken. Het viel Erika op dat hij de nagel van zijn wijsvinger liet groeien.

'Meneer, als u me hierheen heeft gehaald om me de oren te wassen, krijg ik die liever privé gesopt.'

'Je hebt dezelfde rang als inspecteur Sparks en hij zit hier als medewerker van jouw onderzoek. Als het goed is, werken jullie samen.

Ik neem aan dat jouw bezoekje aan The Crown eveneens in het teken stond van het onderzoek?'

Erika zweeg even terwijl ze plaatsnam naast Sparks.

'Oké. Als dit een officiële bespreking is, ook goed. Vertel me dan maar eens over onze collega's in de onderwereld van South London.'

Sparks haalde eindelijk de hand onder zijn kin weg. 'De familie Gadd voorziet ons al acht maanden van informatie. Informatie die hopelijk zal leiden tot de inbeslagname van een partij vervalste sigaretten en alcohol met een straatwaarde van miljoenen ponden.'

'In ruil waarvoor?' vroeg Erika.

Marsh onderbrak hen: 'Ik hoef het toch niet voor je uit te tekenen, inspecteur Foster. We zitten godverdomme op de grens van wat er wel en niet kan. Weet je hoe gevoelig het ecosysteem hier in South London ligt? In ruil voor deze informatie hebben wij een oogje dichtgeknepen bij... nou ja, besloten bijeenkomsten en zo. En dan stamp jij daar gisteravond gewoon binnen, met je verwaande kop en je politiepenning.'

'Ze zeiden dat het een dodenwake was, meneer.'

'Dat was het godverdomme ook!'

'Oké, het spijt me. Kennelijk pakken jullie de dingen hier ietsje anders aan dan in Manchester.'

'Wij pakken de dingen niet anders aan,' zei Sparks, irritant kalm. 'Maar we checken onze informatie wel terdege voordat we een stap zetten.'

'Pardon?' zei Erika gebeten.

'Ik had het over gisteravond.'

'Weet je dat zeker?'

'Zo kan-ie wel weer!' riep Marsh en hij sloeg met zijn vuist op de tafel.

Erika slikte haar woede en haar haat voor Sparks weg. 'Meneer, mijn bezoek aan The Crown heeft wel degelijk zin gehad. Het heeft me geholpen om nieuwe informatie over Andrea's moordenaar te verkrijgen.'

'Ga door,' zei Marsh.

'Ik heb nu een tweede getuige die Andrea op de avond van haar overlijden in The Glue Pot heeft zien zitten praten met een lange, donkere man en een blonde vrouw. Deze nieuwe getuige opperde zelfs dat Andrea wel eens een relatie met deze man zou kunnen hebben gehad.'

'Wie is die nieuwe getuige dan?'

'Ivy Norris.'

Sparks draaide met zijn ogen en keek Marsh aan. 'Doe me een lol, zeg... Ivy Norris? Ook wel bekend als Jean McArdle, Beth Crosby, Paulette O'Brien?'

'Meneer, zij...'

'Zij is pure tijdverspilling,' zei Marsh.

'Maar meneer, ik kreeg het gevoel dat ze bang was toen ik doorvroeg over deze man. Dat was niet gespeeld. En ik denk ook, zeker nu we die telefoonverpakking onder Andrea's bed hebben gevonden, dat Andrea een tweede mobieltje had, een telefoon waar ze niemand van had verteld. Ik denk dat ze vrienden had waarvan haar verloofde, Giles Osborne, niet mocht weten...'

'De gegevens van Andrea's oude telefoon, die ze afgelopen jaar was kwijtgeraakt, zijn gisteravond binnengekomen,' zei Sparks.

'O. Maar ik denk dus dat Andrea nog een andere telefoon had, een die ze nog steeds gebruikte. Vier maanden geleden heeft ze nog beltegoed aangeschaft, er zat een opwaardeervoucher in de doos onder haar bed,' lichtte Erika toe.

'Dat zegt niets, dat kan ook voor een vriend of vriendin zijn geweest,' zei Sparks. 'Hoe dan ook, nog even over de werkelijk bestaande gegevens van die oude telefoon. Ik heb me daar gisteravond maar eens op gestort en er is interessante informatie uit naar voren gekomen.'

'Wat dan?' vroeg Erika.

'Diverse namen die voorkwamen in haar gesprekshistorie heb ik tevens teruggevonden bij Andrea's Facebook Messenger-account. Een van hen was ene Marco Frost... Doet dat een belletje rinkelen?'

Marsh keek naar Erika.

'Ja. Dat is een barista met wie Andrea een tijdje terug wat heeft gehad. Een Italiaan, werkt in een koffiebar in Soho.'

Sparks knikte en ging verder: 'Die vent heeft dus honderden keren naar Andrea's oude telefoon gebeld, allemaal in een periode van tien maanden, tussen mei 2013 en maart 2014.'

'Waarom heb ik eigenlijk niet te horen gekregen dat die telefoongegevens er waren?' wilde Erika weten.

'Ze kwamen pas laat gisteravond binnen. Ik wilde je schoonheidsslaapje niet verstoren,' zei Sparks.

'Sparks, ga door,' zei Marsh.

'Oké. Dus heb ik mijn gesprek met de Douglas-Browns er nog maar eens bij gepakt, van toen Andrea net vermist was. Want zij noemden die naam ook, Marco Frost. Begin 2013 ging Andrea inderdaad een maandje met hem om, toen maakte ze het uit en begonnen de telefoontjes. Hij dook meerdere malen op bij het huis, weigerde zich te laten afwimpelen. Sir Simon heeft zelfs iemand van ons op Frost afgestuurd, om het met hem over zijn ongezonde belangstelling voor Andrea te hebben.'

'Waarom heb ik dit niet eerder te horen gekregen?' vroeg Erika.

'Mijn aantekeningen zaten de hele tijd in het dossier.'

'Maar die heb ik nooit gekregen.'

'Nou, ze waren wel beschikbaar.'

'Goed, goed, goed, niet zo kinderachtig,' zei Marsh ongeduldig. 'Ga door, inspecteur Sparks.'

'Oké. Dus toen ging ik weer naar Andrea's nieuwe telefoon waar, zoals we al weten, niet al te veel op staat. Daarop checkte ze ook haar mails en er was een hele lading uitnodigingen voor feesten en activiteiten...'

'Ja, die heeft het team ook al doorgeplozen, het zijn er honderden. Andrea was lid van een hele rits privéclubs,' zei Erika.

Sparks vervolgde: 'Zo was er een online uitnodiging voor een evenement in de Rivoli Ballroom, op donderdag 8 januari, de avond van haar verdwijning. Een uitbundige burleske voorstelling, georganiseerd door een van de clubs waar ze lid van was.'

'Ja, en voor diezelfde avond had ze uitnodigingen voor nog veel meer feesten in Londen. Zoals ik al zei, Andrea stond op nogal wat mailinglijsten... Bovendien had ze al afgesproken met haar broer en zus, voor de film.'

'Maar het hele gezin heeft ons verteld dat ze erg grillig was, dat ze kon omslaan als een blad aan de boom. Het zou helemaal niet zo vreemd zijn als ze plotseling had besloten iets heel anders te gaan doen,' zei Sparks.

Erika gaf het niet graag toe, maar hij had gelijk.

Sparks ging verder: 'De Rivoli Ballroom ligt recht tegenover het station van Crofton Park, dat op de kaart weer redelijk dicht bij dat van Forest Hill lijkt te liggen – drie kilometer van elkaar, om precies te zijn. Echter, om op Forest Hill of Crofton Park te komen moet je op London Bridge de trein pakken, maar de stations liggen aan twee totaal verschillende lijnen. Stel nou eens dat Andrea op de verkeerde trein is gestapt? Ze reisde immers zelden met het openbaar vervoer. Dat zou de reden kunnen zijn dat ze helemaal opgedoft door Forest Hill banjerde.'

Erika en Marsh zwegen.

'En het beste heb ik voor het laatst bewaard,' zei Sparks. 'Gisteravond heb ik contact gehad met de organisator van dat burleske feest in de Rivoli Ballroom, waarop hij me hun mailinglijst heeft gestuurd. Marco Frost stond er ook op: hij heeft precies dezelfde uitnodiging toegestuurd gekregen. Dat geeft ons de kans...'

Het werd stil. Erika zag de radertjes in Marsh' hoofd bijna draaien.

'Dit klinkt veelbelovend,' zei hij, terwijl hij opstond en begon te ijsberen. 'Volgende vraag: waar is deze Marco Frost nu?'

'Dat weet ik niet. Ik ben de hele nacht hiermee bezig geweest,' zei Sparks.

'Moet je horen, Sparks,' zei Erika. 'Wij zijn het lang niet altijd met elkaar eens, maar toch zou ik niets liever zeggen dan dat dit een sterke aanwijzing was. Maar dit kun je toch niet echt een motief noemen? Hoeveel mensen stonden er op die mailinglijst?'

'Drieduizend.'

'Drieduizend? En waarom denk je dat Andrea zelfs maar in de buurt van die Rivoli Ballroom is geweest? Haar lichaam is gevonden binnen achthonderd meter van het station van Forest Hill, waar ze uit de trein was gestapt.'

Marsh bleef ijsberen. Er lag een peinzende uitdrukking op zijn gezicht.

Erika ging door: 'Ik heb nu twee getuigen die Andrea op de avond van haar verdwijning in The Glue Pot hebben gezien.'

'Waarvan er een in het niets is opgegaan en de ander een bij de politie bekendstaande drugsverslaafde, alcoholistische prostituee is,' zei Marsh.

'Maar meneer, ik denk dat Ivy Norris...'

'Ivy Norris is uitschot,' zei Sparks. 'Een van haar specialiteiten is schijten op de motorkap van de patrouilleauto's op onze parkeerplaats.'

'Meneer, erkent u dan in ieder geval dat er nu twee verschillende sporen zijn,' drong Erika aan. 'En als u mijn spoor dubieus noemt, dan moet u ook toegeven dat dat van Sparks puur giswerk is! Ik denk dat we die persoproep van vanmiddag moeten gebruiken om meer informatie te vergaren over die ontmoeting van Andrea met een man en een vrouw in The Glue Pot.'

Marsh schudde zijn hoofd. 'Inspecteur Foster, we hebben hier te maken met mensen waar de media bij staan te trappelen om ze op te knopen. Lord Douglas-Brown, zijn vrouw en kinderen, en natuurlijk Andrea, die er helaas niet meer is om zich tegen dit soort verdachtmakingen te verdedigen.'

'Maar meneer, het is helemaal geen verdachtmaking!'

'Meneer, The Glue Pot staat bekend als stamkroeg voor prostituees,' zei Sparks. 'De politie is er meer dan eens binnengevallen en er is eens een kerel de bak in gevlogen, omdat hij in het appartement erboven kinderporno maakte.'

'Ik ben het eens met Sparks,' zei Marsh. 'Alles wat we over Andrea Douglas-Brown naar buiten brengen, zal door de pers onmiddellijk worden verdraaid en verpulverd. We moeten er zeker van zijn dat het om feiten gaat.'

'En als ik Ivy Norris nou eens hierheen haal om een officiële verklaring af te leggen?'

'Zij is onbetrouwbaar. Ze heeft al eerder valse verklaringen afgelegd,' zei Marsh.

'Maar... meneer!'

'Genoeg, inspecteur Foster. U werkt verder samen met inspecteur Sparks aan de onderzoekslijn die draait om het gegeven dat Marco Frost en Andrea beiden een uitnodiging hebben ontvangen voor dat feest in de Rivoli Ballroom. Is dat duidelijk?'

'Ja, meneer,' zei Sparks met een brede grijns.

Erika knikte slechts.

'Goed, dan mag jij gaan, Sparks. En kijk maar niet zo blij: er is nog steeds een meisje overleden, daar is niets aan veranderd.'

Met een schuldbewust gezicht verliet Sparks de ruimte.

Marsh keek Erika even strak aan. 'Erika, probeer eens te werken aan het opbouwen van een soort van privéleven. Ik ben er helemaal voor dat mijn agenten initiatief nemen, maar je moet de dingen wel volgens het boekje doen en mij op de hoogte houden. Neem vanavond eens vrij, en misschien kun je je kleren eens wassen.'

Erika realiseerde zich dat ze nog steeds rondliep in die leren jas, met dat plakkerige bierlaagje van gisteravond erop.

'En ben je al naar de dokter geweest?' voegde Marsh eraan toe.

'Nee.'

'Als je vanavond klaar bent, wil ik dat je naar onze bedrijfsarts gaat. Dat is een bevel.'

'Goed, meneer,' zei Erika. 'O ja, hier is het contract van het appartement.'

'Oké, goed zo. Hoe vind je het, alles in orde?'

'Ja hoor.'

Toen Erika uit Marsh' kantoortje stapte, stond Woolf haar op de gang op te wachten.

'Ik heb u niet verlinkt, hoor: hij werd gebeld door de kroegbaas van The Crown. Daarna wilde hij het logboek van de receptiebalie inzien.'

'Het is goed. Bedankt.'

Terwijl Woolf wegbeende om zich om te kleden en na een lange nachtdienst naar huis te gaan, vroeg Erika zich af wie er in de Londense onderwereld nog meer de telefoon kon pakken om commissaris Marsh te bellen.

24

Halverwege de ochtend was het in de centrale meldkamer van Lewisham Row weer een hectische boel. Telefoons rinkelden, faxen en printers ratelden en politiemedewerkers holden in en uit. Erika en Sparks zaten in een hoek met Marsh en Colleen Scanlan, de strenge en vrij ouwelijk geklede woordvoerster van de politie. Ze namen de persoproep van die middag stap voor stap met elkaar door.

'Dus als ik klaar ben met mijn introductie, komt sir Simon,' zei Marsh. 'Ik geloof dat hij daar graag een autocue bij wilde gebruiken. Kunnen we dat regelen?'

'Dat moet geen probleem zijn. Maar dan hebben we zijn definitieve tekst wel binnen de komende uren nodig, zodat we die kunnen doormailen en uploaden,' zei Colleen.

'Oké,' zei Marsh, 'dus sir Simon zegt: "Andrea was een onschuldig, levendig meisje dat haar hele leven nog voor zich had..." Dan verschijnt haar foto op de schermen achter ons. "Ze heeft nooit een vlieg kwaad gedaan, nooit iemand gekwetst en toch sta ik hier nu, als vader met een gebroken hart, en doe ik een beroep op eventuele getuigen van een gruwelijke misdaad – de moord op mijn dochter..." Moet dat niet "beroep ik me op" zijn?'

'Nee, "zich beroepen op" zou hier niet goed zijn,' begon Colleen uit te leggen. 'Al doen veel mensen dat verkeerd, hoor. Dat gebruik je als je...'

'We willen via deze persconferentie open en praktisch communiceren met het publiek,' snauwde Erika. 'Laten we dan verdomme geen tijd verprutsen met grammaticaal geneuzel!'

'Oké, "een beroep doen op" dus,' zei Marsh.

Erika baalde ervan dat deze hele persconferentie was opgebouwd rond bewijs dat zij als puur speculatief beschouwde, en dat het team waarmee ze dacht een band te hebben, zich met zoveel ijver op die zwakke theorie van Sparks had gestort. Maar ze moest ook toegeven dat de Rivoli Ballroom-theorie voor een buitenstaander geloofwaardiger was. Ze verwenste zichzelf dat ze zo stom was geweest om in haar eentje achter die barjuffrouw van The Glue Pot en Ivy Norris aan te gaan. Ze had Moss of Peterson mee moeten nemen. Ze keek hoe zij beiden druk zaten te bellen, in een poging Marco Frost op te sporen.

Ze probeerde de Frost-theorie nog maar eens van de andere kant te bekijken, en heel even flitste er wat twijfel door haar hoofd... Maar toen nam haar intuïtie het weer over. En die vertelde haar dat ze wel degelijk iets op het spoor was, met die afspraakjes van Andrea in The Glue Pot met de donkerharige man en de blonde vrouw. Het mocht best zo zijn dat alle twee haar getuigen onbetrouwbaar waren, maar was het aannemelijk dat ze op exact dezelfde manier onbetrouwbaar waren? Zowel Ivy als Kristina leidde een ongemakkelijk bestaan aan de verkeerde kant van de wet. Het zou voor hen veel gemakkelijker zijn geweest om te zeggen dat ze van niets wisten, dat ze Andrea nooit hadden gezien... Met een schok besefte Erika opeens dat Marsh iets tegen haar zei.

'Inspecteur Foster, wat denk jij ervan? Moeten we de Tina Turner-video noemen? Colleen denkt van wel.'

'Pardon?'

'De Rivoli Ballroom. Dat is een heel beroemde, oude locatie. Volgens Colleen blijft zo'n feit in het geheugen van het publiek hangen, waardoor het zich deze oproep beter zal herinneren en eerder geneigd zal zijn hem aan anderen door te vertellen.'

Erika keek hem nog steeds perplex aan.

'In 1984 heeft Tina Turner haar *Private Dancer*-video opgenomen in de Rivoli Ballroom,' zei Colleen.

'Is dat zo?' vroeg Erika.

'Ja. Zullen we dat daarom bij de oproep vermelden, bij de foto van de locatie?'

Erika knikte en keek naar het draaiboek dat ze aan het opstellen waren. 'Wanneer zeggen we dat Andrea in Forest Hill is geweest? Haar clutch is teruggevonden in London Road.'

'Bij een mediaoproep moeten we ons altijd wat beperken, om een duidelijke, bondige boodschap te kunnen overbrengen. Als we zeggen dat ze op de ene plek is geweest en vervolgens ook nog een andere noemen, raken de mensen in de war. Zij willen continuïteit,' legde Colleen ietwat neerbuigend uit.

'Dank je, ik begrijp ook hoe dit soort dingen werken, maar deze oproep is een geweldige kans om informatie te vergaren, en op deze manier walsen we over belangrijke aanwijzingen over hoe Andrea vermist is geraakt heen,' zei Erika.

'We realiseren ons dat ze wellicht op de bedoelde locatie is geweest, maar daar hebben we geen harde bewijzen van: geen bewakingsbeelden, geen getuigen. De moordenaar moet gebruik hebben gemaakt van een auto en kan die tas ook gewoon op London Road uit het raam hebben gesmeten,' verklaarde Marsh.

'Ik ken de details van mijn eigen zaak heus wel, meneer!'

Een uur later rondden ze de boel af. Erika had met tegenzin ingestemd met de inhoud van de persconferentie, waarin met geen woord werd gerept over dat Andrea zelfs maar in de buurt van The Glue Pot was geweest en het feit dat ze over London Road kon hebben gelopen werd weggemoffeld.

Toen Erika de deur uit liep, naar de automaat, stond brigadier Crane daar net muntjes in te werpen voor een cappuccino.

'Alles goed, baas? We hebben de busbeelden van TFL, Transport for London, binnen, plus wat filmpjes van taxi's die over London Road hebben gereden,' zei hij. Toen de automaat piepte, bukte hij zich om het plastic bekertje eruit te trekken en begon tegen het schuim te blazen.

'Laat me eens raden: niets?'

Crane nam een slok van zijn koffie en schudde zijn hoofd. 'Maar die Marco Frost, die is nog lastig te vinden. De laatste werkplaats die we van hem hebben, is Caffè Nero in Old Compton Street, maar daar werkt hij niet meer. En zijn mobieltje staat uitgeschakeld.'

'Blijf proberen. Misschien is hij ervandoor met Barbora Kardosova.'

'Ha! Da's weer een heel andere theorie, baas.'

'Nou, zet er maar bij op de lijst,' zei Erika cynisch, terwijl ze munten in de gleuf begon te duwen voor een dubbele espresso.

25

De centrale meldkamer van Lewisham Row was ingericht als reactiecentrum voor de persoproep, die live op de BBC, Sky en een aantal andere nieuwszenders zou worden uitgezonden. Hiertoe waren zes geüniformeerde agenten achter de telefoons geplant.

Erika, Sparks, Marsh en Colleen hadden Lewisham Row een uur eerder verlaten en zich verplaatst naar het Thistle Hotel in de buurt van Marble Arch, vanwaar de oproep zou worden uitgezonden.

Moss en Peterson gebruikten de tijd ervoor om verder te zoeken naar de verblijfplaats van hun hoofdverdachte, Marco Frost. Eerst hadden ze het gedaan met adres- en loonlijstgegevens van het Caffè Nero in Old Compton Street, waar Marco had gewerkt. Dit was een dood spoor gebleken, Marco was daar al een jaar weg. Toen hadden ze het adres van zijn ouders geprobeerd, maar die waren vorig jaar zes maanden na elkaar overleden. Zij hadden samen met Marco in een huurflat gewoond, waar hun zoon na hun dood uit was getrokken. Moss had net een telefoonnummer van de huisbaas doorgegeven gekregen: hij scheen tegenwoordig bij zijn oom en tante te wonen. Moss toetste het nummer in; na een paar keer overgaan nam de oom al op.

De conferentiezaal van het Thistle Hotel in Marble Arch was een gigantische ruimte zonder ramen, met op de vloer vast tapijt met een druk patroon. De rijen stoelen voor het bescheiden podium waren bijna allemaal gevuld. Fotojournalisten stonden te wachten, er werden nog wat lampen opgesteld en enkele tv-verslaggevers repeteerden hun tekst alvast voor de camera. Aan de zijkanten stonden twee grote flatscreen-tv's op standaards, waarop live-beelden van BBC News Channel en Sky News te zien waren. Het geluid stond uit, maar op beide schermen herhaalde een banner onder in beeld ononderbroken dat er weldra een live persconferentie en een politieoproep zou volgen, over de moord op Andrea Douglas-Brown.

Op het podium stond een lange tafel, met op vaste afstanden van elkaar een paar kleine microfoons erop. Een medewerkster van het hotel liep er met een dienblad langs en zette een glas en een karafje water bij elke stoel. Achter de tafel hingen drie videoschermen met daarop het blauwe logo van de Metropolitan Police tegen een witte achtergrond.

Erika voelde zich elke keer weer ongemakkelijk bij de verhouding tussen de politie en de media: de ene dag duwden ze alle journalisten aan de kant, beschuldigden hen ervan te opdringerig te zijn en de feiten te verdraaien, de volgende dag nodigden ze hen uit voor een persconferentie die alle kenmerken van een toneelvoorstelling bezat.

Opeens verscheen Colleen naast Erika, en ze verzocht haar met haar mee te lopen naar de make-up. 'Alleen een beetje poeder om je gezicht wat minder te laten glimmen,' lichtte ze toe. Maar ze keek er ongedurig bij op haar horloge, en Erika begreep dat het wellicht heel wat meer tijd zou kosten om haar een beetje fatsoenlijk in beeld te brengen.

Het hotel had een kleinere ruimte voor de politie en de familie gereserveerd. Daar waren een paar banken bij elkaar geschoven, met een kan water en jus d'orange op een tafel.

Marsh zat er in zijn commissarisuniform, terwijl een jong meisje met een tube foundation en een driehoekig sponsje aan zijn gezicht werkte. Naast hem was een ander meisje met Sparks bezig. De twee heren waren intussen diep in gesprek met Simon en Diana, die tegenover hen zaten. Andrea's ouders waren weer allebei in het zwart, en terwijl Simon de meeste tijd aan het woord was, hield Diana zijn hand vast. Ze knikte ijverig mee en depte haar ogen.

Toen Erika binnenkwam, keken ze op. Erika knikte eerbiedig naar hen, Diana knikte terug, maar Simon negeerde haar en draaide zich om naar Marsh en Sparks.

'Zij zijn zo klaar, daarna is het jouw beurt,' zei Colleen.

Erika liep naar de tafel om wat te drinken te pakken. Deze stond recht onder een raam dat uitkeek op het verkeer dat zich rond Marble Arch bewoog. Linda en David stapten via een deur achter in de ruimte binnen en kwamen ook naar de tafel.

'Hallo,' zei Erika, terwijl ze wat water voor zichzelf inschonk.

'Hoi,' zei David. Hij stak zijn glas uit, waarna Erika het vulde. Hij was gekleed in een spijkerbroek en een koningsblauwe trui en zag opvallend bleek. Linda droeg een lange, zwarte rok en een felrode trui met een plastic plaatje op de voorkant, van een rij magere witte katten die op hun achterpoten stonden en cancanjurkjes droegen. Erboven stond: WIJ DANSEN DE KAT-KAT! Het was een afzichtelijk geval, dat vrij ongepast leek voor de gelegenheid.

Colleen kwam naar haar toe en vertelde Erika dat ze bijna klaar waren.

'Ik heb ook zo'n hekel aan make-up.' Linda schonk een glas jus d'orange in.

'Jij komt niet op tv,' zei David en hij nam een slokje water.

'Wist u dat Jimmy Saville altijd weigerde make-up te dragen op tv? Hij beweerde dat hij wilde dat de mensen zijn ware ik zagen... Ironisch, is het niet?' zei Linda en ze schudde haar pony nerveus uit haar ogen.

Erika, die niet wist wat ze moest zeggen, knikte maar.

'Toen ik zeven was, heb ik eens naar zijn programma geschreven,' ging Linda verder. 'Ik wilde dat hij ervoor zorgde dat ik naar de Disneystudio's kon, om een kat te tekenen voor een tekenfilm. Weet u, tekenfilms bestaan uit heel veel tekeningen, allemaal een piepklein beetje anders...'

'Inspecteur Foster weet vast wel hoe animatie werkt,' zei David en hij draaide samenzweerderig met zijn ogen naar Erika.

'Ik heb natuurlijk nooit antwoord gekregen. Ik ben zelfs afgewezen door Jimmy Saville...' Linda lachte droog.

'Jezus, kun je niet eens één keer proberen normaal te doen? Je verschijnt hier in die stupide trui, maakt van dat soort zieke grappen...' viel David opeens uit. Linda maakte een sprongetje van schrik toen hij zijn lege glas met een harde klap op de tafel zette en wegbeende.

'Dat was helemaal geen grap: ik wilde echt naar de Disneystudio's,' zei Linda kleurend en ze schudde haar haar van haar voorhoofd. Tot Erika's opluchting kwam Colleen op dat moment terug. Ze bracht haar naar het meisje van de make-up.

Marsh en Sparks stonden nu met Simon en Diana bij de deur naar de grote zaal. Het make-upmeisje werkte gelukkig snel. Precies toen ze klaar was, kwam er een jongen met een koptelefoon op zijn hoofd naar hen toe, die zei dat ze over twee minuten in de lucht gingen. Erika's telefoon ging over.

'Sorry, maar die zult u moeten uitzetten, dat geeft storing,' zei hij.

'Ik zal heel snel zijn,' zei Erika, die Moss' naam zag staan. Ze liep naar het raam en nam op.

'Baas, met mij,' zei Moss. 'Zijn de chef en Sparks daar bij u? Ik heb hen ook al proberen te bellen, maar...'

'Die hebben hun telefoon moeten uitschakelen, vanwege de microfoons, het geluid en zo,' zei Erika. Het drong tot haar door dat ze pas als derde op Moss' lijstje stond.

'We hebben Marco Frost gevonden: hij woont inderdaad bij zijn oom, in North London.'

Erika zag dat de persconferentie op het punt stond te beginnen.

Moss vervolgde: 'Tot twee dagen geleden zat hij nog in Puglia, Italië, waar hij met zijn oom en tante een lange kerstvakantie heeft doorgebracht bij familie. Ze waren met de auto van de oom. Die heeft een buurtwinkel in de buurt van Angel; ze hadden dat ding van boven tot onder volgestouwd met olijfolie, vleeswaren en zo.'

'Dus Marco Frost heeft een alibi,' zei Erika. De opwinding in haar groeide.

'Ja. Hij heeft in het buitenland zelfs zijn creditcard gebruikt. Hij kan Andrea niet hebben vermoord.'

Colleen verscheen weer naast Erika. 'Het is tijd, inspecteur Foster. En die moet nu echt uit,' zei ze.

'Goed werk, Moss.'

'Echt? Maar dit betekent dat we weer niets wijzer zijn geworden over Andrea's moordenaar... Nou ja, we hebben natuurlijk ook die theorie van u nog.'

'Moss, ik moet ophangen, ik spreek je nog wel,' zei Erika en ze drukte haar weg. Ze zette haar telefoon uit en zag de anderen al naar de grote zaal lopen. Simon ging voorop, op de voet gevolgd door Marsh en Sparks.

Dus Marco Frost heeft Andrea echt niet vermoord, dacht Erika. Sparks' theorie is zojuist in puin gevallen.

Haar gesprekken met Ivy en de barjuffrouw van The Glue Pot drongen zich weer op. Andrea is gezien met een donkerharige man en een blonde vrouw... Die lopen nog steeds vrij rond. Degene die dit heeft gedaan, loopt nog steeds vrij rond!

Marsh, Sparks en Simon verdwenen naar de persconferentie, maar Diana bleef op de bank zitten. Zij zat weer te huilen en werd getroost door Linda en David.

'We hebben je daarbinnen nodig... nu,' snerpte Colleen tegen Erika.

Giles Osborne kwam via de achterdeur binnengestormd, gehuld in een dikke winterjas. Hij rende op Diana af, terwijl hij zijn sjaal van zijn hals trok, en verontschuldigde zich dat hij zo laat was. 'Heb ik de oproep al gemist?' zei hij.

Diana schudde door haar tranen heen haar hoofd.

'Nu, inspecteur Foster!' zei Colleen.

En toen nam Erika een besluit, een besluit dat verstrekkende gevolgen zou hebben... Ze haalde diep adem, streek haar haar glad en liep de conferentiezaal binnen.

26

Moss, Peterson, Crane en de rest van het team waren op Lewisham Row gebleven, waar ze zich nu hadden verzameld rond een grote flatscreen-tv. Nadat BBC News Channel voor het bulletin van het hele uur had afgeteld, verscheen er een overzichtsbeeld van de persconferentie op het scherm. Aan de lange tafel zaten inspecteur Sparks, inspecteur Foster en commissaris Marsh, met daarnaast Simon Douglas-Brown, die er gejaagd en vermoeid uitzag.

Simon las zijn verklaring vanaf het voorbereide script voor. Beelden van hem werden afgewisseld met de rijbewijsfoto van Andrea die al de hele pers langs was gegaan, aangevuld met een nieuwere: Andrea op de laatste familievakantie, samen met Linda, David en hun ouders. Ze keken allemaal in de camera, met de zee op de achtergrond. David glimlachte wat verlegen, Linda fronste haar bolle toet net zo erg als altijd.

'Inspecteur Foster had gelijk, het is allemaal even aangrijpend,' zei Crane. 'Maar het is ook wel een erg weloverwogen pakket emoties. Zal dit iemand ertoe aanzetten de telefoon te pakken?'

Op het scherm rondde Simon Douglas-Brown zijn verklaring af, de camera zoomde uit. En net op het moment dat commissaris Marsh het woord wilde nemen, boog Erika zich naar voren en trok zijn microfoon naar zich toe. Ze keek recht in de camera en begon te spreken.

'De gebeurtenissen die hebben geleid tot het verdwijnen van Andrea Douglas-Brown zijn erg verwarrend. We hebben dan ook uw hulp nodig. We zouden het op prijs stellen als iedereen die Andrea op de avond van de achtste januari heeft gezien, zich zou willen melden. Dat was een donderdagavond. Wij denken dat Andrea ergens tussen acht uur 's avonds en middernacht in een pub genaamd The

Glue Pot is geweest, aan London Road. Dat is in South London, Forest Hill. Ze is daar gespot door iemand van het barpersoneel, terwijl ze zat te praten met een donkerharige man en een blonde vrouw. Misschien zijn er ook mensen die Andrea tussen acht uur 's avonds en middernacht over London Road hebben zien lopen, in de richting van het Horniman Museum, waar haar lichaam is gevonden. Als u informatie heeft, hoe weinig ook, stapt u daar dan mee naar voren, alstublieft. Bel het nummer van onze centrale meldkamer, dat zo meteen op uw scherm zal verschijnen.'

'Stond dat in het draaiboek?' vroeg Peterson in de meldkamer.

'Nee,' zei Moss.

Op het scherm was te zien dat commissaris Marsh duidelijk even van zijn à propos was. Hij schonk Erika een dodelijke blik en trok de microfoon terug. 'Wij zouden hier eh... aan willen toevoegen dat dit eh... Er ís een aanwijzing dat Andrea is gezien... We denken tevens dat ze op weg zou kunnen zijn geweest naar een feest in de Rivoli Ballroom, vlak bij station Forest Hill, waar ze op de avond van de achtste is uitgestapt,' besloot hij, iets overtuigder.

Er viel een korte stilte, waarin de camera nog maar eens uitzoomde.

'Jezus, hij maakt er een zootje van. Het lijkt wel alsof híj het ter plekke verzint – en niet Foster,' zei Moss.

De camera's flitsten heen en weer tussen overzichten van de zaal en beelden van de verzamelde pers, wat de verwarring alleen maar groter maakte. Totdat ze zich weer richtten op commissaris Marsh, die eindelijk het juiste spoor leek te hebben hervonden en de officieel afgesproken politieoproep afmaakte. Hij eindigde zijn verhaal met: 'We hebben meerdere agenten klaarstaan om uw mails en telefoontjes te beantwoorden. Dank u wel.'

Vervolgens werd er overgeschakeld van de persconferentie naar de nieuwslezeres in de studio van BBC News. Op het scherm achter haar waren groot het telefoonnummer en mailadres van de meldkamer te lezen. Ze somde de bijzonderheden nog een keer op, verzocht opnieuw iedereen die iets wist zich te melden en herhaalde zowel de naam The Glue Pot als de Rivoli Ballroom, waarbij ze haar excuses aanbood dat ze alleen van die laatste een foto konden laten zien.

De medewerkers in de meldkamer van Lewisham Row keken elkaar wat ongemakkelijk aan. En toen begonnen de telefoons te rinkelen.

27

Zodra de persconferentie was beëindigd en de live-verbinding verbroken, stond Erika op. Haar hart bonsde luid. Alle journalisten en fotografen dromden naar de uitgangen.

Simon draaide zich naar Marsh, en in zijn bruine ogen lag een woeste blik. ‘Wat stelde dat godverdomme voor?’ snauwde hij. ‘Ik dacht dat wij duidelijk hadden afgesproken hoe we het zouden aanpakken?’ Hij keek bijna wanhopig naar de wegstromende pers.

Marsh en Sparks stonden op. ‘Inspecteur Foster, ik moet je spreken, nu,’ zei Marsh.

Maar Erika haalde diep adem en stapte van het podium af. Ze negeerde hun drukke stemmen achter haar en haastte zich over het tapijt naar de dubbele deur achter in de conferentiezaal. Toen ze daardoorheen was, glipte ze via een nooduitgang naar buiten en daalde drie trappen af, waarna ze buiten in een zijstraat stond.

Ze bleef even staan om op adem te komen. De regen tikte op haar klamme huid. Ze wist dat het niet zonder gevolgen zou blijven, wat ze zojuist had geflikt. Maar als zij ergens van overtuigd was, kon ze dat nu eenmaal nooit loslaten. En nu was ze ervan overtuigd geweest dat dit de juiste weg was. Ze had iets goeds gedaan, voor Andrea, die zelf niet meer handelend kon optreden.

Ze begon te lopen en merkte niets van de regen, terwijl ze zich in het gedrang van Oxford Street stortte, zo verdiept was ze in haar eigen gedachten. Haar intuïtie en de zekerheid die ze had gevoeld begonnen langzaam te vervagen. Ze had moeten blijven om de confrontatie aan te gaan! Nu zouden ze haar actie zonder haar bespreken en allerlei wilde conclusies trekken. Ze zaten vast al van alles te beslissen, hun volgende stappen te plannen.

Ze begon steeds langzamer te lopen, toen stopte ze abrupt. De regen roffelde op de stoeptegels; mensen stroomden om haar heen, met hun hoofd naar beneden en capuchons of paraplu's op. Ze mopperden en vloekten toen ze hun de kortste weg naar bus of metro versperde. Het was midden in de spits. Erika probeerde koortsachtig te bedenken wat ze moest doen. Als ze nu terugging, zou dat zwak lijken. Dus begon ze weer te lopen en liet zich meevoeren door de menigte.

Achter haar, met een paar mensen tussen hen in, volgde een duistere figuur. Het was dezelfde als degene die had staan kijken hoe Erika voor haar raam stond te roken. Ditmaal was hij niet in het zwart, maar ging hij volledig op in de menigte, met zijn capuchon en paraplu. Toen ze het metrostation van Marble Arch naderden, leek de mensenmassa in te dikken en te vertragen. De geheimzinnige gestalte schaduwde Erika. Er waren nog slechts twee mensen tussen hen in.

Erika was een van de weinigen op straat zonder capuchon. Ze liep met haar hoofd naar beneden en de kraag van haar leren jas omhoog.

Ze is echt een bron van zorg voor me. Ze is naar die klotepub geweest, heeft er met mensen gepraat. Ze weet veel meer dan ik dacht. Was het dan maar spel, al die angst en wanhoop? Tot deze persconferentie dacht ik dat ze gebroken was. Ik dacht dat ik keek naar de uitgebluste resten van een eens geniale smeris.

De figuur was nu vlak bij Erika. Er liep alleen nog een forse zakenman in een lichte regenjas vol regendruppels tussen hen in. Erika trok haar kraag nog wat strakker tegen de blonde haren in haar nek.

Ze is alleenstaand en alleen. En in de rouw. Misschien heeft ze wel zelfmoordneigingen, dat hebben er zoveel. Ik zou die schriele trut dolgraag eens een bezoekje brengen, haar verrassen wanneer ze in bed ligt. Die magere keel van haar dichtknijpen tot de pezen uitpuilen en zien hoe het licht in haar ogen dooft. Maar er is nog iemand bij wie ik langs moet...

De menigte had het metrostation van Bond Street bereikt en

kwam er langzaam tot stilstand. Erika manoeuvreerde zich zo dat ze net onder de grote luifel kon staan en wachtte geduldig tot de mensenmassa weer in beweging kwam. De figuur schuifelde dichterbij tussen de dicht op elkaar gepakt staande mensen en schoof een keurige witte envelop in de zak van Erika's leren jas. Enkele tellen later loste de opstopping bij de ingang van het station zich weer op. De figuur liet Erika weer alleen en ging op in de menigte: gewoon een van de velen die zo snel mogelijk ergens naartoe wilden.

28

Toen Erika uit station Brockley de straat op stapte, moest ze even wennen. Voor het eerst zag ze haar nieuwe woonomgeving bij daglicht. Het was er een drukte van belang. Een busje van Royal Mail reed voorbij en stopte bij een brievenbus. Een jonge postbode met een fris gezicht stapte eruit, opende de bus en trok er een zak vol brieven uit. Tegenover het station was een café, waar buiten twee vrouwen, diep weggedoken in hun jas tegen de kou, aan een tafeltje zaten te roken. Op de rand van hun witporseleinen kopjes zat knalrode lippenstift. Een aantrekkelijke ober met een lippiercing kwam naar hun tafeltje. Toen hij iets tegen hen zei bij het weghalen van hun gebruikte spullen, gierden de vrouwen het uit van het lachen.

Erika rommelde in haar tas op zoek naar haar sigaretten. Haar handen trilden toen ze er een opstak. Haar onrust was tijdens de rit naar huis alleen maar erger geworden. Haar hart bonkte in haar borstkas en het was alsof ze alles door beslagen glas zag. De knappe ober stond nog steeds met de vrouwen te praten, zij flirtten lustig terug.

'Ooo... nee, nee, nee, nee, nee,' zei opeens een stem.

Erika keek om zich heen. Naast haar stond een dikke man in een uniform van South West Trains. Hij had grijs haar en een bijna grijze snor.

'Sorry?' zei Erika.

'Zeg, wijfie, heb jij soms trek in een boete van duizend pond?'

'Pardon?' vroeg ze. Ze voelde zich duizelig worden.

'Er geldt een rookverbod op treinstations. Maar ik weet hoe we dit kunnen oplossen, hoor. Het enige wat je hoeft te doen, is een stap naar voren zetten. Toe maar.'

Erika deed verward wat hij zei.

'Daarzo, wijfie, opgelost: nu sta je niet langer op stationsterrein!' En hij wees naar haar voeten, die nu op het vlakke asfalt voor de stationshal stonden.

'O...ké,' zei ze weifelend.

De man schonk haar een behoedzame blik. Pas op dat moment realiseerde ze zich dat hij eigenlijk heel aardig voor haar was geweest. Maar toen was het al te laat. De man liep mopperend bij haar vandaan. Erika strompelde weg, terwijl ze een lange trek van haar sigaret nam. Haar hart bonkte nog wat harder. De vrouwen bij het café zaten de wijnlijst te bekijken, al lachend babbelend met de ober. Bij de kiosk op de hoek draaide een oude man aan een metalen ansichtkaartenstandaard, twee oudere dames sjokten diep in gesprek langs met zware boodschappentassen.

Erika moest zich vasthouden aan het lage muurtje voor een huis om niet om te vallen. Ze bedacht dat ze geen idee had hoe je een 'normaal' iemand moest zijn. Ze kon lijken bestuderen en brute daders van seksueel geweld verhoren, ze was bespuugd en bedreigd met een mes, maar leven in de echte wereld, deel uitmaken van een gemeenschap, daarvoor was ze als de dood. Ze had geen idee hoe je je als alleenstaande gedroeg – helemaal alleen, zelfs zonder vrienden.

En toen werd ze weer overspoeld door de omvang van wat ze had gedaan. Ze had de persconferentie van een belangrijk moordonderzoek gekaapt. Stel dat ze ernaast zat? Ze haastte zich naar haar appartement. De duizeligheid werd steeds erger, angstzweet prikte in haar kraag.

Toen ze eindelijk binnen was, liet ze zich op de bank vallen. De kamer tolde om haar heen, terwijl een waas haar blik van opzij steeds verder vertroebelde. Knipperend met haar ogen keek ze de kleine woonkamer rond. Het waas bewoog met haar mee. Ze voelde hoe haar maag zich samentrok en ze spurtte naar de badkamer, waar ze nog net keurig in het toilet wist over te geven. Op haar knieën bleef ze zitten kokhalzen, waarna ze nog een keer braakte. Toen trok ze door. Terwijl ze haar mond spoelde bij de wastafel, moest ze zich stevig vasthouden; de vloer onder haar leek te deinen. Het spiegelbeeld dat haar aankeek was huiveringwekkend: grote holle ogen, een bleekgroene huid. De vlekken in haar ogen namen nog steeds toe en dreven nu naar het midden van haar zicht. Haar gezicht was nog slechts een vlek in de spiegel. Wat gebeurde er toch met haar? Ze stommelde terug naar de woonkamer, zich vasthoudend aan de muur en het deurkozijn, en ging regelrecht op de bank af. Inmiddels was het midden van haar zicht vertroebeld. Ze moest haar hoofd schuin houden om haar leren jas te vinden, die over de armleuning hing, vond haar telefoon in een van de zakken en zag vanuit haar ooghoek dat deze nog steeds uitgeschakeld stond.

Bloed gonsde door haar hoofd, misselijkheid en paniek borrelden in haar omhoog. Ze was bezig dood te gaan! En ze zou alleen sterven.

Ze wist de knop boven op haar telefoon te vinden en drukte hem in. Een draaiend schijfje op het scherm vertelde haar dat hij nog moest opstarten. Ze liet zich vallen, met haar gezicht op de zitting van de bank. Ze was doodsbang. Er begon zich een heftige hoofdpijn achter in haar schedel te nestelen. Ze besefte nog net dat dit het begin van een migraineaanval kon zijn, toen de kamer een kolossale slinger leek te maken en alles om haar heen zwart werd.

29

Met een gevoel alsof ze door een duistere ruimte zwom, bewoog Erika zich in de richting van een ver gerinkel. Het leek dichterbij te komen. Opeens sprongen haar oren open en was het geluid vlak bij haar hoofd. Haar wang raakte iets zachts, dat de vage geur van gebakken eten en sigaretten had, haar knieën lagen op een harde houten vloer. Toen ze op haar hurken ging zitten en haar hoofd ophief, besefte ze dat ze in haar nieuwe appartement was. En dat haar telefoon overging. Buiten was het donker, de straatlantaarn scheen door het kale raam naar binnen.

De telefoon lag nog even op te lichten en te trillen op de salontafel en zweeg toen abrupt. Erika's mond was kurkdroog. Ze had een barstende hoofdpijn. Onvast kwam ze overeind en ze liep naar het aanrecht om een groot glas water te drinken. Toen ze dit neerzette, kwam alles weer boven. Het enige hoopgevende was dat haar zicht weer normaal was. Haar telefoon begon weer te rinkelen. En omdat ze dacht dat het Marsh was, nam ze op: dan had ze dat ook maar gehad.

Een bekende stem zei: 'Erika? Ben jij dat?'

Ze moest opeens vechten tegen de tranen. Het was Marks vader, Edward. Ze was helemaal vergeten hoezeer zijn stem op die van Mark leek. Dat kwam ook door het warme Yorkshire-accent.

'Ja, ik ben het,' zei ze ten slotte.

'Ik weet dat het lang geleden is... Nou ja, ik bel je om te zeggen dat het me spijt,' zei hij.

'Wat spijt je?'

'Ik heb dingen gezegd, dingen die ik nu betreur.'

'Daar had je alle recht toe, Edward. De helft van de tijd kan ik mezelf niet eens recht in de ogen kijken...' Ze klapte dubbel en begon opeens te snikken en te hikken. De woorden buitelden over elkaar heen, terwijl ze de man van wie ze als een tweede vader had gehouden, probeerde duidelijk te maken hoe verschrikkelijk ze het vond dat ze zijn zoon niet had kunnen beschermen.

'Erika, lieverd, het was jouw schuld niet... Ik heb de transcriptie van de hoorzitting gelezen,' zei hij.

'Hoe kan dat nou?'

'Daar had ik om gevraagd. De Wet op de Vrijheid van Informatie... Ze hebben jou er flink van langs gegeven.'

'Dat had ik ook verdiend. Ik had veel dieper moeten graven, had alles ook driedubbel kunnen checken...' begon ze.

'Daar kun je niet mee verder, Erika, met "Ik had het zus en zo moeten doen."'

'Ik zal het mezelf nooit vergeven. Als ik het kon overdoen, als dat kon... dan had ik nooit...' zei ze en ze veegde de warme tranen met de muis van haar hand weg.

'Kom, kom, zo is het wel genoeg. Hou erover op, anders zul je wat beleven!'

Zijn lach klonk gemaakt. Er viel een stilte.

'Hoe gaat het met je?' vroeg Erika. Stomme vraag, dacht ze.

'O, ik hou mezelf wel bezig... Ik ga tegenwoordig bowlen. Nooit gedacht, maar ja, je moet toch aan de gang blijven. Voor zo'n ouwe drommel ben ik nog een kranige kegelaar...' Zijn stem stierf weer weg. 'Erika lieverd, er is nu een echt graf. Ik heb de steen voor Mark laten plaatsen. Het staat prachtig.'

'Echt?' Erika sloot haar ogen. Ze dacht aan Mark, diep onder de grond, en vroeg zich morbide genoeg af hoe hij er nu uitzag. Alleen nog maar wat botten, wat botten in een mooi pak?

'En je bent welkom om ernaar te komen kijken. Je bent hier altijd welkom, lieverd. Wanneer denk je dat je weer thuiskomt?'

Thuis. Hij noemde het 'thuis'. Erika had geen idee meer waar haar thuis was.

'Ik ben op mijn werk, in Londen,' zei Erika.

'O. Juist.'

'Ik kom wel. Maar nu moet ik werken.'

'Dat is goed, lieverd. Wat doe je nu voor werk?' vroeg hij.

Erika kon hem niet vertellen dat ze achter een brute moordenaar aan zat. Zou hij de persconferentie op het nieuws gezien hebben?

'Ik zit bij de Metropolitan Police, in een heel nieuw team.'

'Dat is mooi, *lass*. Blijf vooral bezig... Maar zodra je eens een paar vrije dagen hebt, zou ik je dolgraag zien.'

'Dat lijkt me fijn.'

'Ik rijd nog vaak langs jullie huis. Het is verhuurd aan een jong stel. Aardige lui, zo te zien. Niet dat ik er heb aangeklopt of zo... Ik zou niet weten hoe ik moet uitleggen wie ik ben.'

'Edward, alles staat nog in de opslag, ik heb niets weggegooid. We moeten die dozen samen nog eens doorspitten. Ik weet zeker dat er dingen zijn...'

'Laten we één stap tegelijk zetten,' zei Edward.

'Hoe kom je eigenlijk aan mijn nieuwe nummer?' vroeg Erika.

'Ik heb je zus gebeld. Zij vertelde dat je wel eens bij haar op de bank had geslapen en gaf me je nummer. Ik hoop dat je dat niet erg vindt?'

'Natuurlijk niet. Sorry, dat is de smeris in me, die wil altijd alles ophelderen...'

'Ik wil je gewoon graag laten weten, Erika, dat je niet alleen op de wereld bent. Ik weet dat ze hier niet erg aardig tegen je zijn geweest, en de meesten kun je dat niet eens kwalijk nemen, maar... jij bent hem óók kwijtgeraakt...' Edwards stem brak. Toch ging hij door: 'Ik vind het afschuwelijk om te bedenken hoe alleen jij je moet voelen. Ik sta aan jouw kant, lieverd – voor wat het waard is.'

'Dank je wel,' zei Erika zacht.

'Nou, dit gaat me een fortuin kosten, helemaal naar Londen bellen, dus ik zal maar eens ophangen... Goed om je stem weer te hebben gehoord, Erika. Kom nog eens langs, zodat we geen vreemden voor elkaar worden.'

'Hetzelfde... Ik bedoel: oké, daar zal ik voor waken.'

Er klonk een klik en een piepje, en weg was hij. Erika legde een hand op haar borst en ademde diep in. Er stroomde een warme gloed door haar lichaam. Ze moest hevig knipperen om een nieuwe lading tranen tegen te houden.

Toen begon de telefoon in haar hand alweer te rinkelen. Het schermpje meldde dat Moss degene was die haar probeerde te bereiken.

'Baas, waar zit u?' vroeg ze.

'Thuis.'

'Dit gaat u niet geloven. Er is nog een lijk gevonden, ditmaal in het water van Brockwell Park.'

'Is er een identiteitsbewijs op het slachtoffer gevonden?' vroeg Erika.

'Ja. Het gaat om Ivy Norris.'

30

Het Brockwell Park and Lido in Dulwich lag minder dan vijf kilometer van het Horniman Museum, waar Andrea's lichaam was gevonden. Erika haastte zich langs de verlichte klokkentoren, die haar vertelde dat het kwart over tien was. Dikke regendruppels begonnen tegen de voorruit te spetteren en vormden al gauw een stortbui. Erika zette de ruitenwissers aan en boog zich naar voren om tussen de kolkende waterstromen door te kunnen kijken. Er verschenen twee geüniformeerde agenten in haar blikveld, ze stonden naast een politielint bij de ingang van het lido. Ze kwam hortend en stotend tot stilstand en stapte de regen in, die luid op de overal geparkeerd staande auto's stortte.

'Inspecteur Foster,' riep Erika boven het lawaai uit, terwijl ze haar politiepenning liet zien. De agenten tilden het lint op, zodat ze eronderdoor kon.

In de zomer waren dit park met zijn bijbehorende strandje erg populair voor zwem- en picknickpartijen, maar in het donker van een kletsnatte januari-avond was het er maar een grauwe, deprimerende bedoening. Moss en Peterson werden vlak na Erika onder de politietape door gelaten. Ze hadden een krachtige zaklamp bij zich: de lichtbundel bescheen hun route over een reeks betonnen paden, langs een dichtgetimmerde ijskraam en een afbladderend paviljoen. Ze kwamen uit op een open plek, waar ze niets konden onderscheiden, tot in de verte de donder rommelde en bliksem de omvangrijke zwemvijver verlichtte. Voor hen gloeide zacht de omtrek van een grote, witte tent van de technische recherche. De hele modderige oever van het water was afgezet met het bekende plastic lint. Drie forensisch assistenten in witte overalls zaten er op hun knieën in de modder, om zo snel mogelijk een afdruk te maken van een stel voetafdrukken. Een andere forensisch medewerker kwam hun bij de ingang van de tent tegemoet. Vlug trokken ze hun beschermende kleding aan, terwijl de regen op het canvas bleef beuken.

Er scheen een felle halogeenlamp op het doodstille lichaam van Ivy Norris. Ze lag op haar rug in de omgewoelde bruine modder, die ook overal op haar kleren en lichaam zat.

'Via de dozen, alstublieft,' zei een van de medewerkers, wijzend naar een serie platforms rond het lichaam, om eventueel bewijsmateriaal in de modder eronder veilig te stellen.

Ze liepen naar Ivy's lichaam, springend van het ene platform naar het andere, tot ze naast haar stonden. Haar vettige haren waren uit haar vergelende gezicht getrokken, dat was blijven stilstaan met dezelfde angst in de ogen als Andrea. Haar neus was platgeslagen en omgeven door opgedroogd bloed. Ze droeg dezelfde jas en trui als waarin Erika haar een paar dagen eerder had gezien, maar was nu vanaf haar middel naakt. Haar benen waren pijnlijk om aan te zien: broodmager, met overal groepjes littekens, blauwe plekken en naaldenprikken. Haar grijze schaamhaar was samengeklit.

Een forensisch fotograaf maakte een foto en vulde de tent met een felle flits en een hoge piep. Isaac Strong stond zwijgend op een van de dozen. Hij schonk hun allen een knikje.

'Wie heeft haar gevonden?' vroeg Erika.

'Een groepje jongeren, die vanwege een weddenschap over het hek waren geklommen.'

'Waar zijn die nu?'

'Bij agenten van jullie in het buurthuis verderop in de straat. We hebben hun DNA al afgenomen.'

'Hebben ze verder nog iets gezien?' vroeg Erika.

'Nee, het was donker. Een van de jongens struikelde over haar lichaam.'

'Die moet zich dood zijn geschrokken,' zei Moss, terwijl ze neerkeek op Ivy.

'Haar neus is gebroken, en ik denk haar jukbeen ook. Er zitten flinke kneuzingen in haar hals,' rapporteerde Isaac, terwijl hij neerhurkte en voorzichtig aan Ivy's trui trok. 'Ik denk ook dat er vier ribben zijn gebroken. Maar na de lijkschouwing zal ik een beter idee hebben over de inwendige schade. Ze had honderd pond in contanten bij zich. De biljetten zaten opgevouwen in haar beha.'

'Een toevallige aanranding of beroving kunnen we dus uitsluiten?' vroeg Moss.

'Daar wil ik niet op worden vastgepind tot ik mijn lijkschouwing heb uitgevoerd. Maar natuurlijk, als een lijk met geld wordt achtergelaten, geeft dat aan dat de aanvaller niet direct uit was op een beroving. Eerder op seks. Bij het eerste onderzoek is sperma in haar vagina aangetroffen.'

'Ivy was een bekende prostituee,' verklaarde Moss.

'Misschien heeft de dader haar met geld gelokt?' vulde Peterson aan.

'Uitsluitend op basis daarvan mogen we niet zonder meer aannemen dat de seks met wederzijdse toestemming heeft plaatsgevonden,' sprak Isaac scherp. 'Er is sprake van meerdere kneuzingen rond het bekken.'

'Waar zijn haar armen?' vroeg Erika. Ze was even bang dat die eraf waren gehakt.

'Die zijn op haar rug gebonden,' zei Isaac. Een van zijn assistenten kwam dichterbij en tilde Ivy voorzichtig uit de modder. Haar beide armen waren strak onder haar lichaam getrokken. Ze waren glibberig van de modder en zaten volgeplakt met steentjes. Isaac streek met een gehandschoende vinger over haar polsen.

'Zien jullie wel? Ze zijn vastgebonden met het soort plastic band dat vaak in de industrie of voor pakketten wordt gebruikt.'

'En haar schoenen?' vroeg Erika, toen ze Ivy's voeten zag, bemodderd en opgezwollen, met een soort landkaart van gesprongen adertjes erop en vieze lange teennagels.

'Die hebben we in de modder teruggevonden,' zei Isaac. 'En ze mist een pluk haar op elke slaap. Die lijkt er bij de wortels te zijn uitgetrokken.'

Hij draaide Ivy's hoofd en wees naar de grote, felroze plekken vol opgedroogd bloed. De fotograaf hurkte wat dichterbij en maakte er een foto van. Toen de flits Ivy's huid oplichtte, leek die wel doorschijnend, met blauwe aderen die als draden over haar voorhoofd liepen.

'Andrea's haar was er ook uitgetrokken,' zei Erika zacht.

'Tijdstip van overlijden?' vroeg Peterson.

'De interne lichaamstemperatuur zegt me dat ze nog niet zo lang dood is, maar het lichaam is blootgesteld aan regen en temperaturen onder nul, dus daar moet ik nog op terugkomen.'

'Er zijn al agenten bezig met huis-aan-huisonderzoek. De omgeving wordt afgezocht,' zei Peterson.

Ze keken even hoe de fotograaf zijn werk deed en vanuit elke hoek foto's van Ivy maakte. Een jonge assistente van Isaac deed voorzichtig plastic zakken om Ivy's handen om mogelijk DNA-materiaal te beschermen. Isaac liep naar een provisorische werktafel in de hoek van de tent en keerde terug met een doorzichtige plastic zak.

'Dit is wat we op haar lichaam hebben gevonden: een sleutelbos, zes condooms, honderd pond in contanten, een creditcard op naam van Matthew Stephens en een telefoonnummer op een stukje papier.'

'Maar dat is uw nummer,' zei Moss verbaasd, terwijl ze Erika aankeek.

'Ik heb Ivy laatst gesproken in verband met de moord op Andrea. Ze had me wat informatie gegeven, maar volgens mij was ze bang. Dus heb ik gezegd dat ze me altijd mocht bellen...' Erika's stem stierf weg toen ze zich realiseerde dat die aanwijzing samen met Ivy verloren was gegaan.

'En heeft ze u proberen te bellen?' vroeg Peterson.

'Dat weet ik niet. Daarvoor zal ik mijn telefoon moeten checken.'

Ze had haar voicemail sinds het begin van de persconferentie niet meer afgeluisterd. Ze verontschuldigde zich en liep langs de afscheiding naar de deuropening van de tent. Er kwam een figuur aangelopen langs de oever van de zwemvijver. Toen hij dichterbij was, zag Erika dat het inspecteur Sparks was.

'Wat doe jij hier?' vroeg Erika. 'Jij zit toch niet bij de First Response-eenheid?'

'Nee, commissaris Marsh heeft mij verzocht om jouw taak als senior onderzoeksbeambte over te nemen,' zei Sparks. Ondanks de ernst van de situatie kon hij zijn leedvermaak amper verbergen.

'Pardon? Om elf uur 's avonds op een plaats delict?' vroeg Erika.

'Dan moet je je telefoon eens opnemen. De chef heeft je meerdere malen proberen te bereiken,' zei Sparks.

'Ik ben hier nog niet klaar. Ik kan er morgen met Marsh over praten,' zei Erika.

'Ik heb duidelijke instructies. Ik ben benoemd tot de nieuwe SOB, dus ik zou het op prijs stellen als je het terrein zou willen verlaten.'

'Je wilt dat ik vertrek?'

'Nee, ik beveel je te vertrekken.'

'Inspecteur Sparks, ik kom net van de plaats delict en er zijn dingen...' begon Erika.

'Ik zei, ik heb nu de leiding over deze plaats delict, en ik beveel jou om aan de kant te gaan!' riep Sparks driftig.

'Wie ook maar iets weet van de werkwijze van de technische recherche, weet dat de forensisch patholoog op de plaats delict het hoogste gezag heeft. En dus ben ik degene die hier de bevelen uitdeelt,' zei Isaac, die samen met Moss en Peterson achter Erika verscheen. 'Inspecteur Foster heeft als SOB deze plaats delict betreden. Ik zal mijn briefing en inspectie van de plaats delict dan ook met haar als aanwezige SOB afronden. Welnu, inspecteur Sparks, u riskeert op dit ogenblik contaminatie van de plaats delict. Als u wilt blijven meekijken, verzoek ik u de regels in acht te nemen, een beschermend pak aan te trekken en verder uw mond te houden.'

Inspecteur Sparks opende zijn mond al om iets te zeggen, maar Isaac keek streng op hem neer, trok één onberispelijk gevormde wenkbrauw op en daagde hem zo uit hem tegen te spreken.

'Morgenochtend om acht uur is er een briefing op Lewisham Row, waarbij we dit onderzoek opnieuw in perspectief zullen plaatsen. Zorg dat jullie daar op tijd zijn,' zei Sparks tegen Moss en Peterson. Zij knikten gehoorzaam. Toen schonk Sparks Erika een lange, kille blik en stampte weg, vergezeld door een van de geüniformeerde agenten.

'Bedankt,' zei Erika tegen Isaac.

'Daar deed ik het niet voor, hoor. Ik geef niets om interne politiek. Mijn enige belang is de plaats delict zo schoon mogelijk te houden, zodat jullie je werk kunnen doen en de dader opsporen,' zei Isaac.

Erika trok haar overall uit en stopte hem in een zak, die naar het lab zou gaan. Onder de afbladderende gevel van het paviljoen vond ze bescherming tegen de nog steeds neerplenzende regen. Ze stak een sigaret op en beluisterde haar voicemails. Er waren er vier van Marsh, telkens ietsje bozer. Kennelijk hadden Simon en Diana Douglas-Brown 'geschokt' gereageerd toen Erika 'de persconferentie voor haar eigen agenda had gekaapt' en was Marsh het met hen eens. Hij beval haar om zich de volgende ochtend als eerste bij hem te melden en eindigde zijn boodschap met de zin: 'Het negeren van mijn telefoontjes zal worden gezien als een verdere daad van insubordinatie en een directe aanvechting van mijn gezag.'

De laatste boodschap in haar mailbox begon met een hoop ruis. Toen hoorde ze iemand vloeken, gevolgd door het geluid van munten die in een gleuf gleden.

'Ja hallo, met Ivy, Ivy Norris. Als jij me geld geeft, vertel ik je wat je weten wilt. Ik wil honderd ballen...' Er klonken drie korte piepjes, nog meer gevloek en toen viel de lijn dood. Erika beluisterde deze boodschap nog een keer. Hij was zeven uur geleden ontvangen. Erika belde naar brigadier Crane, die met een vermoeide stem opnam.

'Hoi, Crane, met inspecteur Foster. Ben jij nog steeds op het bureau?'

'Ja, baas,' zei hij.

'Hoe was de respons op de oproep?'

'We hebben vijfentwintig telefoontjes gehad, baas. In de afgelopen uren werden het er steeds minder, en nu zitten we te wachten of ze het nummer op het avondnieuws opnieuw laten zien.'

'Vertel eens of er iets bruikbaars tussen zat?' vroeg Erika hoopvol.

'Veertien ervan waren van bekende idioten en tijdverspillers: die reageren op elke tv-oproep en bekennen dan alles. Een van die kerels houdt nog steeds vol dat hij prinses Diana heeft vermoord. Maar ja, toch moeten we die allemaal doornemen om ze te kunnen elimineren, wat veel tijd kost. Tien andere telefoontjes waren van journalisten, puur om te vissen, eigenlijk.'

'Dat zijn er vierentwintig.'

'Het laatste telefoontje was van Ivy Norris. Zij belde een paar uur nadat de oproep de lucht in was gegaan. We hebben de herkomst opgespoord: het kwam van een muntentelefoon in The Crown. Het was een nogal onsamenhangend verhaal, maar ze liet haar naam achter en zei dat ze u persoonlijk wilde spreken. Hebt u uw voicemail al gecheckt? Ik heb u proberen te bellen, maar u nam niet op.'

'Ja, ze heeft mij ook nog proberen te bellen. We hebben haar lichaam zojuist gevonden.'

'Shit,' zei Crane.

'Ja, zeg dat wel. Luister, ik kom morgenochtend vroeg naar het bureau, maar laat me weten of je nog meer binnenkrijgt.'

'Eh, baas...'

'Ja, wat?'

'Mij is opgedragen alle nieuwe info door te geven aan inspecteur Sparks.'

'Oké. Maar dat van Ivy, dat ligt ook een beetje persoonlijk.'

'Natuurlijk, baas.'

Erika had het gesprek net beëindigd, toen Moss en Peterson kwamen aanlopen. Ze vertelde hun over Ivy's telefoontje.

'Ach, zij heeft zo verschrikkelijk vaak loos alarm geslagen,' zei Moss. 'En het was slechts een kwestie van tijd voor ze dood gevonden zou worden.'

'Ze staan op het punt om het lichaam te verplaatsen. Het team van de technische recherche moet het terrein zo snel mogelijk afsluiten, ze zullen rap moeten werken in deze regen,' zei Peterson. 'Ik neem aan dat wij voortaan aan inspecteur Sparks moeten rapporteren?'

'Daar lijkt het wel op,' zei Erika.

Er viel een korte stilte, Moss en Peterson leken teleurgesteld.

'Nou, tot gauw dan maar,' zei Erika.

Ze liep terug naar haar auto en bleef er in het donker in zitten, terwijl de regen op het dak trommelde. Toen Moss en Peterson haar voorbijreden, werd haar interieur kort verlicht, waarna ze weer in duisternis werd ondergedompeld. Ze voelde zich rot over Ivy's dood. Ze trok haar hand uit haar jaszak en deed het lichtje boven de achteruitkijkspiegel aan. De tandafdrukken waren al aan het verbleken, de wond heelde snel. Waar was Ivy mee bezig geweest? Was ze naar het Brockwell Lido toe gelokt, of ging ze er vrijwillig heen? En wat gebeurde er met haar kleinkinderen nu zij er niet meer was?

Erika startte de auto en reed de regen in.

31

De figuur boog zich naar voren, trok zijn dikke bivakmuts af en begon heftig over te geven. Het braaksel gutste met een smerig hoog geluid in het inktzwarte water en overstemde zelfs de regen, die zich uitstortte over het oppervlak van de vijver. Het was heel normaal dat je je na een moord schoonspoelde. Hij liet zich op de natte aarde vallen en genoot van de zuivering door de regen.

Het was een eitje geweest om Ivy Norris op te sporen. Op haar leeftijd worden mensen vaak gewoontedieren: hij vond haar onder een straatlantaarn in Catford High Street. Ze had er nog walgelijker uitgezien dan anders: er zat iets dat rook naar opgedroogde kots op de bontrand van haar capuchon en rond haar neusgaten koekte opgedroogd bloed.

'Ik ben Paulette. Wil je alleen pijpen, of alles d'rop en d'raan?' had Ivy gevraagd. Haar ogen waren opgelicht toen de dure auto naast haar was gestopt. Ze zag haar potentiële klant pas toen ze aan de passagierskant was ingestapt, waarop meteen de centrale deurvergrendeling werd ingeschakeld.

'Hallo, Ivy... Er is iets wat ik van jou wil,' had de figuur op glibberige toon gezegd.

Ivy was meteen paniekerig beginnen te smeken, had haar excuses aangeboden, geroepen dat het nooit meer zou gebeuren. De woorden buitelden over haar lippen, spuugspatjes besmeurden het chique dashboard. 'Ik zweer je, ik móést wel met die smeris praten. Ze bedreigde me, dreigde mijn kinderen van me af te pakken... Maar het enige wat ze weet, is dat die Andrea heeft zitten kletsen met een vent met donker haar en een blonde snol... Verder vertel ik haar nooit niks meer!'

Op dat moment had de figuur zijn gehandschoende hand uitgestoken en Ivy twee briefjes van vijftig pond aangeboden.

'Wat wil je dat ik daarvoor doe?' had Ivy onzeker gevraagd.

Hij wist niet of ze gewoon zo kapotgemaakt was door het leven, of echt geloofde dat hij haar naderhand weer zou laten gaan, maar ze pakte het geld aan.

Ivy had geen vraagtekens geplaatst bij de afgelegen locatie. En toen ze er eenmaal waren, had ze het goedgevonden dat hij haar handen op haar rug bond. Ze had zelfs geen codewoord geopperd om aan te kunnen geven dat het genoeg was.

'Alleen niet in mijn gezicht,' had ze gezegd. 'Ik weet ook wel dat ik niet zoveel voorstel, maar het maakt mijn leven een stuk makkelijker als het niet in mijn gezicht is...'

Dat was het moment waarop hij knapte, en haar recht in haar gezicht stompte. Ze keek niet verrast, alleen teleurgesteld. Toen hij het nog een keer deed, harder, leek ze zich erbij neer te leggen. De zoveelste teleurstelling... Hij trok handenvol haar uit, brak haar neus... En toen zijn handen langer dan een minuut om haar keel zaten, was haar blik slechts verbaasd. Toen pas besefte ze dat ze ging sterven.

Ver weg, aan de andere kant van het gras van Peckham Rye Common, vloog een politieauto met jankende sirenes voorbij. De geheimzinnige figuur lag verscholen tussen de begroeiing langs de vijver en genoot van het gevoel te worden gereinigd door de regen.

Mijn auto staat maar een paar blokken verderop, maar daar kan ik nog niet naar terug, dacht hij. Nog niet. Pas wanneer het licht wordt. Als ik helemaal schoon ben.

32

Het duurde lang voordat Erika in slaap viel. Ze bleef wakker liggen en luisteren naar de regen die de ramen onafgebroken geselde. Ze kreeg het beeld van Ivy maar niet uit haar hoofd. Die dode, van ontzetting wijd openstaande ogen, alsof ze het gezicht van haar moordenaar nog steeds voor zich zag. Erika vroeg zich af hoe dat gezicht eruitzag. Was het oud of jong? Gekleurd of blank? Was de moordenaar een indrukwekkende figuur, fysiek bedreigend, of een doodnormaal iemand die gewoon opging in de menigte?

Ze herinnerde het zich niet, maar kennelijk was ze toch in slaap gevallen. Erika opende haar ogen. Er scheen een zacht licht door haar slaapkamergordijnen, de dag was aangebroken. Voor het eerst sinds lange tijd had ze een droomloze slaap gehad. Toen ze het gordijn opzij trok, zag ze dat het was opgehouden met regenen, maar de lucht was nog steeds lichtgrijs. Het was wel al helemaal licht. Ze reikte naar het nachtkastje en pakte haar telefoon om te zien hoe laat het was. Hij hing aan de oplader, maar was nog steeds leeg.

Ze vloekte en liep naar de woonkamer, waar ze zag dat de digitale klok van de oven ook al op zwart stond. Ze opende het gangkastje met de stoppenkast, trok Marcies vlekkenschilderij eruit en klikte alle knoppen aan en uit. Niets. Ze tuurde door het erkerraam aan de voorkant naar de verlaten straat beneden. Ze had geen flauw idee hoe laat het was. Dus opende ze haar voordeur, stak de overloop over en klopte op de deur tegenover de hare. Een paar seconden later hoorde ze dat er een sleutel werd omgedraaid. Grendels werden opengeschoven, gevolgd door het gerammel van een ketting. De deur ging een paar centimeter open. Een kleine, oudere dame met een soort schuimgebakje van wit haar op haar hoofd gluurde door de spleet.

'Sorry, dat ik u stoor,' zei Erika. 'Maar kunt u me vertellen hoe laat het is?'

'Wie bent u? En waarom wilt u dat weten?' vroeg de vrouw achterdochtig.

'Ik ben uw nieuwe buurvrouw. Ik geloof dat er een stroomstoring is geweest en ik kan de tijd alleen maar op mijn telefoon zien – en die is leeg.'

De oude dame schoof de dunne mouw van haar vest omhoog en tuurde op een piepklein gouden horloge dat strak om haar pols zat. 'Het is twintig over tien,' zei ze.

'Tien voor half elf, 's ochtends?'

'Ja.'

'Weet u dat zeker?' vroeg Erika ontzet.

'Jazeker, liefje, ik zie het toch op mijn horloge? En ik heb wel gewoon stroom, hoor,' zei ze. Ze knipte haar ganglicht aan en uit. 'Ik denk dat je je meter moet bijvullen, liefje. De huurders voor je liepen erg achter met betalen. Op een gegeven moment kwam de politie zelfs langs – ik snap niet waarom die zijn tijd verprutst aan onbetaalde rekeningen, maar goed. Hoewel... die huisbaas van jou schijnt nogal een hoge pief bij de politie te zijn, dus ik zou maar oppassen...

Buiten adem arriveerde Erika om kwart voor elf op het bureau van Lewisham Row. Woolf bemande de receptie. Hij kwam om de balie heen zodra hij haar zag.

'Inspecteur Foster, er is mij verzocht u naar commissaris Marsh te brengen. Het is schijnbaar dringend.'

'Ik kan het zelf wel vinden,' snauwde Erika. Ze liep door naar Marsh' kantoor en klopte aan. Marsh opende de deur meteen.

'Kom binnen en ga zitten,' zei hij kil. Op Marsh' stoel zat assistent-korpschef Oakley, Marsh zelf was verbannen naar een stoel naast zijn eigen bureau. Hij had zijn kantoor duidelijk in allerijl nog wat opgeruimd, uit een van de kastdeuren stak het puntje van een kerstkaart.

'Goedemorgen, inspecteur Foster, neemt u alstublieft plaats,' zei Oakley op kalme, afgemeten toon. Hij zag er onberispelijk uit: zijn uniform strak, zijn grijze haar in een keurige scheiding, geen haartje dat niet op zijn plek zat, zijn glimmende huid zongebruind. Hij was net een vos. Niet op een sexy manier, maar sluw en gesoigneerd. Erika moest denken aan een artikel dat ze eens had gelezen: de vossen die het best te eten krijgen, hebben de mooist glanzende vacht. Toen ze ging zitten, zag ze dat Marsh een paar latex handschoenen tevoorschijn haalde.

'Mogen we uw mobiele telefoon alstublieft even zien?' zei Oakley.

'Hoezo?'

'U bent de laatste die een telefoontje van moordslachtoffer Ivy Norris heeft ontvangen. Zowel haar voicemail als uw telefoon geldt vanaf dit moment als bewijsmateriaal.' Het klonk allemaal erg definitief, en ze begreep meteen dat er geen vragen meer konden worden gesteld. Dus haalde Erika haar telefoon tevoorschijn en overhandigde hem aan Marsh.

'Hij gaat niet aan,' zei Marsh, terwijl hij de telefoon omdraaide en een paar keer op de AAN/UIT-knop drukte.

'Nee, de batterij is leeg,' zei Erika.

'Dit is de u toegewezen telefoon, uw werktelefoon, en die is leeg?' vroeg Oakley.

'Ik kan het uitleggen...'

'Lees alsjeblieft het serienummer even voor,' zei Oakley, dwars door Erika heen. Marsh trok vlug de achterkant van de telefoon en las het voor, waarna Oakley het noteerde.

'Het is ook mogelijk om zonder toestel toegang krijgen tot mijn voicemail,' zei Erika, terwijl Marsh haar telefoon in een schone bewijszak liet glijden en deze verzegelde.

Oakley negeerde haar opmerking. Hij klapte een dossiermap open. 'Inspecteur Foster, weet u waarom u hier bent?'

'Ik denk het wel, meneer. Ik weet alleen niet precies waarom ú hier bent.'

'Drie dagen geleden is er door brigadier Woolf een officieel rapport opgesteld, met daarin de details van een incident tussen u en

Ivy Norris' zevenjarige kleinzoon, Matthew Paulson. De Ivy Norris wier lichaam gisteravond is gevonden.'

'Dat weet ik, meneer. Ik was als een van de eerste hulpverleners ter plaatse,' zei Erika.

'In Woolfs verslag staat dat u deze jongen bij dit incident, in het receptiegedeelte van dit bureau, een klap in zijn gezicht hebt gegeven. Wat hebt u daarop te zeggen?'

De assistent-korpschef keek vanuit het dossier naar haar op.

'Wordt er in dat verslag ook melding van gemaakt dat de jongen op dat moment met zijn tanden in de rug van mijn hand hing?' vroeg Erika.

'Wat deed u zo dicht bij dat kind?'

'Hij zat op mijn koffer, meneer, en weigerde eraf te gaan.'

'Hij zat op uw koffer,' herhaalde Oakley, waarna hij achterover leunde en met zijn pen tegen zijn tanden tikte. 'Raakte u gewond, tijdens deze aanval door een zevenjarige?'

'Ja, aan mijn hand,' zei Erika.

'Desondanks vermeldt het verslag verder niets over dit incident. De regels schrijven voor dat u in een dergelijk geval moet worden onderzocht door een arts, om het te kunnen verifiëren. Bent u onderzocht door een arts?'

'Nee.'

'En waarom niet?'

'Het was niet levensbedreigend. Anders dan sommigen hou ik me liever bezig met het echte politiewerk, dan met het heen en weer schuiven van papieren.'

'Niet levensbedreigend. Toch kunnen dit soort zaken heel snel carrièrebedreigend worden,' zei Oakley. Erika keek naar Marsh, maar die bleef zwijgen.

Oakley bladerde door het dossier. 'Ik heb de beelden van de bewakingscamera van de receptie opgevraagd, waarop deze hele schermutseling te volgen is. Ivy Norris bedreigde u met een mes, waarna de situatie door de dienstdoend agent is gesust. Echter, zes minuten later bent u op de parkeerplaats gezien, terwijl Ivy Norris en haar drie kleinkinderen in uw auto stappen.'

Hij schoof een grote foto over het bureau met een opvallend scherpe opname van Ivy en de kinderen bij Erika's auto. Op de volgende foto stak Erika iets door het open raam naar buiten, op de volgende stapten Ivy en de kinderen bij haar in.

'Het was ijskoud. Ik had medelijden met hen en heb ze daarom een lift gegeven.'

'En wat stak u Ivy op die foto toe?'

'Geld.'

'En u zegt dat u ze een lift heeft gegeven? Waarnaartoe?'

'Naar Catford High Street.'

'En wat gebeurde er toen?'

'Gewoon, ik zette hen af waar ze wilden zijn.'

'En dat was?'

'Bij een wedkantoortje van Ladbrokes. Ivy wilde niet dat ik zag waar ze woonden. Ze verlieten de auto en verdwenen tussen twee winkels.'

'Ze verlieten de auto, of ontvluchtten hem? Wat gebeurde er terwijl ze bij u in de auto zaten? Was er toen sprake van nog meer fysiek geweld, van een of beide betrokken partijen?'

'Nee.'

'Vierentwintig uur later werd u opnieuw in het gezelschap van Ivy Norris gesignaleerd. En toen viel u haar lastig bij een privéwake.'

'Dat was gewoon een verkapte oprekking van de officiële sluitingstijd, meneer. Ivy bevond zich in een openbare gelegenheid, en ik viel haar niet lastig.'

'Wist u dat de eigenaar van The Crown een officiële aanklacht heeft ingediend, wegens intimidatie door de politie?'

'Is dat zo? Was dat tussen zijn werk als politie-informant door? Of hoorde dat bij zijn taak als politie-informant?'

'Ik zou heel voorzichtig zijn met dat soort uitspraken, inspecteur Foster,' sprak Oakley ijzig. 'De aantijgingen stapelen zich op vrij zorgwekkende wijze op. Uw telefoonnummer is aangetroffen op een plaats delict, op Ivy Norris' lichaam. Én zij is gevonden met honderd pond op zak, en u staat op de foto terwijl u haar geld geeft...'

'Ik heb haar mijn nummer gegeven, met de vraag of ze me wilde bellen als ze wat wist.'

'We hebben een transcriptie van de voicemail die Ivy op uw telefoon heeft achtergelaten. Daarop verklaart ze, ik citeer: "Als jij me geld geeft, vertel ik je wat je weten wilt. Ik wil honderd ballen..."'

'Wacht eens even, jullie hebben de berichten van mijn privételefoon al opgevraagd? U suggereert toch niet dat ik Ivy Norris heb vermoord?'

Erika wierp een blik op Marsh, die in ieder geval nog het fatsoen had om snel weg te kijken.

'Nee, inspecteur Foster, wij suggereren niet dat u Ivy Norris hebt vermoord. Maar als we kijken naar het bewijsmateriaal, dan schetst dat toch een algeheel beeld van een agente die ons om heel eerlijk te zijn zorgen baart, die misschien zelfs een tikje stuurloos lijkt,' zei Oakley.

'Meneer, zoals u weet, hebben we allemaal onze verklikkers, onze informanten, met wie we wat gaan drinken en kletsen... waarna een beetje geld en een beetje informatie van eigenaar wisselen. Maar ik heb Ivy Norris geen honderd pond gegeven.'

'Inspecteur Foster, mag ik je eraan herinneren dat het geen officieel politiebeleid is om voor informatie te betalen,' zei Marsh, die eindelijk zijn mond opendeed. Erika moest lachen om deze potsierlijke verklaring.

Marsh' stem ging een octaaf omhoog. 'En je hebt een rechtstreeks bevel van mij genegeerd, aangaande onze officiële verklaring op die persconferentie. Je sprong er zomaar tussen, zonder toestemming en zonder script, kaapte deze bijeenkomst om je ideeën over een of andere wilde gok te spuien. Wie weet hoeveel schade je daarmee hebt aangericht...'

'Een gok? Meneer, ik heb stevige aanwijzingen in de richting van een man die met Andrea Douglas-Brown is gezien, enkele uren voordat zij is vermoord. Zowel een barmedewerkster als Ivy Norris zijn hier getuige van geweest.'

'Ja ja, een barmedewerkster die niet lijkt te bestaan en een onbetrouwbare getuige die inmiddels is overleden,' zei assistent-korpschef Oakley, die ergerlijk kalm wist te blijven. Toen ging hij verder: 'Hebt u soms iets tegen lord Douglas-Brown?'

'Welnee!'

'Zijn rol in de verstrekking van defensiecontracten is omstreden en heeft zijn weerslag gehad op het beleid van alle onderdelen van leger en politie.'

'Meneer, het enige punt op mijn agenda is de moordenaar van Andrea Douglas-Brown vinden, én die van Ivy Norris. Moet ik nu werkelijk de eerste zijn om te zeggen dat de omstandigheden waaronder zij zijn overleden opvallend veel overeenkomsten vertonen?'

'Dus nu gelooft u ook nog dat deze twee moorden met elkaar verbonden zijn?' zei de assistent-korpschef.

'Mag ik opmerken, meneer, dat dit niet de onderzoeksstrategie is die wij voor ogen hebben?' zei Marsh slapjes.

Erika zweeg even. 'Jazeker, ik geloof dat die moorden met elkaar verbonden zijn. En het is mijn stellige overtuiging dat mijn onderzoeksstrategie de beste methode is om deze moordenaar te vinden.'

'Ik herhaal dat dat niet de onderzoeksstrategie is die wij beogen,' zei Marsh.

'Welke onderzoeksstrategie beogen we dan wel?' vroeg Erika, terwijl ze Marsh strak aankeek. 'Inspecteur Sparks had drie uur lang een hoofdverdachte, totdat deze een alibi bleek te hebben!'

'Dat hád je geweten, inspecteur Foster, als je de moeite had genomen om vanochtend om acht uur naar de briefing te komen,' zei Marsh.

'Ik zat thuis met een stroomstoring. Daardoor bleek mijn telefoon niet opgeladen en werd ik niet gewekt, noch kon ik bij mijn voicemails of andere berichten. U weet uit mijn dossier dat zoiets nooit eerder is gebeurd.'

Er viel een diepe stilte.

'Hoe gaat het eigenlijk met u? Geestelijk, bedoel ik, inspecteur Foster?' vroeg assistent-korpschef Oakley opeens.

'Ik voel me prima. Maar doet dat ertoe?' vroeg Erika.

'De maanden die achter u liggen, zouden voor iedereen zwaar

zijn. U leidde een team van twaalf agenten bij een drugsinval in Rochdale, slechts zeven van jullie kwamen er terug...'

'U hoeft me mijn eigen dossier niet voor te lezen,' zei Erika.

Maar Oakley ging door: 'U bent daar met gebrekkige informatie op afgegaan... alsof u vooral popelde om op te schieten – net als nu. Begrijpt u dat dit zou kunnen worden uitgelegd als onbesuisd gedrag?'

Erika kneep in de armleuningen van haar stoel, in een poging haar kalmte te bewaren.

De assistent-korpschef vervolgde: 'Vijf agenten overleden er die dag. Inclusief, tragisch genoeg, uw eigen echtgenoot, rechercheur Mark Foster. Uzelf bent vervolgens geschorst en kreeg de kans een waardevolle les te leren. Maar daar hebt u kennelijk niet van geprofiteerd en...'

Erika zag zichzelf opstaan, naar voren leunen en het dossier weggrissen. Vervolgens scheurde ze het doormidden en smeet het terug op het bureau. 'Wat een gelul! Ik heb gisteren de leiding overgenomen, omdat ik geloof dat Andrea is gezien met twee mensen die ons informatie zouden kunnen verschaffen over haar moordenaar. Maar nee, Simon Douglas-Brown vond het maar niets, dus nu dicteert hij hoe dit onderzoek dient te worden geleid!'

Even wist ze niet hoe ze verder moest, en ze viel stil.

Assistent-korpschef Oakley schoof naar het puntje van zijn stoel en sprak op bedreven toon: 'Inspecteur Foster, hierbij onthef ik u officieel van uw taak, in afwachting van een onderzoek naar uw gedragingen en een hernieuwde psychiatrische evaluatie van uw vermogen te functioneren bij de politiemacht van Engeland en Wales. U levert al uw wapens, officiële identificatie en vervoersmiddelen in en verblijft in afwachting van verdere correspondentie. Hangende de uitkomst van het onderzoek zult u volledige doorbetaling blijven ontvangen, en u op verzoek laten analyseren door een officiële politiepsychiater.'

Erika beet stevig op de binnenkant van haar wang en dwong zichzelf te blijven zwijgen. Ze overhandigde Oakley haar politiepenning. 'Het enige wat ik wil, is die moordenaar oppakken. U beiden lijkt een heel andere agenda te voeren.' Toen draaide ze zich om en verliet de ruimte.

Op de gang stonden Woolf en twee geüniformeerde agenten haar op te wachten. 'Het spijt me, maar we moeten u naar buiten begeleiden,' zei hij, met een schuldbewuste blik boven zijn hangwangen.

Erika liep met hem mee naar de hoofdingang, waarbij ze de centrale meldkamer passeerden. Bij de whiteboards stond inspecteur Sparks net het team te briefen. Moss en Peterson keken op, zagen hoe Erika het bureau uit werd geëscorteerd en wendden zich snel af.

'Uitgewist,' zei Erika zacht. Bij de receptiebalie verzocht Woolf haar haar autosleutels in te leveren.

'Nu meteen?'

'Ja, het spijt me.'

'Kom op, Woolf! Hoe moet ik dan thuiskomen?'

'Ik kan wel regelen dat een van de geüniformeerden u thuisbrengt.'

'Me laten thuisbrengen? Vlieg op,' zei Erika. Ze legde haar autosleutels op de balie en liep het bureau van Lewisham Row uit.

Buiten zocht Erika naar een bushalte of taxi, maar op de drukke rondweg was niets te vinden. Dus zette ze koers naar het station van Lewisham. Ze begon in haar tas te rommelen op zoek naar wat kleingeld, maar vond alleen creditcards. Dus zocht ze tussen de oude zakdoekjes en andere troep in de diepe zakken van haar leren jas. Haar hand stuitte op een stijve rechthoek en trok een kleine, witte envelop tevoorschijn. Het papier was stevig en zag er duur uit. Er stond niets op de voorkant geschreven. Ze draaide hem om en stak haar vinger onder de flap om hem te openen. Er zat een opgevouwen vel papier in.

Ze stond midden op straat stil, auto's stoven langs haar heen. Het was een kopie van een krantenartikel, over de inval waarbij Mark en vier van hun collega's waren omgekomen. Er stond een foto bij van het pad naar het huis in Rochdale, dat vol lag met doden, omringd door plassen bloed en gebroken glas. Er was een foto van de politiehelikopters boven het huis, die twee van haar collega's optilden, die later in het ziekenhuis alsnog zouden overlijden. En er was een korrelige zwart-witfoto van een nauwelijks herkenbare agent op een brancard, badend in het bloed en met een slappe hand in de lucht. Het was de laatste foto van Mark toen hij nog in leven was. Erboven was met een rode marker geschreven: *Je bent net als ik, inspecteur Foster, we hebben er allebei vijf gedood.*

33

In de daaropvolgende dagen veranderde de toon van de media over Andrea's moord. Erika's verklaring tijdens de persconferentie werkte als dor gras in de zon en leidde tot een veel negatievere benadering. Eerst begon het te roken, met toespelingen op Andrea's eerdere relaties, toen begon het te knetteren en te branden, met verhitte onthullingen over haar vele minnaars en zelfs de suggestie dat ze zowel mannelijke als vrouwelijke bedgenoten had gehad. Tegen het eind van de week ontvlamde in de roddelpers een ware bosbrand van onthullingen. Een van Andrea's exen, die zichzelf als performancekunstenaar omschreef, verkocht zijn verhaal aan een roddelblad. Er verschenen stills uit een filmpje, waarop ze zowel orale als anale seks met elkaar hadden, en beelden van Andrea in een plastic doorkijkjurk, terwijl ze vastgebonden en gekneveld met een zogenaamde *gag ball* werd gegeseld in een sekskelder. De foto's waren preuts pixelig gemaakt, maar er was voor de lezers geen twijfel mogelijk over wat ze daar aan het doen was. De kwaliteitskranten veroordeelden de roddelpers scherp, maar kwamen tegelijkertijd met hun eigen ideeën en opvattingen, waarmee ze het vuur alleen maar opstookten. De rechts georiënteerde pers had een nieuwe manier gevonden om Simon Douglas-Brown te hekelen, en in hun ogen had Andrea er misschien, heel misschien, wel om gevraagd.

Erika bracht vier lange, eenzame dagen door in haar nieuwe appartement, in een poging er te wennen. Ze regelde haar elektriciteit en keek toe hoe de verslaggeving door de media zich ontvouwde. En ze liet zich onderzoeken. Ze pakte de bus naar het ziekenhuis van Lewisham, waar ze uitlegde dat ze bij de politie zat en blootgesteld was geweest aan bloed en lichaamssappen. Er werden bloed- en urinemonsters afgenomen, waarna ze te horen kreeg dat ze over drie maanden terug moest komen voor een herhalingsonderzoek. Het was een kille, klinische aangelegenheid, die haar het gevoel gaf maar klein en onbetekenend te zijn.

Terug in haar appartement tuurde ze weer naar de brief uit haar jaszak en probeerde te bedenken hoe hij daar kon zijn beland. Begon ze soms gek te worden? Hoe kon het dat ze er niets van had gemerkt? Haar gedachten vlogen terug naar de dagen voordat ze hem had gevonden, naar alle plekken waar ze toen was geweest – maar iedereen kon die envelop waar dan ook in haar zak hebben gestopt. Voorlopig bewaarde ze hem in een plastic bewijszak. Ze wist ook wel dat ze hem eigenlijk zou moeten aangeven, maar iets zei haar dat ze deze brief bij zich moest houden.

Op de vijfde ochtend kwam Erika voor de kranten van die dag bij de kiosk tegenover Brockley Station en zag de kop op de voorpagina van de *Daily Mail*: TOPSMERIS VAN ANDREA'S ZAAK AFGEHAALD.

Het artikel vertelde tot in de details hoe inspecteur Erika Foster, na een reeks ernstige fouten en blunders in het onderzoek naar de moord op Andrea Douglas-Brown, was geschorst terwijl haar functioneren nader werd bekeken. Er stond dat ze werd beschuldigd van labiel gedrag, het lekken van informatie over de zaak naar de pers en het verspelen van vertrouwelijke informatie over politie-informanten, wat 'hoogstwaarschijnlijk' had geleid tot de dood van Ivy Norris.

Er was een foto van haar toegevoegd, genomen door het passagiersraampje van een auto. Met grote ogen en een openhangende mond greep ze naar het dashboard. Eronder stond: DE BLUNDERENDE SMERIS, ERIKA FOSTER. Het was een foto gemaakt door een van de persfotografen voor het Horniman Museum, toen ze met Moss achter het stuur waren geslipt over een bevroren plas.

Erika smeet de krant terug op de toonbank en vertrok zonder iets te kopen.

Toen ze weer thuis was, zette ze een kop sterke koffie en deed de televisie aan. Op BBC News werd net afgeteld naar het journaal van het hele uur. Vervolgens verscheen Andrea Douglas-Browns gezicht op het scherm, met de aankondiging dat de politie ene Marco Frost had gearresteerd in verband met de moord.

De nieuwslezer kwam in beeld. 'De achtentwintigjarige Marco Frost werd in eerste instantie van verder politieonderzoek ontheven, maar bleek vervolgens te hebben gelogen over het feit dat hij in het buitenland zat op het tijdstip van de moord op Andrea Douglas-Brown.'

Er volgde een filmpje van Marco, een knappe, donkerharige jongen, die geboeid uit de hoofdingang van een flatgebouw stapte. Met zijn hoofd naar beneden werd hij door twee geüniformeerde agenten naar een politieauto geleid. Deze duwden hem, met een beschermende hand op zijn achterhoofd, in de auto, waarna deze wegstoof.

Vervolgens kwamen Simon Douglas-Brown en Giles Osborne in beeld, staand naast Marsh voor het ronddraaiende bord van Scotland Yard.

'De politie heeft de woning van Marco Frost vanochtend doorzocht en er verontrustende zaken met betrekking tot het slachtoffer aangetroffen. We vermoeden dat de verdachte in de maanden die leidden tot haar ontvoering en moord, een ongezonde obsessie voor Andrea Douglas-Brown had ontwikkeld,' zei Marsh.

Nu deed Simon een stap naar voren. Hij had een gepijnigde uitdrukking op zijn gezicht en frunnikte nerveus aan de zakken van zijn colbert. 'Ik zou de Metropolitan Police willen bedanken voor alle toewijding en de niet-aflatende inspanningen bij dit met problemen omgeven onderzoek. Ik zou graag benadrukken dat het nieuwe onderzoeksteam mijn volste vertrouwen geniet. Daarbij wil ik alle betrokkenen bedanken voor hun voortgezette inspanningen bij het opsporen van Andrea's moordenaar. Wij zullen vanzelfsprekend nauw met de politie blijven samenwerken. Dank u wel.'

Er werd weer teruggeschakeld naar de nieuwslezer, die met een nieuw item begon. Erika pakte haar nieuwe prepaid-telefoon, die ze gisteren had aangeschaft, en belde naar Lewisham Row. Woolf nam op.

'Met Foster, kun je me doorverbinden met brigadier Crane?'

'Baas, ik mag eigenlijk niet...'

'Alsjeblieft, het is belangrijk.'

Er klonk een piepje en toen nam Crane op.

'Jullie hebben toch zeker niet genoeg over deze Marco Frost om hem te kunnen arresteren?' vroeg Erika plompverloren.

'Geef me uw nummer even, dan bel ik u terug,' zei Crane en hij hing op. Tien minuten gingen voorbij. Erika dacht net dat hij haar met een kluitje in het riet had gestuurd, toen haar telefoon overging.

'Sorry, baas, even heel snel, want ik bel met mijn mobieltje en mijn ballen vriezen eraf hier op de parkeerplaats. Marco Frost bleek te hebben gelogen over zijn verblijf in Italië. Daar kwamen we pas achter na uren aan bewakingsbeelden van station London Bridge op de avond van Andrea's verdwijning te hebben doorgeploegd. Hij is twintig minuten na Andrea op een trein naar Forest Hill gestapt. Natuurlijk hebben we geen beelden van hem daar, maar hij heeft zichzelf de nek omgedraaid door te liegen over waar hij op dat tijdstip was en zijn oom en tante in te schakelen om hem een vals alibi te verschaffen.'

'Het kan nog steeds een noodlottig toeval zijn,' zei Erika.

'Zijn vriendin, die in Kent woont, heeft hem nog een ander alibi gegeven. Maar door dat liegen hebben wij een motief. We houden hem de komende drie dagen vast.'

'En de moord op Ivy Norris dan?'

'Die is overgenomen door de zedenpolitie,' zei Crane. 'Luister, baas. Het ziet er niet best uit voor die theorie van u.'

'O, nu is het opeens maar een theorie?' zei Erika. Crane zweeg, Erika hoorde de auto's langs de parkeerplaats van het politiebureau zoeven.

'Alles goed met u, baas?'

'Ja hoor, prima. En zeg dat vooral voort. Want iedereen heeft natuurlijk de krant gelezen.'

'Ik wist dat helemaal niet, van uw wederhelft. Gecondoleerd.'

'Dank je.'

'Kan ik nog iets voor u doen?'

'Ja, me op de hoogte houden. Ook als dat betekent dat je je ballen eraf moet laten vriezen op de parkeerplaats.'

Crane lachte. 'Ik zal u zoveel mogelijk doorbrieven, baas. Oké?'
'Bedankt, Crane,' zei Erika. Ze hing op en pakte haar jas. Het was tijd om een bezoekje te brengen aan Isaac Strong.

34

Het was vroeg in de avond. Isaac Strong zat in zijn kantoortje naast het mortuarium. Shirley Bassey's *Performance* weerklonk en hij maakte zich op voor het schrijven van het rapport van de lijkschouwing op Ivy Norris. Hij koesterde deze rust. Zijn lievelingsmuziek aan, de lichten in zijn kantoor gedimd... Het was een schril contrast met het geweld waarmee je een lichaam opensneed, de organen woog, de inhoud van maag en darmen analyseerde en van alles opzoog en los schraapte op zoek naar DNA, waarmee de gewelddaden die het slachtoffer waren aangedaan konden worden samengebracht tot een verhaal – het verhaal van iemands dood.

Naast de monitor van zijn computer stond een mok muntthee te dampen. De tere, verse muntblaadjes dwarrelden nog door het net ingeschonken hete water. Er klonk een piepje, waarna er een venster op zijn computer werd geopend: een blauwgrijs bewakingsbeeldje van inspecteur Erika Foster, die in de hal van het laboratorium stond. Ze keek omhoog naar de camera. Isaacs hand aarzelde heel even, toen drukte hij op de knop om haar binnen te laten.

'Is dit een officieel bezoek?' vroeg Isaac, toen hij haar bij de deur van het lab tegemoet kwam.

'Nee,' zei ze, terwijl ze haar schoudertas omhoogtrok. Ze was gekleed in een spijkerbroek en een trui; haar vermoeide gezicht droeg geen spoortje make-up. Ze keek om zich heen, naar al dat fris geboende staal.

'Officieel heb je niet het recht om hier te zijn. Je bent van de zaak af gehaald.'

'Ja, geen penning, geen auto meer. Ik ben gewoon Janny met de pet.'

Isaac keek haar even zwijgend aan. 'Wil je dan een kop thee?' vroeg hij.

Hij nam haar mee naar zijn kantoor. *The Girl from Tiger Bay* klonk zacht uit de boxen. Erika koos een leunstoel naast het bureau, Isaac liep naar de waterkoker op een tafel in een hoek. De keurige werkruimte stond volgestouwd met boekenkasten, in een Bose-geluidssysteem blonk een iPod. De plank ernaast was duidelijk anders dan de andere, die allemaal gevuld waren met medische naslagwerken. Hier stond fictie, hoofdzakelijk misdaadthrillers.

'Jij leest in je vrije tijd toch zeker niet hoe het er bij de politie aan toe gaat?' vroeg Erika.

Isaac draaide zich om van de waterkoker en lachte scheef. 'Nee, dat zijn presentexemplaren, van de uitgeverij. Ik heb geadviseerd bij een paar inspecteur Bartholomew-boeken... Hou je van verse muntthee? Ik probeer cafeïne wat te mijden.'

'Klinkt goed. Ik had vandaag cafeïne ook moeten mijden – zegt ze, na vier koppen koffie.'

Er stond een muntplantje voor een hoog raam. Al draaiend met de pot koos Isaac een paar blaadjes uit.

'Mijn ex is Stephen Linley, de schrijver van de inspecteur Bartholomew-reeks,' zei hij.

'O.'

'O, je bent homo, of: o, wat maf dat je iets hebt gehad met iemand die misdaadthrillers schrijft?'

'Gewoon o.'

Isaac liet de blaadjes in een mok vallen en wachtte tot het water kookte.

'Maar ook wel een beetje maf dat je iets hebt gehad met iemand die misdaadthrillers schrijft,' zei Erika.

Het water kwam aan de kook, Isaac schonk het in. 'Hij had een van zijn forensisch psychologen op mij gebaseerd. Toen onze relatie eindigde, draaide hij dat personage de nek om.'

'Hoe?'

'Homogeweld en vervolgens in de Thames gesmeten.'

'Helaas is de pen machtiger dan het zwaard,' zei Erika, terwijl ze de dampende mok van hem aannam.

Isaac ging achter zijn bureau zitten en draaide de stoel naar haar toe. 'Ivy Norris had het sperma van twee verschillende mannen in haar vagina. Haar armen waren vastgebonden en ze is gewurgd. De aanvaller was nog maar pas vertrokken, ze was minder dan een uur dood.'

'Heeft de DNA-database iets opgeleverd?'

'Beide spermamonsters zijn getest, maar er is niets uitgekomen.'

Erika knikte en keek bijna onbewust naar de rug van haar hand.

'Is dat van een beet?' vroeg Isaac.

'Ja. Van Ivy's kleinzoon.'

'Ik heb ook de uitslag van Ivy's bloedonderzoek. Ze was heroïneverslaafd en seropositief. Dat zou ze kunnen hebben doorgegeven aan haar kleinzoon.'

'Hij hééft door mijn huid heen gebeten,' zei Erika en ze nam een voorzichtig slokje van haar thee.

'Dan adviseer ik een hiv-test.' Isaac schreef een nummer op een stukje papier en gaf het haar. 'Hier, dit is de inloopkliniek waar ik me altijd laat testen. Snel, schoon en anoniem. Het kan zes tot negen maanden duren voor het virus zich laat zien. Dus dan zul je je nog eens moeten laten testen.'

'Bedankt.'

'Wat ga je nu doen?'

'Ik moet een officiële hoorzitting bijwonen. Een psychiatrische evaluatie. En ongetwijfeld een medisch onderzoek.'

'Als er hiv bij je wordt vastgesteld...'

'Daar maak ik me dan wel druk over. Op dit moment staat angst voor de dood niet erg hoog op mijn lijst.'

Het album was afgelopen, er hing een aangename stilte in de ruimte. Isaac keek haar aan, duidelijk met zichzelf overleggend of hij iets zou zeggen of zou zwijgen.

'Geef deze zaak niet op,' zei hij ten slotte.

'Ik geloof dat de zaak mij heeft opgegeven,' zei Erika.

'Ik ben mijn archief nog eens doorgelopen. Er waren drie zaken waarvan ik de lijkschouwing heb uitgevoerd, waarbij de slachtoffers allemaal Oost-Europese meisjes waren, die waarschijnlijk via mensensmokkel in Groot-Brittannië waren beland. Alle drie waren ze verkracht en gewurgd gevonden, gedumpt in water ergens in Londen: vastgebonden handen, plukken uitgetrokken haar, ontkleed vanaf het middel.'

'Wat? Wanneer?' vroeg Erika.

'Het eerste was gevonden in maart 2013, het tweede in november van datzelfde jaar en het derde in februari 2014, minder dan een jaar geleden.'

'Hè? Waarom zijn hier niet eerder vraagtekens bij geplaatst?' vroeg Erika. Ze ging op het puntje van haar stoel zitten.

'Levensomstandigheden verhinderen vaak vergelijking van bewijsmateriaal. Helaas zaten alle drie deze meisjes in de prostitutie, of ze daar nu zelf voor hadden gekozen of niet. Ze raakten zoek tussen alle andere moorden: van een prostituee wordt bijna verwácht dat ze haar leven verliest. Ze zijn nooit met elkaar verbonden en al deze zaken zijn nog onopgelost.'

'"Straatarm Oost-Europees hoertje gewurgd gevonden": ach, dat soort dingen gebeuren nu eenmaal. "Jonge dochter van miljonair met titel gewurgd gevonden" daarentegen...'

'Ja, dat leest heel anders, hè?' vond ook Isaac.

'Waarom ben je hier niet eerder mee gekomen?' vroeg Erika.

'Er was iets aan Ivy's dood wat me hier ineens weer aan deed denken. Natuurlijk, Andrea's zaak ligt anders, zij is niet verkracht. Echter... De andere drie zijn in staat van ontbinding aangetroffen, het waren sekswerkers én ze zijn mogelijk verkracht, echter niet vlak voordat ze werden vermoord. Ivy Norris was ook een prostituee. Zij is gevonden met twee soorten sperma in haar lichaam, maar mogelijk heeft haar moordenaar haar ook niet verkracht.'

'Jezus!' Erika vloog op uit haar stoel. 'Dit is een heel belangrijke doorbraak. Nu hebben we víér doden met een link naar Andrea.'

'En ik heb deze informatie natuurlijk zodra ik het had ontdekt doorgespeeld aan inspecteur Sparks.'

'Wanneer was dat?'

'Gisterochtend.'

'En wat zei hij ervan?'

'Ik heb niets meer van hem gehoord. Ik denk dat hij zich op zijn hoofdverdachte concentreert, die Italiaan.'

'Hij zou toch op zijn minst naar die data moeten kijken, checken waar Marco Frost zich bevond toen deze moorden werden gepleegd? Jezus! Mag ik die dossiers inzien?'

'Nee.'

'Nee?'

'Ik dacht eraan om het je te vertellen. En besloot toch om dat niet te doen. Maar nu kom je langs en... Nou ja, ik heb nogal wat mensenkennis...' Zijn ogen dwaalden naar de plank met misdaadthrillers. 'Eh, behalve voor minnaars dan.'

'Mag ik die dossiers alsjeblieft inzien?'

'Nee, het spijt me. Ik vind het buitengewoon oneerlijk wat er in de pers met je is gebeurd, maar je moet echt even afkoelen. Probeer strategisch te denken. Kan een van je collega's je niet van informatie voorzien?'

'Misschien. Je gaat me echt niet meer vertellen?'

Hij reikte naar een notitieblok. 'Ik zal je hun namen en geboortedata geven. Maar zorg dat ze er niet achter komen dat je die van mij hebt, begrepen?'

'Beloofd,' zei Erika.

Isaac keek op zijn bewakingsmonitor hoe Erika zich door de gang weghaastte, met de lijst met namen in haar hand. Hij hoopte dat ze zich aan haar belofte zou houden.

35

Eenmaal terug op station Brockley liep Erika regelrecht naar het café. Ze bestelde een koffie, startte haar laptop op en begon het internet af te zoeken. Gewapend met de namen en data kostte het haar niet veel tijd om meer over de meisjes te weten te komen.

Het eerste slachtoffer was de negentienjarige Tatjana Ivanova uit Slowakije. Een eenzame zwemmer in een van de plassen van Hampstead Heath vond haar lichaam in maart 2013. Het voorjaar was warm begonnen en haar lichaam was dan ook al ernstig vergaan. De pers had een foto van Tatjana bij een danswedstrijd gebruikt: gekleed in een zwart balletpakje met een glinsterende zilveren rand stond ze te poseren, met een hand op haar heup. Ze maakte zo te zien deel uit van een dansgroep, maar de andere leden daarvan waren weggeknipt. Ze had donker haar, was erg knap en leek jonger dan ze was.

Het tweede slachtoffer was Mirka Bratova, achttien jaar. Zij kwam oorspronkelijk uit Tsjechië en was acht maanden na haar verdwijning gevonden, in november 2013. Een van de parkwachters van het Serpentine Lido zag haar lichaam in het water drijven, tussen de bladeren en troep voor de afsluiting van een van de sluizen. Op de foto in de pers bleek zij eveneens donkerharig en opvallend knap te zijn geweest. Ze zat met een zwart katje op een zonnig balkon. Achter haar was een rij flats tot in de verte.

Het derde slachtoffer heette Karolina Todorova, ook nog maar achttien jaar oud. Haar lichaam was in februari 2014 ontdekt. Een man die 's ochtends zijn hond uitliet, vond haar lichaam aan de oever van een van de vijvers van Regent's Park. Karolina kwam oorspronkelijk uit Bulgarije. De pers had voor haar een foto uit zo'n pasfotohokje gebruikt. Ze was duidelijk gekleed voor een avondje uit, met een wit, laag uitgesneden topje en een roze lok in haar donkere haar. Ze werd op de foto omhelsd door een ander meisje, waarschijnlijk een vriendin. Het gezicht van het tweede meisje was onherkenbaar gemaakt.

Erika baalde dat ze niet meer kon inzien. De omschrijvingen van de doden in de pers waren erg summier, oneerbiedig haast.

Maar iets wat over alle meisjes werd gezegd, was dat ze naar Engeland waren gekomen om er als au pair te gaan werken en vervolgens 'in de prostitutie waren beland'. Erika vroeg zich af of het zo geleidelijk was gegaan. Waren deze meisjes naar Groot-Brittannië gelokt onder het voorwendsel dat ze hier een beter leven zouden krijgen, een goede baan, de kans om de taal te leren?

Ze keek op van haar plek aan het raam van het café. Buiten regende het pijpenstelen. De regen roffelde op de luifel aan de gevel, waaronder meerdere mensen stonden te schuilen. Ze nam een slok van haar koffie, maar die was koud geworden.

Erika had Slowakije om dezelfde reden verlaten, om au pair te worden. Ze was ook net achttien geworden, toen ze op een gure novemberochtend het busstation van Bratislava uit was gereden, om met bitter weinig kennis van het Engels naar Manchester te reizen.

De familie voor wie ze had gewerkt was redelijk. De kinderen waren lief, maar de moeder had zich vrij kil tegenover haar opgesteld, alsof ze Oost-Europeanen op de een of andere manier als mens wat minder waard vond. De straat in de buitenwijk waar ze woonden vond Erika nogal naargeestig en er hing altijd een gespannen sfeer in huis tussen de man en de vrouw. Die eerste kerst mocht ze van hen niet eerder naar huis toen haar moeder ziek werd, levercirrose, en toen ze anderhalf jaar later besloten dat ze niet langer een au pair nodig hadden, kreeg Erika dat slechts drie dagen van tevoren te horen. Ze hadden haar niet eens gevraagd of ze ergens anders naartoe kon.

Maar Erika besefte terdege dat ze geluk had gehad, dat ze was gezegend in vergelijking met deze meisjes. Tatjana, Mirka en Karolina hadden immers net als zij hun familie gedag gezegd. Ze dacht terug aan het vervallen busstation van Bratislava, met zijn lange rijen perrons waarop roestige metalen balken een enorm afdak ondersteunden. Alles was er vochtig geweest. En ze wist nog dat ze zich had afgevraagd of dat kwam door de tranen van al die tienermeisjes die afscheid moesten nemen, die hun mooie land moesten verlaten, omdat je er alleen succes kon hebben door er weg te gaan.

Hadden de ouders van die drie overleden meisjes ook gehuild? Ze hadden niet geweten dat hun dochters nooit meer terug zouden komen. En wat was er gebeurd toen de meisjes in Londen aankwamen? Hoe waren ze in de prostitutie beland?

Tranen rolden over Erika's wangen. Toen de ober kwam om haar koffiekopje mee te nemen, draaide ze vlug haar hoofd en depte haar ogen droog.

Ze had genoeg gehuild voor haar hele leven. Nu was het tijd voor actie.

36

Halverwege de volgende dag begon Erika het gevoel te krijgen dat ze alle mogelijkheden die ze als gewoon burger had, wel zo'n beetje had benut. Ze stond net nog een kop koffie in te schenken en haar opties af te wegen, toen ze een bel hoorde rinkelen. Het duurde even voor ze zich realiseerde dat het de gemeenschappelijke voordeur was. Ze verliet haar appartement en liep de trap af. Toen ze de voordeur opentrok, stond Moss met een uitdrukkingsloos gezicht voor haar neus.

'Ben je visites aan het rijden?' vroeg Erika.

'U doet verdorie alsof ik zo'n suffe Avon-verkoopster ben,' zei Moss met een droge grijns.

Erika liep haar voor naar boven. Omdat ze niet had verwacht dat ze hier ooit visite zou krijgen, moest ze eerst de bank vrijmaken voor Moss. Ze verzamelde de afwas van meerdere dagen van de salontafel en pakte het overvolle theekopje met peuken. Moss ging zonder commentaar zitten en deed haar rugzak af.

'Wil je thee?' vroeg Erika.

'Graag, baas.'

'Ik ben je baas niet meer, dus noem me nu maar gewoon Erika,' zei ze, terwijl ze de vuile vaat in de gootsteen zette.

'Nee, laten we het maar op "baas" houden. Voornamen zouden raar aanvoelen en ik heb sowieso liever niet dat u mij Kate noemt.'

Erika's hand bleef boven de doos met theezakjes hangen. 'Jij heet Kate Moss?' Ze draaide zich om, om te zien of ze een grapje maakte, maar Moss knikte slechts treurig. 'Jouw moeder heeft je Kate Moss genoemd?'

'Toen ik die naam kreeg, was de andere, enigszins slankere...'

'Enigszins?' Erika lachte onwillekeurig.

'Ja, toen was de enigszins slankere Kate Moss nog geen wereldberoemd supermodel.'

'Melk?' vroeg Erika grijnzend.

'Ja. En twee suikerklontjes.'

Terwijl Erika met de thee bezig was, haalde Moss een stapel papieren uit haar rugzak. Erika kwam bij haar zitten met de thee en koekjes.

'Dat is nog eens een goeie kop thee,' zei Moss, nadat ze een slok had genomen. 'Waar hebt u geleerd die zo te zetten? Toch niet in Slowakije?'

'Nee, van Mark, mijn echtgenoot. Die heeft me ingewijd in het theeritueel, net als mijn schoonvader trouwens...'

Moss leek ongelukkig dat ze het gesprek deze kant op had geleid. 'Shit, het spijt me, baas. Moet u horen, niemand op het bureau vond het leuk om te lezen over... Nou ja, u weet wel. En we wisten helemaal niets van...'

'Mark. Ik zal het toch ééns weer over hem moeten gaan hebben. Als je iemand kwijtraakt, is het niet alleen zo dat diegene er niet meer is, maar ineens wil iedereen om je heen ook niet meer over hem praten. Daar werd ik echt een beetje gek van. Het was alsof zijn hele bestaan was uitgewist... Maar goed, waarom ben je hier, Moss?'

'Ik geloof dat u iets op het spoor bent, baas. Isaac Strong heeft ons wat stukken gestuurd. Inspecteur Sparks weigert de connectie te zien, maar er zijn drie jonge meisje vermoord onder ongeveer dezelfde omstandigheden als Andrea en Ivy: in het water gevonden met vastgebonden handen en plukken haar uit hun schedel. Gewurgd. En er waren tekenen van verkrachting, terwijl het om prostituees ging.'

'Ja ja, dat weet ik allemaal al,' zei Erika.

'Oké, maar er is meer. Die telefoonverpakking die we onder Andrea's bed hebben gevonden. Crane heeft het IMEI-nummer dat op die doos stond laten natrekken. Het komt overeen met het IMEI-nummer van Andrea's oude iPhone, die ze als vermist had opgegeven. Vervolgens nam Crane, met dit nummer in de hand, contact op met een aantal telefoonproviders. Een van hen bevestigde dat dat toestel nog steeds in gebruik is.'

'Ik wist het! Dus Andrea zei dat ze die telefoon was kwijtgeraakt, maar ze hield hem gewoon en kocht een nieuwe SIM-kaart,' riep Erika triomfantelijk uit.

'Precies. Het laatste signaal dat van dat toestel is opgepikt, was in de buurt van London Road, op 12 januari,' vertelde Moss.

'Omdat hij is gejat en diegene hem gewoon gebruikt?'

'Nee,' zei Moss en ze trok een grote kadasterkaart tevoorschijn en begon hem uit te vouwen. 'Het signaal kwam uit een overslagriool, zes meter onder de grond. Deze hemelwaterafvoerleiding loopt vanaf London Road via het spoor naar het station van Forest Hill en vervolgens door in de richting van het volgende station op die lijn, Honor Oak Park.'

Erika tuurde naar de plattegrond.

'Die leiding is een belangrijke tak van het riool,' ging Moss verder. 'En de afgelopen dagen zal er een enorme hoeveelheid gesmolten sneeuw en regen de bodem in zijn gesijpeld en door die buis zijn geraasd.'

'Waardoor alles wat daar lag, is meegesleurd – zoals een telefoon,' maakte Erika haar verhaal af.

'Inderdaad.'

'De accu zal nu wel leeg zijn, niet?'

'Er is niets waargenomen. Het gaat om een iPhone 5S. Volgens de provider kan een lege batterij nog vijf dagen zijn locatie doorgeven aan telefoonmasten. Maar ja, die periode is nu natuurlijk ook voorbij.'

Erika keek opnieuw naar de kaart. Ze zag dat Moss een rode streep had getrokken van London Road naar Honor Oak Park, een traject van ongeveer tweeënhalve kilometer lang.

'En nu? Is de theorie dat die telefoon is weggegooid, of in een regenput gevallen toen Andrea werd meegenomen?'

'Ja. Maar dat is niet de theorie die inspecteur Sparks of commissaris Marsh wil horen. Zij zijn ervan overtuigd dat Marco Frost hun man is, en staan bovendien onder druk van Oakley en de zijnen om te zorgen dat er een veroordeling komt. Ze hebben zijn laptop doorzocht en daar stond heel veel over Andrea op: foto's, brieven die hij haar had geschreven, zijn zoekhistorie op Google naar plaatsen waar ze is geweest of waar ze naartoe ging...'

'Maar dat is een belangrijke doorbraak! Waarom ben jij hier dan, Moss?' vroeg Erika, terwijl ze opstond om nieuwe thee te zetten.

'Ik was erbij toen we Marco ondervraagden. Hij is – was – inderdaad geobsedeerd door Andrea. Maar... hij lijkt het gewoon niet in zich te hebben. En hij heeft opvallend grote handen, die niet passen bij de handafdrukken op Andrea's hals die Isaac ons heeft laten zien. En, ik weet het niet, het is eigenlijk niet veel meer dan een gevoel.'

'Jij denkt niet dat hij het heeft gedaan.'

'Ik heb twijfels, maar het ís maar een gevoel. Maar ik vermoed dat deze telefoon het hele onderzoek zou kunnen omgooien,' zei Moss.

'Nou, dan moeten jullie een team die riolering in sturen en op zijn minst eens een kijkje gaan nemen,' zei Erika.

'Ja, maar wie gaat daar opdracht toe geven, baas? Ik heb de bevoegdheid niet, u bent aan handen en voeten gebonden. Het zal een gigantische berg geld kosten, om het nog maar niet te hebben over de mankracht die ervoor nodig is. Wie wil daar op dit moment zijn handtekening onder zetten? Het team zet alles in op de vervolging van Marco Frost.'

Erika dacht even na. 'Is er iemand die jouw twijfels over Marco Frost deelt?'

Moss knikte.

'Peterson? Crane?'

'En nog wel een paar. We hebben kopieën gemaakt van de dossiers van Tatjana Ivanova, Mirka Bratova en Karolina Todorova.'

Ze gaf de papieren aan Erika, die er meteen in begon te bladeren. Ze bekeek de foto's van de meisjes. Ze lagen op hun rug, met ontbloot onderlijf, hun natte haar tegen hun bleke gezicht geplakt. In hun ogen lag angst.

'Denk je dat hij hun ogen expres openlaat?' vroeg Erika.

'Misschien wel.'

'Als het inderdaad om dezelfde moordenaar gaat, hoe past Andrea hier dan in godsnaam tussen?'

'Misschien heeft de dader zich eens buiten zijn eigen comfortzone gewaagd? Ze is wel een ander type,' zei Moss.

'Alleen omdat ze rijk was. Maar ze lijken op elkaar: donker, knap gezicht, goed figuur.'

'Denkt u dat Andrea als prostituee werkte? Hebt u die dingen in de krant gezien?'

'Voor het geld hoefde ze het niet te doen. Ik denk dat ze seks vooral als iets spannends zag,' zei Erika.

'De spanning van de jacht,' vulde Moss aan.

'Wat als Andrea voor deze kerel is gevallen? Ze voelde zich altijd aangetrokken tot knappe, donkerharige mannen.'

'Maar Ivy Norris dan? Haar dood had alle kenmerken van de eerdere moorden, maar ze past niet in het patroon. Ze was niet jong en ook niet aantrekkelijk, zoals die andere meisjes.'

'Misschien ging het hem daar niet om? Ze delen wel het feit dat ze werkten als prostituee. Of misschien heeft Ivy Andrea met de moordenaar in die pub gezien en heeft hij haar gedood om haar de mond te snoeren?'

Daar had Moss geen antwoord op.

Erika besefte opeens dat ze in het donker zaten. De zon was inmiddels onder. Ze stond op, deed het licht aan en liep naar de keuken, waar ze de brief die ze had gekregen uit de la haalde. Ze legde hem voor Moss op de salontafel.

'Shit, hoe komt u daaraan?' vroeg Moss.

'Gevonden, in mijn jaszak.'

'Wanneer?'

'Vlak nadat ik was geschorst.'

'Waarom hebt u hem niet overgedragen aan de politie?'

'Dat doe ik nu.'

Moss keek Erika aan.

'Ik weet het. Jezus, dit betekent dat daarbuiten een seriemoordenaar rondloopt,' zei Erika.

'Een seriemoordenaar, die dichtbij genoeg is gekomen om dit in uw zak te stoppen. Wilt u dat ik buiten iemand op wacht zet?'

'Nee, ze vinden me al gek genoeg. Ze hebben me verzocht me te laten evalueren door een psychiater, dus het laatste wat ik kan gebruiken, is wel dat het vuurtje nog eens wordt opgestookt. Als ik zeg dat ik een stalker heb...' Toen Erika Moss' gezicht zag, voegde ze eraan toe: 'Ik heb door de jaren heen zoveel nare en enge post gekregen.'

'Maar die werd niet allemaal persoonlijk bezorgd.'

'Ik red me wel, Moss. Laten we ons nu maar richten op onze eventuele volgende stap.'

'Nou, oké... Ik heb Crane alle data laten vergelijken met Marco Frosts activiteiten, maar het exacte tijdstip van overlijden van deze meisjes kennen we helaas niet.'

'Die telefoon, die moeten we zien te vinden. Misschien heeft Andrea met die vent gecommuniceerd en staat zijn nummer erop, en mails of voicemails. Misschien zelfs foto's. Die telefoon is de sleutel,' zei Erika.

'Als we die willen opsporen, hebben we geld en mankracht nodig,' merkte Moss op.

'Ik zal eens een visje uitgooien bij Marsh,' zei Erika.

'Weet u dat zeker? Is dat niet een beetje riskant?' vroeg Moss.

'Ik ken hem al heel lang.'

'Is hij een ex?'

'Mijn god, nee. Ik ken hem van de opleiding. En ik heb hem voorgesteld aan zijn vrouw. Dat moet toch íéts betekenen,' zei Erika. 'En zo niet... Nou ja, wat heb ik te verliezen?'

37

Met een diepe zucht besloot commissaris Marsh nog een crème brûlée te nemen. Hij zat eigenlijk al vol, maar het was zo lekker! Hij pakte het ovenschaaltje en stak zijn lepel met een bevredigend gekraak door het krokante karamellaagje. Marcie had hem aan zijn hoofd gezeurd dat ze voor de kerst zo'n professionele brander wilde en erbij beloofd dat ze dan elke week crème brûlée voor hem zou maken. Ze had zich er bijna altijd aan gehouden.

Hij keek naar haar, in het kaarslicht van hun eetkamer. Ze zat naast hem aan de lange eettafel en was diep in gesprek met een man met een rond gezicht en donker haar, wiens naam Marsh helaas was ontschoten. Hij zat al de hele avond te luisteren of Marcie hem misschien bij zijn naam noemde, maar tot nu toe had ze dat nog niet gedaan. Dat hij de naam van de leider van haar schilderclub was vergeten, betekende gegarandeerd dat er later in de slaapkamer niets zou gebeuren – en Marsh verlangde hevig naar haar. Haar lange donkere haar hing losjes over haar schouders en ze droeg een lange, soepele witte jurk, die om haar ronde borsten spande. Hij keek de tafel rond naar de andere drie gasten en bedacht hoe onaantrekkelijk zij eruitzagen, in vergelijking met Marcie. Een vrouw van middelbare leeftijd met knalrode lippen, die er tegelijkertijd slonzig en elegant uitzag; een oude man met een pluizige baard en lange vingernagels, die volgens Marsh alleen maar was gekomen vanwege het gratis eten; en een magere, nichterige kerel met een muisgrijze paardenstaart. Ze waren diep in gesprek verwikkeld over Salvador Dalí.

Marsh zat zich net af te vragen of het onbeleefd zou zijn om hun koffie aan te bieden terwijl ze nog aan het toetje zaten, toen hij de klopper op de voordeur hoorde. Marcie keek hem schuin aan en fronste haar voorhoofd.

'Praten jullie rustig door, ik kijk wel even,' zei hij.

Erika deed ongeduldig haar hand omhoog en klopte opnieuw. Ze zag dat er mensen in huis waren: de gordijnen voor het grote erkerraam waren gesloten en er sijpelde gelach naar buiten, tezamen met een zachte lichtgloed. Een paar ogenblikken later ging het hallicht aan en opende Marsh de deur.

'Inspecteur Foster, wat kan ik voor je doen?'

Ze bedacht dat hij er best goed uitzag, in zijn keurige, beige chino en blauwe overhemd met opgerolde mouwen.

'Meneer, u beantwoordt mijn telefoontjes niet, en ik moet u spreken,' zei ze.

'Kan dat niet wachten? We hebben visite,' zei Marsh. Hij zag dat Erika iets vastklampte dat leek op onderzoeksdossiers.

'Meneer, ik geloof dat de moorden op Andrea Douglas-Brown en Ivy Norris zijn verbonden met drie andere moorden. Jonge meisjes die in dezelfde omstandigheden als Andrea zijn gevonden. Deze moorden zijn vanaf 2013 gepleegd, steeds met enkele maanden ertussen. En de slachtoffers zijn allemaal in het water gevonden, ergens in Greater London...'

Marsh schudde geïrriteerd zijn hoofd. 'Dit is toch niet te geloven, inspecteur Foster...'

'Meneer, het waren allemaal jonge, Oost-Europese meisjes,' zei Erika. Ze klapte een van de dossiers open en liet hem de plaats delict-foto van Karolina Todorova zien. 'Kijk. Dit meisje was nog maar achttien. Ze is gewurgd, haar handen waren met een kabelbinder op haar rug gebonden en haar haar was er bij de slapen uitgetrokken. Ze is als vuilnis in het water gesmeten.'

'Ik wil graag dat je weggaat,' zei Marsh.

Ze negeerde hem en trok nog twee foto's tevoorschijn. 'Tatjana Ivanova, negentien, en Mirka Bratova, achttien. Opnieuw: gewurgd, handen op exact dezelfde manier gebonden, haar uitgetrokken en in het water gedumpt. Allemaal in een straal van zestien kilometer rond Central Londen. Zelfs het type meisje is hetzelfde: lang, donker haar, wespentaille... Meneer, inspecteur Sparks heeft dit dossier al twee dagen in zijn bezit. De overeenkomsten zijn overduidelijk, zelfs voor een smeris uit...'

Verderop in de gang ging een deur open, er klonk een daverend gelach. Marcie kwam naar de voordeur gelopen. 'Tom, wie is daar?' vroeg ze. En toen zag ze de foto die Erika omhooghield, van Karolina die halfnaakt en in staat van ontbinding in het water lag.

'Wat is hier aan de hand?' vroeg ze, terwijl ze van Erika naar Marsh en terug keek.

'Marcie... Ga alsjeblieft terug naar binnen, ik handel dit wel af...'

'Laten we eens kijken wat Marcie hiervan vindt,' zei Erika en ze opende een andere map en hield een grote foto omhoog: Mirka Bratova's lichaam, in de lengte gefotografeerd en met doodsangst in haar open ogen. Er plakten bladeren en plantenresten op haar bleke huid, haar schaamhaar was plakkerig van het bloed.

'Hoe durf je? In mijn huis!' riep Marcie en ze sloeg een hand voor haar mond.

Maar Erika klapte de map niet dicht. 'Dit meisje is nog maar achttien, Marcie, achttien. Ze kwam naar Engeland omdat ze dacht dat ze daar aan het werk kon als au pair, maar ze werd de prostitutie in gedwongen, ongetwijfeld regelmatig verkracht en vervolgens ontvoerd en bruut gewurgd. De tijd gaat zo snel, is het niet? Hoe oud zijn jullie dochtertjes nu? Voor je het weet, zijn ze achttien...'

'Waarom is ze hier? Waarom handelen jullie dit niet op het werk af?' riep Marcie.

'Erika, genoeg!' schreeuwde Marsh.

'Omdat hij het op het werk níét afhandelt!' zei Erika. 'Alstublieft, meneer. Ik weet dat er navraag is gedaan naar een telefoon die eigendom is geweest van Andrea Douglas-Brown. Geeft u me de middelen om die telefoon te vinden. Daar staan dingen op over Andrea's leven, dingen die ze geheimhield. En ik geloof dat die informatie ons zou kunnen leiden naar degene die haar én deze meisjes heeft vermoord. Kijkt u nog eens naar hun foto's. Kijk dan!'

'Tom? Wat is dit?' vroeg Marcie.

'Marcie, ga terug naar binnen. Nú!'

Marcie wierp nog een blik op de foto's en liep toen terug naar de voorkamer. Het gelach werd weer even luider, toen trok ze de deur achter zich dicht.

'Hoe durf je, Erika!'

'Nee, meneer, hoe durven wíj. Dit gaat niet om mij. Oké, ik ga mijn boekje te buiten door bij u voor de deur te verschijnen, dat is volkomen ongepast. Maar dat ik een lompe trut ben, daar kan ik mee leven. Waar ik niet mee kan leven, is wat deze meisjes is overkomen. Kunt u vannacht slapen, meneer, zonder te weten dat we ons best hebben gedaan? Denkt u eens terug naar toen we net bij de politie zaten. Toen hadden we nog geen macht. Maar u kunt deze beslissing nu nemen, meneer, ú. Ach, stik: stuurt u me de rekening voor het zoekteam maar, ontslaat u me maar bij dat tribunaal, dat kan me echt niet schelen... maar kijk hiernaar, kijk nou eens!' Erika hield de foto's weer omhoog.

'Nu is het echt genoeg geweest!' schreeuwde Marsh en hij gooide de voordeur met een klap dicht. Erika hoorde hem alle sloten sluiten.

'Nou ja, ik héb het geprobeerd,' zei ze tegen de foto's. En ze klapte de map dicht, stopte hem voorzichtig terug in haar tas en liep de straat op.

38

Bij het intreden van de duisternis was de figuur ineens opgedoken in de steeg tegenover Erika's appartement, even voordat rechercheur Moss uit de voordeur was gestapt en was weggereden.

Wat moest die kleine, dikke lesbo daar? Dit was een nieuwe ontwikkeling.

Kijken wat inspecteur Foster uitspookte was bijna een verslaving voor hem geworden. In de stortregen was het gemakkelijk geweest om haar te volgen, met zijn capuchon op, zijn hoofd naar beneden en drie verschillende waterdichte jacks in zijn rugzak.

Het geheim van opgaan in de menigte is dat je dat helemaal niet hoeft te proberen. Iedereen is zo godvergeten met zichzelf bezig.

De blik van de figuur werd omhooggetrokken naar Erika, die al rokend door haar raam stond te turen.

Wat denkt ze nu? Wat deed die andere smeris daar, die Moss? Inspecteur Foster is toch van de zaak af gehaald?

Abrupt draaide Erika zich om. Ze liet de jaloezieën zakken. Enkele ogenblikken later stapte ze haar voordeur uit. Met een tas over haar schouder beende ze in de richting van het station.

De donkere gedaante trok zich terug en sprintte naar de andere kant van de steeg, waar zijn auto stond. Hij reed de straat op en deed zijn best om langzaam te rijden, normaal te doen, op te gaan in de menigte.

Erika liep net Brockley Station in, toen haar achtervolger de toegangsweg naar het station op draaide. Terwijl een andere auto bezig was een parkeerplek vooraan te verlaten, stopte hij en keek hoe ze via de voetgangersbrug naar het andere perron liep. Toen de andere chauffeur klaar was met manoeuvreren, zwaaide hij dankbaar. De figuur wuifde breed grijnzend terug. Daarna racete hij terug door de straat, langs Erika's donkere appartement, en parkeerde een paar straten verderop.

Nadat hij zijn automotor had uitgezet, nam de figuur de tijd om zich de achterkant van inspecteur Fosters appartementengebouw voor de geest te halen. Rond de achterkant van het pand liep een hoge muur, met aan de ene kant een smalle steeg. Het was ooit een groot woonhuis, dat later was gesplitst in appartementen. De achterzijde was daardoor een samenraapsel van oude en nieuwe ramen, regengoten en afvoerpijpen.

Hij stapte uit zijn auto en haalde een rugzak uit de kofferbak.

Ik wilde dit niet nu al doen, maar het ziet ernaar uit dat de boel in een stroomversnelling is geraakt. Het is niet langer genoeg om alleen van buiten toe te kijken...

Onderweg naar inspecteur Fosters huis passeerden hem een paar forenzen, diep in gesprek, zich nergens van bewust. Bij het gebouw aangekomen, klom de figuur vlug op de muur. Hij had al tot in de details uitgeknobbeld hoe hij op de bovenste verdieping kon komen: *langs de muur naar de achterkant van het gebouw sluipen, op de eerste vensterbank stappen, de regenpijp grijpen, één been vasthaken aan een hogere vensterbank en zo omhoog, met de pijp als steun.*

De vensterbanken waren glad. Hij stopte even, buiten adem van de inspanning. Tot dusver werkte zijn plan...

Vervolgens zou hij de bliksemafleider gebruiken, een dikke regenpijp voor het hefboomeffect, en dan waren er nog drie ramen, op een verspringende rij. Iene, miene, mutte...

Badend in het zweet bereikte hij de vensterbank van Erika's badkamer. Het raam zat dicht, maar daar had hij op gerekend. Ernaast zat een kleine ventilator, een lekker goedkope, die slecht paste. De figuur legde zijn gehandschoende hand over het vierkante plastic roostertje en trok. Met wat gekraak ging het los, waarna een ventilatiepijp met een zilverkleurige binnenkant zichtbaar werd. Hij stak zijn arm erin, zijn met leer beklede knokkels raakten de achterkant van de plastic ventilator in de binnenmuur. Met één snelle stoot vloog het hele ding eruit. Hangend aan zijn snoer, schraapte het luid langs de badkamerwand.

Hij trok een uitgevouwen ijzeren kleerhanger uit een zijvak van de rugzak en stak deze in de ventilatiebuis. Met wat gemorrel wist hij het omgebogen uiteinde van de draad om de uitzethaak van het raampje te krijgen. Hij trok even... en het sprong open met een klik. De rest ging snel: de figuur wurmde zich met zijn hoofd naar voren door het raam, tot zijn uitgestoken handen de toiletbril raakten.

Ik ben binnen.

Het voelde opwindend, nadat hij inspecteur Foster zo lang vanaf een afstand had begluurd.

De badkamer was klein maar functioneel. Eerst duwde hij het ventilatortje terug in de muur. Zo, niets meer van te zien. Toen trok hij het badkamerkastje open en zag een doos tampons, een tube schimmelcrème en een stoffig doosje waxstrips.

Ach, hoe schattig. Ze sleept een doosje ontharingsstrips met zich mee.

Hij raapte de inhoud van het badkamerkastje bijeen en liep ermee naar de kale slaapkamer. Het rook er neutraal. De geur van sommige vrouwen was interessant en exotisch, terwijl de geur van andere afstotelijk kon zijn...

Het enige wat ik nu ruik, zijn muffe sigaretten, baklucht en een vleugje goedkope parfum.

De figuur trok het dekbed naar achteren, spreidde de inhoud van het badkamerkastje keurig uit op het matras en trok het dekbed weer terug, waarna hij zich naar de woonkamer begaf. Deze was donker, op de oranje gloed van een straatlantaarn na. Op de salontafel, omgeven door gebruikte mokken en een asbak, lagen een paar politiedossiers.

Toen hij er met zijn gehandschoende hand een oppakte, werd hij overspoeld door woede. Hij zag foto's van Mirka Bratova. Eerst levend en toen dood, wegrottend in het water.

Inspecteur Foster wist het. Ze had de stippen met elkaar verbonden. En die kleine, dikke lesbotrut hielp haar erbij!

Er klonk geluid op de overloop, gekraak van traptreden. De figuur sloop naar de voordeur en gluurde door het kijkgaatje.

Er kwam een oude vrouw met wit haar naar boven. Ze stapte heel dicht naar zijn deur – haar gezicht bolde raar op voor het gaatje – luisterde even en draaide zich toen om naar haar eigen voordeur.

Opeens voelde hij de dringende behoefte om weg te gaan, om plannen te kunnen gaan maken.

Inspecteur Foster dwingt me ertoe: ik zal haar moeten vermoorden.

39

Toen Erika weer thuiskwam, ging ze lang onder de hete douche staan. Daarna wikkelde ze zich in een handdoek. In de slaapkamer ging ze op het bed zitten. In haar hoofd nam ze de hele avond nog eens door. Achteraf zag het er niet veel beter uit dan toen het gebeurde.

Ze wilde net haar telefoon gaan opladen, toen haar blik op de bobbels onder het dekbed viel. Ze trok het naar achteren. De hele inhoud van haar badkamerkastje lag op het matras uitgestald.

Ze vloog op en liep naar het slaapkamerraam. Dat was gesloten en het was een behoorlijk eind naar het steegje beneden. Toen liep ze naar de voorkamer en deed het licht aan. Het zag er precies uit zoals ze alles had achtergelaten: jaloezieën dicht, dossiers en koffiemokken verspreid over de salontafel. Ze liep langs de voordeur, die geen brievenbus had. Had ze de deur wel goed op slot gedaan? Uiteraard, dacht ze. Ze liep terug naar de badkamer en opende het kastje boven de wastafel. Leeg.

Het raam was gesloten toen ze ging douchen en ze had het ook niet opengezet. Nee, dacht ze, ze was gewoon moe en vergeetachtig. Ze had die dingen vast zelf uit dat kastje gehaald.

Toen ze zag hoeveel stoom er in de badkamer stond, trok ze aan het koordje van de kleine ventilator. Ze trok nog een keer. Er gebeurde niets.

'Shit.' Ze veegde de condens met de rug van haar hand van de spiegel. Dat Marsh ook nog eens haar huisbaas was: het laatste waar ze nu trek in had, was wel contact met hem opnemen! Ze deed het licht uit en liep terug naar de slaapkamer. Met een ongemakkelijk gevoel pakte ze de spullen van haar bed. Had ze die echt zelf uit dat kastje gehaald? En dan was er ook nog die brief die in haar jaszak had gezeten...

Maar hoe had hier iemand zonder sleutel kunnen binnenkomen?

De volgende ochtend ruimde Erika haar appartement op. Ze liep er net over te denken om het bureau te bellen en te melden dat ze mogelijk een indringer had gehad – nou ja, mogelijk? – toen ze beneden de post op de mat hoorde vallen. Toen ze de rekeningen voor haar buren uitsorteerde en op de tafel bij de deur legde, vond ze een brief die aan haar was geadresseerd. De eerste post in haar nieuwe appartement. Het was een uitnodiging van de Metropolitan Police voor een psychiatrische evaluatie, over een week.

'Ik ben toch niet gek?' zei Erika tegen zichzelf, slechts half voor de grap.

Toen ze weer boven kwam, hoorde ze haar telefoon overgaan.

'Erika, met Marsh. Je krijgt zes uur, samen met een team van rioolbedrijf Thames Water. Als je die telefoon in die tijd niet vindt, dan is het afgelopen. Begrepen?'

Hoop sprong op in Erika's borstkas. 'Ja. Dank u, meneer.'

'De kans dat dat ding daarbeneden ergens ligt is miniem. Heb je gezien hoeveel regen er de laatste tijd is gevallen?'

Erika keek naar buiten, waar de regen nog steeds tegen haar raam beukte.

'Ik weet het, meneer. Maar dat risico moet ik dan maar nemen. Ik heb wel zaken met nog minder perspectief opgelost.'

'Nou, deze ga je sowieso niet oplossen: je bent geschorst, weet je nog? Al het bewijs geef je door aan inspecteur Sparks. Onmiddellijk.'

'Ja, meneer,' zei Erika.

'Moss zal contact met je opnemen en de overige details met je doorspreken.'

'Uitstekend, meneer.'

'En als je ooit nog eens zo'n stunt uithaalt, bij mijn huis opduiken en voor de ogen van mijn vrouw met gore plaats delict-foto's zwaaien... dan word je niet alleen geschorst, maar dan is het gedaan met je carrière.'

'Het zal niet meer gebeuren, meneer,' zei Erika.

Er klonk een klik toen Marsh ophing. Erika glimlachte. 'Achter elke sterke man staat een vrouw die weet hoe ze hem moet bespelen. Goed gedaan, Marcie.'

Erika liep op Moss en Peterson af. De put die toegang gaf tot het overslagriool lag naast de begraafplaats van de kerk van Honor Oak Park, op slechts een paar kilometer van Erika's appartement. De kerk lag een paar honderd meter na het station op een heuvel. De regen was eindelijk opgehouden en er was zelfs een kleine opening tussen de wolken te zien, toen Erika aankwam bij een grote bestelbus met het logo van Thames Water erop. Peterson had een dienblad met meeneemkoffie in zijn handen en deelde de bekers uit aan een groepje mannen in overall.

Moss stelde hen aan elkaar voor: 'Dit is Mike. Zijn team zal de zoektocht coördineren.'

'Ik ben Erika Foster.' Ze boog zich naar de mannen toe om hen de hand te schudden.

Deze verspilden geen tijd. Ze gooiden hun koffie achterover en binnen enkele minuten werd het enorme putdeksel opgetild en met een zware *klonk* opzij gerold.

'Goed om u weer te zien, baas,' zei Peterson, waarna hij haar met een grijns een beker koffie aangaf.

Mike nam hen mee de bestelbus in. Deze bleek uitgerust met een kleine douche, een serie monitors en communicatieapparatuur voor alle mannen die het riool in gingen. Op een van de monitors stond een satellietweerkaart die voortdurend werd ververst, op een kaart van Greater London stond een wirwar van donkergrijze strepen en vlekken.

'Dit hier is het verschil tussen leven en dood.' Mike tikte met een balpen op het scherm. 'In het riool hieronder komen hemelwater en afvalwater bij elkaar. Door een plotselinge stortbui kan het riool ineens overstromen en dan krijg je al heel snel een enorme vloedgolf die op de Thames afdendert.'

'Hoe deden jullie dat voordat al deze apparatuur er was?' vroeg Peterson, wijzend naar de schermen en de satellietkaarten.

'Gewoon ouderwets, met herrie.' Mike lachte. 'Als er noodweer uitbrak, tilden we een van de dichtstbijzijnde putdeksels een paar centimeter op en lieten hem weer vallen. Die *kleng* echode door de gangen en was dan hopelijk voor de mannen beneden genoeg waarschuwing om als de donder naar boven te komen.'

'Zijn het alleen mannen daarbeneden?' vroeg Moss.

'Hoezo? Wou u solliciteren?' grapte Mike.

'Heel leuk,' zei Moss.

Toen ze weer uit de bestelbus waren gesprongen, keken ze naar de lucht. De wolk boven hen leek dan wel op te lossen, maar aan de horizon werd het toch weer donkerder.

'We moesten maar eens opschieten,' zei Mike, en hij beende naar de plek waar de andere vier inmiddels een lier boven de put hadden opgezet. Ze stonden net hun veiligheidsgordels vast te klikken. Erika liep naar de schacht en tuurde naar beneden. Ze zag een paar ijzeren sporten in het duister verdwijnen.

'Oké, waar zoeken we naar, een telefoon?' vroeg Mike.

'Het gaat om een iPhone 5S. Waarschijnlijk wit, maar zwart kan ook.' Moss gaf hun elk een gelamineerde foto.

'Wij weten ook wel dat dat ding daar al bijna twee weken ligt, maar toch: als jullie hem vinden, probeer hem dan alsjeblieft niet aan te raken. We moeten al het forensisch bewijsmateriaal dat er nog is veilig zien te stellen. Daarom krijgen jullie deze bewijszakken van me, waar de telefoon onmiddellijk in moet worden gedaan,' zei Erika.

Met een sceptische blik namen ze allemaal een plastic zakje van haar aan.

'Moeten we dat telefoontje dan uit de stront omhoog laten zweven of zo?' vroeg een van de mannen lacherig.

'We waarderen jullie hulp echt heel erg, mannen,' zei Peterson. 'Jullie voegen je bij ons in een cruciale fase van een zeer schokkende zaak: de moord op een paar jonge meisjes. Als we deze telefoon vinden, hebben we een groot stuk van de puzzel compleet. Doe dus gewoon je best om hem niet met je blote handen aan te raken.'

De houding van de mannen sloeg meteen om. Vlug zetten ze hun helm op en begonnen hun lampen en radio's te checken. Toen ze daarmee klaar waren, gingen ze allemaal rond de put staan, waar Mike een sonde in liet zakken.

'We controleren eerst op giftige gassen,' legde hij uit. 'Want het is niet alleen stront en pis waar we daarbeneden mee te maken hebben. Er is ook diwaterstofcarbonaat, wat de mijnwerkers vroeger "mijngas" noemden; methaan, dat kan ontploffen; en waterstofsulfide, het ranzige resultaat van rotting... Hebben jullie allemaal een gasdetector bij je, jongens?'

Ze knikten.

'Jezus, zouden jullie niet liever vakken vullen in de supermarkt?' vroeg Moss.

'Nee, dit betaalt veel beter,' zei de jongste van de mannen, die als eerste langzaam in de put werd neergelaten.

Ze keken hoe ook de andere mannen het duister in zakten. Hun zaklampen verlichtten de vieze, bruine binnenkant van de regenwaterafvoer. Erika zag dat Moss en Peterson boven de put een gespannen blik uitwisselden.

'Een speld in een hooiberg,' meende Peterson.

Langzaam vervaagde het licht van de lampen beneden en bleef er slechts stilte over. Mike liep naar de bestelbus om te volgen hoe het zijn team verging.

Een uur later was er nog steeds niets te melden. Ze stampten met hun voeten tegen de kou. Er kwam een melding via de politieradio. Een incident in een supermarkt in Sydenham: een man had een wapen getrokken, er waren al schoten gevallen.

'Wij zijn vandaag oproepbaar,' zei Moss, opkijkend naar Peterson. 'We kunnen maar beter opschieten. Marsh zei dat dit geen hoge prioriteit had.'

'Ga maar, jongens, ik blijf hier wel wachten,' zei Erika.

Moss en Peterson haastten zich weg, zij bleef alleen achter. Weer werd ze er met de neus op gedrukt dat ze geen penning meer had, en dus geen enkel gezag. Ze was gewoon maar een vrouw die bij een openstaand riool rondhing. Ze stapte de bestelbus in en vroeg Mike hoe het ging.

'Nog steeds niets. En ze zijn bijna bij het punt waar ik niet wil dat ze verdergaan. Daar vertakt het netwerk zich en loopt via verschillende routes naar Central London.'

'Oké. En waar eindigt het dan?' vroeg Erika.

'Bij meerdere rioolzuiveringsinstallaties rondom Londen.'

'Dus...'

'Dus is de kans miniem dat zoiets kleins als een telefoon dan nog gevonden wordt,' zei hij. 'Het is niet alsof je hond een diamanten ring heeft ingeslikt en...'

'Ja ja, ik vat 'm,' zei Erika. Ze stapte weer uit de bus, ging op een boomstronk zitten en rookte een sigaret. De kerk torende hoog boven haar uit in de kou, in de verte ratelde een trein voorbij.

Anderhalf uur later kwamen de mannen weer boven: onder de modder, uitgeput en doorweekt van het zweet. Ze schudden hun hoofd.

'Daar was ik al bang voor, dat ding kan ondertussen overal zijn, zelfs op weg naar zee. Dit overslagriool is sinds 12 januari tweemaal opengezet en er kan in die tijd zoveel doorheen zijn gestroomd... Onder zulke hoge waterdruk blijft natuurlijk niets daarbeneden liggen,' zei Mike.

'Toch bedankt,' zei Erika. 'We hebben het geprobeerd.'

'Nee, zíj hebben het geprobeerd,' zei Mike, wijzend naar zijn mannen. 'Ik had al tegen uw baas gezegd dat het hopeloos was, een zinloze onderneming.'

Erika vroeg zich af of Marsh het daarom had geregeld. Maar terwijl ze door de regen naar huis liep, bleef ze ervan overtuigd dat Andrea's telefoon gevonden moest worden. Ze dacht aan de brief in haar zak en de spullen in haar bed.

Het leek wel alsof zij de enige was die wist dat de politie de verkeerde had gearresteerd.

40

Drie dagen gingen voorbij zonder dat Erika iets van Moss of Peterson hoorde. Al haar enthousiasme en positiviteit ebden weg, wat nog werd verergerd doordat ze niets te doen had. Op de derde dag stond ze op het punt om Edward te bellen en Marks grafsteen dan maar eens te gaan bekijken, toen de telefoon in haar hand begon te rinkelen.

'Baas, dit zult u niet geloven,' zei Moss. 'Andrea's telefoon is zojuist gevonden.'

'Wat? In het riool?' vroeg Erika, knijpend in haar toestel.

'Nee, in een winkel voor tweedehands mobieltjes in Anerley.'

'Dat is maar een paar kilometer hiervandaan.'

'Ja. Crane heeft het IMEI-nummer laten rondgaan onder tweedehandswinkels in de buurt, met het verzoek meteen contact op te nemen met de politie als er een toestel met dat nummer werd aangeboden.'

'En dat hebben ze gedaan?'

'Hij heeft erbij gezegd dat ze er de waarde van een nieuwe, SIM-lockvrije iPhone 5S voor terugkregen. Dat heeft de aantrekkelijkheid om goed op te letten natuurlijk wel vergroot.'

'Hoe is hij in Anerley terechtgekomen?' vroeg Erika.

'Een vrouw had hem gevonden. Door de gigantische hoeveelheid regen en smeltwater van vorige week raakten alle regenputten in het onderste deel van Forest Hill Road overstroomd. Het riool was zo overbelast dat het water onder hoge druk door het systeem werd gejaagd en opgestuwd, waarbij soms zelfs het asfalt is opengescheurd. Kennelijk is de telefoon in al dat geweld meegesleurd. Deze vrouw zag hem liggen. Zelfs in de staat waarin hij verkeerde, dacht ze er nog wel een beetje geld voor te kunnen krijgen.'

'En? Is hij in orde? Werkt hij nog?'

'Nee, en het scherm is een en al barsten. Maar we hebben hem als de bliksem naar het cyberteam gebracht, waar hij met voorrang wordt behandeld. De techneuten doen alles wat ze kunnen om zo veel mogelijk uit het interne geheugen te halen.'

'Moss, ik kom naar het bureau.'

'Nee, baas, blijf waar u bent. Als u per se hierheen wilt komen, wacht dan tot u een echte reden hebt om binnen te stormen en iedereen de oren te wassen.'

Erika begon te protesteren.

'Eerlijk, baas, ik beloof dat ik u zal bellen zodra ik iets weet.' Moss hing op.

Zes lange, gespannen uren later belde ze terug, met de mededeling dat de afdeling Cybercriminaliteit een aanzienlijke hoeveelheid gegevens van Andrea's telefoon had weten te halen.

Erika nam een taxi naar het adres dat Moss haar had gegeven en trof haar voor het gebouw van Cybercriminaliteit in Central London, een onopvallende kantoorflat in de buurt van de Tower Bridge. Ze namen de lift naar de bovenste verdieping en kwamen uit in een gigantische kantoortuin. Elk bureau was bezet, overal zat een vermoeide agent naar een computerscherm te turen, met naast zich een opengeschroefde telefoon of laptop, of een wirwar van snoeren en printplaten.

Tegen de achterwand zag Erika een rij kijkcabines met getinte ramen. Ze huiverde toen ze bedacht wat deze agenten achter die schermen allemaal moesten aanzien.

Een kleine, knappe man in een afgedragen wollen trui kwam hun bij de waterkoeler tegemoet en stelde zich voor als Lee Graham. Ze volgden hem door de kantoortuin naar een grote opslagruimte, met rekken vol computers, telefoons en tablets, allemaal keurig in een verzegelde plastic zak. Ze kwamen langs een lage plank. Er stond een laptop op, in plastic gewikkeld en bedekt met opgedroogd bloed.

Hij bracht hen naar een rommelig bureau achterin. Daarop lag Andrea's telefoon, zwaar gehavend en gebarsten. De achterkant was ervanaf; het apparaat was verbonden met een grote computer met een dubbel scherm.

'We hebben erg veel van deze telefoon af kunnen halen,' zei Lee, terwijl hij ging zitten en een van de schermen naar hun toe draaide. 'De harddrive was nog in goede staat.'

Moss trok een paar stoelen dichterbij, waarna ze naast Lee plaatsnamen.

'Er zijn driehonderdentwaalf foto's,' ging Lee verder, 'zestien filmpjes en honderden sms'jes, over een periode van mei 2012 tot juni 2014. Ik heb alle foto's door onze gezichtsherkenningssoftware gehaald. Die ploetert zich door de hele landelijke misdaaddatabase heen en zoekt aan de hand van gezichtsherkenning naar overeenkomsten. Daar is één naam uit gekomen.'

Erika en Moss keken elkaar opgetogen aan.

'Hoe heet hij?' vroeg Erika gretig.

Lee begon te tikken op zijn toetsenbord. 'Het was geen hij, het was een zij,' antwoordde hij.

'Hè?' zeiden Erika en Moss tegelijkertijd.

Lee bladerde door een reeks miniatuurfotootjes en klikte er eentje open. Het was een bekend gezicht.

'Linda Douglas-Brown staat in de politiedatabase?' zei Moss verrast. Op de betreffende foto zaten Linda en Andrea samen aan een tafeltje in een bar. Andrea keek zelfverzekerd in de lens en zag er onberispelijk uit in een roomkleurige blouse. Tussen de openstaande knoopjes was een gebruind, vol decolleté te zien met een zilveren kettinkje ertussen. Linda zat ernaast, met een rood gezicht en ongekamd haar. Zij droeg een zwarte coltrui die was opgekropen tot vlak onder haar onderkin en was versierd met dansende poedeltjes. Om haar hals hing een groot gouden kruis. Haar hand lag over die van Andrea en ze had een dronken grijns op haar gezicht.

'Is dat de moeder van het slachtoffer?' vroeg Lee.

'Nee, haar zus: ze schelen maar vier jaar,' zei Erika.

Dat moesten ze allemaal even laten bezinken.

'Oké. Nou ja, ik heb haar strafblad al voor jullie opgevraagd, dat wordt op dit moment uitgeprint,' zei Lee.

41

Lee zocht een lege werkplek voor hen in het kantoor, waar ze Linda's dossier doorlazen.

'Jezus, die Linda heeft een behoorlijk strafblad, dat jaren teruggaat. Brandstichting, diefstal, winkeldiefstal...' somde Erika op. 'En tussen juli en november vorig jaar heeft Andrea's verloofde Giles Osborne maar liefst drie klachten tegen haar ingediend bij de politie: Linda zou hem hebben lastiggevallen en dreigmails hebben gestuurd.'

'Alle drie de keren zijn agenten met haar gaan praten,' zei Moss, al lezend.

'Ja, dus ze is niet gearresteerd. Giles Osbornes eerste klacht was in juli 2014 en ging over krenkende mails die hij van Linda had ontvangen. In een daarvan dreigde ze eerst zijn kat te vermoorden en dan hemzelf. De tweede klacht kwam een maand later: er was ingebroken in zijn appartement en zijn kat was vergiftigd. En ook al werden Linda's vingerafdrukken in de woning aangetroffen, haar advocaat beweerde – met succes – dat dat helemaal niet zo gek was. Immers, onlangs was Linda er nog te gast geweest, op het etentje dat Giles ter ere van zijn verloving met Andrea had gegeven. Enkele minuten na de inbraak is Linda echter betrapt door een bewakingscamera, één straat van Giles Osbornes appartement verwijderd. Toen ze hiermee werd geconfronteerd, gaf ze zich gewonnen. Ze verklaarde dat ze het huis ná de inbraak was binnengegaan en een poging had ondernomen om de kat te redden. Die had ze door het raam zien zitten en het leek haar dat het dier in nood verkeerde.'

'Kennelijk heeft ze een verdomd goede advocaat,' zei Moss.

'Misschien, maar er was toch al niet voldoende bewijs om die inbraak hard te maken. De derde klacht kwam in oktober vorig jaar, toen Linda een schade van achtduizend pond toebracht aan Giles' kantoor. Ze smeet een baksteen door een van de grote glazen raampanelen. Daarbij heeft de bewakingscamera haar vol in beeld gebracht.'

Het was een overbelicht zwart-wit plaatje, maar er was een stevige figuur in een lange overjas op te onderscheiden, met een honkbalpet half voor het gezicht. De jas viel open terwijl de figuur een arm naar achteren deed om de baksteen te gooien. Daardoor werd een trui met dansende poedels erop zichtbaar.

Moss had haar laptop bij zich in een tas. Ze trok hem tevoorschijn en zette hem aan. 'Laten we die foto's van Andrea's telefoon maar eens gaan doorploegen,' zei ze en ze stak een USB-stick met de inhoud van de gevonden telefoon in de drive.

Ze wachtten geduldig terwijl de laptop zoemend en snorrend opstartte. Het lichtje op de USB-stick begon te knipperen, waarna er een spervuur van foto's over het scherm vloog.

Ze zagen Andrea op allerlei feesten, en er waren veel selfies: plaatjes van een topless Andrea in haar badkamerspiegel, met haar handen verleidelijk onder haar borsten en haar hoofd achterover. Toen kwam er een serie van een avondje uit in een bar voorbij. Het leek dezelfde bar als op de foto met Linda.

'Stop, ga eens terug!' riep Erika.

'Ik kan nu niet stoppen, we moeten ze eerst laten laden,' zei Moss.

De laptop bleef even hangen bij een wazige, duidelijk per ongeluk genomen foto waarop niets te zien was. 'Kom op nou,' zei Erika ongeduldig. Toen begonnen de foto's alweer te laden en even later werd het proces afgerond.

Erika begon meteen te zoeken.

'Ja, hierzo, dit zijn de meest recente, van die bar,' zei ze.

'Wie is dat, denkt u?' vroeg Moss, terwijl ze naar het scherm tuurden. Een lange, breedgeschouderde man van begin dertig was samen met Andrea afgebeeld. Hij had zeer donker haar en grote, bruine ogen. Er zaten korte stoppels op zijn knappe, gebeeldhouwde gezicht.

De eerste foto's waren genomen door Andrea zelf, met de camera in haar uitgestrekte arm. Op alle foto's leunde ze tegen de borstkas van de man. Hij was echt opvallend knap.

'Een donkerharige man,' fluisterde Erika opgewonden.

'Laten we rustig even verder kijken,' zei Moss, die al even opgewonden klonk.

Erika klikte door alle foto's heen. Ze leken allemaal op hetzelfde feest te zijn genomen: overal mensen op de achtergrond, dansend of zittend aan tafels. Andrea had zich helemaal uitgeleefd in haar fotosessie met de onbekende man, hij had haar vrolijk haar gang laten gaan. Op de eerste foto's poseerden ze keurig naast elkaar; Andrea keek verliefd naar hem op. Vervolgens zag je hoe hij haar zoende: hun monden op elkaar, een glimp van een tong, haar knalrode vingernagels op zijn vierkante stoppelkaken.

Moss bestudeerde de datum op de foto's. 'Deze zijn allemaal genomen op 23 december vorig jaar,' stelde ze vast.

'Die foto van Linda met Andrea was van dezelfde avond. Dat is dus op datzelfde feest...'

Ze zochten de foto terug waarop de landelijke misdaaddatabase Linda's gezicht had herkend.

'Zo te zien is dit tegen het eind van de avond. Ze lijken allebei een beetje uitgeblust,' zei Erika.

'Dus Linda was er tegelijk met die vent. Misschien heeft hij deze foto zelfs wel gemaakt,' zei Moss.

Ze stortten zich weer op de foto's. Na deze datum viel er een gat van een paar dagen, waarna ze stuitten op kiekjes die waren genomen op een bed met lichte lakens. Andrea lag naast de donkerharige man en hield de camera weer van zich af. Zijn borstkas was breed, met een bescheiden hoeveelheid donker haar. Andrea hield een arm onder haar naakte borsten. De foto's werden steeds explicieter: een close-up van de man met Andrea's tepel tussen zijn witte tanden; een niets verhullende, van voren genomen foto van Andrea die breed glimlachend achterover op het bed lag. Vervolgens vulde Andrea's hele gezicht het scherm, terwijl haar lippen de onderkant van de penis van de man omsloten. Hij hield er kennelijk een hand bij onder haar kin, want op haar jukbeen rustte een van zijn grote duimen.

De volgende foto was een stuk minder pornografisch: Andrea en de man op 30 december, hand in hand op straat. Ze droegen dikke winterkleren en op de achtergrond was een bekende klokkentoren te zien.

'Shit, dat is het Horniman Museum!' zei Moss.

'Vier dagen voordat ze vermist raakte,' wist Erika.

'Denkt u dat dit die kerel is met wie ze haar hebben zien praten, in die pub?' vroeg Moss.

'Dit kan degene zijn die haar heeft vermoord,' zei Erika.

'Maar hij heeft voor zover bekend geen strafblad. De software van de landelijke misdaaddatabase heeft hem er niet uitgepikt...'

'Hij ziet er Russisch uit, of... ik weet het niet, Roemeens? Servisch? Misschien heeft hij daar wel een strafblad.'

'We hebben alleen geen naam, dan kan dat nog wel eens wat tijd gaan kosten,' zei Moss.

'Maar we kennen iemand die zijn naam zou kunnen weten: Linda Douglas-Brown,' zei Erika. 'Zij is op diezelfde avond op de foto gezet, in dezelfde bar.'

'Moeten we haar naar het bureau roepen?' vroeg Moss.

'Nee, wacht even,' weerde Erika af.

'Hoe bedoelt u? Ze houdt blijkbaar informatie achter, baas.'

'Ja, maar we moeten heel voorzichtig zijn voordat we haar oproepen. Zodra we een stap zetten, schakelen de Douglas-Browns hun advocaten in. Me dunkt dat ze al aardig wat hebben uitgegeven om Linda op het rechte pad te houden.'

Moss zweeg even. 'Weet u wat uw appartement nog mist, baas?'

'Hè?'

'Een bos verse bloemen.'

'O ja. Laten we maar eens een bezoekje brengen aan een bloemist,' zei Erika.

42

Jocasta Floristry lag in Kensington High Street, ingeklemd tussen een chique juwelier en een gepolijst granieten kantoorblok. De optimistisch ingerichte etalage van de bloemisterij mikte op een vroeg voorjaar: uit een bodembedekking van echt gras kwamen narcissen, tulpen en krokussen in rood, roze, blauw en geel omhoog, en van achter een paddenstoel of een van de gigantische, gespikkelde eieren gluurden meerdere porseleinen paashazen naar het publiek. Voorin, vlak voor de ruit, stond een fotootje van een glimlachende Andrea op een roodfluwelen kussen...

Moss wilde de glazen deur net opentrekken, toen ze de kleine witte bel ernaast zag, met daaronder de keurig uitgeprinte tekst: AANBELLEN A.U.B.

Erika drukte op de knop. Enkele ogenblikken later keek een kleine oudere dame met streng, strak naar achteren gebonden haar van onder haar zware oogleden naar hen op. Het was dezelfde vrouw die hen het huis van de familie Douglas-Brown had binnengelaten. Ze gebaarde onvriendelijk dat ze weg moesten gaan.

Erika drukte opnieuw op de bel. Ze beseften pas hoe dik het glas was toen de vrouw de deur opentrok en ze het geluid van de bel ongedempt hoorden.

'Waar gaat dit over?' beet ze hen toe. 'Wij hebben al met de politie gesproken en u hebt een man in voorarrest zitten. We zijn ons aan het voorbereiden voor een begrafenis!'

Toen ze de deur wilde dichtgooien, greep Moss hem beet. 'We zouden Linda graag willen spreken, alstublieft – als zij er is.'

'U hébt toch iemand in hechtenis, of niet? Wat wilt u nou nog meer van de familie?' herhaalde de vrouw.

'We zijn nog steeds bezig met het verzamelen van bewijzen. En we denken dat Linda ons van dienst kan zijn, door het bevestigen van een paar details die zouden kunnen leiden tot een snelle veroordeling,' verklaarde Moss.

De oude vrouw bestudeerde hen. Haar ogen vlogen heen en weer onder de zware oogleden. In combinatie met haar rimpelige, nerveus trekkende huid deed ze Erika opeens denken aan een kameleon. Ze opende de deur en deed een stap opzij om hen binnen te laten. 'Voeten vegen,' zei ze, met een zuinige blik op de natte stoep.

Erika en Moss volgden haar naar een open, wit zitgedeelte. Tegen de achterwand stond een enorme, lichtgevende tafel van helder glas, die af en toe van kleur veranderde. Aan de muren hingen foto's van eerder werk van de bloemisterij: society-bruiloften, presentaties van nieuwe producten. De oude vrouw verdween door een deur achter in de zaak, even later kwam Linda tevoorschijn, met haar armen vol gele narcissen. Ze droeg een lange, zwarte klokrok en boven haar witte schort zat weer een kattentrui – een grote, cyperse kat met een lome blik ditmaal.

'Mijn moeder is er niet, zij is naar bed,' legde ze uit. Haar toon leek te suggereren dat ze vond dat haar moeder de kantjes ervan afliep. Ze liep naar de grote tafel, legde de narcissen op het glazen oppervlak en begon er bosjes van te maken. Erika en Moss kwamen bij haar staan. 'Wat doet u hier eigenlijk, inspecteur Foster? Ik dacht dat u van de zaak af was gehaald...'

'Zeker jij zou toch moeten weten dat je niet alles moet geloven wat je in de pers leest,' zei Erika.

'Ach ja, journalisten. Het zijn schoften, allemaal. Een van die roddelbladen omschreef mij als "een oude vrijster met een vollemaansgezicht".'

'Dat vind ik vervelend om te horen, Linda.'

'Is dat zo?' snauwde Linda en ze keek hen strak aan.

Erika haalde diep adem. 'Toen we je eerder spraken, hebben we je gevraagd of je nog iets wist wat ons zou kunnen helpen bij het onderzoek. Je hebt toen niet gezegd dat Andrea een tweede telefoon had,' zei Erika.

Linda ging weer verder met narcissen verdelen.

'Nou?' drong Moss aan.

'U stelde toch geen vraag? U deelde alleen iets mee,' zei Linda.

'Oké: had Andrea een tweede telefoon?' vroeg Erika.

'Nee. Tenminste, ik wist daar niets van,' zei Linda.

'In juni 2014 heeft ze deze opgegeven als gestolen. Maar ze heeft het toestel gewoon gehouden en er een prepaid SIM-kaart voor gekocht,' zei Moss.

'Nou en? Zijn jullie hier soms uit naam van de verzekeringsmaatschappij en doen jullie onderzoek naar verzekeringsfraude?'

'We zijn op je strafblad gestuit, Linda. Het is nogal een lijst: buitensporige agressie, winkeldiefstal, creditcardfraude, vandalisme,' zei Erika.

Linda liet de narcissen los en keek naar hen op. 'Dat was de oude ik. Nu heb ik God gevonden. Ik ben een ander mens geworden. Als je goed oplet, heeft iedereen wel een verleden waar hij spijt van heeft.'

'Wanneer heb je God dan gevonden?' vroeg Moss.

'Pardon?' zei Linda.

'Nou ja, je zit nog steeds in je proeftijd en hebt vier maanden geleden nog voor achtduizend pond schade aan Giles Osbornes kantoor veroorzaakt. Waarom deed je dat?'

'Uit jaloezie,' zei Linda. 'Ik was jaloers op Andrea, en op Giles. Zij had iemand gevonden, en zoals jullie je vast wel kunnen voorstellen, ben ik nog steeds op zoek.'

'En wat zeiden Andrea en Giles van dat getreiter van je?'

'Ik heb mijn excuses aangeboden, gezegd dat het nooit meer zou gebeuren en toen hebben we het goedgemaakt met elkaar.'

'Heeft Giles je ook vergeven dat je zijn kat hebt vermoord?' vroeg Moss.

'IK HEB ZIJN KAT NIET VERMOORD!' riep Linda uit. 'Zoiets zou ik nooit doen. Katten zijn prachtige, intelligente wezens... Je kunt ze in de ogen kijken en volgens mij hebben ze alle antwoorden... maar helaas kunnen ze niet praten.'

Erika schonk Moss een blik, als waarschuwing dat ze niet te ver moest gaan.

Linda's bleke gezicht betrok en ze sloeg met haar vlakke hand op de glazen tafel. 'Dat heb ik niet gedaan. En ik ben geen leugenaar!'

'Oké, oké,' zei Moss. 'Kun je ons dan vertellen wie deze man is?' Ze legde de foto van Andrea op het feest met de donkerharige man naast de stapel narcissen.

'Dat weet ik niet,' zei Linda, nadat ze er een vluchtige blik op had geworpen.

'Kijk alsjeblieft even fatsoenlijk, Linda.' Moss hield de foto recht voor Linda's gezicht.

Linda keek van de foto naar Moss. 'Zoals ik al zei: dat weet ik niet.'

'En deze foto dan?' zei Moss en ze pakte die van Linda zelf met haar zus. 'Deze foto van jou en Andrea is op dezelfde avond, in dezelfde bar genomen. Vermoedelijk door dezelfde man.'

Linda keek opnieuw naar de foto en leek zich te herpakken. 'Weet u, agent, dat u het woord "vermoedelijk" gebruikt, zegt nogal wat. Ik ben enkele minuten voor sluitingstijd naar die bar gegaan voor een drankje. Ik had de hele avond hier staan werken. Toen ik er aankwam, was Andrea alleen, haar gezelschap was er niet meer. Mijn zus had speciaal op me gewacht, om samen wat te drinken en bij te kletsen, voordat we ons in de familieverplichtingen rond de kerst stortten. Deze man kan daar best zijn geweest, maar niet op hetzelfde tijdstip als ik.'

'Heeft Andrea wel iets over hem gezegd?'

'Andrea kreeg tijdens het stappen altijd erg veel aandacht van mannen. Toen ik met haar afsprak, had ik haar laten beloven dat ze me niet de hele avond over jongens zou doorzagen.'

'Hou jij niet van jongens?'

'Jóngens,' snoof Linda. 'Weet u, twee intelligente vrouwen kunnen toch wel een avond met elkaar doorbrengen zonder het steeds over mannen te hebben?'

'Wat was de naam van die bar?' vroeg Erika.

'Eh, ik geloof dat hij Contagion heet.'

'Met wie was Andrea daar?'

‘Dat zei ik toch, dat weet ik niet. Andrea had een hele circustent vol feestvrienden.’

‘En waar was Giles toen?’

‘Ik denk dat hij tegen die tijd verdwenen was, om mij niet tegen het lijf te hoeven lopen.’

‘Omdat jij hem had lastiggevallen, zijn kantoor vernield en zijn kat vermoord...’ vulde Moss aan.

‘Hoe vaak moet ik het nog zeggen: ik heb Clara niet vermoord!’ riep Linda en er welden tranen op in haar ogen. Ze trok de mouw van haar tijgerkattentrui omlaag en depte er haar ogen mee. ‘Clara was... Ze was heel lief. Ik mocht haar gewoon vasthouden. En dat liet ze niet bij veel mensen toe, zelfs niet bij Giles.’

‘Maar wie heeft haar dan vergiftigd?’

‘Dat weet ik niet,’ zei Linda zacht. Ze trok een opgepropt papieren zakdoekje uit de zak van haar trui en wreef ermee door haar ogen tot ze rood begonnen te worden.

‘En wat kun je ons hierover vertellen?’ vroeg Moss. Ze legde de doorzichtige bewijszak met de brief uit Erika’s jaszak op tafel.

‘Wat is dat? Nee, nee, nee, ik weet helemaal niets!’ riep Linda. Opnieuw verschenen er tranen op haar rode gezicht.

‘Ik denk dat Linda nu wel genoeg medewerking heeft verleend,’ sprak een stem achter in de ruimte. De huishoudster van de familie Douglas-Brown met de zware oogleden kwam vanuit het niets op hen afgelopen. ‘Als u nog meer met haar wilt bespreken, moeten we misschien iets officiëlers regelen, in aanwezigheid van de advocaat van de familie.’

‘Linda... Deze man,’ zei Moss, en ze tikte op de foto van de knappe man en Andrea, ‘wordt tevens verdacht van de verkrachting van en moord op drie jonge Oost-Europese vrouwen in twee jaar tijd, plus de recente moord op een oudere vrouw.’

Linda’s ogen werden groot.

De huishoudster stak haar arm uit, om aan te geven dat ze nu echt moesten gaan.

‘Linda... Neem alsjeblieft contact met ons op als je nog iets invalt, hoe onbetekenend ook,’ zei Erika.

'Óf ze weet echt niet wie die vent is, of ze kan heel goed liegen,' zei Moss, toen ze weer op straat stonden.

'Het enige wat ik van haar geloofde, was van die kat. Die heeft ze niet vermoord,' zei Erika.

'Maar wij doen geen onderzoek naar kattenmoorden.'

'Ik denk dat we Giles Osborne maar eens een bezoekje moeten brengen,' zei Erika. 'Kijken wat hij te zeggen heeft over Linda en deze foto's.'

43

'Ze is volkomen gestoord,' zei Giles Osborne. 'Zo erg zelfs, dat ik en veel van mijn medewerkers er bang van worden.'

Moss en Erika zaten in Giles' glazen kantoor, dat uitkeek op de achtertuinen van een rij rijtjeshuizen. Achter de huizen ratelde een trein voorbij en op een industrieterrein aan de ene kant stonden vier hoge gasopslagtanks, glimmend van de regen. Het leek nogal bizar om zo'n elegant en ultramodern pand neer te zetten met zo'n mistroostig uitzicht.

Giles zag eruit alsof hij niet had geslapen: zijn huid hing slap, zijn wangen waren ingevallen. Erika merkte bovendien op dat hij in de twee weken sinds Andrea's lichaam was gevonden, behoorlijk was afgevallen.

'De hele familie weet van Linda,' ging Giles verder. 'Het schijnt dat ze al jaren het zwarte schaap is. Ze is van elke school gestuurd waar ze haar op zetten. Op haar negende heeft ze haar lerares gestoken met een passer. Het arme mens is er een oog door kwijtgeraakt.'

'Dus jij denkt dat Linda psychische problemen heeft?' vroeg Erika.

'Dat klinkt veel mysterieuzer en exotischer dan het is. Ze is gewoon gek, een landerig soort krankzinnigheid. Maar ja, voeg daar wat geld bij en een invloedrijke familie, en alles wordt versterkt. Het probleem is dat Linda weet dat haar daden toch nooit echt gevolgen hebben.'

'Tot nu toe niet,' zei Moss.

Giles trok zijn schouders op. 'Altijd is er weer sir Simon, die met geld strooit of een invloedrijk oor iets influistert... Voor die lerares heeft hij uiteindelijk een huis gekocht: ze bewoont zelf de bovenste helft en verhuurt de onderste. Bijna waard om je oog voor te verliezen, nietwaar?'

Er viel een stilte. Opnieuw ratelde er over het spoor een trein voorbij. Hij gaf een luid signaal.

'Sorry, ik wilde niet zo naar doen. Ik ben bezig met Andrea's begrafenis. Ik dacht dat ik onze bruiloft zou regelen en had nooit gedacht dat... Linda doet de bloemen. Zij wil per se dat we het in de kerk van Chiswick doen, die zij altijd bezoekt. En ik zit hier maar naar een leeg scherm te staren en probeer haar grafrede te schrijven.'

'Daar moet je iemand heel goed voor kennen, om een grafrede te kunnen schrijven,' zei Moss.

'Klopt,' zei Giles.

'Was Andrea gelovig?' vroeg Erika, die het gesprek gauw naar veiliger terrein probeerde te leiden.

'Nee.'

'En David?'

'Als alle nonnen grote borsten hadden en laag uitgesneden topjes droegen, weet ik zeker dat hij katholiek zou zijn.' Giles lachte droog.

'Hoe bedoel je?'

'Mijn god, moeten jullie alles letterlijk nemen? Dat was een grapje. David houdt gewoon van vrouwen. Hij is jong en opmerkelijk normaal. Hij lijkt meer op zijn moeder dan...'

'Linda,' zei Moss.

'O ja, het is alleen nog hij en Linda.' Giles veegde een traan weg.

'En Linda gaat regelmatig naar de kerk?'

'Ja. God staat vast niet te springen dat hij elke avond die maffe gebedjes van haar moet aanhoren,' zei Giles.

'Is Linda vaak hier op kantoor geweest?' informeerde Erika.

'Ze was een keer met Andrea geweest, om te kijken hoe het er hier uitzag. Toen dook ze ineens een paar keer in haar eentje op.'

'Wanneer was dat?' vroeg Moss.

'In juli of augustus vorig jaar.'

'En waarom kwam ze alleen?'

'Ze kwam voor mij. En het werd me al heel snel duidelijk dat ze... dat ze wilde... nou ja, dat ze seks met me wilde.'

'Hoe gaf ze dat aan?' wilde Moss weten.

'Hoe denk je, verdomme?' riep Giles met een rood hoofd. Hij keek gejaagd om zich heen, zou duidelijk het liefst door de grond zakken. 'Ze tilde haar trui op en liet haar borsten zien. En zei dat niemand het hoefde te weten.'

'Wat deed jij toen?'

'Ik zei dat ze dat op haar buik kon schrijven. Want ook als ze niet Andrea's zus was geweest, Linda is niet bepaald...'

'Niet bepaald wat?'

'Nou ja, ze is niet bepaald een lekker ding, wel?'

Moss en Erika zwegen.

Giles voegde eraan toe: 'Voor zover ik weet, is het geen misdaad om iemand...'

'Afstotelijk te vinden?' maakte Erika zijn zin af.

'Zo ver zou ik nu ook weer niet willen gaan,' zei Giles.

'Maar toen liep het uit de hand. Linda vernielde je kantoor en, zo staat het er tenminste, brak bij je in en vergiftigde je kat.'

'Ja. Jullie hebben de stukken dus gelezen?'

Erika en Moss knikten.

'Het was een akelig dilemma, waar ik met Linda in was beland. Dus toen sir Simon me vroeg de aanklacht in te trekken, wat kon ik anders?'

'Het spijt me dat ik hiermee moet komen, Giles, maar wist je dat Andrea tijdens jullie relatie ook nog met andere mannen omging?' vroeg Erika.

Giles zweeg een poos. 'Nu dus wel.'

'En hoe voel je je daarbij?'

'Hoe dénk je verdomme dat ik me daarbij voel? We waren verloofd, ik dacht dat zij de ware voor me was! Oké, Andrea hield van flirten en een beetje dollen, en ik had het natuurlijk moeten zien. Maar ik dacht dat ze misschien tot rust zou komen als we eenmaal getrouwd waren, en dat we ons dan knus zouden gaan klonen.'

'Klonen?' vroeg Erika. 'Kinderen krijgen, bedoel je?'

'Ja. Ik had geen idee dat ze er nog meer mannen op nahield. Ooit was ze zo stom om bevriend te raken met dat hatelijke type, die Marco Frost. Hij maakte Andrea bang met zijn obsessie. Denken jullie dat jullie genoeg bewijs hebben om hem van gevangenisstraf te verzekeren?'

Erika keek even naar Moss. 'Meneer Osborne, mag ik je vragen om eens naar deze foto te kijken?' Ze legde een van de foto's van Andrea met de donkerharige man op tafel. Hij wierp er een korte blik op.

'Nee, hem ken ik niet.'

'Ik vroeg niet of je hem kende. Kijk alsjeblieft goed. Dit is vier dagen voordat Andrea van de aardbodem verdween.'

Giles keek opnieuw naar de foto. 'Nou, waar kijk ik naar? Dit is vast een van de vele kerels die naar haar lonkten.'

'En wat zeg je van deze foto? En van deze... of deze?' vroeg Erika. Ze legde een hele serie foto's voor Giles neer: Andrea in bed met de donkerharige man – naakt, met haar tepel tussen zijn tanden, en toen Andrea met haar lippen rond zijn penis.

'Wat doen jullie me godverdomme aan?' riep Giles. Hij duwde zijn stoel naar achteren. Er stonden tranen in zijn ogen. 'Hoe durven jullie hierbinnen te komen en misbruik te maken van mijn goedheid!'

'Giles, deze foto's komen van Andrea's tweede mobieltje, dat we pas onlangs hebben gevonden. We laten je ze echt niet zomaar zien. Ze zijn slechts enkele dagen voor haar verdwijning genomen.'

Giles stond op en liep naar de glazen deur. 'Dank jullie wel, agenten, maar ik ben vandaag naar kantoor gekomen om Andrea te gedenken, om over haar leven te schrijven. Mij is gevraagd om op haar begrafenis te spreken... en dan komen jullie hier binnenstormen en bezoedelen mijn herinneringen met zulke porno!' Hij opende de deur en gebaarde dat ze moesten vertrekken.

'Giles, wij denken dat de man die hier samen met Andrea is afgebeeld, tevens verantwoordelijk is voor de dood van drie Oost-Europese meisjes die als prostituee werkten en de moord op een oudere vrouw. We denken bovendien dat Andrea hem op de avond van haar dood nog heeft gezien,' vertelde Erika. Ze wisselde een korte blik uit met Moss, die Giles ook opving.

'Wacht eens even. En hoe zit het dan met Marco Frost? Ik dacht dat dat jullie verdachte was? Dat heeft commissaris Marsh me verzekerd en assistent-korpschef Oakley...' begon Giles.

'Dit is een andere tak van ons onderzoek,' zei Erika.

'Dus jullie hebben eigenlijk geen flauw idee wie Andrea heeft vermoord? Maar toch komen jullie mij hier de kop gek maken, vanwege een of andere wilde ingeving. Andrea was net als ieder ander mens: ze maakte wel eens fouten en ze had geheimen. Maar ze verspreidde alleen maar liefde, wilde alleen maar liefhebben...' Giles brak, begon te zuchten en te snikken en sloeg een hand voor zijn mond. 'Ik kan het niet langer aan. Alsjeblieft, ga weg!'

Erika en Moss verzamelden vlug de foto's van het tafelblad en lieten Giles huilend achter.

'O, shit,' zei Moss toen ze terugkwamen bij de auto, die een paar straten verderop stond.

'Ik heb het allemaal gezegd, jij niet,' zei Erika.

'Baas, ik zal dit aan inspecteur Sparks en Marsh moeten rapporteren.'

'Dat weet ik. En dat is ook niet erg.'

Moss zette Erika thuis af. Ondanks alles wat er was gebeurd en alle onthullingen, had Erika niet het gevoel dat ze dichter bij de waarheid was gekomen. Ze voelde zich enkel nog verder verwijderd van de dag dat haar schorsing zou worden opgeheven en ze haar politiepenning zou terugkrijgen. Toen ze in haar woonkamer het licht aandeed, zag ze zichzelf en de kamer weerspiegeld in het grote raam. Ze deed het licht weer uit en liep naar het raam. Ze tuurde even naar de verlaten straat beneden, maar alles was rustig. Doodstil.

44

In de daaropvolgende twee dagen moesten Moss en Peterson voor de rechter verschijnen, om te getuigen in de zaak van de bewapende schutter in de supermarkt in Sydenham. Een groot deel van het oorspronkelijke onderzoeksteam naar Andrea's dood was op andere zaken gezet, nu Marco Frost voor de moord was aangeklaagd. Erika kreeg intussen niets te horen en zat muurvast. Ze had niets anders te doen dan wachten op de hoorzitting over haar wangedrag. Die ochtend had ze een telefoontje van Marsh gehad.

'Zijn jij en Moss bij Linda Douglas-Brown en Giles Osborne geweest?' vroeg hij streng.

'Ja, meneer.'

'Ik heb klachten van beiden ontvangen. En sir Simon dreigt met een officiële aanklacht.'

Dus bij hen neemt u de telefoon wel op, maar bij mij niet, wilde Erika zeggen, maar ze beet op haar lip. 'Meneer, ik was daar als adviseur van Moss. Er is mij niet gevraagd om mijn identiteitsbewijs te laten zien.'

'Hou op, Erika.'

'Meneer, u weet dat we Andrea's tweede mobieltje hebben gevonden?'

'Ja, dat weet ik. Moss heeft haar verslag ingediend.'

'En?'

'Én? Jij hebt bewijsmateriaal achtergehouden, die brief die je hebt gekregen.'

'Maar die brief, meneer...'

'Die brief kan overal vandaan zijn gekomen. Denk aan je collega's in Manchester. Er is daar nog steeds heel veel woede naar jou toe...'

Marsh onderbrak zichzelf. 'Sorry, dat was vals... Wat ik denk, Erika, is dat je dit los moet laten.'

'Pardon? Meneer, hebt u die foto's gezien?'

'Ja, ik heb die foto's gezien én ik heb Moss' rapport zeer zorgvuldig gelezen – hoewel ik jouw stem daar wel erg sterk in hoor doorklinken. Maar het bewijst allemaal nog steeds niets. Je hebt geen enkele basis om te bewijzen dat deze persoon, wie hij ook is, betrokken is geweest bij de dood van Andrea of Ivy.'

'Of Tatjana, Karolina of Mirka?'

'Wat je echter wel voor elkaar hebt gekregen, is dat een hele hoop mensen nu schijt aan je hebben, omdat je in overdrachtelijke zin je reet hebt afgeveegd aan de nagedachtenis van Andrea Douglas-Brown.'

'Maar meneer, ík heb die foto's toch niet genomen...'

'In godsnaam, dat meisje had een geheime telefoon! Iedereen heeft geheimen.'

'Mag ik aannemen dat dit gesprek officieus is?'

'Ja, Erika, dat is het. En mag ik je eraan herinneren dat jij ook officieus bent? Je bent geschorst. Wees nu verstandig en geniet er gewoon van dat je normaal wordt doorbetaald. Ik weet uit de hoogste kringen dat, mits jij je gedeisd houdt en je mond dicht, je schorsing volgende maand zal worden opgeheven.'

'Me gedeisd houden, tot wanneer dan? Totdat Marco Frost de bak in vliegt voor iets wat hij niet heeft gedaan?'

'Je orders...'

'Ja, van wie komen die eigenlijk?' onderbrak ze hem. 'Komen die van u, van assistent-korpschef Oakley of van sir Simon Douglas-Brown?'

Marsh bleef even stil.

'Morgen is de begrafenis van Andrea Douglas-Brown. Daar wil ik jou niet zien. En ik wil ook niet horen dat je je neus ergens anders in hebt gestoken. En als dit alles voorbij is, en áls jij opnieuw in dienst wordt genomen, dan ga ik ervoor zorgen dat je wordt overgeplaatst, naar een bureau hier heel ver vandaan. Ben ik duidelijk?'

'Ja, meneer.'

Marsh hing op.

Erika leunde achterover op de bank. Ze was ziedend. Eerst vervloekte ze Marsh, en toen zichzelf. Was ze de kluts kwijt, liet haar instinct haar bij deze zaak in de steek?

Nee, dat was het niet.

Ze rookte een sigaret. Toen ging ze iets geschikts uitzoeken voor een begrafenis.

45

Al voordat het licht werd, was Erika wakker. Ze zette koffie en ging voor het grote raam zitten roken. De hele dag strekte zich voor haar uit, vol met obstakels waar zij zo soepel mogelijk tussendoor moest zien te laveren. Ze ging douchen. Toen ze even na negenen de badkamer uit stapte, had de lucht nog steeds zo'n grijsblauwe zweem. Het voelde niet goed om naar de begrafenis van zo'n jong iemand te moeten. Misschien protesteerde de dag wel, door te weigeren te beginnen.

Toen ze in haar koffer zocht naar iets passends voor Andrea's begrafenis, had ze beseft dat het grootste deel van haar garderobe geschikt was voor een begrafenis. Helemaal onderin had ze de elegante zwarte jurk gevonden, die ze ruim een jaar geleden naar het kerstfeest van de Manchester Metropolitan Police had gedragen. Ze herinnerde zich die avond nog zo goed. Net als de lome middag ervoor, toen zij en Mark met elkaar hadden gevreeën, waarna hij het bad voor haar had laten vollopen, met haar favoriete sandelhoutolie in het dampende water. Hij was op de rand van het bad gaan zitten en ze hadden samen wat gekletst en wijn gedronken, terwijl zij zich wentelde in het warme water. Toen het tijd was om haar jurk aan te trekken, had deze nogal strak gezeten en had ze luid geroepen dat ze te dik was. Mark had een arm om haar middel laten glijden, haar tegen zich aan getrokken en gezegd dat ze perfect was. En toen ze naar het feest gingen, had ze trots naast hem gelopen, met het warme gevoel dat er van haar werd gehouden, dankbaar dat ze zo'n speciaal iemand in haar leven had.

Nu trok ze deze jurk opnieuw aan, voor de kleine spiegel in de kale, klamme slaapkamer. Hij flodderde om haar magere lichaam. Ze sloot haar ogen en probeerde weer te voelen hoe Mark naast haar had gestaan en haar had geknuffeld. Het lukte haar niet om het gevoel weer op te roepen. Ze was alleen. Ze opende haar ogen en staarde naar haar eigen spiegelbeeld.

'Ik kan dit niet zonder jou. Het leven... alles...' zei ze. En toen hoorde ze in haar hoofd wat Mark altijd zei wanneer hij vond dat ze te dramatisch deed: 'Ga eens van dat kruis af, iemand anders heeft het hout nodig!'

Ze lachte door haar tranen heen en zei: 'Ja, ik moet me vermannen, hè?'

Ze veegde haar ogen weer droog en pakte haar beautycase, die ze al maanden niet meer had aangeraakt. Ze was geen grote fan van make-up, maar toch bracht ze wat foundation en lippenstift aan en bestudeerde haar spiegelbeeld. Ze had zich zitten afvragen waarom ze vandaag toch ging, waarom ze had besloten opnieuw tegen haar bazen in te gaan. Ze deed het voor Andrea, voor Karolina, Mirka, Tatjana... en Ivy.

En voor Mark. Net als bij deze vrouwen was degene die hem had vermoord nooit gepakt.

De kerk van Our Lady of Grace and St. Edward aan Chiswick High Road was een somber gebouw met een wat industrieel uiterlijk. De rechthoekige vorm van rood baksteen paste beter bij een victoriaans watergemaal dan bij een kerk. In de hoge, eenvoudige toren luidde een klok, maar er stroomde ononderbroken verkeer langs. Er stond een lijkwagen te glanzen in het grijze ochtendlicht, met achter de ramen een regenboog aan bloemen. Erika stond aan de overkant van de straat tussen het drukke verkeer door te kijken hoe de rouwenden in een lange rij naar binnen stroomden.

In het halfduister achter de openstaande dubbele voordeur kon ze nog net Simon, Giles en David onderscheiden. Ze droegen alle drie een zwart pak en deelden blaadjes uit met het programma van de dienst. De rouwenden waren goed gekleed en een stuk ouder dan Andrea. Erika zag drie oud-leden van Tony Blairs kabinet uit een ranke Mercedes stappen. Bij het betreden van de kerk werden ze hartelijk begroet door Simon. Een kleine groep fotografen had toestemming gekregen om de begrafenis bij te wonen. Zij stonden op enige afstand opgesteld op de stoep, hun sluiters klikten bijna respectvol.

Het was een verhaal dat geen aanmoediging of regie nodig had. Er was een meisje overleden, veel te jong, en iedereen kwam hier om haar rouwen. Maar natuurlijk was dit nog niet het laatste hoofdstuk. Over een paar maanden zou Marco Frost voor de rechter moeten verschijnen. Ongetwijfeld werden dan alle ingewikkelde en stuitende details van Andrea's leven en dood herhaald, opnieuw opgewarmd en herkauwd. Echter, voorlopig werd er toch een punt achter gezet, het einde van deel één.

Er stopte een fraaie BMW langs de stoeprand. Marsh en assistent-korpschef Oakley stapten eruit, beiden in een zwart pak. Ze werden gevolgd door Marcie en de knappe, oudere vrouw van de assistent-korpschef, eveneens in het zwart. Ze beenden vlug naar de ingang van de kerk en bleven daar even staan om iets tegen Simon en Giles te zeggen en David te omhelzen. Deze laatste zag er kwetsbaar uit, ook al was hij langer dan Giles en zijn vader.

Er stopte een limousine. Linda sprong eruit en rende meteen naar de andere kant om haar moeder uit de auto te helpen. Zowel Diana als de oudere vrouw met de zware oogleden wier naam Erika nog steeds niet kende, was pijnlijk mager in haar chique, elegante zwarte outfit. Linda was gehuld in een vormeloze zwarte tent onder een donkere wollen mantel, met een groot houten kruis om haar hals. Haar muizige haar was schoon, maar zag eruit alsof iemand een pot op haar hoofd had gezet en daaromheen had geknipt. Ze had geen spoortje make-up op haar gezicht en zag er, zelfs in deze koude wind, bezweet uit. De fotografen klikten er belangstellend op los. Diana en de oude vrouw bogen hun hoofd, maar Linda keek uitdagend recht in de camera.

Erika wachtte nog een paar minuten, tot alle rouwenden leken te zijn gearriveerd. Toen stak ze de straat over en glipte de kerk binnen.

Erika nam plaats aan het eind van een kerkbank achter in de stampvolle kerk. Op een voetstuk voor het altaar stond een prachtige, rijk bewerkte houten kist, bedekt met witte bloemen. Het gezin Douglas-Brown zat in de voorste kerkbank.

Terwijl de laatste klanken van het kerkorgel wegstierven en de kerk langzaam doodstil werd, zag Erika Diana gejaagd om zich heen kijken. De predikant, gekleed in een smetteloos wit gewaad, stapte naar voren en leek te wachten op het teken om te beginnen. Maar Simon schudde zijn hoofd naar hem. Vervolgens boog hij zich tot onder de rand van Diana's enorme hoed en begon met haar te overleggen. Vanaf de andere kant boog Linda zich eveneens naar haar moeder toe en mengde zich in de discussie.

Erika begreep ineens waar ze het over hadden: David zat nog niet bij hen!

Linda stond op en ging, op slechts een klein eindje van Andrea's kist en vol in het zicht, staan telefoneren. De predikant bij het altaar begon steeds ongelukkiger te kijken. Linda sprak een paar woorden, waarna ze kennelijk werd afgebroken. Ze probeerde het nummer opnieuw en stak vervolgens haar vader het mobieltje toe.

'Linda... Línda,' fluisterde Simon dringend, terwijl hij haar gebaarde naar hem toe te komen. Linda trok een verongelijkt gezicht en bleef aanvankelijk staan, waarna ze toch maar toegaf en naar hem toe slofte. Haar vader griste haar de telefoon uit handen en begon een verhit gesprek te voeren. Erika kon de woorden niet verstaan, maar hij sprak met stemverheffing. Er begonnen mensen ongemakkelijk te schuifelen, dit tafereel paste absoluut niet bij die met bloemen bedekte kist.

Toen Simons gebrom abrupt stopte, keek Erika om, om te zien wat er toch aan de hand was. Ze hoorde het zachte geluid van een mobiele ringtone. Simon stond op en beende naar de zijkant van de kerk, met een telefoon tegen zijn oor. Erika verliet de kerkbank en glipte de kerk uit.

Het terrein rond de kerk was in de loop der tijd steeds verder volgebouwd met huizen en winkels, waardoor er aan de voorkant nog slechts een bescheiden plein was overgebleven en een smalle geplaveide strook aan de zijkant. Daar was een hoge muur opgetrokken, en naast deze muur stond David. Tussen zijn tanden stak een onaangestoken sigaret. Hij stopte zijn telefoon net terug in de zak van zijn colbert.

Erika liep op hem af. 'Vuurtje?' vroeg ze. Ze haalde haar sigaretten en aansteker tevoorschijn.

Hij keek haar even aan en boog zich toen naar haar aansteker toe. Hij hield zijn handen om de vlam en trok driftig zodra het uiteinde begon op te gloeien.

Erika stak er zelf ook een op en nam een trek. 'Alles goed?' vroeg ze, terwijl ze het sigarettenpakje terug in haar jaszak stopte.

David was pijnlijk mager, met ingevallen wangen. Hij had een honingkleurige huid en wat acne onder zijn jukbeenderen. Dit maakte zijn gezicht echter niet minder knap. Hij had dezelfde bruine ogen en volle lippen als Andrea. Hij keek Erika met half dichtgeknepen ogen aan en trok zijn schouders op.

'Waarom ben je niet binnen, bij de dienst?' vroeg Erika.

'Ach, die poppenkast... Mijn ouders hebben deze pretentieuze bijeenkomst georganiseerd en die heeft helemaal niets te maken met wie Andrea was. Zij was een slet, luidruchtig en grof, met de aandachtsspanne van een insect. Maar ze was ook ontzettend grappig, en ontzettend tof om mee om te gaan. Ik haat die uitdrukking "leven in de brouwerij brengen", die wordt tegenwoordig overal op geplakt, maar bij haar klopte het gewoon. Mijn god, waarom moest het Andrea zijn en niet Lin...' Hij onderbrak zichzelf en keek beschaamd voor zich uit.

'Linda?'

'Nee nee, dat meende ik niet. Hoewel ik geloof dat Linda zo wanhopig hunkert naar aandacht dat ze het misschien zelfs wel fijn zou vinden om bruut vermoord te worden. Dat zou interessanter zijn voor haar Facebookpagina dan: "Ik werk als bloemiste en ik hou van katten..."' Opeens begon David te huilen. 'Shit, shit, shit, ik had nog wel gezworen dat ik deze niet nodig zou hebben,' zei hij, terwijl hij een pakje zakdoekjes uit zijn zak haalde.

'Luister, David, je krijgt er spijt van als je nu niet naar binnen gaat. Geloof mij nu maar: je moet het kunnen "afsluiten". Ja, nog zo'n uitdrukking die te pas en te onpas wordt gebruikt, ik weet het.'

David snoot zijn neus en trok nog een zakdoek uit het pakje. 'Waarom bent u hier eigenlijk?'

'Ik kom mijn respect betuigen.'

'Weet u dat mijn ouders u de schuld geven van hoe de media nu over Andrea berichten?'

'Hoe denk jij daarover?'

'Ik denk dat Andrea altijd eerlijk is geweest over haar afspraakjes met mannen. Ze was dol op seks.'

'Maar hoe zit het dan met Giles?'

'Die wilde gewoon een *trophy wife*, een fraai raspaardje om mee op te scheppen en de genenpoel eens lekker door elkaar te husselen. Er zijn in zijn familie al te veel neven en nichten met elkaar getrouwd. Het moet u toch zijn opgevallen dat hij een beetje een lilli is.'

'Een lilli?'

'Ja, zo'n lilliputter, uit het circus...'

'Juist.'

'Sorry, nou doe ik alweer lullig.'

'Dat zal vandaag niemand je kwalijk nemen,' zei Erika.

'Nee. En u hebt de moordenaar gevangen, Marco Frost!'

Erika nam een trek van haar sigaret.

'U gelooft niet dat hij de moordenaar is, is het wel?'

'Hoe eh... houdt je moeder zich?' vroeg Erika.

'Als u van onderwerp wilt veranderen, kies dan een minder achterlijke vraag. U lijkt me verre van achterlijk,' zei David. Hij nam een lange trek van zijn sigaret.

'Oké dan.' Erika haalde de foto van Andrea en de donkerharige man in de bar tevoorschijn. 'Heb je deze man wel eens gezien?'

'Mm, dat is al een beter bruggetje.'

'David, alsjeblieft, dit is belangrijk,' zei Erika. Ze keek naar zijn gezicht, terwijl hij de foto pakte en op zijn lip beet.

'Nee.'

'Zeker weten?'

'Ja.'

'Want Linda was er die avond ook.'

'Nou, maar ik niet,' zei David.

'Dit is toch niet te geloven!' zei opeens een stem. Erika draaide zich om en zag Simon over het kerkplein op hen af komen. Hij hield zijn hoofd schuin; zijn bruine ogen vlamden van woede. Diana kwam op haar hoge hakken achter hem aan, door haar hoed en zonnebril was niet te zien hoe zij erover dacht.

'Hebt u dan werkelijk geen enkel respect?' vroeg hij en hij maakte zich zo breed mogelijk, terwijl hij vlak voor Erika kwam staan. Zij weigerde zich echter te laten intimideren en keek zo strak mogelijk terug.

'David, wat doe jij hierbuiten?' vroeg Diana met overslaande stem, toen ze haar man eindelijk had ingehaald.

'Ik heb David net gevraagd of hij deze man wel eens heeft gezien, degene die volgens mij...' begon Erika.

Simon griste de foto uit haar hand, maakte er een prop van en gooide hem weg. Toen pakte hij Erika bij haar arm en begon haar over het plein te sleuren. 'Ik ben het zat dat u zich met mijn zaken bemoeit,' riep hij. Erika probeerde zich los te maken, maar hij hield haar stevig beet en trok haar steeds dichter naar de straat toe.

'Maar ik doe dit voor jullie, voor Andrea...' protesteerde Erika.

'Nee, u doet dit om die morsige carrière van u een zwengel te geven. Als ik u ooit nog eens in de buurt van mijn gezin betrap, dan krijgt u een contactverbod aan uw broek. Volgens mijn advocaat heb ik daar reden genoeg toe.'

Precies op het moment dat ze bij de stoeprand waren, kwam er een taxi aanrijden. Simon stak zijn arm op, waarna de chauffeur recht voor hen stopte. Simon trok het portier open en duwde Erika zo ruw naar binnen dat ze haar hoofd stootte.

'Breng deze trut ver van hier,' beet hij de chauffeur door het zijraampje toe en hij smeet een biljet van vijftig pond naar binnen.

Erika staarde hem aan, zijn bruine ogen spuwden vuur.

'Alles goed, schat?' vroeg de taxichauffeur, terwijl hij haar via de achteruitkijkspiegel aankeek.

'Ja ja, rij nou maar gewoon,' zei ze.

De taxi voegde zich weer tussen het verkeer. Erika zag hoe Simon Douglas-Brown haar vanaf de stoeprand dreigend nakeek. David sjokte terug naar de ingang van de kerk, gearmd met zijn moeder.

Erika wreef door haar leren jas heen over haar arm, die pijnlijk klopte waar Simon haar had geknepen.

46

Enkele uren later arriveerde Erika bij het crematorium van Brockley. Dit lag in een smalle woonstraat, een eindje van de hoofdstraat, en op loopafstand van haar appartement. Ze liep over de kronkelende oprit langs hoge groenblijvende bomen en zag brigadier Woolf voor de dubbele glazen deur staan. Hij droeg een slecht zittend pak; zijn enorme wangen zagen rood van de kou.

'Bedankt dat u bent gekomen, baas,' zei hij.

'Het was een goed idee,' zei ze. Ze pakte zijn arm en zo liepen ze samen naar binnen. Het was een aangename ruimte, zij het wel erg doelmatig. De zachtrode gordijnen en het tapijt waren verbleekt, de rijen houten banken waren hier en daar beschadigd.

Voorin stond een kleine, kartonnen kist op een soort doos met houten zijpanelen, die bij nadere inspectie een transportband bleek te zijn.

Op de voorste rij zat een Indiase maatschappelijk werkster van middelbare leeftijd met Ivy's drie kleinkinderen. Deze waren keurig opgepoetst: de twee meisjes hadden bij elkaar passende blauwe jurkjes aan, de jongen droeg een pak dat een beetje te groot voor hem was. Toen ze Erika en Woolf zagen, fronsten ze bozig naar hen, met dezelfde behoedzaamheid als ze de rest van de wereld tegemoet traden. Achterin zaten nog drie rouwende mensen: de lange vrouw die Erika in de pub met Ivy had gezien en een magere met een streng gezicht en geelblond haar met wel zeven centimeter uitgroei; achter hen herkende ze de kroegbaas van The Crown. Hij had zijn rossige haar plat gekamd en was in zijn nette pak even groot en indrukwekkend als ze zich hem herinnerde. Hij knikte naar Erika toen zij en Woolf een plaats bij de deur uitkozen.

Een geestelijke stond op. Hij rammelde er een respectvolle maar onpersoonlijke dienst uit, waarbij hij de overledene stug Ivy Norton bleef noemen. Nadat hij iedereen ertoe had gebracht samen het Onze Vader te bidden, stond Woolf tot Erika's verbazing op en duwde zich langs haar heen. Hij beende naar de lessenaar en zette een leesbril op. Toen haalde hij diep adem en begon te spreken:

'Als ik er niet meer ben, laat me los, laat me gaan,
ik heb zoveel dingen te zien en te doen.
Je moet je niet met te veel tranen aan mij binden,
maar dankbaar zijn voor de vele goede jaren samen.

Ik heb je mijn liefde gegeven, en je zult nooit weten
hoeveel je mij aan geluk hebt geschonken.
Ik dank je voor de liefde die je hebt getoond,
maar nu moet ik alleen verder reizen.

Rouw een poosje om me, als het echt niet anders kan,
maar laat je dan troosten door vertrouwen.
Het is maar voor even dat wij scheiden moeten,
dus koester de herinneringen in je hart.

Ik ben niet ver weg en het leven gaat door.
En als je me nodig hebt: roep en ik ben er.

Hoewel je me kunt zien noch voelen, ik ben vlakbij.
En als je luistert met je hart, zul je het horen:
al mijn liefde rondom je, zacht en zuiver.

En wanneer je hierheen komt, helemaal alleen,
zal ik je begroeten, met een glimlach en een "welkom thuis".'

Toen Woolf klaar was, had Erika tranen in haar ogen. Eigenlijk was ze boos. Het was prachtig en ontroerend dat hij dit had gedaan, maar ze had gedacht gewoon een droevige maar noodzakelijke ceremonie te moeten uitzitten. Nu was ze diep geroerd en ongewild teruggevoerd naar een herinnering die ze juist probeerde te mijden. Toen Woolf terugkeerde bij zijn plek en zag dat Erika zat te huilen, knikte hij ongemakkelijk en beende vlug naar de uitgang. Op dat moment begon er muziek te spelen en gleed Ivy's kist langzaam naar het gordijn, dat vervolgens met een zoemend geluid openschoof en zich toen weer sloot.

Toen Erika naar buiten kwam, stond Woolf op haar te wachten bij een paar kleine, lege bloembedden voor de hoofdingang.

'Alles goed, baas?'

'Ja hoor, prima. Dat was een prachtig gedicht,' zei ze.

'Dat had ik gewoon gevonden op internet. Het heet: "Voor degenen van wie ik hou en degenen die van mij houden" en het is gemaakt door een anonieme dichter. Ik vond dat Ivy een fatsoenlijk afscheid verdiende,' zei hij eenvoudig.

'Komt u ook naar de wake?' zei een stem. Ze draaiden zich allebei om. Het was de kroegbaas van The Crown.

'Wordt er een wake gehouden?' vroeg Erika.

'Nou ja, gewoon een paar drankjes. Ivy was een vaste klant.'

Erika's oog viel op de twee vrouwen, de dikke en de dunne, die stonden te roken onder een boom in de kleine gedenktuin.

'Momentje, zo terug,' zei ze en ze rende naar de twee vrouwen. Onderweg trok ze een afdruk van de foto van Andrea met de donkerharige man uit haar tas.

'Jij hebt wel lef, zeg,' zei de grote vrouw, toen Erika bij hen was.

'Ik móét het gewoon vragen,' begon Erika. Maar toen deed de vrouw haar hoofd achterover en spuugde haar in het gezicht.

'Je hebt echt lef om hier krokodillentranen te zitten janken, terwijl je Ivy praktisch hebt vermoord. Teringwijf!'

En ze beende weg en liet de morsige blondine achter, die de geschokte Erika brutaal aankeek.

'Ja. En wij weten niks,' snauwde ze, met een korte blik op de foto, voordat ze achter haar lange vriendin aan stampte.

Erika zocht in haar tas naar een zakdoek en veegde haar gezicht af.

Toen ze terugliep, zag ze dat Woolf al was vertrokken. Alleen de kroegbaas stond op haar te wachten.

'Je maat kreeg een telefoontje en moest weg,' zei hij. 'Zin in een drankje?'

'Wilt u me nog in uw pub dan, sinds de vorige keer?'

'Och, ik weet het niet, ik heb een zwak voor lastige blondjes.' Hij grijnsde breed en trok zijn schouders op. 'Kom op, dat ben je me verschuldigd. Ik heb je uit de penarie gehaald.'

'Hoe verleidelijk het ook is om versierd te worden op een wake... Het spijt me, maar ik moet ervandoor.'

'Wat je wilt,' zei hij. 'Is dat degene die je zoekt? George Mitchell?'

Erika, die zich al had omgedraaid, bleef als aan de grond genageld staan. 'Pardon?'

'Die foto,' zei hij. 'Wat heeft George nu weer uitgevreten?'

'Kent u deze man?'

Hij lachte. 'Ik weet van zijn bestaan. Maar ik zou hem niet tot mijn vrienden willen rekenen.'

Erika hield de foto omhoog. 'Deze man heet George Mitchell?'

'Ja. Maar nu begin ik me toch zorgen te maken. Dat is niet iemand om geintjes mee uit te halen. Hier krijg ik toch geen last mee, hè?'

'Welnee. Weet u waar hij woont?'

'Nee, en meer zeg ik niet. Verder weet ik niks en ik heb jou nooit gesproken, oké? Ik meen het. Oké?'

'Ja ja, goed,' zei Erika.

Geen woord meer over samen een drankje doen: ze keek hoe hij wegbeende van het crematorium, in zijn auto stapte en wegreed. Erika draaide zich om naar het lage gebouw met het keurig onderhouden terrein eromheen. Er kwam een zwarte rooksliert uit de hoge schoorsteen.

'Toe maar, Ivy, nu ben je vrij om weg te vliegen,' zei Erika. 'Ik geloof dat ik de klootzak die jou dit heeft aangedaan zojuist heb gevonden.'

47

Het was kort na tien uur 's avonds en Erika had al meerdere boodschappen achtergelaten voor Moss, Peterson, Crane en zelfs Woolf. Niemand was beschikbaar toen ze Lewisham Row belde, dus had ze de voicemail van hun mobieltjes maar ingesproken.

Ze had geen idee of ze nog aan het werk waren of niet, maar nam aan dat ze, anders dan zij, buiten hun werk allemaal ook nog een leven hadden. Na Ivy's crematiebijeenkomst was ze naar het café gegaan, waar ze online naar George Mitchell had gezocht. Niets over de George Mitchell waar zij interesse in had.

Ze liep naar de koelkast voor nog een glas wijn, maar zag dat de fles leeg was. Opeens voelde ze zich doodmoe, ze moest gaan slapen.

Dus deed ze het licht uit, liep naar de badkamer en douchte lang en heet. Toen ze uit de douche stapte, ergerde ze zich aan de koude luchtstroom en de rondwervelende stoom. Ze miste de luxe badkamer van haar eigen huis, dat momenteel werd verhuurd. Ze miste het hele huis: haar meubels, haar oude bed, de tuin. Ze probeerde de ventilator nog een keer, maar wreef de condens toen maar met een handdoek van de spiegel. Als ze de volgende ochtend nog steeds van niemand iets had gehoord, ging ze naar het bureau, besloot ze.

Nadat ze in bed was gekropen, probeerde ze Peterson en Moss nog een keer. Ze herhaalde op hun voicemail dat ze de naam van de man op de foto wist. Toen deed ze, kwaad en gefrustreerd, het licht uit.

Even voor middernacht lag Erika rustig te slapen. Forenzen uit de laatste trein waren langs haar huis gelopen en nu daalde de stilte over de straat. De zachte gloed van de straatlantaarns drong door tot in de woonkamer en viel op de achterwand van de badkamer. Erika draaide zich om in haar slaap en rolde met haar hoofd over het kussen. Ze hoorde niet hoe de ventilator in de badkamer uit de muur plopte en schrapend van links naar rechts zwaaide.

Erika ontwaakte met een schok uit een droomloze slaap. Het was donker, de wekker op haar nachtkastje vertelde haar in opgloeiend rood dat het 00.13 uur was. Ze schudde haar hoofdkussen op en had zich gewoon omgedraaid om verder te slapen, als ze toen geen zacht gekraak had gehoord. Ze hield haar adem in. Daar was het weer. Een paar seconden gingen voorbij, toen hoorde ze geritsel van papier in de woonkamer. Vervolgens werd er heel zacht een lade opengetrokken. Haar blik vloog door de slaapkamer, op zoek naar een wapen, iets om zich mee te verdedigen.

Maar ze zag niets dan de lamp naast haar bed. Hij was van metaal, en best zwaar, een soort kleine kandelaar. Heel langzaam en stil, zonder haar blik van de deur te halen, leunde ze naar beneden, naast het bed en trok de stekker eruit. Met ingehouden adem draaide ze de kabel om de onderkant van de lamp. Er klonk een zwak gekraak voor haar slaapkamerdeur.

Met de lamp stevig in haar hand liet ze zich van het bed glijden. Het gekraak klonk nu verderop in de gang, bewoog zich weg van de deur. Ze stopte en luisterde. Doodse stilte. Op haar tenen liep ze naar de muur, waar haar telefoon op de vloer lag op te laden, en zette hem aan. Had ze nou maar een vaste lijn aangevraagd! Ze hoorde opnieuw gekraak, ditmaal in de buurt van de badkamer. Ergens wilde ze dat de inbreker besefte dat hier niets te halen viel en gewoon weg zou gaan. En toen, terwijl Erika naar haar deur sloop, zo recht en zo zacht mogelijk op haar blote voeten over de houten vloer, braakte haar telefoon zijn opstartmelodietje uit. Het dreunde door de stilte.

Shit, wat een godvergeten blunder! Haar hart begon te bonken. De stilte werd meteen verbroken door het geluid van voetstappen in de richting van haar slaapkamer. Zware voetstappen, zelfverzekerd. Niet langer gesluip en de angst te worden gehoord.

Het gebeurde toch nog plotseling: de deur werd opengeschopt en een figuur, van top tot teen in het zwart gekleed, stoof op haar af en greep haar met een zwartleren handschoen bij de keel. Ze zag zijn ogen in de bivakmuts glinsteren. Erika schrok van de kracht van de hand en voelde hoe haar keel en luchtpijp werden dichtgeknepen. Ze graaide naar de lamp, maar die glipte uit haar hand en viel op het bed. De figuur duwde haar ook op bed, zonder haar keel los te laten.

Erika schopte en zwaaide met haar been, maar de indringer draaide zich behendig opzij, waarna hij allebei haar benen met zijn heup tegen het bed duwde. Toen deed ze haar handen omhoog en probeerde zijn bivakmuts af te trekken, maar daarop drukte hij met zijn scherpe ellebogen haar bovenarmen pijnlijk naar beneden.

De handen om haar hals knepen nog wat harder. Ze kon niet meer ademhalen, ze kon niets meer. Ze voelde spuug uit haar open mond over haar kin lopen, alle bloed leek in haar hoofd en gezicht gevangen te zitten. En die handen bleven maar knijpen, zo hard dat ze vreesde dat haar hoofd zou exploderen voordat ze stikte. En de figuur bleef zo stil, zo kalm. Terwijl hij ritmisch ademhaalde, begonnen alleen zijn armen te trillen van de inspanning.

De pijn was inmiddels ondraaglijk, met die verpletterende duimen op haar luchtpijp. Er verschenen zwarte vlekken voor haar ogen. Het werden er steeds meer en ze werden steeds groter.

En toen klonk ineens Erika's deurbel. De handen om haar hals verstrakten, het laatste restje van haar zicht begon weg te vallen. Er werd opnieuw aangebeld, langer ditmaal. En toen werd er op de deur gebonsd en hoorde ze Moss' stem.

'Baas, bent u daar? Sorry, dat ik zo laat nog langskom, maar ik móét u spreken...'

Ze ging sterven, ze wist het zeker. Ze was niet sterk genoeg. Ze strekte haar vingers en voelde de lamp naast zich. Haar ogen stroomden vol met duisternis. Erika verzamelde alle kracht die ze nog in zich had en duwde met haar vingers tegen de lamp. Hij verschoof een klein eindje. Moss klopte nog een keer. Erika sprak het allerlaatste restje van haar kracht aan en duwde nogmaals tegen de lamp. Hij gleed van het bed af, landde met een harde bons op de vloer, het peertje viel kapot.

'Baas?' riep Moss en ze timmerde weer op de deur. 'Baas, wat gebeurt daar toch? Ik ga de deur intrappen, hoor!'

En opeens verslapte de greep rond Erika's hals en vloog de figuur haar slaapkamer uit.

Kokhalzend probeerde Erika weer lucht in haar geteisterde keel te krijgen, diep in haar longen. Er klonk een harde bons toen Moss de deur probeerde in te trappen. Erika hijgde eenmaal, tweemaal, zuchtte, en terwijl een heel klein beetje zuurstof de rest van haar lichaam bereikte, keerde ook haar zicht terug. Met bovenmenselijke kracht kroop ze naar de rand van het bed en viel toen met een klap op de houten vloer. Ze voelde de scherven van het gebroken peertje in haar bovenarm dringen. Toen scharrelde ze in de richting van de deur, zonder erom te geven of de figuur er nog was, het kon haar gewoon niet schelen.

Er klonk een luidere bons toen Moss met haar schouder tegen de deur beukte. Pas bij de derde poging vloog hij met luid gekraak en rondvliegende splinters open.

'Jezus, baas!' riep Moss en ze vloog op Erika af, die nog steeds lag te kokhalzen, met een hand om haar keel. Bloed van waar ze zich had gesneden stroomde over haar arm naar beneden en zat op haar kin en hals. Met een grauw gezicht zakte ze ineen in de deuropening.

'Baas... Shit, wat is er gebeurd?'

'Dat bloed... ach, dat is mijn arm maar,' zei Erika schor. 'Maar er was net iemand... hier...'

48

Moss handelde snel. Ze belde om ondersteuning en binnen enkele minuten krioelde het in Erika's appartement van de politie. Vervolgens arriveerde er een team van forensisch onderzoekers, die monsters namen van haar vingernagels en hals, en zeiden dat ze al haar kleren zouden moeten meenemen.

Erika's buurvrouw had haar voordeur eerst niet voor Moss willen openen, maar toen ze de politie, het ambulancepersoneel en de technische recherche de trap op en neer zag rennen, was ze ontdooid en had ze hen binnengelaten.

Erika droeg een wijde, witte overall. Alles in haar appartement maakte nu immers deel uit van een plaats delict. Twee ambulancemedewerkers kwamen haar arm verbinden, terwijl ze op het bankje in de voorkamer van de oudere dame zat. Twee parkieten sprongen druk heen en weer in een kooi hoog aan de muur.

'Och hemel, wil je misschien een kop thee?' vroeg de vrouw, terwijl een mannelijke en een vrouwelijke ambulancemedewerker Erika onderzochten.

'Hete thee, dat lijkt me geen goed plan,' zei de ambulancebroeder.

Erika ving een glimp op van zichzelf in de goudkleurige spiegel boven de schoorsteenmantel, die schuin hing zodat de hele woonkamer erin werd weerspiegeld. Haar hele hals zat vol dikke, donkerrode striemen, het wit van haar tranende ogen was roze en in een hoek van haar linkeroog zat een knalrode vlek.

'Daar is een bloedvaatje gesprongen,' legde de ambulancemedewerker uit, terwijl hij met een zaklampje in haar ogen scheen. 'Kunt u nu uw mond even voor me openen? Dat zal niet fijn zijn, maar zo ver als u kunt, alstublieft.'

Erika slikte pijnlijk en opende haar mond.

Daarop scheen hij in haar keel. 'Oké, goed zo. En nu uw mond openhouden en luid zuchten...'

Erika deed haar best, maar begon meteen weer te kokhalzen.

'Oké, rustig aan maar... Ik zie geen tekenen van een gebroken strottenhoofd, noch van oedeem van de bovenste luchtwegen.'

'Dat is goed, toch?' vroeg Moss, die in de deuropening was verschenen.

De man knikte.

'Iets lekker kouds dan? Ik heb zwartebessenlimonade in de koelkast staan,' opperde de oude dame, die nog steeds stond te kijken, in haar lange ochtendjas en met een keurige rij blauwe krulspelden onder haar haarnetje.

'Nee, gewoon een beetje water,' zei de vrouwelijke ambulancemedewerker. 'Hebt u nog meer verwondingen, behalve die aan uw arm?' voegde ze eraan toe, terwijl ze zich weer naar Erika draaide.

Erika schudde haar hoofd en kromp meteen ineen van de pijn.

'Blijf zitten waar u zit, baas, dan overleg ik even met het team, in uw eigen appartement,' zei Moss en ze liep weg.

'Wij wachten beneden: die arm moet worden gehecht,' zei de ambulancemedewerkster, nadat ze een drukverband op de wond had aangebracht. Erika knikte toen ze hun eerstehulpdoos dichtklikten en vertrokken.

De buurvrouw kwam weer binnen, ditmaal met een glaasje water. Erika nam het dankbaar van haar aan en nam een voorzichtig slokje. Toen ze meteen begon te hoesten en te proesten, stoof de oude dame op haar af met een zakdoekje. 'Probeer het nog eens, liefje, met heel kleine slokjes,' zei ze en ze hield het zakdoekje onder Erika's kin. Erika wist een piepklein slokje binnen te krijgen, maar het brandde verschrikkelijk.

De vrouw ging verder: 'Ach, deze wijk. Toen ik hier in 1957 kwam wonen, kende iedereen elkaar. Je kon je deur gewoon openlaten, het was een hechte gemeenschap. Maar tegenwoordig... Er gaat geen week voorbij of je hoort dat er ergens is ingebroken, of dat er iemand is beroofd... Je hebt misschien wel gezien dat ik tralies voor mijn ramen heb, en ik heb een persoonsalarm.' Ze tikte tegen een rood knopje om haar hals.

Er werd op de voordeur geklopt; de vrouw stond op.

Al snel kwam ze terug. 'Er stond een lange zwarte vent voor de deur, die beweert politieagent te zijn.' Ze kwam aarzelend de kamer binnen met Peterson.

'Jezus, baas!' riep hij uit.

Erika glimlachte zwakjes.

'Ben jij zijn baas?' vroeg de vrouw verwonderd. Erika trok haar schouders op en knikte.

'Dus je bent een politievrouw?'

'Een inspecteur zelfs,' zei Peterson. 'Baas, we hebben tientallen agenten de deuren langs laten gaan, maar niets... De dader is ervandoor.'

'Mijn god, als zoiets al een politie-inspecteur overkomt! Hoe moet het dan met de rest van ons? Die vent kent kennelijk geen enkele angst. Maar wat ben jij dan?' vroeg de oude dame aan Peterson.

'Politieagent.'

'Ja oké, lieverd, maar wat voor rang?'

'Rechercheur,' zei Peterson.

'Weet je aan wie je me doet denken?' vroeg de vrouw. 'Hoe heet die serie ook alweer, over die zwarte politieman?'

'*Luther*,' zei Peterson en hij deed zijn best om niet te geïrriteerd te klinken.

'Ooo ja. Die is zo goed. Hebben ze je dat wel eens verteld, dat je een beetje op hem lijkt?'

Ondanks alles wat er was gebeurd, moest Erika glimlachen.

'Ja, dat doen mensen zoals u wel vaker,' zei Peterson.

'O, dank je,' zei de oude dame, die niet begreep wat hij bedoelde. 'Ik probeer op tv altijd zoveel mogelijk kwaliteitsdrama te zien, niet van die rare reality-programma's zoals ze dat noemen. Welke rang heeft die Luther ook alweer?'

'Ik geloof dat hij inspecteur is. Maar moet u horen...'

'Nou, als hij het kan, dan kun jij het ook,' zei de vrouw, terwijl ze hem een klopje op de arm gaf.

‘Mevrouw, zou u ons alstublieft heel even alleen willen laten?’ vroeg Peterson.

De vrouw knikte en ging weg, waarop Peterson met zijn ogen draaide. Erika probeerde terug te grijnzen, maar dat deed te veel pijn.

‘Jezus, baas, ik vind het zo verschrikkelijk.’ Peterson trok zijn notitieblok tevoorschijn en begon naar een schone bladzijde te bladeren. ‘Heeft hij iets meegenomen?’

Erika schudde haar hoofd en trok toen haar schouders op. Ze kon alleen maar knikken of haar hoofd schudden. Peterson stelde alle standaardvragen, maar behalve dat de indringer lang en sterk was geweest, kon ze hem niets vertellen.

‘Zo stom,’ zei Erika, terwijl ze met veel pijn slikte. ‘Ik had moeten...’ en ze deed alsof ze een bivakmuts aftrok.

‘Baas, het is goed. Achteraf lijkt het altijd simpel,’ zei Peterson.

Moss kwam weer binnen. Ze had de behuizing van de badkamerventilator in haar handen. ‘Hij is binnengekomen dankzij de ventilatiekoker,’ zei ze.

‘Het was... Ik weet het niet, ik denk dat het een man was,’ kraakte Erika.

‘Baas, de technische recherche zal de hele nacht moeten doorwerken. Kunt u ergens naartoe?’ vroeg Peterson.

‘Hotel?’ zei Erika.

‘Nee, baas, u slaapt bij mij,’ zei Moss. ‘Ik heb een logeerkamer en ook wel wat kleding voor u... Want zo ziet u eruit als iemand die op het punt staat te gaan stappen... eind jaren negentig.’

Erika probeerde weer te lachen, maar het deed te veel pijn. Ze voelde zich blij, op een rare, verwrongen manier. Hij was achter haar aan gekomen. Ze was hem op het spoor.

49

De figuur racete over Camberwell High Street. Woedend zat hij te schelden in zijn auto, zich niets aantrekkend van de maximumsnelheid.

Ik was er zo dichtbij, godverdomme! ZO DICHTBIJ!

Zijn neusvleugels stonden wijd open, tranen stroomden uit zijn ogen. Het waren tranen van woede en van pijn. Zijn vlucht uit het appartement van inspecteur Foster was een angstaanjagende ervaring geweest. Hij had zich langs de achtermuur naar beneden moeten laten glijden, waar hij zich amper ergens aan had kunnen vastklampen, waardoor hij op de scheidingsmuur was gevallen en daarna op de stoep ineen was gezakt. Maar hij had zich niet druk gemaakt over de pijn, maar was door het donker naar het licht van de straatlantaarns gerend.

Het kon hem niet schelen wie hem zag: hij bleef maar rennen, badend in het zweet, terwijl angst en pijn zich samenbalden tot een laatste uitbarsting van uitzinnige energie. Ze was er zo dichtbij geweest, inspecteur Foster. Het licht in haar ogen was net beginnen te doven, toen...

Een rood stoplicht flitste in beeld. De figuur vloog voluit op de rem, waarna de auto met piepende banden tot stilstand kwam, net voor een kruising met een pub op de hoek. Een grote groep studenten stapte van de stoep af en stroomde om de auto heen. Ze wezen lachend naar hem.

Shit, ik heb die bivakmuts nog op!

Een paar van de jongens bonsden op de achterkant van de auto, een groep meisjes gluurde door de voorruit naar binnen.

Rustig, trek dat ding gewoon af, doe net als zij – speel dat je een stomme student bent.

Met een zwierig gebaar haalde de figuur de bivakmuts van zijn hoofd en trok een paar gekke bekken naar de studenten. Maar kennelijk kon hij zijn bezetenheid toch niet helemaal verbergen: de meisjes stoven gillend uiteen, een van de jongens stommelde naar voren en braakte, vlak naast zijn raampje.

Het licht sprong op groen. De figuur trapte het gaspedaal weer in en reed met gillende banden in de richting van The Oval en Blackfriars Bridge.

Ze heeft niets gezien, dat kan niet. Ik had mijn gezicht bedekt, mijn gezicht was bedekt...

Toen werd de angst vervangen door woede.

Ze heeft me mijn moord afgepikt.

50

Moss bracht Erika naar het ziekenhuis van Lewisham, waar röntgenfoto's van haar keel werden gemaakt. Ze kreeg twaalf hechtingen in haar arm en de opdracht een week rust te nemen. Gedurende die hele periode mocht ze niet spreken.

Het was al na vier uur 's ochtends toen Moss hen terugreed. De adrenaline die door Erika's lichaam had gekolkt, was opgedroogd en ze werd overspoeld door een verpletterende vermoeidheid. Trillend volgde ze Moss door een hekje de voortuin van een nette rijtjeswoning in Ladywell in.

Een mooie blonde vrouw opende de voordeur. In haar armen lag een donkerharig jongetje in een blauwe pyjama.

'Hij werd wakker, dus kun je hem gauw nog even welterusten wensen voor ik hem er weer in leg,' zei ze.

'Sorry, dat ik er met bedtijd niet was.' Moss nam het jongetje van haar over terwijl ze over de drempel stapte. Ze drukte een dikke kus op zijn wang, waarop hij verlegen in zijn ogen begon te wrijven.

'Dit is mijn vrouw, Celia, en onze zoon, Jacob,' zei Moss, toen ze in het knusse halletje stonden.

'Hoi, Erika,' zei Celia, die duidelijk niet goed wist wat ze aan moest met Erika's gehavende hals, rode ogen en grote, witte plaats delict-overall.

'Ben jij een ruimtevrouw?' vroeg Jacob. Zijn gezichtje stond ernstig. Erika liet een zwakke glimlach zien, waarna ze allemaal begonnen te lachen. Het ijs was gebroken.

'Nee...' kraste Erika.

'Ja, fijn, geen criminelen in de ruimte. Dat zou supervredig zijn,' zei Celia. 'Zeg, ik stop deze kleine even terug in bed. Erika, doe alsjeblieft alsof je thuis bent. Misschien wil je even douchen?'

Erika knikte.

‘Kate, geef Erika een van de handdoeken uit de droogkast, dan leg ik Jacob weer in zijn bedje. Zeg maar welterusten, Jacob.’

‘Welterusten, Jacob,’ zei hij met een brede grijns.

‘Het bed in de logeerkamer is opgemaakt en ik heb er een kacheltje neergezet,’ zei Celia nog.

Moss gaf Celia en Jacob een kus, waarna ze het halletje verlieten.

‘Leuk gezinnetje,’ zei Erika schor en ze ging op het puntje van de bank zitten. Ze wist niet zo goed hoe ze zich moest gedragen.

‘Baas, “niet praten” heeft de dokter gezegd... Maar dank u, ik bof inderdaad. Jacob is een paar jaar geleden in ons leven gekomen, Celia heeft hem gebaard. Ik zou heel graag ook nog een dochter hebben. We hebben ooit afgesproken dat we er elk een op de wereld zouden zetten. Alleen... Het werk komt er steeds tussen.’

Erika kraste iets.

‘Sorry?’

Erika schudde gefrustreerd haar hoofd en kraakte: ‘Wacht niet te lang... met kinderen.’

Moss knikte en liep naar de keuken. Ze kwam terug met twee glazen jus d’orange. In dat van Erika zat een rietje.

‘U ziet eruit alsof u wel een oppeppertje kunt gebruiken.’

Ze concentreerden zich even zwijgend op hun drankje.

‘Ik heb een van de agenten uit de nachtdienst de database laten doorzoeken op de naam George Mitchell. Helaas: niets.’

Erika slikte en schudde haar hoofd.

‘Baas, iemand heeft u zojuist proberen te vermoorden. Denkt u dat dat met de zaak te maken heeft?’

Erika had het helemaal gehad. Ze wist niet of dat kwam door shock of uitputting, maar dat kon haar ook niet schelen. Ze wilde slapen. Ze knikte en vroeg: ‘Douche?’ terwijl ze naar zichzelf in de witte overall keek.

‘Maar natuurlijk, baas,’ zei Moss. Ze keek Erika even aan, met een mengeling van ongerustheid en medelijden.

Erika stond lang onder de douche, met haar verbonden arm buiten de straal. Ze inhaleerde zo veel mogelijk stoom, in een poging die vreselijke rauwheid in haar keel te verzachten. Moss had haar een pyjama geleend, Erika trok hem aan en bekeek zichzelf in de badkamerspiegel. Haar ogen waren dik en nog steeds een beetje rood, haar keel was zo opgezwollen dat ze wel een pad leek. Ze trok het medicijnkastje open. Maar daar stonden alleen pijnstillers en een flesje Night Nurse-griepdrank. Ze had gehoopt op een kalmeringsmiddel of slaappillen. Voorzichtig nam ze wat van de Night Nurse. De pijn bij het slikken was bijna ondraaglijk.

Toen ze uit de badkamer kwam, was het hele huis donker en stil, op een nachtlampje in de gang na. Op weg naar de logeerkamer bleef ze voor Jacobs slaapkamertje even staan. Zijn deur stond op een kier, Moss' zoontje lag diep in slaap onder een blauwe deken. Boven hem draaide een mobiel: onder de klanken van een slaapliedje gleden zachte lichtjes over de muren.

Moss zette op veel dagen haar leven op het spel, door zich te begeven onder de gekken van deze wereld met hun messen en vuurwapens, wraakzucht en vetes. Jacob sliep, zijn kleine borstkas ging langzaam omhoog en omlaag. Zijn hele wereld bestond uit zijn twee mamma's, zijn speelgoed, de langzaam draaiende mobiel boven zijn hoofd, met zijn kalmerende deuntje. Voor het allereerst vroeg Erika zich af of het het wel allemaal waard was. Je arresteert de ene slechterik, tien andere vullen zijn plek op.

Ze liep door naar de kleine slaapkamer achter in de gang, kroop in het eenpersoonsbed, trok de dekens over haar hoofd en probeerde te slapen. Maar telkens wanneer ze haar ogen sloot, zag ze de figuur weer over zich heen hangen, terwijl hij het leven uit haar lichaam perste. Zijn wezenloze gezicht onder een wollen masker, slechts een paar ogen die glinsterden in het schemerlicht.

Was het het lot, dat Moss precies op dat moment voor haar deur had gestaan? Waarom was zij gespaard gebleven? Mark was een veel beter mens geweest dan zij ooit zou kunnen worden. Hij was vriendelijk en geduldig, een briljant politieman. Hij had zijn plekje op deze wereld zelf verdiend. Hij had veel goeds gedaan, en had nog veel meer kunnen doen.

Waarom was hij weggenomen, terwijl zij was gespaard?

51

Erika logeerde een paar dagen bij Moss en Celia. In het begin was ze nog zo uitgeput dat ze nog staande zou kunnen slapen, maar algauw begon ze te balen van de pijn aan haar keel en arm. Ze raakte ook steeds gefrustreerder dat ze niet fatsoenlijk kon communiceren en van Moss' achterkamertje werd ze claustrofobisch.

Celia was erg aardig; zij bracht constant dienbladen met warme soep en tijdschriften naar boven. Jacob kwam haar opzoeken zodra hij thuiskwam uit school. Een paar keer nam hij zijn kleine dvd-speler mee en keken ze samen op haar bed naar *Minions* en *Hotel Transylvania*.

De details van de zaak-Douglas-Brown bleven maar door Erika's hoofd spoken. Ze dacht terug aan Andrea's lichaam onder het ijs, en aan haar ontmoeting met de familie. Simon en Diana, die zo'n druk leven leidden dat het ouderschap erbij inschoot. Linda en David, die van elkaar verschilden als dag en nacht en een totaal andere relatie met Andrea hadden gehad, maar geen van beiden wisten wat hun zus op de avond van haar verdwijning had uitgespookt. Ze hadden geen idee waarom zij in een morsige pub in South London had afgesproken met George Mitchell en een tot op heden nog steeds onbekende blonde vrouw. En dan was er ook nog Ivy Norris, die Andrea die avond puur toevallig met haar gezelschap had gezien. Net als de barjuffrouw, Kristina, trouwens. Maar geen van beiden was er nog om het volledige verhaal te vertellen.

En dan waren er die drie dode meisjes. Uit loyaliteit en omdat ze zich verwant met hen voelde, weigerde Erika hen prostituees te noemen. Bestond er een link met Andrea? Of met Ivy? Of hadden ze gewoon op het verkeerde tijdstip op de verkeerde straathoek gestaan? En dan had je ook nog Marco Frost, die inspecteur Sparks opgetogen tot hoofdverdachte had benoemd, op basis van vrij zwak maar onweerstaanbaar bewijsmateriaal dat hem aan Andrea had gekoppeld.

De details tolden maar door Erika's hoofd en raakten met elkaar verstrikt, als een gigantische gordiaanse knoop. Ergens miste ze nog iets; iets wat de man die haar had proberen te vermoorden, met al die andere moorden verbond.

In haar dromen zocht de man Erika opnieuw op, maar als hij haar dan bij de keel greep, kon ze haar hand opsteken en de bivakmuts van zijn hoofd trekken.

Het was steeds een ander gezicht: George Mitchell, Simon Douglas-Brown, Mark, David, Giles Osborne, zelfs Linda. Toen ze de muts in haar laatste droom afrukte, was het Andrea – zoals ze er dood had uitgezien, met starende ogen, ontblote tanden en blaadjes tussen haar lange, natte donkere haren.

De dagen gingen maar voorbij. Erika hoorde niets van Marsh en Moss had het zo druk met naar de rechtbank gaan en andere zaken, dat het contact 's avonds beperkt bleef tot wat korte gesprekjes. In de politiedatabase was niets opgedoken over George Mitchell, een zoektocht naar stemgegevens en in financiële databases had evenmin iets opgeleverd. Er was slechts één nieuwe ontwikkeling: op Erika's nachtkleding was een piepklein haarzakje gevonden, dat van haar aanvaller zou kunnen zijn. Echter, toen dit door de DNA-database werd gehaald, kwam er wederom niets uit.

Op de vierde ochtend begon haar keel eindelijk te helen en kon ze weer wat praten. Erika wist dat ze sterk moest zijn en terug moest keren naar haar appartement. Dus bedankte ze Celia en gaf de kleine Jacob een dikke knuffel. Ze kreeg van hem een zelfgemaakte tekening: Erika in een witte overall, die in een UFO stapte om met een groep Minions de ruimte in te gaan.

Dat omschreef wel zo'n beetje hoe ze zich voelde.

Het was stil in de auto toen ze terugreden, Erika in een geleend setje kleren van Celia. Moss keek haar vanaf de chauffeursstoel aan.

'Alles goed, baas?'

'Ja, hoor.'

'Wat gaat u nu doen?'

'Geen idee. De politietape oprollen en dan naar mijn schoonvader.'

'En met de zaak?'

'Spoor die George Mitchell op, Moss. Hij is de sleutel.'

'Maar u dan?'

'Wat is er met mij? Ik ben geschorst. Het is het verstandigste om te wachten tot de hoorzitting, waarop ik hopelijk mijn penning terugkrijg zonder mijn waardigheid te verliezen. Maar zonder dat ding kan ik niets.'

Ze waren bij Erika's appartement aangekomen.

'Dank je wel, ik waardeer het allemaal echt heel erg,' zei Erika.

'Wilt u dat ik nog even mee naar binnen ga?'

'Nee, ga jij maar aan het werk.'

'Ik geef deze zaak niet op, baas,' beloofde Moss.

'Dat weet ik. Maar je hebt ook een gezin. Doe wat je moet doen.'

Erika's appartement bleek een puinhoop. Overal lag nog van dat zwarte magneetpoeder dat ze hadden gebruikt om vingerafdrukken op te sporen, voor de voordeur hing nog steeds het politielint. Erika liep naar de slaapkamer en keek naar het bed. In het dekbed was de omtrek van haar lichaam nog steeds te zien. Ze zag een afdruk van de lange benen van haar aanvaller, die bij de knieën was verdiept doordat hij boven op haar had gelegen. Ze stak haar hand uit en trok aan de punt van het dekbed. Weg sporen. Snel begon ze haar koffer in te pakken. Ze liep naar de badkamer om haar toiletspullen bijeen te zoeken. Er zat ook zwart poeder op de spiegel, en het gat waar de ventilator had gezeten was met tape dichtgemaakt. Ze verliet de woning en rolde haar koffer naar het station.

Het was een koude, heldere dag. Ze liep het café tegenover het station binnen voor een kop koffie. Daar had ze dringend behoefte aan, ook als het opdrinken ervan nog pijn deed.

'Met suiker, of bent u al zoet genoeg?' zei de knappe ober met zijn lippiercing flirterig, toen hij haar bestelling opnam.

'Ik kan wel wat extra zoetheid gebruiken,' antwoordde Erika.

'Dat kan geregeld worden,' zei hij.

Ze keek hoe hij de koffie voor haar klaarmaakte. Toen hij haar de beker overhandigde, kreeg ze er een knipoog bij. Erika grijnsde naar hem en stak toen de straat over naar het station.

'Goedemorgen. Ik hoop niet dat u weer gaat staan roken in mijn mooie stationshal?' zei de man, die bezig was het kaartjesapparaat naast dat van Erika open te maken.

'Nee, ik ben gestopt,' zei Erika. Ze koos voor een enkeltje naar station Manchester Piccadilly en duwde haar creditcard in de gleuf.

'Goed zo, wijfie,' zei de kaartjesverkoper en hij maakte het apparaat weer dicht, grijnsde naar haar en liep het station in. Erika's kaartje viel in het metalen laatje.

Er stond maar een handjevol mensen op het perron. Erika trok haar telefoon uit haar zak en toetste Edwards nummer in. Na een paar keer overgaan nam hij op. Zijn stem klaarde meteen op toen hij zich realiseerde wie hem belde. Erika legde uit dat ze hem wilde komen opzoeken en voegde eraan toe: 'Ik hoop dat ik je er niet mee overval?'

'Nee hoor, echt niet. Ik moet alleen even het bed in de logeerkamer gaan opmaken,' zei hij. Hij klonk blij. 'Geef even een belletje als je in de buurt bent, dan zet ik de waterketel vast aan.'

'Het is maar voor een paar dagen...'

'Je mag zo lang of zo kort blijven als je wilt.'

Erika beëindigde het telefoontje toen de trein het station binnenreed. Ze had haar koffie op en keek net om zich heen op zoek naar een vuilnisbak voor de lege beker, toen haar telefoon overging.

'Baas, met mij,' zei Moss. Ze klonk buiten adem. 'Marco Frost is zojuist vrijgelaten.'

De trein reed onder de voetbrug door, een waas van wagons schoot voorbij.

'Vrijgelaten? Hoezo?' vroeg Erika.

'Zijn advocaat is aan de slag gegaan met Marco's alibi. Hij heeft bewakingsbeelden gevonden van een krantenkiosk in Micheldever.'

De trein minderde vaart, Erika kon de forenzen al zien staan.

'Waar is dat?' vroeg ze. Onrust kronkelde door haar buik.

'Een uur ten zuiden van station London Bridge. In zijn tweede alibi heeft Marco verklaard dat hij daar op de avond van de achtste naartoe was. Maar zoals u weet, was er eerder onvoldoende bewijs om dat te bevestigen: Micheldever is een piepklein stationnetje zonder camera's... Dat is het verhaal van deze hele zaak: een gebrek aan bewakingsbeelden,' zei Moss.

De trein kwam tot stilstand, de mensen op het perron haastten zich naar de deuren.

'Maar op de bewakingsbeelden van die krantenkiosk is te zien hoe Marco Frost er even voor stilstaat om een sigaret op te steken, om 20.50 uur. Die kiosk ligt op vijfendertig minuten lopen van het treinstation, dus is hij inderdaad met de trein van 20.10 uur vanaf London Bridge aangekomen.'

Er klonk een piepje, de treindeuren schoven open, reizigers stroomden om Erika heen.

Moss vervolgde: 'We kunnen Marco Frost nu dus plaatsen op een uur en vijfendertig minuten van Londen, rond het tijdstip van Andrea's verdwijning. Het is hoogst onaannemelijk dat het hem is gelukt om die avond met de laatste trein terug naar Londen te gaan. Hij zit goed.'

Alle passagiers waren nu ingestapt. De conducteur stond aan de rand van het perron te wachten, terwijl op de elektronische klok de seconden naar de vertrektijd wegtikten.

'Natuurlijk schijt Marsh nu zeven kleuren bagger. Het Openbaar Ministerie heeft naar de pers zitten kraaien dat we Andrea's moordenaar hadden... en nu heeft een of andere pro-Deoadvocaat een krantenkiosk naar zijn bewakingsbeelden gevraagd en daarmee de hele zaak weer op de helling gezet... Bent u daar nog, baas?'

'Ja ja, ik ben er nog,' zei Erika.

De conducteur blies op zijn fluitje. 'Achteruit als u niet wilt instappen!' riep hij en hij gebaarde Erika achter de gele streep te gaan staan.

Ze keek naar de wagon. Vlak bij de deur was nog een plekje, ze voelde warme lucht naar buiten stromen. Er begon een lichtje te branden op de deuren, er klonk een waarschuwend piepje.

‘Ik dacht dat u door het dolle heen zou zijn, baas,’ zei Moss.

‘Dat ben ik ook, want dat betekent...’

‘Ik wilde u even een seintje geven, want Marsh gaat u vast bellen.’

De treindeuren stonden op het punt om dicht te gaan, toen er vanaf de voetbrug nog een man in een leren jack de trap af kwam rennen. Hij dook de trein in, precies op het moment dat de deuren dichtschoven. Met een luid gepiep gingen de deuren weer open om hem uit zijn benarde positie te bevrijden.

Erika’s telefoon zei *ping*. Ze zag dat het Marsh was die in de wachtrij stond.

‘Daar heb je hem al.’

‘Oké, dan hang ik op,’ zei Moss. ‘Hou me op de hoogte.’

De deuren schoven weer dicht. Dit was haar allerlaatste kans om op de trein naar het noorden te stappen. Erika nam op.

‘Inspecteur Foster, hoe gaat het ermee?’ vroeg Marsh. Hij klonk huichelachtig en paniekerig.

‘Ach, ik weet nu hoe een kip zich voelt, een paar seconden voor haar dood,’ grapte ze.

De trein maakte een klikgeluid en gleed toen weg van het perron.

‘Sorry, dat ik niet eerder contact met je heb opgenomen, het is hier nogal...’

‘Ja, ik hoorde dat u Marco Frost hebt moeten vrijlaten.’

‘Zou je naar het bureau willen komen? We moeten praten,’ zei hij.

Erika zweeg even en keek hoe de trein in de verte de bocht om ging en verdween. ‘Ik kan er over een kwartier zijn, meneer,’ zei ze. Toen pakte ze het handvat van haar koffer beet, keek nog even naar de echte wereld, waar ze zich heel even bij had gedacht te kunnen aansluiten, en haastte zich naar de uitgang van het station.

52

Toen Erika het bureau van Lewisham Row binnenkwam, was er voor de receptiebalie een vuistgevecht gaande. Twee tienerjongens vielen met een doffe bons op de betonnen vloer en begonnen erover rond te rollen, aangemoedigd door meerdere broers en zussen en hun al even jonge moeders. De grootste jongen klauterde boven op de andere en begon hem in zijn gezicht te stompen. Al gauw kleurden de tanden van het slachtoffer roze van het bloed. Woolf wierp zich in het strijdgewoel, bijgestaan door een stel geüniformeerde agenten. Erika wurmde zich om de kluwen heen en werd door Moss binnengelaten.

'Shit, zo fijn om u hier weer te zien,' zei ze, terwijl ze door de gang liepen.

'Rustig maar. Ik ben ontboden, niet uitgenodigd,' relativeerde Erika. Ze voelde zich nerveus en gespannen.

'Nou, Marsh flipt helemaal,' zei Moss.

'Dat krijg je ervan als je partijen van buitenaf je onderzoek laat dicteren,' meende Erika.

Ze kwamen bij de deur van Marsh' kantoor. Moss klopte aan, waarna ze meteen naar binnen liepen. Marsh stond met een bleek gezicht over zijn computer gebogen. Hij tuurde naar de banner op de website van BBC News, die aankondigde dat Marco Frost was vrijgelaten.

'Bedankt, rechercheur Moss. Inspecteur Foster, ga alsjeblieft zitten.'

'Ik zou graag willen dat Moss erbij bleef, meneer. Ze heeft hieraan doorgewerkt, terwijl ik...'

'Ja ja, ik weet van jullie "onderzoek".'

Er klonk een stevige roffel op de deur, Marsh' secretaresse stak haar hoofd om de deur. 'Ik heb Sir Simon Douglas-Brown aan de lijn, hij zegt dat het dringend is.'

Marsh ging met een hand door zijn korte haar en keek getergd.

'Ik zit in een belangrijke bespreking, geef dat maar aan hem door. Ik bel hem zo snel mogelijk terug. Dank je.'

De secretaresse knikte, draaide zich om en sloot de deur.

'Ben ik dat, die belangrijke bespreking?' vroeg Erika.

Marsh liep om zijn bureau heen en ging zitten. Erika en Moss trokken allebei een stoel dichterbij.

Marsh glimlachte ongemakkelijk. 'Luister, inspecteur Foster... Erika. Wat er is gebeurd, is hoogst ongelukkig. Ik geef toe dat je wellicht niet helemaal eerlijk bent behandeld en zal dit te zijner tijd rechtzetten. Maar nu zitten we midden in een crisis. Ineens staan we op verlies. En dus heb ik alle informatie en inzichten uit jouw alternatieve onderzoek nodig.'

'Dat daarmee dan, naar ik hoop, uw voorkeursonderzoek wordt?'

'Daar zal ik zelf over oordelen. Vertel me gewoon alles wat je hebt,' zei Marsh.

'Nee,' zei Erika.

'Nee?'

'Baas. Ik vertel u alles, licht al mijn theorieën toe, zodra u me mijn penning heeft teruggegeven en me weer heeft benoemd tot senior onderzoeksbeambte van dit onderzoek.' Erika leunde achterover en keek Marsh aan.

'Wie denk je wel niet dat je bent? Dat komt hier maar...' viel hij uit.

'Oké. Gaat u dan maar fijn met sir Simon kletsen. Doe hem de groeten van me.' Erika stond op om te vertrekken.

'Wat je me daar vraagt, is zo goed als onmogelijk. Er ligt een ernstige beschuldiging tegen jou, inspecteur Foster!'

'Gelul, zeg ik daarop. Assistent-korpschef Oakley heeft mij op bevel van Simon Douglas-Brown van deze zaak gehaald. Die kleine Matthew Norris loopt al jaren de deur plat bij de jeugdgevangenis. Hij heeft meerdere maatschappelijk werkers aangevallen en, ik zeg het nog maar een keer, op het moment dat ik hem een klap verkocht, boorden zijn tanden zich in de rug van mijn hand. Als deze hele toestand daar om draait, prima. Maar dan zegt u wel iemand gedag die deze vent te pakken weet te krijgen. En natuurlijk zal ik dit ook tegen de pers herhalen, want ik vertrek echt niet met stille trom.'

Marsh streek weer met zijn vingers door zijn haar.

'Meneer, Marco Frost heeft zojuist een alibi weten te bemachtigen, waardoor jullie eruitzien als een stel stuntelende politieagenten in een comedy. Heeft inspecteur Sparks er dan niet aan gedacht om wat achtergrondcontroles uit te voeren? Ik bedoel, mijn hemel: bewakingsbeelden van een krantenkiosk! O, en ik zal er ook voor zorgen dat de pers weet dat er nog steeds een moordenaar vrij rondloopt – dankzij u, inspecteur Sparks en natuurlijk de gladde aal zelve, assistent-korpschef Oakley.'

Marsh zag eruit alsof hij op het punt van ontploffen stond. Maar Erika bleef hem recht aankijken en wendde haar hoofd niet af.

'Zet mij weer op de zaak, dan pak ik die klootzak voor u,' zei ze.

Marsh stond op, liep naar het raam en tuurde even naar het kale winterlandschap buiten. Toen draaide hij zich om. 'Oké dan, godverdomme. Maar ik hou je heel, heel kort. Begrepen, inspecteur Foster?'

Moss schonk Erika een triomfantelijk lachje.

'Begrepen. Dank u, meneer.'

Marsh ging weer zitten. 'Nou vooruit, kom op dan met die inzichten.'

'Oké. Laten we ermee in de openbaarheid treden. Een nieuwe oproep de ether in sturen, en als u hier en daar aan wat touwtjes trekt, kunnen we meteen ook een tv-reconstructie laten maken. We zullen vanwege die blunder met Marco Frost heel wat bagger over ons heen krijgen, meneer. U zult klaar moeten zitten om de pers te bombarderen met alles wat we wél doen, zodat ze zich daar op concentreren, in plaats van op alles wat we hebben nagelaten.'

Marsh keek Erika verbluft aan.

Ze ging verder: 'We hebben nu al een keer gejuicht dat we de moordenaar hadden. Dat kunnen we niet nog eens flikken, tenzij we hem écht hebben. Laten we daarom zorgen de nieuwscyclus voor te zijn en al onze aandacht richten op George Mitchell. We moeten de pers overstelpen met foto's van hem en Andrea... O, en we hebben een zondebok nodig. De pers wil iemand voor deze uitglijder zien bloeden. En ik weet precies wie daarvoor in aanmerking komt.'

53

Erika haalde diep adem en opende toen de deur van de centrale meldkamer. Voor in de ruimte, bij de leeggehaalde whiteboards, stond inspecteur Sparks te tieren. De rest van het team zat achter zijn bureau mistroostig voor zich uit te staren.

Sparks keek woest en zag er afgepeigerd uit. Zijn lange donkere haar was achterover gekamd en er zaten vetvlekken op zijn kraag. 'Ik kom straks een voor een bij jullie langs en mijn vragen zullen pittig zijn. We gaan helemaal terug naar het begin en vlooien precies uit wie er godverdomme de tijdlijn van Marco Frosts reis is vergeten te checken, vanaf het moment dat hij op London Bridge op de trein stapte naar...'

Sparks zweeg abrupt toen hij Erika samen met Moss zag binnenkomen.

'Kwam je je ontslagformulier ophalen, Foster?' schamperde hij.

De rest van de agenten bleef onbewogen voor zich uit kijken.

'Nee, mijn penning,' zei Erika, terwijl ze hem het pasje liet zien. Hij keek verward terug.

'Inspecteur Sparks, neem jij de titel SOB serieus?'

'Nou, aangezien slechts een van ons tweeën hem draagt, zeker te weten,' zei hij. 'Wat kan ik voor je doen? Ik zit midden in een briefing.'

'SOB staat voor senior onderzoeksbeambte. En dat "senior" betekent niet dat je ouder bent dan iedereen en het recht hebt om als een bullebak tekeer te gaan als er stront aan de knikker is. Het betekent dat je je verantwoordelijkheid neemt voor je eigen blunders.'

'Ik begrijp het niet,' zei Sparks, al ietsje minder onverstoorbaar.

'Tja, dat is dus exact het probleem. Luister, ik heb mijn functie als SOB teruggekregen. En mijn eerste bevel is dat jij moet opkrassen, naar Marsh' kantoor.'

Inspecteur Sparks verstijfde.

'Nu meteen, inspecteur Sparks.'

Hij staarde Erika aan, net als de rest van de meldkamer. Toen liep hij traag naar zijn bureau, pakte zijn jas en liep naar buiten. Nog voor hij de deur uit was, begon Crane te applaudisseren. Andere agenten sloten zich bij hem aan, Peterson bracht zelfs zijn vingers naar zijn mond en floot luid. Erika keek ontroerd blozend naar haar voeten.

'Oké, jongens,' zei ze toen. 'Het wordt zeer gewaardeerd, maar... er loopt nog steeds een moordenaar vrij rond.'

Het applaus stierf weg.

Erika beende naar het eerste whiteboard en hing er de foto van Andrea met George Mitchell op.

'Dit is onze hoofdverdachte, George Mitchell. Minnaar en uiteindelijk moordenaar van Andrea Douglas-Brown. Tevens verdacht van de verkrachtingen van en moorden op Tatjana Ivanova, Mirka Bratova, Karolina Todorova en Ivy Norris.'

Het bleef doodstil in de ruimte.

'Tot vandaag is alle aandacht gegaan naar de moord op Andrea Douglas-Brown. Haar gezicht heeft op de voorpagina van elke krant, televisiescherm en het hele internet gestaan en heeft zich zo een plaatsje in het landelijk geweten weten te veroveren. Ja, ze was rijk en bevoorrecht. Maar haar dood was verschrikkelijk: ze stierf alleen, bang en hulpeloos. Tatjana Ivanova, Mirka Bratova, Karolina Todorova en Ivy Norris werkten dan misschien wel als prostituee, maar ik kan jullie garanderen dat zij die wereld niet van harte zijn binnengestapt. Als de omstandigheden anders waren geweest, hadden zij net zo'n gelukkig leven kunnen leiden als Andrea. Ook hun dood was gruwelijk. Ik zeg dit alles, omdat ik wil dat jullie de plek van deze vrouwen in de maatschappij vergeten. Vergeet wat we in dit land dag in, dag uit doen en stop ze niet op basis van hun sociale klasse in verschillende hokjes. Ze zijn allemaal gelijk, allemaal slachtoffer, en ze verdienen allemaal evenveel aandacht van ons.'

Erika zweeg even. Crane was begonnen foto's van de slachtoffers op te hangen.

'Goed, dit is dus onze hoofdverdachte en het zwaartepunt van ons onderzoek,' zei Erika, terwijl ze wees naar de foto van George Mitchell. 'Hij had een seksuele relatie met Andrea en ze staan, vier dagen voordat Andrea vermist raakte, nog samen op de foto. Ik geloof bovendien dat Andrea op de avond van haar ontvoering een afspraak had met hem, plus een nog niet geïdentificeerde blonde vrouw. Ik wil graag dat jullie allemaal op het intranet de inhoud van Andrea Douglas-Browns tweede telefoon nog eens bestuderen. Bezie alles alsjeblieft met een frisse blik, domme vragen bestaan niet. Ik geloof dat als we deze man vinden, we de hele zaak kunnen ontrafelen.'

Iedereen knikte.

Erika vervolgde: 'Vanmiddag doen we een nieuwe openbare oproep. We beuken er vol in en noemen George Mitchell meteen als verdachte. Hopelijk leidt het tot nieuwe informatie of jagen we hem weg uit zijn schuilplek.'

Erika stopte weer even om te zien of iedereen nog oplette. Toen ging ze verder: 'Richt je alsjeblieft ook op onze andere slachtoffers. De moorden op Tatjana Ivanova, Mirka Bratova en Karolina Todorova zijn onopgeloste zaken, die nooit eerder met elkaar in verband zijn gebracht. Ik wil dat het bewijsmateriaal van alle drie deze moorden bijeen wordt gebracht en opnieuw bekeken. Zoek naar connecties, naar overeenkomsten. Kenden deze slachtoffers elkaar? Zo ja, hoe en waarom?'

Er werd op de deur van de meldkamer geklopt. Politiewoordvoerster Colleen kwam binnen.

'Sorry dat ik u onderbreek, inspecteur Foster, maar ik verwacht elk moment een teleconferentie van Reuters. Ik dacht dat u daar misschien wel bij wilde zijn,' zei ze.

'Juist, bedankt iedereen. Laten we deze zaak eens een flinke duw geven. Schuif Marco Frost aan de kant, vergeet de pers, laat je vooroordelen los en concentreer je op wat er nu voor ons ligt. Zodra we de nieuwscyclus vóór zijn, beginnen we dit te winnen.'

Erika stond op en liep de meldkamer uit, die meteen begon te gonzen van de activiteit.

54

De nieuwe oproep leek in niets op de vorige persconferentie, in Marble Arch. Erika wilde het ditmaal per se doen op de trap van het politiebureau van Lewisham Row, om het oprechter en urgenter te laten overkomen dan bij die gepolijste eerste keer, met al die videoschermen in die keurige conferentiezaal.

Erika had er ook op gestaan het deze keer zonder Marsh te doen, wat bij hem niet bepaald goed was gevallen. Het begon al een beetje te schemeren tegen de tijd dat Erika, Moss en Peterson zich voor het bureau verzamelden, ten overstaan van een gemengd gezelschap van televisiemakers en leden van de schrijvende pers. Er stond een fel licht op hen gericht, dat afketste op het gehavende hout van de hoofdingang achter hen.

'Bedankt dat u hier vandaag naartoe bent gekomen,' begon Erika, luid genoeg om boven de menigte uit te komen. Tientallen lenzen gluurden haar aan, televisiecamera's snorden, camera's flitsten. Moss en Peterson keken recht voor zich uit.

Erika vervolgde: 'Ik vermoed dat velen van jullie dit verhaal al lang en breed hebben geschreven, allang hebben bedacht wat jullie vinden van wat ik zo meteen zal gaan zeggen. Maar voordat je afdwaalt en je je kopij – een snerpend stuk over hoe incompetent de politie wel niet is – in je hoofd al archiveert; voordat je besluit dat Andrea's dood meer nieuwswaarde heeft dan die van iemand die niet in een bevoorrecht wiegje is geboren... denk dan eerst even terug aan de reden waarom we hier vandaag met zijn allen staan. Het is onze taak om boeven te vangen, het is jullie taak om daar op een eerlijke en rechtvaardige manier over te berichten. Jazeker, we gebruiken elkaar. De politie gebruikt de pers om deze zaak verder te helpen, om een boodschap te verspreiden; jullie verkopen advertentieruimte. En daarom, dames en heren van de pers, verzoek ik jullie vandaag om met ons samen te werken. Ik zal jullie een gloednieuw verhaal geven om mee aan de slag te gaan.'

Ze zweeg even. 'Marco Frost is vandaag vrijgelaten, vanwege onvoldoende bewijs. Hij had een alibi voor ons, waardoor wij geen andere keuze hadden dan hem vrij te laten. Hij is onschuldig. Maar dat is niet het verhaal waar ik op doel. Het echte verhaal is dat de moordenaar van Andrea Douglas-Brown nog steeds vrij rondloopt, op vrije voeten in de maatschappij. Nadat het bewijsmateriaal opnieuw is bestudeerd en de focus van het onderzoek verlegd, hebben wij sterke redenen om aan te nemen dat Andrea's dood niet op zichzelf staat, dat de man die wij zoeken eerder heeft gedood. We achten hem verantwoordelijk voor de moord op drie jonge Oost-Europese vrouwen, te weten: Tatjana Ivanova, Mirka Bratova en Karolina Todorova. Zij kwamen allemaal naar Londen in de overtuiging dat hier een goede baan op hen wachtte. Wat er echter gebeurde, was dat ze de prostitutie in werden gedwongen om een schuld af te lossen. We geloven bovendien dat dezelfde persoon de dood van de zevenenveertigjarige Ivy Norris op zijn geweten heeft. En nu krijgt u een foto getoond van onze hoofdverdachte in deze zaak, George Mitchell...'

In de meldkamer zat commissaris Marsh samen met Colleen naar de persconferentie te kijken, die live op BBC News werd uitgezonden.

'Het ziet er amateuristisch uit en ze komt een beetje schoolfrikkerig over,' bromde hij, toen het beeld overschakelde van Erika, Moss en Peterson in het licht van de camera's naar een foto van George Mitchell.

'Ja hoor, een vrouw doet zelfverzekerd haar verhaal en ze is meteen een schoolfrik,' zei Colleen.

Onder in beeld stonden een telefoonnummer en een mailadres. Na enkele ogenblikken verscheen Erika weer in beeld.

'Alstublieft, hebt u informatie over deze man, neem dan contact met ons op via de gegevens op uw scherm. Elke melding zal vertrouwelijk worden behandeld. Let op: als u deze man ergens ziet, adviseren we u hem níét te benaderen. En tegen de leden van de pers zou ik willen zeggen: hartelijk dank voor uw tijd en hulp bij deze zaak.'

Er viel een korte stilte, waarna de journalisten vragen begonnen af te vuren.

'Heeft Marco Frost recht op een schadevergoeding?' riep iemand.

'De zaak-Marco Frost zal worden afgehandeld zoals we alle zaken afhandelen. Het Openbaar Ministerie zal er zo snel mogelijk naar kijken,' zei Erika.

Erika werd met nog veel meer vragen bestookt.

'Wordt er een verband gelegd tussen deze moorden en de zakelijke activiteiten van sir Simon Douglas-Brown?'

'Ik denk dat we niet mogen vergeten dat sir Simon gewoon een vader is, wiens dochter op een afschuwelijke manier is omgekomen. En dat geldt ook voor de andere meisjes: ook zij hebben familie die nog elke dag om hen rouwt. Dit onderzoek heeft reeds ernstige hinder ondervonden van het algehele beeld van hoe wij zaken zouden moeten aanpakken. Wat wij ons nu pas realiseren, is dat het juist Andrea's geheimen zijn die ons naar de moordenaar zullen leiden. Oordeelt u alstublieft niet over haar of haar familie.'

'Shit, ik wist dat dit een slecht idee was,' zei Marsh.

'Nee, juist goed. Ze spreekt de mensen echt aan. Deze persconferentie is veel echter en oprechter dan die andere,' zei Colleen.

Marsh schonk haar een zijdelingse blik, maar de woordvoerster bleef strak naar het scherm kijken.

Hierop was nu een breed beeld te zien van Erika, Moss en Peterson die de trap bestegen en het bureau weer in liepen. Vervolgens werd er overgeschakeld naar de studio, waar de nieuwslezer de verslaggever ter plaatse om commentaar vroeg.

'Dit is een gewaagde stap van de politie, die na meerdere weken nog steeds bar weinig bewijzen heeft. En met een verdachte op vrije voeten begint de tijd te dringen.'

'Te dringen, hoezo?' zei Marsh schamper.

Op het scherm vervolgde de verslaggever: 'Sir Simon Douglas-

Brown heeft in de kranten inmiddels alweer een nieuwe ronde onthullingen over zijn connecties met Saoedi-Arabische wapenleveranties over zich heen gekregen. En er is ook gezinspeeld op een buitenechtelijke relatie.'

De camera bracht de nieuwslezer weer in beeld.

'Deze persconferentie is een opvallende waterscheiding in dit onderzoek. Leek de Metropolitan Police in de afgelopen weken nog naar de pijpen van de familie Douglas-Brown te dansen, nu komt ze met een geloofwaardiger traject, gebaseerd op bewijzen die de familie misschien liever uit de media had gehouden.'

De camera schakelde weer over naar de verslaggever voor het bureau van Lewisham Row. 'Dat geloof ik ook. Het zou kunnen dat deze persconferentie de relatie tussen het establishment en de politie heeft geschaad. Maar hij zou tegelijkertijd kunnen zorgen voor meer geloofwaardigheid en autonomie, die – en dat weet ik zeker – de politie zullen helpen de steun van het publiek te herwinnen.'

'Kijk, en dat is precies wat we willen. Ik zal eens wat mensen gaan bellen en deze opname laten rondgaan,' zei Colleen.

Marsh voelde zweet prikken op zijn voorhoofd. Zijn telefoon trilde in zijn zak. Toen hij hem tevoorschijn trok, zag hij dat Simon Douglas-Brown hem probeerde te bereiken.

55

De afgelopen dagen waren in een waas van frustratie voorbijgegaan. Zo dichtbij te zijn geweest en zich alsnog hebben moeten terugtrekken... De figuur kolkte inwendig. En niet alleen had inspecteur Foster de aanval overleefd, ze was er zelfs sterker uit gekomen.

Ze is godverdomme terug op de zaak gezet!

Na het zien van de persconferentie voor Lewisham Row, waarop inspecteur Foster de moorden publiekelijk met elkaar in verband had gebracht, had de figuur zich verscheurd gevoeld. Zo was er het instinct om te vluchten en opnieuw te beginnen, maar hij voelde ook een soort jeuk waaraan hij het niet kon laten te krabben. De link was gelegd, maar de politie had nog steeds niets. Dat wist hij zeker.

Dus reed hij om zes uur 's avonds naar Paddington Station, naar de plek waar taxi's hun passagiers oppikten en afzetten, en de meisjes rondhingen...

Het meisje keek een beetje verward toen hij bij haar stopte. Ze stond aan het eind van een viezige afrit, die door de taxi's werd gebruikt om te keren én door mensen op zoek naar wat vermaak.

'Voor een pleziertje ben je bij mij aan het goede adres,' zei ze automatisch. Ze was mager, had een sterk Oost-Europees accent en stond te rillen in haar strakke legging, spaghettitopje en groezelige wijde nepbontjas. Ze had een bleek, spits gezicht en kaarsrecht, schouderlang haar. Haar ogen waren omrand met glitteroogschaduw en ze kauwde op een stuk kauwgum. Ze leunde achterover tegen de container waarvoor ze stond en wachtte op zijn reactie.

'Ja, een pleziertje, dat wil ik wel... Maar wel een beetje anders, een beetje apart.'

'O ja? Nou, weet je, aparte dingen kosten meer.'

'Maar ik ken je baas,' zei de figuur.

Ze keek hem spottend aan. 'Ja ja, dat zeggen ze allemaal... Als je op korting uit bent, kun je oprotten.' Ze draaide zich al om.

Toen boog hij zich naar voren en sprak een naam uit.

Ze kwam terug naar het raampje. Alle zogenaamde flirterigheid was ineens verdwenen. Haar ogen stonden bang: angst omringd door glitter.

'Heeft hij je gestuurd?' vroeg ze en ze keek om zich heen naar de voorbij denderende auto's.

'Nee. Maar hij weet dat ik hem een hoop klandizie bezorg... Dus hij verwacht vast dat ik krijg wat ik wil.'

Het meisje kneep haar ogen tot spleetjes. Met haar intuïtie was niks mis. Dit kon nog wel eens lastiger worden dan hij had gedacht.

'Dus jij komt hier en laat de naam van mijn baas vallen... Wat wil je dan dat ik doe?'

'Ik doe het graag in de buitenlucht,' zei hij.

'Oké.'

'En ik vind het leuk als het meisje doet alsof ze bang is...'

'Een verkrachtingsfantasie, bedoel je?' zei het meisje plompverloren en ze draaide met haar ogen. Ze keek even om zich heen, trok haar topje naar beneden en liet haar kleine parmantige borsten zien. 'Dat gaat je meer kosten.'

'Ik heb geld zat,' zei hij.

Ze trok haar topje weer omhoog. 'O ja? Laat zien dan.'

De figuur trok zijn portemonnee tevoorschijn, klapte hem open en duwde hem haar onder de neus. Er zat een dik blok bankbiljetten in, dat glansde onder de straatlantaarns.

'Vijftienhonderd. En we spreken een woord af waarbij je moet stoppen,' zei ze, terwijl ze een mobieltje uit haar legging haalde.

Hij stak zijn hand uit en legde hem over de telefoon. 'Nee, nee, nee, nee. Ik wil dat het zo echt mogelijk lijkt, in een fantasiewereld. Je mag niemand vertellen waar je naartoe gaat.'

'Maar ik móét bellen.'

'Dan geef ik je nog vijfhonderd meer. De baas hoeft er niets van te weten.'

'Echt niet! Als hij erachter komt... en ik heb nog geen codewoord.'

'Oké, dan. Alles keurig boven de toonbank: tweeduizend ballen. En als je wilt dat ik stop, roep je: Erika.'

'Erika?'

'Ja, Erika.'

Het meisje keek weer om zich heen en beet op haar lip. 'Oké,' zei ze en ze trok het portier open en stapte in.

Onder het wegrijden schakelde de figuur de centrale deurvergrendeling in. Hij vertelde haar dat dat al bij het spel hoorde.

56

Het bleef tamelijk stil in de centrale meldkamer na de persconferentie. Agenten ijsbeerden door de ruimte, terwijl er slechts zo nu en dan een telefoon overging. Er hing een verwachting in de lucht die hoognodig moest worden beantwoord. Maar de paar telefoontjes die er kwamen, waren van de bekende tijdverspillers.

'Jezus! Je zou toch denken dat er wel íémand met wat zou komen,' zei Erika, terwijl ze op haar horloge keek. 'Hier kan ik niet tegen, hoor, ik wip even naar buiten voor een sigaret.'

Ze was net bij de trap voor de ingang van het bureau, toen brigadier Crane achter haar aan kwam.

'Baas, deze wilt u denk ik wel nemen,' zei hij.

'Wie is het dan?' vroeg Erika.

'We hebben een meisje aan de lijn dat beweert dat ze Barbora Kardosova is, de verloren gewaande beste vriendin van Andrea,' zei Crane.

Erika haastte zich samen met hem terug naar de meldkamer en nam de hoorn op.

'Spreek ik met de politievrouw die vanmiddag op tv was?' vroeg een jonge vrouwenstem met een Oost-Europees accent.

'Ja, je spreekt met inspecteur Erika Foster. Heb jij informatie over George Mitchell?'

'Ja,' zei ze. Toen viel er een stilte. 'Maar ik kan er niet door de telefoon over praten.'

'Ik verzeker je dat alles wat je hier zegt vertrouwelijk zal worden behandeld,' zei Erika. Ze keek naar het toestel en zag dat het om een geheim nummer ging. Toen keek ze naar Crane, die knikte dat hij het al probeerde na te trekken.

'Het spijt me, maar aan de telefoon zeg ik niets,' zei het meisje met trillende stem.

'Oké, goed. Kunnen we dan ergens afspreken?' vroeg Erika. 'Waar je maar wilt.'

Peterson stond haastig iets op zijn notitieblok te krabbelen. Toen hij het opstak, bleek er te staan: LAAT HAAR NAAR HET BUREAU KOMEN.

'Ben je in Londen? Zou je misschien naar het bureau kunnen komen, hier op Lewisham Row?'

'Nee... Nee, nee...' De stem van het meisje klonk nu paniekerig. Er viel weer een lange stilte. Toen Erika opkeek naar Crane, mimede deze dat het gesprek van een prepaid-telefoon kwam.

'Hallo, Barbora, ben je daar nog?'

'Ja. Ik zeg niets door de telefoon. Maar ik moet u spreken en u dingen vertellen. We kunnen elkaar morgenvroeg om elf uur zien, op dit adres...'

Erika schreef het haastig op en wilde nog wat vragen, maar het meisje had al opgehangen.

'Het was een prepaid, baas, dus daar konden we niets mee,' zei Crane.

Erika legde de hoorn weer op de haak. 'Ze klonk supernerveus,' zei ze.

'Waar wil ze u treffen?' vroeg Peterson.

Erika tikte het adres in op haar computer. GoogleMaps liet een enorme lap groen zien. 'In Norfolk.'

'Norfolk? Wat moet ze in godsnaam in Norfolk?' vroeg Moss.

Toen ging Erika's mobiele telefoon over. Ze zag dat het Edward was. 'Sorry, deze moet ik echt even nemen. Zoeken jullie alvast een route uit, dan bedenken we straks hoe we het verder aanpakken,' zei ze en ze liep de meldkamer uit.

Buiten op de gang was het rustig. Ze nam op.

'Zo, lass, ik neem aan dat je niet meer komt?' zei Edward. Erika zag dat het vijf over vijf was.

'O, het spijt me zo... Je staat toch niet nog steeds te wachten op het perron?'

'Welnee, lass. Ik zag je vanmiddag op tv en dacht: tenzij ze kan vliegen, zal ze hier echt niet om vijf uur zijn.'

Erika dacht terug aan de ochtend. Het leek wel een miljoen jaar geleden.

'Je deed het prima op die persconferentie, lieverd,' zei Edward. 'Door jou ging ik pas echt om dat meisje geven, die Andrea. Er wordt niet veel aardigs over haar gezegd in de krant, hè?'

'Dank je wel. Er gebeurde van alles tegelijk vanochtend: ik wilde net op de trein naar jou stappen, toen ik naar het bureau werd geroepen en toen...'

'En toen ging het allemaal met je op de loop, hè?'

'Ja,' zei Erika zacht.

'Luister, lieverd. Doe jij nou maar wat je moet doen. Ik ben er voor je als je me nodig hebt.'

Moss verscheen in de deuropening en gebaarde dat ze haar wilde spreken.

'Sorry, ik moet weer ophangen. Mag ik je later terugbellen?' vroeg Erika.

'Ja hoor, lieverd. Maar pas goed op jezelf, hè! Vang die vent, sluit hem op en gooi de sleutel weg.'

'Zal ik doen,' zei Erika.

Er klonk een klik toen Edward ophing.

'Dat zal ik zeker doen, dat beloof ik je,' herhaalde ze.

Toen haalde ze diep adem en liep terug naar de meldkamer. Ze vroeg zich af wanneer ze die belofte zou kunnen waarmaken.

57

Erika, Moss en Peterson vertrokken de volgende dag vroeg uit Londen voor hun afspraak met Barbora Kardosova. Ze hadden nog een paar online zoektochten naar haar uitgezet, maar niets gevonden. Haar verzekeringsnummer, paspoort en bankrekeningen vertoonden al ruim een jaar geen activiteit. Haar moeder was twee jaar eerder overleden en verder had ze geen familieleden meer.

Net toen de zon door de wolken heen brak, stortten ze zich in de duisternis van de Blackwall Tunnel. Toen ze daar enkele ogenblikken later weer uit tevoorschijn kwamen, was de zon alweer weggekropen achter een verzameling staalkleurige wolken.

'Nu we de rivier over zijn, gaan we op zoek naar de A12, baas,' zei Moss. Peterson zat op de achterbank, verdiept in zijn telefoon.

Even voor Greenwich stopten ze om te tanken. Daar viel zoetekauw Moss voor een zak rode snoepveters.

Het uitgestrekte, volgebouwde Londen maakte algauw plaats voor de A12, een snelweg die er hier en daar wat verwaarloosd bij lag. Het viel hun op hoe vlak het landschap hier was: kilometerslange, bruine velden met kale bomen flitsten aan hun raam voorbij. In de buurt van Ipswich verlieten ze de snelweg en moesten afremmen toen ze op een smalle landweg stuitten.

'Beetje sinister, hè, zo'n kaarsrechte weg door het niets,' merkte Peterson op, nadat hij ruim honderdvijftig kilometer had gezwegen. De weg doorsneed een enorme vlakte van platte akkers, de wind raasde over de kale grond en beukte tegen de auto. Uiteindelijk ging de weg een beetje omhoog en staken ze via een metalen brug een kanaal vol woelig water over. De rechte waterweg werd tot aan de horizon omzoomd door dood, grijs geworden riet. Erika vroeg zich af of al dat water als het de rand had bereikt, soms wegstroomde in het niets.

'De A12 is een oude Romeinse weg,' vertelde Moss, terwijl ze de zoveelste rode veter in haar mond stopte en begon te kauwen.

'In Suffolk en Norfolk zijn honderden heksen verbrand,' voegde Peterson eraan toe, terwijl ze een verlaten windmolen in een veld naast het water passeerden.

'Als je het mij vraagt, heb ik toch liever torenhoge prijzen, overal verkeer, smog en stampvolle restaurants, dan dit hier,' zei Moss huiverend en ze zette de verwarming wat hoger. 'Hoe ver moeten we nog?'

'Nog ongeveer tien kilometer,' zei Peterson, na een blik op zijn iPhone.

De bomen werden steeds dikker, het akkerlandschap veranderde langzaam in bosgebied. Ze scheurden nu onder een afdak van kale takken door. Toen Erika een parkeerplaats met een picknickgedeelte zag, niet meer dan een lapje grond met een picknicktafel, liet ze Moss afremmen. Op een houten bordje was het cijfer 14 geschilderd.

'Wat zei ze ook alweer, picknickplek 17?' vroeg ze.

'Ja, baas,' zei Peterson, terwijl hij wat intikte op zijn telefoon.

Hoe verder ze reden, hoe dichter het bos leek te worden. De weg kronkelde nu van links naar rechts en bracht hen langs picknickplek 15. Na een scherpe bocht passeerden ze een picknicktafel met nummer 16. De plek eromheen was helemaal overgroeid, de tafel was rot en half ingestort.

Ineens knalde brigadier Cranes stem uit de luid ruisende politieradio op het dashboard: 'Wat is jullie status?'

'Binnen een paar minuten zijn we op de afgesproken plek, Skip,' antwoordde Moss.

'Oké, hou de lijn open voor communicatie. Daar heeft de chef om gevraagd,' zei Crane. Commissaris Marsh was ertegen geweest om drie van zijn agenten naar Norfolk te sturen, voor iets wat volgens hem een zinloze onderneming was.

'Baas, Barbora Kardosova was een van Andrea's beste vriendinnen, en zij zegt George Mitchell te kennen,' had Erika in zijn kantoortje benadrukt.

'Waarom is ze daar dan niet eerder mee gekomen? Andrea staat al weken in de krant. En waarom kan de veldwachter ter plaatse haar verklaring niet gewoon opnemen? Dat gaat je een hele dag kosten en je hebt net hier in Londen een belangrijke oproep gedaan,' zei Marsh.

'Meneer, dit is nu onze sterkste aanwijzing. We zullen vroeg vertrekken en constant contact houden. Ook ditmaal zou ik het fijn vinden als u op mijn intuïtie wilt vertrouwen.'

'Waarom gebruikte ze eigenlijk een geheim nummer? We hebben geen idee waar die meid zit,' zei Marsh. Hij leunde achterover en wreef in zijn ogen.

'Misschien wil ze niet gevonden worden. Dat is toch geen vergrijp?' vroeg Erika.

'Het zou verdomme een stuk gemakkelijker zijn als iedereen bij zijn geboorte een GPS-tracker meekreeg. Dat zou een fortuin besparen...'

'Ik zal het doorgeven aan de volgende journalist die ik tegenkom,' beloofde Erika.

'Maar je houdt me op de hoogte, van elke stap die je zet,' had hij geërgerd gezegd, waarna hij had gebaard dat ze kon gaan.

De lucht was inmiddels zo dichtgetrokken dat Moss de koplampen moest aanzetten. Ze werden nu omringd door een dicht woud van ondoordringbaar lijkende, kale takken. Voor hen kwam het bordje met nummer 17 in beeld. Ze stopten bij een kaal stukje grond: de picknickbank was er weggehaald en had vier diepe gaten achtergelaten. Moss zette de motor en de lichten uit, waarna ze door stilte werden omgeven. Toen Erika het portier opende, dreef er een koude wind voorbij, met de geur van vochtige, rottende bladeren. Ze knoopte haar jas dicht, terwijl Peterson en Moss zich bij haar voegden.

'En nu?' vroeg Moss.

'Ze heeft gezegd dat ze ons hier zou treffen, daar was ze heel specifiek over,' zei Erika en ze haalde het briefje tevoorschijn waar ze de oorspronkelijke routebeschrijving op had genoteerd. Ze keken naar de weg. Die was in beide richtingen verlaten.

'Daar vooraan lijkt een soort pad te zijn,' zei Moss.

Ze liepen in de richting van een smalle doorgang tussen dode braamstruiken en kreupelhout. Nadat ze zich hier een paar meter doorheen hadden gewrongen, kwamen ze op een breder wandelpad. Het was goed onderhouden en liep onder de gigantische bomen door naar een bocht verderop, waar het weer uit het zicht verdween. Erika kon zich voorstellen dat dit donkere, naargeestige deel van het bos in de zomer heel anders aanvoelde.

Ze wachtten bijna veertig minuten, waarin de radio telkens klikte en piepte wanneer Crane, op het bureau in Londen, hun status checkte.

'Shit, we zijn in de maling genomen,' zei Peterson. 'Het was vast die vrouw die zei...' Hij hield abrupt zijn mond, toen ze een takje hoorden breken en het geruis van bladeren die opzij werden geduwd. Erika legde een vinger tegen haar lippen. Na nog wat geritsel kwam er een vrouw met kort, blond haar uit het kreupelhout tevoorschijn. Ze droeg een roze waterproof jack en een zwarte legging. In haar ene hand had ze een groot mes, in de andere iets wat eruitzag als een blikje traangas. Ze hield stil op zo'n vijftig meter van waar zij stonden.

'Wat krijgen we nou?' zei Moss.

Erika keek de vrouw aan. 'Barbora? Barbora Kardosova? Ik ben inspecteur Erika Foster en dit zijn mijn collega's, rechercheur Moss en rechercheur Peterson.'

'Pak jullie identiteitskaarten en gooi ze hierheen,' zei Barbora. Haar stem trilde van angst. Toen ze dichterbij kwam, zagen ze dat haar handen ook trilden.

'Ja, ho even...' begon Moss, maar Erika stak haar hand al in haar zak, trok haar politiepenning eruit en smeet hem naar voren. Hij viel een paar meter voor Barbora's voeten neer. Moss en Peterson deden vervolgens zuchtend hetzelfde. De blonde vrouw raapte ze op, met het traangas op hen gericht, en bestudeerde de penningen.

'Oké, je hebt gezien dat we zijn wie we beweren te zijn. Doe jij nu alsjeblieft dat mes en dat traangas weg,' zei Erika. Barbora legde de spullen op de grond en kwam voorzichtig op hen af. Erika herkende nog net het gezicht dat ze op Facebook had gezien. Het was nog steeds mooi, maar de neus was duidelijk kleiner en rechter, het gezicht voller en het lange donkere haar kort en geblondeerd.

Een donkerharige man en een blonde vrouw... dacht ze.

'Waarom moet dit allemaal, enkel om met jou te mogen praten?' begon Moss. 'Je weet zelf ook wel dat we je stante pede zouden kunnen arresteren, alleen al vanwege dat mes. Het is tenslotte langer dan zeventien centimeter, en laat ik nog maar niet beginnen over dat traangas...'

Barbora kreeg tranen in haar ogen. 'Ik ben zo bang, maar ik moet met jullie praten. Er zijn dingen die ik jullie moet vertellen, anders vergeef ik het mezelf nooit... Maar ik had nooit contact met jullie moeten opnemen onder mijn eigen naam,' zei ze. 'Ik zit in het getuigenbeschermingsprogramma.'

58

Moss, Peterson en Erika stonden even als aan de grond genageld. De wind ruiste door de boomtoppen boven hen.

'Maar mijn nieuwe naam vertel ik jullie niet,' zei Barbora huiverend.

'Nee,' zei Erika, en ze stak haar hand op. 'Zeg maar niets meer.'

'Shit, dit hadden we verdomme kunnen weten,' zei Moss. Er klonk een piepje vanuit het open autoraam, waarna ze Crane hoorden informeren naar hun status en positie.

'We moeten dit melden, baas... Als iemand uit het getuigenbeschermingsprogramma zichzelf verraadt of wordt verraden, dan moeten we dat melden,' zei Moss.

'Nu zul je weer een nieuwe identiteit moeten krijgen,' zei Peterson, die zijn ergernis probeerde te verbergen.

'Wacht. Alstublieft. Er zijn dingen die ik kwijt moet,' zei Barbora. 'Ik heb hier met jullie afgesproken, omdat ik wil praten over George Mitchell...' Ze slikte luid en begon nog harder te trillen. 'Ik moet jullie zijn echte naam vertellen.'

'Wat is die dan?' vroeg Erika.

Barbora slikte opnieuw. Het leek haar bijna fysiek moeite te kosten om de naam uit te spreken. 'Igor Kucerov,' bracht ze ten slotte uit.

Peterson begon naar de auto te lopen.

'Alstublieft! Laat me jullie alles vertellen voordat jullie... voordat het officieel wordt.'

Er viel opnieuw een stilte. Cranes blikkerige stemgeluid zweefde naar hen toe en vroeg weer naar hun status en positie.

'Peterson, zeg hem dat we nog steeds staan te wachten. En dat alles in orde is... En alsjeblieft, Peterson, niets hierover, tot we haar verhaal hebben gehoord,' zei Erika.

Hij knikte en sprintte naar de auto.

'Wij vragen geen informatie over je nieuwe naam of verblijfplaats,' zei Erika.

'Ik woon hier niet in de buurt. Ik heb veel meer te verliezen dan jullie allemaal samen, maar ik heb besloten om eindelijk mijn mond open te doen,' zei ze. 'Als we een eindje doorlopen, is daar nog een picknickplek.'

Ze volgden haar en lieten Peterson achter in de auto, bij de radio. Na vijf minuten lopen kwamen ze bij een andere picknicktafel. Het licht drong hier bijna niet door de dichte takkenmassa boven hen. Weer bedacht Erika dat het hier op een zomerdag prachtig zou zijn, maar in de kou en duisternis was de sfeer er beklemmend. Ze schoof deze gedachte gauw aan de kant en nam samen met Moss plaats tegenover Barbora. De tafel stond tussen hen in.

Ze bood Barbora een sigaret aan, en de jonge vrouw trok er dankbaar een uit het pakje. Haar handen trilden weer toen ze zich naar voren boog en haar hand om de aansteker hield. Erika stak haar eigen sigaret aan en een voor Moss, waarna ze samen inhaleerden.

Barbora zag eruit alsof ze op het punt stond om over te geven. Ze ging met haar hand door haar korte blonde haar. Het was op een goedkope manier gebleekt en zag geel als stro. Toen slikte ze en begon te praten, met onvaste stem.

'Ik heb George Mitchell... Igor Kucerov... drie jaar geleden leren kennen, op mijn twintigste. Ik woonde toen in Londen en had twee baantjes, waarvan een in een privéclub in Central London: Debussy's.' Ze nam een lange trek van haar sigaret en ging toen verder: 'Daar draaide ik mijn diensten en tegelijkertijd werkte ik in een café in New Cross, The Junction. Dat was een leuke, levendige tent, waar kunstenaars, schilders en dichters uit de buurt elkaar troffen. Daar heb ik Igor ontmoet. Hij was er vaste klant en telkens wanneer hij er kwam, raakten we met elkaar in gesprek. In die tijd vond ik hem nog superknap en o zo grappig. Ik voelde me gevleid dat hij zoveel tijd voor mij vrijmaakte... Op een dag was ik er aan het werk en was ik nogal overstuur. Mijn iPod was namelijk kapotgegaan, met allemaal onvervangbare muziek en foto's erop. Hij reageerde vriendelijk, maar daar dacht ik verder niets bij. Toen ik een paar dagen later voor mijn volgende dienst in het café kwam, was hij er ook. Hij zat op me te wachten met een grote cadeautas, en daarin zat een nieuwe iPod... En niet zo'n kleintje als ik eerst had, maar de allernieuwste en duurste, van wel twee-, driehonderd pond of nog meer.'

'En daarmee begon je relatie met George/Igor?' vroeg Moss.

Barbora knikte. Het begon steeds donkerder te worden; er hing een dreigende wolk vlak boven hen.

'In het begin was hij fantastisch. Ik dacht echt dat ik verliefd was en de man had gevonden met wie ik de rest van mijn leven zou doorbrengen.'

'Wat vond je familie van hem?'

'Ik woonde alleen met mijn moeder. Zij kwam als twintiger naar Engeland om een man te vinden en een fijn middenklasseleventje te leiden, maar toen werd ze zwanger van mij. Haar toenmalige vriend wilde er niets van weten, dus kreeg ze mij in haar eentje en worstelde zich verder door het leven als alleenstaande moeder. Toen ik tien was, kreeg ze te horen dat ze multiple sclerose had. Eerst verliep het ziekteproces nog niet zo snel, maar op mijn zestiende ging ze ineens erg achteruit. Ik moest zelfs van school om voor haar te zorgen. Daarom nam ik toen die baantjes aan: 's ochtends in het café en 's avonds in de club.'

'Hoe lang heb je iets met Igor gehad?' vroeg Moss, die het verhaal voorzichtig een beetje probeerde te bespoedigen.

'Ongeveer een jaar. En in die tijd deed hij zo veel om ons te helpen: hij betaalde de aanpassing van onze badkamer, vulde mijn creditcards aan...' Barbora glimlachte voor zich uit. De herinneringen leefden blijkbaar nog volop in haar gedachten. Maar nadat ze een trek van haar sigaret had genomen, betrok haar gezicht weer.

'Maar toen op een avond, we waren een paar maanden samen, gingen we in Bromley naar de bioscoop. Bij het loket hadden een paar jongens wat opmerkingen over mij, over mijn lichaam gemaakt. Igor werd daar kwaad om, maar ik zei dat hij zich niet druk moest maken. Dus gingen we naar binnen, keken naar de film, en ik dacht dat hij het was vergeten. Het was al laat, er waren niet veel mensen meer op straat. En toen zag Igor een van die jongens voor ons naar de parkeerplaats lopen. Toen we vlak bij onze auto waren, rende hij opeens achter hem aan en begon hem te schoppen en te stompen. Hij leek wel een beest. Zelfs toen die jongen op de grond viel, bleef Igor hem schoppen en tegen zijn hoofd stampen. Ik had hem nog nooit zo gezien, ik schrok me rot... En toen ik hem probeerde weg te trekken, sloeg hij mij ook, recht in mijn gezicht. Pas toen hij geen energie meer over had, liep hij weg en liet die jongen in het donker op de grond liggen...'

Barbora begon te huilen. Moss trok een pakje zakdoekjes tevoorschijn en stak het haar over de picknicktafel heen toe. Barbora trok er een uit, zuchtte diep en depte haar gezicht droog.

'En ik, ik volgde hem,' zei ze. 'We lieten die jongen gewoon daar tussen de auto's liggen... Ik moest van Igor rijden, ook al was ik in zijn auto niet verzekerd. Hij pakte mijn handtas, vond mijn make-upremoverrondjes en veegde er het bloed mee van zijn knokkels en de spatten van zijn gezicht. Hij liet me naar huis rijden en zette me daar af. Daarna zag ik hem een paar dagen niet, tot hij ineens opdook met een of ander cadeau. Mijn moeder was dolblij om hem weer te zien, ik nam dat cadeau aan en ging verder met mijn leven alsof er niets was gebeurd.'

'Hoe is het met die jongen afgelopen?' vroeg Erika. Barbora trok haar schouders op. In de verte rommelde de donder. Er was ook een bliksemflits te zien.

'Waar past Andrea in dit hele verhaal?' wilde Moss weten.

'Een paar weken nadat ik bij Debussy's achter de bar was begonnen, kwam Andrea er iets drinken. Het was een rustige avond, ik gaf haar haar drankje en we raakten aan de praat. Daarna kwam ze vaker en leerde ik haar steeds beter kennen. Ze vertelde me wat een hekel ze had aan al die snobistische trustfondsmeiden met wie ze op school had gezeten. En toen ze hoorde dat ik ten zuiden van de rivier woonde, zei ze dat ze dolgraag een keertje bij me langs zou komen. Ze zei het alsof het om een of andere verre vakantie ging of zoiets... maar New Cross is vanaf Charing Cross maar tien minuten met de trein.' Barbora lachte bitter.

‘En? Is Andrea wel eens bij je thuis geweest?’

Barbora schudde haar hoofd. ‘Nee, ze kwam wel altijd naar The Junction, het café waar ik werkte. Ze vond het er heerlijk. Het was er zo bohemien en er waren altijd zat interessante mensen: mensen met een vrij leven en niet in een kooi, dat zei ze altijd... En dan zei ik dat die kooi van haar wel verguld was, maar dat snapte ze niet. Ik geloof dat ze het woord “verguld” niet eens kende.’

‘Wanneer heeft ze je verteld wie haar vader was?’

‘In het begin zweeg ze erover. Ze deed zelfs heel ingewikkeld om haar afkomst geheim te houden. Maar toen ze vaker naar het café kwam, ontbrandde er een soort concurrentiestrijd tussen haar en een paar meiden die veel met de kunstenaars omgingen en begon ze steeds vaker over haar vader.’

‘En wat zeiden de mensen daarvan?’ vroeg Erika.

‘De meesten van hen reageerden nogal blasé... maar George – Igor – vond het erg interessant. Toen hij het ontdekte, was het alsof Andrea hem voor het eerst echt opviel...’

‘Heeft hij een verhouding met Andrea gehad?’

Barbora knikte. ‘Het ging zo snel en ik was zo gehersenspoeld door alles wat er was gebeurd.’

‘Was hij op dat punt in jullie relatie al gewelddadig naar jou toe, Barbora?’

‘Nee... nou ja, soms. Het was meer de dreiging van geweld, de macht die hij over me had... Toen ik het ontdekte van Andrea, dat was de eerste keer dat hij me echt sloeg.’

‘Waar was dat?’ vroeg Erika.

‘Thuis. Het was op een zondagavond, mijn moeder zat in bad. Ik weet niet meer waarom het ineens ter sprake kwam, maar het gebeurde en toen viel ik hem erop aan.’

‘Wat gebeurde er precies?’

‘Hij stompte me in mijn maag, zo hard dat ik ervan moest overgeven. Daarna sloot hij me op, in de kast onder de trap.’

‘Hoe lang?’

‘Niet zo lang. Ik smeekte hem me eruit te laten, omdat mijn moeder in bad zat en het koud zou krijgen; ik moest haar eruit gaan helpen. Toen zei hij dat hij me er alleen uit liet, als ik beloofde nooit meer iets over hem en Andrea te zeggen.'

'En heb je je daaraan gehouden?'

Barbora schudde haar hoofd.

'Wat gebeurde er toen?' vroeg Erika.

'Een tijdje was alles normaal, de boel kalmeerde weer zo'n beetje. Toen was ik op een dag thuis en verscheen Igor aan de keukendeur, aan de achterkant van ons huis. Hij had een jong meisje bij zich. Ze was niet ouder dan achttien. Ze kon amper meer op haar benen staan en droeg een skinny spijkerbroek en een strak T-shirt. Haar hele gezicht zat onder het bloed, een deel opgedroogd, een deel vers, het was zelfs over de voorkant van haar shirtje gelopen. Ze huilde en... ja, wat moest ik? Ik liet ze binnen. Maar Igor weigerde haar te helpen. Hij liep weer naar die kast onder onze trap, stopte haar daarin en deed de deur op slot. Hij was helemaal bezeten, liep alleen maar te vloeken dat hij wilde weten waar zijn telefoon was, beweerde dat dat meisje hem had afgepakt...'

Het onweer kwam steeds dichterbij, het werd erg donker onder de bomen.

'Wat is er met dat meisje gebeurd?' vroeg Erika zacht.

'Igor stuurde mij naar boven en zei dat ik op mijn kamer moest blijven, anders kwam er gedonder. Ik hoorde dat meisje gillen en huilen. Het ging maar door, het leek wel uren... En ineens was het stil. Igor trok mijn deur open en vroeg of hij even naar mijn moeders kamer mocht. Zij glimlachte toen ze hem zag, ze had door alles heen geslapen. Hij vroeg naar mijn weekendtas, die grote die ik altijd gebruikte als ik wegging. Ik liep naar de klerenkast, trok de tas eruit en hij pakte hem aan. Zo kalm als hij was... Toen ik een paar minuten later naar beneden liep, ging hij net weg, met die tas over zijn schouder.'

'Wat zat er in die tas?' vroeg Moss, ook al wist ze het antwoord al.

'Dat meisje,' zei Barbora. 'Zij zat in die tas en hij ging gewoon weg.'

'Wat deed je toen?' vroeg Erika.

'Ik heb de troep in de trapkast opgeruimd. Er was bloed en nog wat ander spul...'

'En toen?'

'Later kwam hij terug en zei tegen me dat ik het goed had gedaan. Hij gaf me zelfs wat geld...' Aan Barbora's stem was te horen dat ze zichzelf verafschuwde om wat ze had gedaan. 'En toen gingen we weer door, alsof er niets was gebeurd. Maar hij begon me over zijn werk te vertellen: hoe hij meisjes bij de bussen op Victoria Coach Station opving, hoe ze voor hem gingen werken.'

'Werken als wat?' vroeg Erika.

'Als prostituee. Hoe meer ik wist, hoe meer geld Igor me gaf. En hij kocht een gloednieuwe elektrische rolstoel voor mijn moeder, die ze zelf kon bedienen. Zodat ze niet meer geduwd hoefde te worden. Die stoel veranderde haar hele leven.'

'En hoe past Andrea in dit plaatje?'

'Ik was zo nerveus dat ik niet meer kon eten, mijn menstruatie stopte zelfs. En Igor raakte zijn interesse in me kwijt, dus toen nam Andrea mijn plaats over.'

'Speelde dit allemaal ook al toen je samen met Andrea's familie op vakantie ging?'

'Ja.'

'Weet je dat Andrea zich later heeft verloofd?'

Barbora knikte en nam nog een sigaret aan.

'En wist Andrea van Igor? Wist ze wat voor werk hij deed?' vroeg Erika.

'Dat weet ik niet. Daar heb ik het nooit met haar over gehad. In het begin waren we heel hecht, en op die vakanties met haar familie ging het gek genoeg nog steeds goed tussen ons, maar ik trok me steeds verder terug in mezelf. Ik geloof dat Andrea een of ander romantisch idee had, over dat Igor een soort geraffineerde Londense gangster was, zoals in die stomme Guy Ritchie-films.'

'Hoe ben je dan in het getuigenbeschermingsprogramma terechtgekomen?' vroeg Moss.

'Het lichaam van dat meisje werd een paar maanden later gevonden, in mijn tas.'

‘Waar?’

‘Op een stortplaats in East London. Er bleek nog een oude klantenkaart van mij in het binnenvakje te zitten. Zo kwam de politie bij mij uit. Ze zeiden dat ze me al langer in de gaten hielden en dat ik, in ruil voor bewijs, een deal met hen kon sluiten.’

‘En dat heb je gedaan?’

‘Ja. Mijn moeder was kort daarvoor overleden. Godzijdank. Ze heeft het nooit geweten... Tegen die tijd leek Igor me te vertrouwen en wilde hij dat ik met hem meeging naar Victoria Coach Station, naar die meisjes. Zij dachten allemaal dat ze in Engeland als huishoudster aan de slag konden. Hij had bedacht dat ze met mij erbij eerder bij hem in de auto zouden stappen...’

‘Igor smokkelde vrouwen naar Londen, om ze aan het werk te zetten als prostituee?’ vroeg Erika.

‘Ja.’

‘Werkte hij alleen?’

‘Nee, ik weet het niet, het was allemaal zo ingewikkeld. Er waren nog meer mannen bij betrokken, en hun vriendinnen.’

‘Waar werden die meisjes naartoe gebracht? Om hoeveel meisjes ging het?’ vroeg Moss.

‘Dat weet ik niet,’ begon Barbora. En toen brak ze en begon ze luid te huilen.

‘Het is goed,’ zei Erika. Ze reikte over de donkere tafel heen naar Barbora’s hand. Maar de jonge vrouw kromp ineen en trok haar hand meteen terug.

‘Goed, wat gebeurde er toen?’ drukte Erika door. ‘Is Igor opgepakt?’

‘Ja. Ze hebben hem voor de rechter gesleept,’ zei Barbora.

Erika keek naar Moss. Zelfs in het donker zag ze de verbijstering op haar gezicht.

‘Een rechtszaak, welke rechtszaak? Daar hebben we helemaal geen gegevens van... Wat is daar gebeurd?’

‘De zaak van de openbare aanklager is geseponeerd. Er was niet voldoende deugdelijk bewijs, de jury kwam er niet uit... Ik vermoed dat Igor een paar van de getuigen heeft bewerkt. Hij... hij kent te veel mensen.' Barbora's blik was ineens leeg. 'Ik realiseer me hoe ik op jullie overkom, met al die vreselijke dingen die ik heb gedaan. Ik weet heus wel wat voor een vreselijk iemand ik ben. En dat allemaal omdat ik van iemand hield,' zei ze.

Erika en Moss zwegen.

'Toen ik die meisjes op het nieuws zag, bij die oproep van u, moest ik opeens denken aan een van hen, Tatjana. Toen zij aankwam in Londen was ze zo opgetogen en... Nou ja, toen móést ik u spreken. Jullie moeten die klootzak te pakken nemen.'

'Heb je Andrea sinds dit alles nog wel eens gezien?' vroeg Moss.

Barbora verschoof een beetje ongemakkelijk. 'Ja.'

'Was dat toevallig op de avond van de achtste januari, in een pub genaamd The Glue Pot?' vroeg Erika.

'Ja.'

'Was Igor bij haar?'

'Wat? Nee! Ik zou nooit bij haar in de buurt zijn durven gekomen als... Was hij daar toen ook?'

'Nee,' zei Erika, waarop Moss haar even aankeek. 'Waarom was je daar, in Londen? Je zit toch in het getuigenbeschermingsprogramma?'

'Ik ga elke maand terug naar Londen, naar mijn moeders graf. Dan ruim ik het op, leg er verse bloemen op. Weten jullie hoe moeilijk het is om een vreemdeling te zijn, om een geheel nieuwe identiteit te hebben? Ik appte Andrea, omdat ik dacht dat het misschien wel leuk zou zijn om weer eens een kop koffie met elkaar te drinken. Ik weet dat dat stom was. Andrea kwam steeds weer met een ander voorstel en... Ik weet dat ik niet had moeten gaan, maar ik miste haar gewoon.'

Moss vond het moeilijk om haar ongeloof te verbergen.

'We hebben elkaar maar heel even gezien. Ze was alleen. Ze vertelde dat ze later had afgesproken met haar nieuwe vriend... Het was alsof we nooit iets samen hadden gedaan. Ze was helemaal niet verbaasd dat ik van de aardbodem was verdwenen en nu weer terug was. Het deed haar gewoon niets.'

'Wanneer ben je uit The Glue Pot vertrokken?'

'Dat weet ik niet. Maar nog voor acht uur. Ik weet dat er iets voor negenen een trein ging, op London Liverpool Street.'

'En je hebt verder niemand gezien?'

'Nee. Andrea zei dat ze nog wat ging drinken aan de bar, want er werkte daar een meisje... Ik wilde nog tegen haar zeggen: pas op, zo was ik ooit ook, maar dat heb ik niet gedaan.'

'Maar dit alles... je móét het officieel laten vastleggen, Barbora.'

Barbora zweeg abrupt. Toen ze weer sprak, klonk haar stem alsof hij van heel ver kwam. 'Ik heb mijn mobieltje aan laten staan en het allemaal opgenomen,' zei ze. Ze overhandigde Erika haar telefoon. 'Ik heb nog meer te vertellen, maar eerst moet ik heel nodig plassen.'

'Echt? Het is zo donker en...'

'Alstublieft, ik moet echt nodig,' herhaalde ze dringend.

'Oké, maar ga niet te ver weg... Wij blijven hier zitten,' zei Erika.

'Hier, neem mijn zaklampje maar mee,' zei Moss, terwijl ze het ding uit haar jaszak haalde. Barbora pakte het aan, stond op en liep de struiken in. De donder begon steeds vaker te klinken, en ineens verlichtte een felle bliksemflits de open plek.

'Ik roep Peterson erbij,' zei Erika. 'Als ze terugkomt, moeten we meteen toeslaan en haar mee terugnemen naar Londen. Ik bedoel, ze heeft zojuist alles opgebiecht, dus die nieuwe identiteit heeft geen zin meer. Ik ken de precieze procedure hiervoor niet.'

'Jezus, baas, en die rechtszaak dan? Er is geen dossier van George Mitchell of Igor Kucerov. En toen ze zijn foto door de landelijke database haalden, kwam er niets uit... Dit bevalt me helemaal niets, het begint steeds vreemder te worden.'

Erika knikte en stak een sigaret op. 'We moeten haar nieuwe identiteit laten bevestigen, dan alles checken wat ze ons heeft verteld...'

'De zoveelste ingewikkelde wending in de zaak Andrea Douglas-Brown,' zei Moss.

Erika keek eens goed naar het telefoontje in haar hand, rommelde wat met de knopjes en wist een stukje van Barbora's stem af te spelen. 'We hebben haar op tape. En het is genoeg om deze George Mitchell, of Igor Kucerov, op te pakken. Als ze terugkomt, moet ze ons een adres geven,' zei Erika.

Moss pakte haar telefoon om Peterson te bellen en hem uit te leggen waar ze zaten, maar het signaal was te zwak.

'Het lukt niet, baas, ik kom er niet doorheen.' De donder bulderde, een bliksemflits verlichtte de hele hemel boven hen. 'Jezus!' riep Moss uit. 'Ik ga verdomme ook niet zitten bellen, recht onder een onweerswolk. Peterson moet maar even wachten.'

'Oké, oké, rustig maar. Laat mij eens proberen,' riep Erika. Ze probeerde eerst haar eigen telefoon en toen die van Moss, maar er was echt geen signaal.

Ineens werd ze bekropen door een akelig voorgevoel.

'Ze blijft wel erg lang weg voor een plasje,' zei Moss op hetzelfde moment. Het licht van Erika's telefoon wierp een blauwe gloed op hun gezicht.

Ze sprongen allebei op en begonnen te lopen, in de richting waarin Barbora de open plek had verlaten. Ze doken onder een dikke tak door, duwden zich door een paar dode braamstruiken heen en kwamen toen weer op het lange pad.

Toen ze onder de bomen uit kwamen, sloeg de regen in hun gezicht en flitste er opnieuw een bliksemschicht. Hij verlichtte, recht voor hen, een hoge boom met een paar lange takken.

Een touw aan een van die takken zwaaide knarsend heen en weer, aan het eind van de lus hing Barbora. Haar voeten hingen doodstil, haar lichaam deinde zacht op de wind.

59

De regen was inmiddels een hoosbui, die door de boomtoppen raasde en het modderige pad veranderde in een wit waas. De donder bulderde, lichtflitsen beschenen Barbora, die met open ogen aan het touw bungelde, de huid van haar hals samengepakt bij haar kin. Moss probeerde in de boom te klimmen, maar werd gehinderd door de regen.

'Stop, kom naar beneden!' riep Erika, boven de herrie uit. 'Het is te laat... Ze is dood. Ren maar terug naar Peterson en bel om versterking. Ik blijf wel hier.'

'Weet u dat zeker, baas?' riep Moss terug.

'Ja. Ga nu maar!' schreeuwde Erika.

Moss rende weg tussen de bomen, terwijl Erika wachtte. Ze ijsbeerde door de modder, het kon haar niet schelen dat ze nat werd. Haar hoofd maakte overuren. Hoe dieper ze groeven in deze zaak, hoe ingewikkelder hij werd!

Het onweer leek nu recht boven haar te hangen: de regen beukte maar door, de lucht knetterde van de elektriciteit. Ze kon niet anders dan onder de boom te gaan staan, met de dikke stam tussen haar en het lijk.

Minuten gingen voorbij voordat de regen eindelijk begon af te nemen en het onweer verder trok. Erika stond net te proberen of ze bereik had op haar telefoon, toen ze het geluid van een politiesirene hoorde. In de verte verscheen een patrouilleauto op het pad. Hij kwam langzaam op haar af, met zijn wielen de dunne modder omwoelend. Twee jonge politieagenten stapten eruit. Erika liep naar hen toe, met haar penning voor zich uit. Ze keken omhoog, naar Barbora's lichaam.

'U hebt niets aangeraakt? We zullen de boel hier moeten afzetten,' zei een van hen.

'Het was zelfmoord,' zei Erika. 'Voor ze het deed, heeft ze bij ons gezeten.'

Het duurde nog uren voordat Erika, Moss en Peterson toestemming kregen om te vertrekken. Dat Barbora in het getuigenbeschermingsprogramma had gezeten, had het lastig gemaakt om te ontdekken wie ze precies was. Het werd al donker toen ze eindelijk terugreden naar Londen. In de auto vulden Erika en Moss Petersons kennis aan.

'Dus deze Igor Kucerov is zowel verantwoordelijk voor de dood van Andrea, als die van die drie Oost-Europese meisjes én Ivy?' vroeg Peterson.

'Ja, en van het meisje dat in Barbora's huis is vermoord, degene die hij in die weekendtas had gestopt.'

'En daar is hij voor gearresteerd en voor de rechter gebracht, en toch is hij in geen één systeem of database te vinden?'

'Niet als George Mitchell tenminste,' zei Erika.

Alsof het zo was afgesproken, klonk er opeens een luid geruis en een piepje, gevolgd door Cranes stem door de radio. 'Baas, we hebben een adres van Igor Kucerov, met dank aan de gemeentebelastingen. Hij woont in Kilburn, is zevenendertig en van Roemeens-Russische afkomst. Hij is ook getrouwd. Het huis staat op naam van zijn vrouw, ene Rebecca Kucerov. Ze hebben een zoon van vijf.'

'Jezus,' zei Moss.

'Hoe lang is hij al getrouwd?' vroeg Erika.

'Tien jaar,' antwoordde Crane.

'Heb je iets over zijn arbeidsverleden?'

'Hij runt een hoveniersbedrijf. Hij staat genoteerd als directeur, maar het bedrijf staat op naam van zijn vrouw. Onze computers zijn nog aan het uitzoeken of hij klanten had in de omgeving van de vindplaatsen van de dode meisjes.'

Er viel een stilte.

'Wilt u dat we hem naar het bureau halen?' vroeg Crane. Erika keek naar de klok op het dashboard. Het was net vijf uur geweest.

'We kunnen over een uurtje of twee terug zijn in Londen,' zei Peterson, alsof hij haar gedachten las.

'Nee, wacht daar nog even mee. Ik wil helemaal klaar voor hem zijn. Stuur een patrouilleteam naar zijn huis, maar laat hem niet merken dat jullie er zijn. Hou hem gewoon in de gaten.'

'Ja, baas.'

'Wij zijn over een paar uur terug op Lewisham Row. In de tussentijd wil ik dat je alles bij elkaar zoekt wat je over hem kunt vinden: bankafschriften, mails, bedrijven waar hij eigenaar van is, eventuele faillissementen. En zoek ook alles uit over zijn vrouw, geef me een volledig profiel. Ik wed dat alles wat hij eventueel nog verbergt op haar naam staat. O, en probeer de nieuwe identiteit van Barbora Kardosova te achterhalen. Nu ze dood is, is dat vast wat gemakkelijker.'

'Daar werken we al aan,' zei Crane. Toen voegde hij toe: 'Is alles goed daar? We hoorden dat ze zichzelf voor jullie ogen van kant heeft gemaakt.'

'Ja hoor, alles prima hier,' zei Erika. 'En nu, uit die radio en achter Igor Kucerov aan!'

Buiten was het inmiddels stikdonker, van de velden en moerassen om hen heen was geen steek te zien. Er was geen maan, geen sterren en amper lichtvervuiling, alleen de weg voor hen, verlicht door de ronde bundels van de koplampen. Erika wilde niets liever dan ver weg van deze sombere, zompige omgeving, waar Barbora's lichaam aan een boom had gedeind. Ze wilde terug naar de stad, waar ze werd ingesloten door gebouwen, waar altijd en overal lawaai was en waar de tijd niet stilstond.

Ze trok de zonneklep aan de passagierskant naar beneden, het lichtje naast het spiegeltje sprong meteen aan. Er zat modder op haar gezicht.

Petersons verlichte spiegelbeeld keek haar van achter haar stoel aan. 'Het went nooit, hè baas? Een dode zien,' zei hij.

'Nee,' zei Erika. Ze veegde de modder met een zakdoekje weg en klapte de klep weer omhoog. Het werd opnieuw donker in de auto.

De rest van de rit verliep in stilte. Ze spaarden alle drie hun energie voor de lange nacht die voor hen lag.

60

Iets over zeven uur 's avonds waren Erika, Moss en Peterson weer op het bureau van Lewisham Row. De regen was vanuit Norfolk met hen meegetrokken en stortte zich met luid geraas op de parkeerplaats, terwijl ze de receptie binnenrenden. Ze werden er begroet door Crane, die op de zoemer drukte en hen verder liet. Erika was onder de indruk toen ze zag dat het gehele team op het bureau was gebleven. De meldkamer gonsde van de activiteit.

'Goedenavond, iedereen. Ik neem aan dat Crane jullie op de hoogte heeft gehouden van wat er is gebeurd?' zei Erika. Er werd druk gemompeld en geknikt. 'Goed zo. Oké dan, wat hebben jullie voor mij?'

Een van de agenten had een paar handdoeken meegenomen uit de sportzaal in de kelder en gooide ze Moss, Peterson en Erika toe. Ze namen ze dankbaar aan.

'Wij zijn het archief in gedoken en hebben ontdekt dat het meisje dat in die weekendtas is gevonden, de zeventienjarige Nadia Greco was. Die zaak is in Southwark Crown Court voor de rechter gekomen,' vertelde Crane.

'En?' vroeg Erika, terwijl ze haar haar met de handdoek droogwreef.

'En dan wordt het eigenaardig, baas. De processtukken van die zaak hebben het stempel VERTROUWELIJK gekregen.'

'Hè?' vroeg Erika. 'Waarom wordt Igor Kucerovs rechtszaak op hetzelfde juridisch niveau geplaatst als een proces met staatsgeheimen?'

'Dat weet ik ook niet. Zoals ik al zei, er is maar zeer weinig beschikbaar. Alle transcripties zijn geredigeerd, namen weggewit,' zei Crane.

'Hoe weten we dan dat het om zijn zaak gaat?'

'Omdat het steekwoord waarop ik had gezocht erin staat: de vindplaats van het lijk. En de details van het slachtoffer waren kennelijk niet vertrouwelijk.'

'Valt er iets in te lezen over het vonnis?' vroeg Erika.

'Er staat dat de zaak is stukgelopen op onvoldoende bewijs.'

'En verder hebben jullie niets gevonden over de arrestatie van een Igor Kucerov of George Mitchell?'

'Nee. We hebben op Google gezocht op Igor Kucerov, maar meerdere zoekresultaten bleken verwijderd conform de Europese wet op de gegevensbescherming. En áls Igor Kucerov al een politiedossier had, dan is dat gewist. Er staat niets over hem, noch over ene George Mitchell, in onze database.'

'Dit bevalt me helemaal niets.'

'We blijven eraan werken, baas.'

'En hoe staat het met het openbreken van Barbora Kardosova's echte identiteit?'

'Daar werken we ook al aan, maar de betreffende instanties gaan pas morgenochtend om negen uur open. Getuigenbescherming is een extreem gesloten dienst, ze werken daar zelfs op een ander computernetwerk.'

Er viel een stilte. Erika stond op en liep naar de whiteboards, waarop nu foto's van alle slachtoffers hingen. Ook waren er stills van de bewakingscamera's die Andrea als laatste hadden geregistreerd: toen ze op de trein stapte. Daarnaast hing een foto van haar met George Mitchell, die sinds kort bekendstond als Igor Kucerov. Er was zelfs een nieuwere foto van hem, van zijn rijbewijs gehaald. Helemaal achteraan hingen kiekjes van de familie Douglas-Brown, op vakantie met Barbora Kardosova, voordat ze haar haar had kortgeknipt en geblondeerd en in het getuigenbeschermingsprogramma was verdwenen.

'Oké, ik weet dat het een lange dag is geweest,' zei Erika, terwijl ze zich weer omdraaide. 'Maar we móéten onze schop pakken en gaan graven. Ik weet dat ik veel van jullie vraag, maar ik zou heel graag nog een paar uur doorwerken. Ik wil terug naar af, en alles rond deze zaak nog eens onder een heel sterke loep leggen – alles.

Ik zal eten laten komen, en koffie, allemaal op mijn kosten. Als we maar íéts vinden. Er moet een connectie zijn tussen Andrea Douglas-Brown, Igor Kucerov en die andere moorden. Die moeten we zien te vinden. Het kan zomaar zijn dat we iets heel kleins over het hoofd hebben gezien. En, zoals ik altijd zeg: domme vragen bestaan niet.

Goed, aangezien deze rechtszaak is aangemerkt als "vertrouwelijk" begeven we ons op gevaarlijk terrein, maar schroom niet om diep te graven, in het bijzonder rond sir Simon. Tot voor kort was hij nog verboden terrein, maar dat is voorbij. O ja, Barbora Kardosova's verklaring is opgenomen, ik zal ervoor zorgen dat deze op het intranet komt te staan. Oké dan, wie van jullie blijft?'

Erika keek verwachtingsvol de volle meldkamer in. Langzaam gingen er overal handen de lucht in. Ze keek naar Moss, die breed grijnzend haar hand opstak, net als Peterson.

'Als ik niet zo'n zure oude trut was, zou ik jullie allemaal een zoen geven. Heel erg bedankt. Goed dan, laten we wat van de komende uren maken. Aan de slag!'

Iedereen in de meldkamer kwam in beweging.

'Waar had u die donuts laatst gehaald?' vroeg Crane, die met een stapel dossiers op haar af kwam.

'Bij Krispy Kreme. Bestel er maar zoveel als je wilt,' zei Erika. 'Waar is Marsh eigenlijk?'

'Die is vandaag extra vroeg vertrokken. Hij heeft een vrij weekend, gaat met zijn vrouw naar een of andere kunstretraite,' zei Crane.

'O? Ik wist niet dat hij ook schilderde,' zei Erika.

'Nee nee, hij brengt haar erheen, het is ergens in Cornwall. Maar ik geloof dat ze voor vanavond iets pikants voor hem in petto heeft. Hij heeft ons op het hart gedrukt dat hij niet oproepbaar is... onder welke omstandigheden ook.'

'Typisch: zitten we op een cruciaal punt in ons onderzoek, besluit hij ertussenuit te knijpen voor een minivakantie.'

'Wilt u dat ik hem bel?' vroeg Crane.

'Nee, laat commissaris Marsh maar met rust,' zei Erika, die besefte dat dit wel eens in haar voordeel zou kunnen werken.

61

De volgende ochtend lag commissaris Marsh met zijn Marcie in een prachtige hotelkamer. De naam van het hotel was hem even ontschoten, maar hij wist dat het ver van Londen was en dat het raam een grandioos uitzicht op Dartmoor bood. Met haar hoofd op zijn ontblote borstkas, lag hij na te genieten van de warme roes van een nacht vol seks. Het gevoel en de geur van de huid van zijn vrouw was bedwelmend. Het was inmiddels licht. Ze waren net wakker geworden, nadat ze de hele nacht meerdere malen de liefde met elkaar hadden bedreven, iets wat sinds de geboorte van de tweeling niet meer was voorgekomen.

Toen werd hun rust ruw verstoord door de telefoon naast het bed. Marsh draaide zich om en zag dat het half tien was. Hij stak zijn hand uit, tilde de hoorn een klein eindje op en liet hem meteen weer vallen.

'Had jij om de wekdienst gevraagd?' mompelde Marcie.

'Natuurlijk niet,' zei hij.

'Ooo... Dat vind ik toch zo opwindend: jij die de telefoon niet opneemt,' kirde Marcie. En ze kuste hem en liet haar hand over zijn buik naar beneden glijden...

De telefoon begon opnieuw te rinkelen. Marsh vloekte, rolde naar de zijkant van het bed en trok de stekker aan het snoer uit de muur. Toen rolde hij terug naar haar en grijnsde. 'Ik geloof dat je daar zo'n beetje was,' zei hij en hij legde haar hand op zijn groeiende erectie.

'Nóg een keer? Commissaris toch...' Ze grinnikte.

Plots werd er luid op hun deur geklopt. 'Sorry, hallo... De receptie hier,' riep iemand.

'Wat zullen we nou krijgen!' riep Marsh uit, net op het moment dat Marcie een condoom over zijn stijve lid wilde uitrollen.

'Zeg dat hij moet ophoepelen. Dit is de laatste uit de doos...' fluisterde Marcie.

Maar er kwam nog een roffel. 'Meneer, meneer?' klonk de stem van de jongen van de receptiebalie beverig. 'Ik weet dat u hebt gezegd dat we u onder geen beding mochten storen. Maar er hangt ene assistent-korpschef Oakley aan de lijn, op uw telefoon daar... Meneer? Hij zei dat als u niet opnam, dat dat "gevolgen zou hebben"... Dat laatste citeer ik, dat is zoals hij het zei.'

Marsh vloog uit bed en duwde de telefoonstekker haastig terug in de muur.

'Waar hang jij in godsnaam uit, Marsh? We zitten hier met een levensgroot probleem!' snauwde Oakley, zodra Marsh had opgenomen.

'Het spijt me, meneer, ik wist niet dat u het was...'

'Een van jouw agenten, die verrekte trut van een Foster, stond vanochtend om vijf uur met een gewapende eenheid bij sir Simon Douglas-Brown op de stoep. Ze heeft hem en zijn dochter Linda in hechtenis genomen. En Giles Osborne.'

'Wat, godverdomme?'

'Luister, Marsh, ik zit momenteel in Schotland, voor een godvergeten hoognodige vakantie, en ik wil niet terug hoeven komen naar Londen. Ik vertrouw erop dat jij alles rechtzet.'

'Dat zal ik doen, meneer.'

'Dat is je wel geraden! Ik word verdomme niet vaak al voor negenen door iemand van het Cabinet Office uit mijn bed getrommeld. Als we niet oppassen, gaan hier koppen rollen, Marsh.'

Het telefoontje werd abrupt verbroken. En daar stond Marsh dan: in zijn blootje, zijn penis verschrompeld. Hij nam de hoorn weer op, draaide een nummer en blafte dat hij inspecteur Foster wilde spreken – onmiddellijk. Marcie trok het laken om zich heen en slikte haar tranen weg. Dit zou de zoveelste vakantie worden die werd verpest door het werk van haar man.

62

Erika en de rest van het team hadden het moeilijk, na een nacht met veel te weinig slaap. Ze hadden tot in de vroege uurtjes doorgewerkt. Nadat ze al het bewijsmateriaal naast de nieuwe informatie hadden gelegd, was er om één uur in de ochtend eindelijk een doorbraak bereikt, waarna ze als een dolle aan het plannen waren geslagen. Om drie uur had Erika iedereen naar huis gestuurd om een paar uurtjes te slapen; even na zonsopgang waren ze alweer terug, voor de eerste fase van Erika's plan.

Het was nu elf uur 's ochtends. Erika zat samen met Moss, Peterson en Crane in de observatieruimte van Lewisham Row. Voor hen stonden vier monitors. Elke monitor bracht een andere verhoorruimte in beeld.

In verhoorruimte nummer 1 liep Linda Douglas-Brown nerveus te ijsberen. Ze was gekleed in een lange, donkere rok en een wijde, witte trui met theevlekken en zwarte poesjes.

Op de monitor daarnaast, in verhoorruimte 2, zat haar vader, Simon Douglas-Brown, met zijn handen op tafel lijdzaam voor zich uit te staren. Hoewel hij door agenten in gevechtstenue van zijn bed was gelicht, had hij toch kans gezien om een keurige donkere pantalon en een fris gestreken blauw overhemd onder een v-halstrui aan te trekken.

Op de volgende monitor was, in verhoorruimte 3, Giles Osborne in een merkwaardige outfit te zien: een strakke flessengroene jeans, met daarop een krap T-shirt met een tropische palmboomprint, dat zijn buik amper in bedwang wist te houden. Hij had zijn vettige haar opzij gekamd en keek strak in de camera.

'Hij kijkt al twintig minuten dezelfde kant op,' zei Crane, terwijl hij met zijn balpen tegen het scherm tikte.

'De enige die zich nergens zorgen over lijkt te maken, is Igor Kucerov,' zei Erika, toen ze zich op de monitor van verhoorruimte 4 richtte.

Igor zat onderuitgezakt op zijn stoel achter de tafel, met zijn benen wijd. Hij was aan het sporten geweest, toen de politie hem kwam arresteren in zijn woning in een aardige middenklassestraat in Kilburn. Hij droeg een strak, wit T-shirt met het bekende Nikelogo op de voorkant, een glanzend zwarte, korte Nike-sportbroek en sportschoenen. Zijn lichaam was tenger en gespierd en zijn huid had een gebruinde olijfkleur. Het stoppelbaardje dat hij op de foto's met Andrea had gehad, was verdwenen. Zijn donkere ogen flitsten af en toe omhoog naar de camera.

'Laten we hem eerst maar eens proberen,' zei Erika.

Moss en Crane bleven in de observatieruimte, terwijl Erika samen met Peterson vertrok. Op de gang liepen ze Igors advocaat tegen het lijf, een magere, grijzende man met een keurig snorretje. Hij begon meteen te protesteren tegen de reden dat zijn cliënt werd vastgehouden.

'Ik zal mijn cliënt adviseren geen van uw vragen te beantwoorden, totdat u komt met steekhoudende...'

Ze negeerden hem en liepen verhoorruimte 4 binnen. Igor bleef gewoon onderuitgezakt zitten, maar zijn donkere blik bestudeerde Erika van top tot teen toen ze samen met Peterson binnenkwam.

Er klonk een lange toon toen de opnameapparatuur werd opgestart. 'Het is nu vijf minuten over elf, in de ochtend van 24 januari. Ik ben inspecteur Foster en bij mij is rechercheur Peterson. Eveneens aanwezig is advocaat John Stephens.'

Erika en Peterson namen plaats tegenover Igor en zijn advocaat. Erika bestudeerde een paar ogenblikken lang haar papieren, toen keek ze op naar Igor.

'Oké, meneer Kucerov. Of moet ik u George Mitchell noemen?'

'Noem me zoals je wilt, schat.' Hij grijnsde. Zijn stem was zwaar, met een zweem van een Russisch accent.

'Kunt u mij uitleggen waarom u gebruikmaakt van twee verschillende namen?'

Hij trok zijn schouders op.

'Werkt u soms voor MI5 of MI6? Of bent u een geheim agent die zich bezighoudt met spionage? Misschien hebt u getekend voor officiële geheimhouding?'

Igor schonk haar een scheve grijns en wreef over zijn kin. 'Nee,' zei hij ten slotte.

'Sorry, maar dat zijn absurde vragen,' protesteerde de advocaat.

'Welnee, dit zijn volkomen normale vragen. Bent u ervan op de hoogte, meneer Stephens, dat uw cliënt is berecht voor de moord op een jonge vrouw, Nadia Greco? Haar reeds in staat van ontbinding verkerende lichaam is gedumpt in een steengroeve gevonden, achter de rits van een weekendtas.'

Erika schoof een foto van Nadia over de tafel. In de openstaande weekendtas was haar opgezwollen, zwart geworden lichaam te zien.

'Deze weekendtas is vervolgens herleid tot de heer Kucerovs toenmalige vriendin, Barbora Kardosova. Nadia Greco was in haar woning doodgeslagen. Igors DNA is op de plaats delict aangetroffen en Barbora heeft tegen hem getuigd in de daaropvolgende rechtszaak. Echter, de jury wist niet tot een oordeel te komen, waarop de zaak is geseponeerd.'

De advocaat wierp een korte, zijdelingse blik op Igor.

'Bewijs het maar,' zei Igor schouderophalend.

'Dat is nou net het probleem, Igor. Alle stukken van jouw rechtszaak hebben het label VERTROUWELIJK gekregen. Deze classificatie wordt enkel gereserveerd voor strafprocessen over zaken die de nationale veiligheid in gevaar zouden kunnen brengen. Bent u hiervan op de hoogte, meneer Stephens?'

'Ik ben op de hoogte van wat de term "vertrouwelijk" in juridisch opzicht betekent, ja,' zei de advocaat aarzelend.

'In dat geval zult u ook wel begrijpen hoe ongebruikelijk het is, dat dit voorbehoud is verbonden aan het moordproces van uw cliënt... terwijl hij geen enkele band heeft met de geheime inlichtingendienst,' maakte Erika haar verhaal af.

Igor strekte zijn armen boven zijn hoofd en bewoog zijn nek van links naar rechts, totdat deze kraakte. 'Misschien lijk ik een beetje op James Bond,' zei hij.

'Nee hoor, dat zien wij totaal niet in je,' zei Peterson kil.

'Niet zo zuur, gast. Hebben ze het er niet steeds over dat er ook eens een zwarte James Bond moet komen? Misschien maak je nog wel een kans,' reageerde Igor.

Peterson zweeg even en schoof de foto van Nadia Greco's lichaam nog wat verder naar voren. 'Kijk alsjeblieft naar deze foto, herken je haar?'

'Ik adviseer mijn cliënt om die vraag niet te beantwoorden,' zei Stephens.

'Oké. En deze foto dan? Dit ben jij met Andrea Douglas-Brown. Ben je bekend met de Douglas-Brown-moord? Deze foto is vier dagen voor haar dood gemaakt. En deze... en deze...'

Peterson schoof de hele serie over de tafel, van Igor en Andrea bij het Horniman Museum naar de seksueel expliciete foto's. Igor tuitte zijn lippen en leunde achterover op zijn stoel.

'Dit is dezelfde Andrea Douglas-Brown als degene die vermoord is gevonden.'

'Ja ja, we weten allemaal wie zij is,' snauwde de advocaat. 'Beschuldigt u mijn cliënt nu van haar moord?'

Erika negeerde hem. 'Je bent gezien met Andrea, slechts een paar uur voor haar dood, in een pub genaamd The Glue Pot in Forest Hill...'

'Ik hoef uw vragen niet te beantwoorden. Ik wil hier weg,' zei Igor, en hij stond op.

'Ga zitten,' zei Erika. Igor tuitte weer zijn lippen en sloeg zijn armen over elkaar. Hij bleef staan. 'En je moet mijn vragen wél beantwoorden. Want, zoals ik al zei, je bent samen met Andrea gezien.'

'Nee. Ik ben helemaal nergens gezien, want ik was niet eens in het land op de avond dat Andrea vermist is geraakt. Van 31 december tot 15 januari zat ik in Roemenië. Ik heb de tickets nog en u mag mijn paspoort ook controleren.'

'Is dat dan jouw paspoort, of dat van George Mitchell?'

'Het is niet verboden om je naam te veranderen, hoor,' zei Igor. 'U bent toch Slowaaks, is het niet? En u heet Foster?'

'Dat is de naam van mijn man,' zei Erika.

'Ben je getrouwd?' vroeg Igor en hij trok een wenkbrauw op. 'Hoe heb je dat voor elkaar gekregen?'

'Ik vroeg je om te gaan zitten,' riep Erika en ze sloeg met haar vuist op tafel.

'Als u mijn cliënt in staat van beschuldiging wilt stellen...' begon Stephens.

Erika stond op en verliet de ruimte.

'Inspecteur Foster heeft de verhoorruimte verlaten. Ik stop dit verhoor nu om... twaalf over elf,' zei Peterson, waarna hij opstond en achter Erika aan naar buiten rende.

'Wat een klootzak, hè?' zei Erika, toen ze met Peterson op de gang stond. Ze trilde van woede. 'Ik had niet zo snel uit mijn rol moeten vallen bij hem. Maar hij is zo zelfgenoegzaam... Wil je Crane zijn alibi laten natrekken, of hij echt het land uit was?'

'Ja, baas. Laat u niet door hem op de kast jagen, we zijn nog maar net begonnen. Wilt u terug naar binnen?'

Erika haalde diep adem en schudde haar hoofd. 'Nee. Ik wil eerst Simon Douglas-Brown eens proberen.'

63

Simon Douglas-Browns advocaat was even grijs als Stephens, maar droeg een veel duurder pak. Hij stond op hen te wachten in de gang voor de verhoorruimten en trok zijn stropdas recht.

'We zitten hier,' zei Erika, wijzend naar de deur van verhoorruimte 1.

'Ik zal mijn cliënt adviseren om geen van uw vragen te beantwoorden, totdat...' begon hij, maar Erika en Peterson liepen ook hem gewoon voorbij.

Simon keek hen duister aan toen ze achter elkaar de verhoorruimte binnenkwamen. 'Als u maar weet dat wanneer ik klaar met u ben, u godverdomme het verkeer op Old Kent Road kunt gaan regelen – voor de rest van uw tijd bij de politie!' brieste hij.

Erika en Peterson negeerden hem, en iedereen ging zitten. Erika doorliep weer de procedure voor de opname en klapte toen de map voor haar op tafel open.

'Waar is Linda?' snauwde Simon. Erika reageerde niet. 'Ik heb het recht om te weten waar mijn dochter is!'

'Linda is ook gearresteerd en zit hier in hechtenis,' vertelde Peterson.

'Laat Linda hierbuiten, horen jullie? Zij is niet in orde!' riep Simon.

'Niet in orde?'

'Ze staat onder grote druk, ze is niet sterk genoeg om te worden verhoord.'

'Wie heeft u gezegd dat we haar gaan verhoren?' vroeg Erika.

'Als de politie, zwaarbewapend en in gevechtstenue, bij het krieken van de dag op je deur trommelt, dan wil die niet zomaar wat kletsen. Dat neem ik althans aan. Ik waarschuw jullie...'

‘Uw vrouw zit bij de receptie, maar waar is uw zoon, David?’ vroeg Erika.

‘Die is met vrienden op een vrijgezellenweekend in Praag.’

‘Waar verblijft hij daar?’

‘Dat weet ik niet. In een pub of hotel, misschien zelfs een jeugdherberg, weet ik veel. Het is een vrijgezellenfeest.’

‘Een feest voor wie?’ wilde Peterson weten.

‘Een van zijn vrienden van de universiteit gaat trouwen. Die informatie kan ik zo opvragen bij mijn secretaresse, die heeft het allemaal geboekt.’

‘Dat doen wij wel,’ zei Peterson.

Er viel een stilte terwijl Erika door haar dossier bladerde. ‘U runt meerdere bedrijven, in verband met zowel zakelijke als persoonlijke aangelegenheden, klopt dat?’ vroeg ze.

‘Wat een stomme vraag, natuurlijk klopt dat.’

‘Een daarvan heet Millgate Ltd., is dat zo?’

‘Ja.’

‘En dan hebt u er nog een genaamd... Peckinpath.’

‘Ja.’

‘Quantum, Burbridge, Newton Quarry...’

De advocaat boog zich over de tafel heen naar Erika toe. ‘Ik begrijp niet waarom u de behoefte voelt om dit aan mijn cliënt voor te lezen, inspecteur Foster. Hij is zich zeer wel bewust van zijn zakelijke belangen. Dit zijn stuk voor stuk naamloze vennootschappen, deze informatie is algemeen bekend.’

Simon leunde achterover, waakzaam en tegelijkertijd witheet.

‘Ja, dat klopt,’ zei Erika. ‘Maar ik heb zijn bevestiging nodig voor de opname, voor ik verder kan. Sorry, dat ik de waardevolle tijd van uw cliënt verpruts... Goed, ik begin opnieuw.’

‘Ja, ja, ja. Is dat luid genoeg voor die verdomde opname van u?’

‘Dan wil ik nu graag uw aandacht vestigen op een van uw bankafschriften, van de maand september van vorig jaar.’ Erika trok een vel papier uit de map en legde het op tafel.

Simon leunde naar voren. ‘Wacht eens even, hoe komt u hieraan? Onder wiens gezag is dat opgevraagd?’

‘Onder het mijne,’ zei Erika ijzig kalm. ‘In september is door u een storting gedaan aan Cosgrove Holdings Ltd., een bedrijf dat staat geregistreerd onder Yakka Events – van Giles Osborne, ter waarde van zesenveertigduizend pond.’ Ze tikte met haar wijsvinger op het afschrift.

‘Jazeker, ik heb in dat bedrijf geïnvesteerd,’ zei Simon. Hij keek Erika strak aan.

Ze haalde nog een bankafschrift tevoorschijn. ‘Ik heb hier ook een van Giles Osbornes bankafschriften. Van Cosgrove Holdings Ltd. en met dezelfde datum, waarop te zien is dat die zesenveertigduizend pond inderdaad op die rekening is binnengekomen...’

‘Waar gaat dit naartoe?’ vroeg de advocaat.

Erika stak haar hand op en vervolgde: ‘Maar op dezelfde dag gaan die zesenveertigduizend pond van u alweer de deur uit.’

Simon begon hard te lachen en keek om zich heen of iemand misschien met hem mee wilde doen. Maar Petersons gezicht bleef ijskoud. ‘Waarom vraagt u dat niet aan Giles? Ik ben niet betrokken bij het dagelijks beheer van zijn bedrijf! Ik ben maar een stille vennoot.’

‘Maar u hebt zesenveertigduizend pond geïnvesteerd. Is dat niet een beetje veel voor een stille vennoot?’

‘Wat is veel? Voor mij is zesenveertigduizend pond geen kapitaal... voor u, met dat politiesalaris, is het vast een stuk meer.’

‘Dat in aanmerking genomen, zouden u en Giles dan toch niet op zijn minst hebben besproken waar uw investering voor was bestemd?’ vroeg Erika.

‘Ik vertrouw Giles. En, misschien herinnert u zich dat nog, voordat mijn dochter op brute wijze werd vermoord, had ik hem net als schoonzoon in mijn familie verwelkomd.’

Even verscheen er een barst in Simons masker van opstandigheid en zagen ze de rauwe pijn van zijn verdriet om Andrea.

‘Oké, als uw schoonzoon, heeft Giles dan met u gedeeld waarom die zesenveertigduizend pond rechtstreeks zijn overgemaakt aan een bedrijf genaamd Mercury Investments Ltd.?’

Simon keek naar zijn advocaat.

‘Ja of nee? Het is een eenvoudige vraag,’ zei Erika. ‘Heeft Giles u verteld waarom die zesenveertigduizend pond werden uitbetaald aan een bedrijf genaamd Mercury Investments Ltd.?’

‘Nee.’

‘Weet u van het bestaan van een bedrijf genaamd Mercury Investments?’

‘Nee.’

‘Dit bedrijf staat geregistreerd op naam van ene Rebecca Kucerov, de echtgenote van deze man, Igor Kucerov. Voor het geval het nodig is om uw geheugen op te frissen: op Andrea’s tweede mobieltje hebben we deze foto’s aangetroffen.’

Erika haalde de seksfoto’s uit de map en legde ze recht voor Simon op het tafelblad. Hij wierp er een korte blik op, sloot zijn ogen en begon te trillen.

De advocaat boog zich vlug naar voren en begon de foto’s bijeen te rapen. ‘Ik maak er bezwaar tegen dat mijn cliënt deze pijnlijke foto’s onder ogen krijgt, van een dochter die nog maar net begraven is...’

‘Maar wat heeft uw cliënt te zeggen over die zesenveertigduizend pond? Wij denken dat deze man, Igor Kucerov, in verband kan worden gebracht met de illegale handel van jonge Oost-Europese vrouwen naar Groot-Brittannië. Hij is tevens voor het gerecht gebracht vanwege de moord op een jong meisje genaamd Nadia Greco.’

‘Is hij daarvoor veroordeeld?’ vroeg Simon scherp.

‘Nee, maar ook zonder veroordeling is dit een belastende link. Daarom zal ik het u opnieuw vragen: weet u waarom Giles Osborne die zesenveertigduizend pond heeft overgemaakt aan Igor Kucerov?’

Simon zakte tegen zijn rugleuning. Hij zag er aangeslagen uit.

‘Mijn cliënt heeft geen commentaar.’

‘Juist,’ zei Erika. Ze schonk Peterson een blik, waarna ze allebei opstonden.

‘En nu?’ vroeg de advocaat.

‘Dit verhoor wordt voorlopig opgeschort,’ zei Erika.

‘Hoe laat zei u dat het was?’ vroeg Simon.

‘Kwart over twaalf,’ zei Erika.
‘Ik wil Linda spreken. Nú,’ zei hij.
Erika gaf geen antwoord, maar verliet samen met Peterson de verhoorruimte.

64

‘Het ziet eruit alsof hij een beetje begint te flippen daarbinnen,’ zei Moss, toen ze terugkwamen in de observatieruimte. Ze wierpen een blik op de vier monitors. Simon stond te tieren dat ‘die vuile politietrut’ niet het recht had om hem bij zijn dochter weg te houden.

‘Misschien moeten we ze allemaal maar even laten zweten,’ zei Peterson.

‘Ja. Maar vergeet niet dat we hen maar vierentwintig uur kunnen vasthouden. Als we ze voor die tijd niet officieel in staat van beschuldiging kunnen stellen, moeten we ze laten gaan.’

‘Konden we die Kucerov maar opnieuw oppakken voor de moord op Nadia Greco,’ zei Moss.

‘We hebben geen nieuw bewijs. En het kost veel te veel tijd om daarnaar op zoek te gaan. Nee, we moeten hem zien te pakken op die link met dat geld van Simon en Giles,’ zei Erika. ‘En Linda is de link naar Andrea en Igor.’

Op de monitor naast die van Simon lag Linda met haar hoofd op de tafel in haar verhoorruimte, terwijl ze afwezig rondjes tekende op het bekraste tafelblad.

Op het scherm eronder zat Igor nog steeds achterovergeleund. Hij had zijn benen wijd; zijn hoofd rustte tegen de muur. Ook Giles bleef passief. Hij zat op zijn stoel om zich heen te kijken, bijna alsof een ober zijn bestelling was vergeten.

‘Laten we een paar minuten pauzeren,’ zei Erika. Ze pakte haar sigaretten en liep naar de uitgang.

Buiten, onder aan de entreetrap stond Diana Douglas-Brown, die net een sigaret opstak. Ze droeg een lange, zwarte bontmantel en haar haar was onberispelijk geföhnd en keurig rond haar vermoeide gezicht gedrapeerd.

Erika wilde zich al omdraaien om terug naar binnen te gaan, toen Diana haar zag.

'Inspecteur Foster, wat gebeurt er toch allemaal?'

'We zijn bezig met onze verhoren,' zei Erika beslist.

Ze liep alweer naar de deur toen Diana zei: 'Zou u dit alstublieft aan Linda willen geven?' Ze stak haar hand in de plooien van haar mantel en haalde er een kattenknuffeltje aan een sleutelring uit. Het was zwart, met zachtbruine ogen en een lapje verbleekt roze stof als tong.

'Het spijt me, ik vrees dat ik dat niet kan doen,' zei Erika.

'Alstublieft... U begrijpt het niet, Linda heeft iets vertrouwds nodig.' Diana nam een trek van haar sigaret. 'Zij heeft tijdens de bevalling zuurstoftekort opgelopen. Daardoor kampt ze met emotionele problemen. Ze kan de wereld niet aan!' Dat laatste schreeuwde ze bijna.

'Zo nodig zal onze brigadier ervoor zorgen dat hier binnen enkele minuten een arts is. Maar het gaat prima met Linda, dat kan ik u verzekeren. We willen haar alleen maar wat vragen stellen.'

Diana barstte in huilen uit. Ze boog haar hoofd, waardoor haar haar naar voren viel, en drukte het knuffeltje snikkend tegen haar gezicht. Erika draaide zich om en liep terug naar binnen.

'Zijn verhaal klopt,' zei Crane, die haar in de meldkamer tegemoet kwam. 'Ik heb een passagierslijst waarop staat dat Igor Kucerov Groot-Brittannië op 31 december vanaf London Luton heeft verlaten, voor een vlucht naar Roemenië. Op 15 januari is hij teruggevlogen.'

'Shit!' riep Erika uit, en alle ogen richtten zich op haar. 'Kan hij daartussenin niets hebben gedaan? Heb je bewakingsbeelden, die bewijzen dat hij echt door de vertrekgate is gelopen?' vroeg ze.

'Baas, dit is informatie van de Douane- en Immigratiedienst.'

'Weet ik. Maar we hebben hier ook spullen van het OM en de rechtbank waarin is gerommeld, die laten zien dat Igor Kucerov tijdens een proces een speciale behandeling heeft gekregen! Iemand is in die stukken gedoken en heeft officiële gegevens gewijzigd... Kan hij niet per bus, auto of trein zijn teruggekomen, dan weer naar Roemenië zijn gegaan en...'

Crane krabde op zijn hoofd. 'Dat zóú kunnen, baas, vermoed ik.'

'Laten we niet blijven hangen bij vermoedens, maar het uitzoeken. Ik wil foto's van de paspoortcontrole, bewakingsbeelden van zijn aankomst in Roemenië... een digitale voetafdruk, die bekrachtigt dat Igor Kucerov ons land op 31 december heeft verlaten en op 15 januari is teruggekeerd.'

'Ja, baas.'

'En denk eraan: de klok tikt door,' zei Erika, waarna ze op haar horloge keek. 'We hebben nog negentien uur.'

Toen Erika de meldkamer weer uit kwam, liep ze op de gang Peterson en Moss tegen het lijf. Ze vertelde hun dat het inderdaad zou kunnen dat Igor Kucerov op het moment dat Andrea verdween niet in Groot-Brittannië was.

'Dat zou betekenen dat hij Andrea niet kan hebben vermoord, en Ivy ook niet. Dat we hem niet direct aan hun moorden kunnen koppelen,' zei Moss.

Erika schudde haar hoofd.

'En hoe zit het met die andere meisjes, Tatjana Ivanova, Mirka Bratova en Karolina Todorova? We weten de data waarop zij zijn gevonden. Kunnen we erachter komen waar hij toen was?' vroeg Peterson.

'Van de eerste drie meisjes hebben we alleen maar wat losse forensische gegevens en we weten ook niet precies wanneer zij zijn verdwenen. Daarbij, ik heb die drie moorden al publiekelijk aan die van Andrea en Ivy verbonden. En ik ben er ook van overtuigd dat ze dat zijn. Tenzij we natuurlijk te maken hebben met een copycat. Jezus, wat is dit ingewikkeld,' zei Erika en ze wreef over haar gezicht. Toen zag ze dat Moss en Peterson een blik met elkaar wisselden. 'Wat is er? Zeg op!'

'Simon Douglas-Browns advocaat zet meteen hoog in. Hij probeerde de assistent-korpschef aan de lijn te krijgen,' vertelde Moss.

'Hij wil Oakley bellen?'

'Ja. En niet via de centrale, hoor: hij heeft zijn doorkiesnummer.'

'Is het hem gelukt?'

'Nog niet. Oakley is weg, op minivakantie.'

'Op minivakantie! En Marsh trakteert zijn vrouw op een schildertripje... Wie heeft hier in godsnaam de leiding?'

'Nou, baas, technisch gesproken bent u dat,' verklaarde Peterson.

'Daar zeg je zowat. Oké dan, laten we ons maar eens op Giles Osborne storten,' zei Erika gedecideerd.

65

Giles Osborne zat grimmig voor zich uit te kijken in de verhoorruimte, toen Erika en Peterson binnenstapten, met Osbornes advocaat achter hen aan. Alweer een grijze man in een net pak, ene Phillip Saunders.

Nadat Erika de formaliteiten voor de opname had opgesomd, legde ze dezelfde vragen aan Giles voor. Ze vroeg naar de zesenveertigduizend pond die hij had ontvangen van Simon Douglas-Brown. Waarom had hij deze vervolgens overgemaakt aan Mercury Investments, een bedrijf van Igor Kucerov?

Giles boog zich naar zijn advocaat toe, bracht zijn lippen dicht bij diens oor en begon te mompelen.

'Om vragen over dat onderwerp te beantwoorden, zou mijn cliënt eerst al zijn facturen aan een diepgaand onderzoek moeten onderwerpen,' sprak de advocaat.

'Ik heb de betreffende bankafschriften hier,' zei Erika en ze schoof de kopieën over de tafel heen. 'Er is duidelijk op te zien dat het geld op de ene rekening binnenkomt en vervolgens naar de andere gaat. Hoeveel dieper wilt u gaan? Mercury Investments is een hoveniersbedrijf. Yakka Events heeft zeer weinig met tuinaanleg.'

Giles tikte met zijn vinger tegen zijn lippen en zweeg even. Uiteindelijk zei hij: 'Ik geloof dat dat geld is gebruikt om een zeldzame boom uit Nieuw-Zeeland te halen.'

'Wat?' zei Peterson.

'Ja, ik wilde hem graag als pronkstuk op mijn binnenplaats, die boom. De naam ervan is me even ontschoten,' zei Giles stroperig. 'Ik kan u er, te zijner tijd, wel een bon van laten zien, als bewijs. U weet dat de heer Kucerov de eigenaar is van een bedrijf in landschapsarchitectuur?'

'Ja,' zei Erika. 'Dat heb ik u zojuist gezegd.'

'Daar dan: mysterie opgelost. Dat is de reden dat ik zesenveertigduizend pond naar zijn rekening heb overgemaakt.'

'Hij knipt heggen en maait grasvelden, zij het op grote schaal,' voegde Peterson geringschattend toe.

'En Simon Douglas-Brown weet niets van deze transactie?' vroeg Erika.

'Waarom zou hij? Hij was een stille vennoot. We hadden afgesproken dat hij een bepaald aantal aandelen zou kopen, waardoor hij voor een deel eigenaar van Yakka Events zou worden. Ik geloof dat hij op dit moment 13,8% bezit. Maar ja, ik kan niet bij die informatie, omdat u mij voor dag en dauw uit bed heeft gesleurd en al mijn apparatuur heeft geconfisqueerd.' Giles glimlachte vals naar Erika.

Ze liet zich niet uit het veld slaan. 'Hoe hebt u Igor Kucerov leren kennen?'

'Via Andrea,' zei hij.

'En bent u zich ervan bewust dat Andrea een seksuele relatie met Kucerov onderhield?'

'Indertijd niet. Maar sinds u mij die foto's heeft laten zien natuurlijk wel.'

'Weet u hoe Andrea Kucerov heeft leren kennen?'

'Ik geloof dat ze iets zei over eh... een vriendin, Barbora nog-wat...'

'Kardosova, Barbora Kardosova?'

'Ik geloof van wel, ja.'

'En wist u dat Barbora Kardosova ook een relatie had met Igor Kucerov?'

Giles schudde onthutst zijn hoofd.

'Mijn cliënt heeft uw vragen met betrekking tot die investering van zesenveertigduizend pond beantwoord. Ik zie niet in waarom hij vragen zou moeten beantwoorden over de vriend van een privérelatie van zijn verloofde,' zei de advocaat.

Erika en Peterson keken Giles over de tafel heen even strak aan.

'Dat is voorlopig alles,' zei Erika.

'En mag mijn cliënt nu weg?' vroeg de advocaat.

'Dat heb ik niet gezegd.' Erika stond op. Peterson volgde haar voorbeeld.

'Wat nu dan?' vroeg de advocaat.

'We komen terug,' zei Erika.

Ze liepen via de gang terug naar de observatieruimte.

'Jezus christus,' zei Erika, terwijl ze Moss en Peterson aankeek.

'Denkt u dat die flauwekul van die zeldzame boom voor de rechter overeind blijft, áls we zover komen?' vroeg Moss, die alles weer via de monitor had gevolgd.

'We hebben zijn kantoor gezien: dat barst van de pretentieuze accenten. Het past precies bij wat hij zegt,' verzuchtte Peterson.

'Ja, maar waar staat die boom dan?' vroeg Erika. 'Dat geld is ruim een jaar geleden al overgemaakt.'

'Misschien wachten ze tot hij groot genoeg is,' merkte Moss somber op.

Er werd op de deur van de observatieruimte geklopt. Het was Woolf. 'Baas, ik heb Marsh aan de telefoon. Hij wil u per se spreken. Hij zit in zijn auto, op de terugweg naar Londen.'

'Zei hij toevallig waar hij nu is?'

'Nog steeds in Devon,' zei Woolf.

'Zeg maar dat je me niet kunt vinden.'

'Baas, hij weet dat u ze allemaal aan het verhoren bent.'

'Gebruik je hersens, Woolf, en verzin iets. Ik neem de gevolgen voor mijn rekening, maar versier nog een beetje meer tijd voor ons.'

'Goed, baas,' zei Woolf.

Toen hij weg was, tuurden ze weer naar de monitors.

'Laten we maar eens gaan kijken wat Igor over dit alles te zeggen heeft,' zei Erika. 'En dan pakken we Linda erbij.'

66

‘Hij wilde dat ik een boom vond voor zijn kantoor,’ zei Igor, achterover geleund op zijn stoel en met zijn armen uitgestrekt boven zijn hoofd. Erika zag dat hij gele vlekken onder zijn armen had. Meteen viel haar ook de bedompte zweetlucht in de verhoorruimte op.

‘En kunt u dat, in uw hoedanigheid als hovenier?’ vroeg Erika.

‘Dit is Londen: zoveel lui willen rare dingen in hun tuin. En met internet is het zoeken een eitje.’

‘Waarom staat het bedrijf eigenlijk op naam van uw vrouw?’

‘Dat is gewoon zo.’

‘En wie heeft u voorgesteld aan Giles?’ vroeg Peterson, ook al wist hij het antwoord al.

‘Andrea natuurlijk.’ Igor grijnsde.

‘Weet uw vrouw van Andrea?’

‘Wat denkt u zelf?’

‘En wist ze van uw relatie met Barbora Kardosova?’

‘Mijn vrouw is oké!’

‘Wat wilt u daarmee zeggen? Dat ze weet wanneer ze haar mond moet houden, of wanneer ze de andere kant op moet kijken? Weet zij dat u betrokken bent bij het naar Londen smokkelen van jonge Oost-Europese meisjes? Dat u die op het busstation van Victoria oppikt?’ vroeg Erika.

‘Deze vragen hoeft mijn cliënt niet te beantwoorden. Dit is pure speculatie. U hebt geen enkel bewijs,’ onderbrak de advocaat haar.

‘O, jawel. We hebben een opname van een gesprek met Barbora Kardosova. Hierin vertelt zij over deze zaken, en over het feit dat u Nadia Greco hebt vermoord.’

‘En waar is deze getuige nu?’ vroeg de advocaat.

‘Zij heeft kort na dit gesprek zelfmoord gepleegd,’ zei Erika, terwijl ze Igor scherp in de gaten hield. 'Ze was zo bang om de waarheid over u te onthullen, dat ze zichzelf van het leven heeft beroofd.'

'Dat kan ik niet echt een betrouwbare getuige noemen, een suïcidale vrouw. En het was kennelijk ook geen verklaring onder ede,' zei de advocaat.

Igor hing pedant en blakend van zelfvertrouwen tegen zijn rugleuning.

Zijn advocaat vervolgde: 'Terwijl u heen en weer fladderde van de ene verhoorruimte naar de andere, heb ik de kans waargenomen om de processtukken in kwestie in te zien. Wat u beweert, is ook niet meer dan dat: slechts een bewering. Enorme lappen van die stukken zijn geredigeerd! Juridisch gezien bestaan ze daardoor helemaal niet. Beseft u dat u mijn cliënt zeer binnenkort officieel in staat van beschuldiging zult moeten stellen? De klok tikt door, mejuffrouw Foster.'

'Het is inspectéúr Foster,' zei Erika. Vervolgens verklaarde ze dat ze het verhoor tijdelijk opschortte en, nadat ze voor de opname het precieze tijdstip had opgenoemd, vertrok ze samen met Peterson.

67

Erika, Moss en Peterson wilden net verhoorruimte 3 binnenstappen om met Linda te gaan praten, toen de advocaat hen eraan herinnerde dat hun verdachten juridisch gezien recht hadden op een eetpauze. Een uur later liep de middag alweer op zijn eind, deze dag vervloog waar ze bij stonden.

'Linda, weet je waarom we je hebben gearresteerd?' vroeg Erika.

Linda leunde kalm en ontspannen achterover. 'U denkt dat ik informatie heb. Of u denkt dat ik iemand kende die Andrea heeft vermoord. Of u denkt dat ík Andrea heb vermoord. Misschien denkt u ook wel dat ik J.R. heb neergeschoten, of president Kennedy.'

'Dit is geen grapje, Linda. Het gaat om Igor Kucerov, ook wel bekend als George Mitchell. Andrea had een seksuele relatie met hem, voor én tijdens haar tijd met Giles,' zei Erika en ze duwde tegen een van de foto's van Igor.

Linda staarde naar alle foto's die voor haar lagen uitgestald. Ook de seksfoto's bekeek ze volkomen onbewogen.

'We weten dat hij degene is die deze foto van jou en Andrea heeft genomen,' voegde Erika eraan toe.

'Dat weet u helemaal niet,' snoof Linda, terwijl haar blik heen en weer schoot, van Erika naar Peterson en weer terug. 'Hoe kunt u dat nu weten?'

'Omdat we Igor Kucerov hebben gearresteerd, op verdenking van de moord op Andrea én die op Tatjana Ivanova, Mirka Bratova, Karolina Todorova en Ivy Norris. Hij wordt op dit moment in de kamer hiernaast verhoord,' zei Erika.

'Dat liegt u, en ik praat niet met leugenaars. Moet ik met deze leugenaars praten?' vroeg Linda, terwijl ze haar advocaat aankeek.

'Hebt u bewijs dat deze foto van mijn cliënte inderdaad is gemaakt door de man van wie u beweert dat hij de fotograaf is?' vroeg de advocaat.

Erika negeerde hem. Ze vroeg aan Linda: 'Herinner jij je een meisje dat Barbora heette, een vriendin van Andrea?'

'Ja.'

'Zij is een paar keer met jullie mee op zomervakantie geweest, toch?'

'Ze was lief, misschien een beetje te lief... en meegaand. Hoe dan ook, te goed voor Andrea, en dus – verrassing, verrassing – heeft Andrea haar weggejaagd.'

'Hoe heeft ze dat gedaan?'

'O, zoals ze altijd deed. Eerst vond ze Barbora helemaal het einde, toen bekoelde haar enthousiasme en gaf ze haar het gevoel dat ze een paria was. De laatste keer dat ze met ons mee op vakantie ging, was Barbora erg afgevallen, ze was gewoon vel over been. Maar Andrea vond dat supertrendy. Dat was blijkbaar genoeg om dat arme meisje te excommuniceren.'

'Heeft Andrea toen verteld waar Barbora was gebleven?'

'Ze zei alleen dat ze was verhuisd. Hoezo?' vroeg Linda en ze kneep haar ogen tot spleetjes.

Erika legde Barbora's connectie met Igor uit en vertelde dat ze in dezelfde tijd als Andrea seksueel actief met hem was geweest.

'Mag ik u eraan herinneren dat deze informatie bewerkt is?' zei de advocaat.

'Welnee, dat Barbora een seksuele relatie had met Igor Kucerov, dat ze is opgenomen in het getuigenbeschermingsprogramma en dat ze zelfmoord heeft gepleegd, is geen bewerkte informatie,' zei Erika. Ze zag dat Linda begon te trillen en dat haar ogen zich vulden met tranen, die algauw over haar wangen stroomden.

'Hoe heeft ze het gedaan?' vroeg Linda.

'Ze heeft zich opgehangen. Ze was doodsbang. Begrijp je nu hoe belangrijk het is dat we de waarheid over Igor Kucerov blootleggen? Hij wordt rechtstreeks in verband gebracht met Andrea.'

Linda veegde haar tranen weg. 'Ik heb hem een paar keer ontmoet, in een club in Kensington en in een pub in Chiswick. Zoals ik al eens eerder heb verteld, kreeg Andrea altijd enorm veel aandacht van mannen; ze liepen overal achter haar aan. Andrea gebruikte mannen als tampons: ze vond het prima om ze een tijdje in zich te hebben, maar dan spoelde ze ze weer weg.'

Er viel een stilte, waarin Linda's advocaat moeite deed om zijn afschuw te verbergen. Erika opende een map, haalde er de boodschap uit die in haar zak had gezeten en legde hem voor Linda op tafel.

'Wat kun je me hierover vertellen?' vroeg ze, terwijl ze Linda's gezicht bestudeerde.

'Die brief hebt u me al eerder laten zien, in de bloemisterij.' Ze keek naar Erika op. 'Hebt u die gekregen?'

'Ja. Zoals je ziet, is het tegen mij persoonlijk gericht, maar hij spot ook met de politie, over de dood van Andrea en de andere slachtoffers.'

'Waarom laat u dit aan mij zien?' vroeg Linda, opeens ijzig.

'Linda, we hebben je strafblad gezien. Je hebt er nogal een gewoonte van gemaakt om dreigbrieven te versturen. Je hebt er naar Giles Osborne gestuurd, maar ook naar anderen: leraren, een dokter, vrienden van Andrea. Je hebt zelfs Barbora brieven gestuurd. Daar heeft ze ons over verteld, in een gesprek dat is opgenomen.'

'Nogmaals, inspecteur Foster, dit is allemaal indirect bewijs,' zei de advocaat. 'U probeert op hardhandige wijze de puntjes met elkaar te verbinden, om mijn cliënte zover te krijgen dat ze gaat praten. Maar dat gaat ze niet doen.'

'Nou, ze kan gaan praten, maar anders zal haar zwijgen even belastend zijn. Linda, het gaat om jou, je vader, Giles, Barbora en Igor. Jullie zijn allemaal met elkaar verbonden. We hebben jouw laptop, de harddrive daarvan wordt momenteel onderzocht. We hebben ook de computers van je vader en Giles in beslag genomen. Het is nog slechts een kwestie van tijd voordat we alles met elkaar kunnen verbinden. Praat met me, Linda, ik kan je helpen.'

'Nee, dat doe ik niet,' zei Linda. Ze liet zich weer tegen de rugleuning vallen en plukte wat pluisjes van haar trui. Toen keek ze de agenten weer recht aan. Ze leek haar emoties weer volledig onder controle te hebben. Het kostte Erika moeite om haar frustratie te verbergen.

'Hou je van katten?' vroeg Peterson ineens.

'O hemeltje, we zijn echt wanhopig, is het niet?' Linda glimlachte flirterig. 'Meneer Lloyd, zal ik die vraag maar gewoon beantwoorden? Ik wil niet ook nog betrokken raken bij een kattenschandaal.'

De advocaat draaide met zijn ogen en knikte.

'Ja, rechercheur Peterson, ik hou van katten.'

'Heb je zelf ook een kat?'

'Op het ogenblik niet,' zei Linda stijfjes.

'Hebt u nog andere, wel relevante vragen?' vroeg Lloyd.

'Nee, dat is voorlopig alles,' zei Erika, in een poging haar gezichtsverlies zo veel mogelijk te beperken.

Toen ze weer op de gang kwamen, stond Woolf hen op te wachten.

'Ja, wat nou?' snauwde Erika hem toe.

'Het is Marsh.'

'Nu even niet, hoor. Ik bel hem wel terug.'

'Hij is hier, in zijn kantoor, en wil u spreken.'

68

Marsh liep voor zijn raam te ijsberen, toen Erika op de deur van zijn kantoor klopte. Toen ze binnenkwam, stopte hij daar meteen mee en keek haar aan. Hij droeg een keurige witte chino, een overhemd met de bovenste knoopjes open en een artistiekerige platte pet. Ondanks de situatie, moest Erika een glimlach onderdrukken.

'Mikt u op de David Beckham-look, meneer, of is dit uw schilderoutfit?'

'Ga zitten,' blafte Marsh. En hij trok de pet af en smeet hem op een van de hoge papierstapels op zijn bureau. 'Ben jij gek geworden, inspecteur Foster? Heb je enig idee wat voor teringzooi je hebt ontketend door de Douglas-Browns te arresteren? Ik heb het Cabinet Office al een paar keer aan de lijn gehad!'

Hij leek doodmoe en de hele situatie spuugzat.

'Meneer, als u even naar me zou willen luisteren...'

'Nee. Ik beveel je om sir Simon, Linda, Giles Osborne én Igor Kucerov onmiddellijk vrij te laten, begrepen? Je hebt iemand uit het getuigenbeschermingsprogramma ontmaskerd, je hebt vrijuit gesproken over details uit een strafproces dat was aangemerkt als "vertrouwelijk"...'

'Meneer, Barbora Kardosova heeft zelfmoord gepleegd, waardoor zij niet langer onder de getuigenbescherming valt.' Erika zweeg even en ging toen verder. Ze lichtte het betalingsverkeer tussen Simon, Giles en Igor toe en vertelde over Barbora's verklaring, die Igor in verband bracht met de smokkel van Oost-Europese vrouwen – maar zweeg over de twijfel of hij ten tijde van de moord op Andrea wel in het land was geweest. 'U moet toch toegeven, meneer: zelfs als het allemaal toeval is, stinkt dit hele zaakje.'

Marsh had de hele tijd ingespannen geluisterd. Hij zuchtte diep en begon weer te ijsberen. Erika kon de radertjes in zijn hoofd bijna zíén draaien.

'Hoe laat is het?' vroeg hij opeens.

'Bijna vijf uur,' zei Erika.

'En wanneer zit hun vierentwintig uur hechtenis erop?'

'Om negen uur morgenochtend.'

'Hebben ze al een pauze gehad voor het avondeten?'

'Nog niet.'

'Oké. En ze hebben recht op een onderbroken nachtrust van acht uur.'

'Dat weet ik, meneer. Ik heb meer tijd nodig. Wilt u geen verlenging overwegen en me er nog twaalf uur bij geven? Ik kan daar zelf geen fiat voor geven, maar u wel. Ik zit te wachten op de forensische dienst. Die heeft Simons laptop en die van Linda meegenomen. En dan zijn er ook nog de bankgegevens die we aan het doorpluizen zijn.'

'Nee, ik kan het niet verlengen.' Marsh ging weer zitten. 'Luister, Erika, je bent een briljante politievrouw...'

'Meneer, dat zegt u altijd vlak voordat u me iets gaat verbieden.'

Marsh zweeg even. 'Nee, dat zeg ik omdat het waar is. En omdat ik zie waar dit op gaat uitlopen. Je neemt het op tegen zeer machtige lieden en helaas is het geluk niet aan jouw kant.'

'Het lijken de *Hunger Games* wel...'

'Dit is geen grap, Erika. Laat je verdachten gaan, dan zal ik mijn uiterste best doen om je te beschermen.'

'Beschermen?' vroeg Erika ongelovig.

'Erika, zie je dan niet hoe de wereld in elkaar steekt? Het establishment wint altijd. We hebben het allebei zien gebeuren. Het ontbreekt je aan onweerlegbare bewijzen. Alsjeblieft, maak je uit de voeten en red je carrière. Soms moet je dingen gewoon loslaten.'

'Nee. Het spijt me, meneer, maar dat kan ik niet maken. Zes vrouwen zijn er overleden, zes! Wat geeft dat zogenaamde establishment het recht om dat allemaal in de doofpot te stoppen en er nog mee weg te komen ook? Zodat ze nog meer geld kunnen verdienen? En hun aangename leventje lekker kunnen voortzetten?'

'Je weet wat er zal gebeuren, toch? Je kunt je penning kwijtraken, je reputatie.'

'Meneer, bijna alles is me al afgenomen: Mark, het leven in het noorden waar ik zo van hield, omringd door vrienden, op een plek waar ik me thuis voelde. Het enige wat ik nog heb om me aan vast te klampen, is mijn moraliteitsbesef... plus het feit dat ik voor negen uur morgenochtend misschien alsnog gerechtigheid voor deze vrouwen kan behalen.'

Marsh keek haar aan. Hun verschil van mening was opgelost. Het enige wat er nog tussen hen in stond, was een rommelig bureau, maar het was alsof ze aan weerszijden van een breed ravijn stonden. En Erika stond aan de wiebeligste kant ervan.

'Oké, je hebt tot negen uur morgenochtend om deze zaak op te bouwen. En je aanvaardt alle consequenties,' zei Marsh.

'Dank u, meneer.'

Erika stond op en verliet het kantoor. De droefheid in zijn ogen was haar niet ontgaan.

69

Erika en haar team gingen verder met het verhoren van de verdachten. Maar terwijl de vroege avond hun door de handen glipte, leek datzelfde met de zaak te gebeuren. Igor, Simon, Giles en Linda voelden dat de politie niets kon bewijzen en werden steeds zelfverzekerder. Ze begonnen steeds vaker hun lippen op elkaar te houden en om de vragen heen te draaien. Hun advocaten konden hun oren niet geloven toen Erika aankondigde dat ze vannacht zouden moeten blijven en in de ochtend opnieuw zouden worden verhoord.

Het liep inmiddels tegen middernacht. Crane en Erika waren de laatsten die nog in de meldkamer zaten.

'Is er nog iets wat ik kan doen, baas?' klonk Cranes stem ineens vlak naast haar. 'We wachten nog steeds op de bewakingsbeelden van Igor Kucerov op het vliegveld. Ik geloof niet dat er de komende uren iets zal komen.'

Erika zat voor de zoveelste keer de details van de zaak te bestuderen, te beginnen bij Andrea's ontvoering. Het kostte haar steeds meer moeite om haar ogen scherp te stellen op haar computerscherm. 'Nee, hoor. Ga maar naar huis en probeer wat te slapen,' zei ze.

'Dat zou u zelf ook moeten doen. Zit u weer in uw appartement?'

'Nee, de politie heeft een hotelkamer voor me geregeld. Totdat ik mijn zaakjes weer op orde heb.'

'Waar is die kamer?'

'In het Park Hill.'

Crane floot. 'Mooi hotel. Daar hebben we de negentigste verjaardag van mijn oma gevierd. Fijne golfbaan ook. Nou, goedenacht.'

'En morgen lekker vroeg gezond weer op,' zei Erika toen hij wegging.

Het was na twaalven toen ze bij het hotel aankwam. Toen ze op haar chique, fraai ingerichte kamer kwam, voelde ze zich ineens miljoenen kilometers verwijderd van de zaak. Die afstand hielp helaas niet.

Om half vijf ontwaakte ze, badend in het zweet, uit de inmiddels overbekende droom: het geluid van schoten om haar heen en Mark die ter aarde stortte. Ze sloot vlug haar ogen, maar het laatste beeld had zich al in haar netvlies gebrand: de achterkant van zijn hoofd die met een jachtgeweer was weggeblazen.

Het was benauwd. Ze stapte uit bed, liep naar het raam en voelde dat de radiator eronder warmte uitstraalde. Haar kamer lag op de zesde verdieping. Achter de inktzwarte duisternis van de golfbaan zag ze huizen liggen, rijen huizen, dicht tegen elkaar aan, tot aan Lewisham. In een paar ervan brandde licht, maar de meeste waren donker. Het hotelraam kon door een beveiligingsslot maar vijf centimeter open.

'Ik wil alleen maar wat frisse lucht,' verzuchtte ze. 'Ik ga heus geen zelfmoord plegen.'

Dus kleedde Erika zich aan en ging naar beneden, naar de grote lobby vol pluche, die op een vermoeid ogende receptionist na verlaten was. Hij keek op van zijn spelletje solitaire en knikte naar haar.

Het gevoel van de koude buitenlucht op haar huid was heerlijk. Er stond een rij bankjes voor het hotel. Ze koos voor het eerste, trok een sigaret uit het pakje, stak hem aan en blies een rookwolk de avondlucht in. Ze schudde de droom huiverend van zich af en dwong haar gedachten weer in de richting van het onderzoek.

Misschien werd dit wel 'de Zaak', die ene, waar ze geen vat op kreeg. Elke politieagent kreeg een keer zo'n onoplosbare zaak voor zijn kiezen, een dossier dat nooit gesloten kon worden. Ze tikte haar as op de kiezels. Er klonk een 'miauw' en een grote zwarte kat kwam onder het bankje vandaan en drukte zich tegen haar benen.

'Hé, hallo,' zei ze en ze bukte zich om hem te aaien. Luid spinnend flaneerde hij vervolgens naar een paar schoteltjes die onder een van de erkerramen waren neergezet. Hij dronk er wat water en snuffelde aan het bakje ernaast, dat leeg was.

Erika moest ineens aan Linda Douglas-Brown denken. Linda het kattenvrouwtje. Er waren zoveel dingen die in haar richting wezen! Linda zou Andrea op de bewuste avond bij die bioscoop treffen, maar dat ging niet door. Ze had de film samen met David gezien. Dat was wat ze wisten, maar wat gebeurde er daarna? En dan Linda's obsessie voor katten. Wat wist ze eigenlijk van Linda? Speelde zij een slachtofferrol? Ze was duidelijk niet het lievelingetje van de familie. Ze was verbitterd en jaloers. Ze zóú Andrea kunnen hebben vermoord. Maar hoe zat het dan met de andere vrouwen, die prostituees die betrokken waren geraakt bij Igor? Linda kende Igor ook, ze had hem wel eens ontmoet. Stel dat ze had ontdekt dat hij die drie meisjes had omgebracht? En stel dat ze daarop haar kans had waargenomen om de moord op Andrea eruit te laten zien als het werk van een copycat, een na-aper. Linda het kattenvrouwtje.

En zo maalden haar gedachten maar door. Linda had niet eens een kat, dat had Peterson haar tijdens het verhoor nog gevraagd. Daar had ze toen wat stijfjes op geantwoord – 'op het ogenblik niet' – waarna er een merkwaardige blik over haar gezicht was getrokken. Toen had Erika niet zoveel achter die blik gezocht, maar nu leek het wel alsof er een spot op werd gericht.

Erika rende terug naar boven, naar haar kamer, waar ze zich snel omkleedde. Nadat ze voor de zoveelste keer langs de ongeïnteresseerde knaap in de receptie was gebeend, reed ze naar het bureau. Het was iets over vijven in de ochtend. Erika kende de nachtbrigadier niet, maar hij tekende meteen toen ze vroeg om de sleutels van het huis van de familie Douglas-Brown.

Het was stil op de weg toen ze naar Chiswick reed. De kantoorgebouwen doemden hoog en leeg naast haar op, terwijl ze haar weg zocht door Elephant and Castle, via Blackfriars Bridge de Thames overstak en vervolgens de rivier volgde langs de Embankment. Het water was amper te zien door een laaghangende mist, die langzaam blauw kleurde terwijl de dag aanbrak.

Erika waagde een telefoontje naar Moss, maar kreeg het antwoordapparaat.

Ze besloot een bericht in te spreken: 'Hoi, met Erika. Het is nu bijna half zes en ik ben op weg naar het huis van de familie Douglas-Brown. Er zit me iets niet lekker over Linda, dus wil ik even in haar slaapkamer kijken. Als ik om zeven uur nog niet terug ben, verhoor haar dan opnieuw. Laat Peterson daarbij de leiding nemen, volgens mij heeft ze een oogje op hem. Zorg dat je haar aan de praat krijgt over katten. Ik weet dat het idioot klinkt, maar volgens mij is daar iets mee, ik kan er mijn vinger niet op leggen, maar... Ze is een kattengek, maar heeft geen kat...'

Haar telefoon piepte driemaal en brak het gesprek toen af.

'Shit!' riep Erika uit en ze keek naar haar zwijgende telefoon. Ze was niet lang genoeg in het hotel geweest om hem te laten opladen.

Ze reed nu over Chiswick High Road. Ze stopte de telefoon terug in haar zak en parkeerde in een van de achterafstraten. Ze besefte heel goed dat ze snel moest zijn en met de metro terug zou moeten, wilde ze nog enige kans maken om voordat de vierentwintig uur waren verlopen, terug op het bureau te zijn.

70

Als een gladgestreken blok boter lag het huis van de familie Douglas-Brown te pronken aan het eind van de doodlopende straat. Er hing mist in de lucht. Toen Erika aankwam, gingen de straatlantaarns net uit. Het hek was goed geolied en opende geluidloos, de erkerramen staarden haar wezenloos aan. Ze liep naar de voordeur en drukte op de bel, die ze diep in het huis hoorde rinkelen. Ze wachtte even geduldig, voordat ze de sleutelbos probeerde. De derde sleutel was raak. Ze luisterde nog even goed, toen sloop ze naar binnen en trok de deur achter zich dicht.

Ze liep door de hal, langs de staande klok met zijn kalm zwaaiende slinger, naar de kolossale keuken van staal en graniet. Deze was doodstil en smetteloos. Koperen pannen hingen aan een rek boven een groot zwartgranieten kookeiland en de hele achterwand was van glas, met daarachter een prachtig aangelegde tuin. Een merel landde op het kortgeknipte gazon. Toen hij Erika binnen zag staan, vloog hij geschrokken weg.

Erika kwam de keuken weer uit en liep over de majestueuze trap door naar de tweede verdieping. Ze passeerde mooie, neutraal ingerichte logeerkamers en een marmeren badkamer, tot ze aan het eind van de gang, aan de achterkant van het huis, eindelijk Linda's kamer vond. De deur was dicht, er hing een bordje op met: WELKOM IN LINDA'S SLAAPKAMER, KLOPPEN ALSTUBLIEFT. Eronder, bijna onleesbaar door alle krassen, stond geschreven: *Want misschien heb ik geen onderbroek aan!*

Erika moest erom glimlachen. Misschien had David dat wel gedaan, broertjes hielden van plagen. Ze opende de deur en ging naar binnen.

71

‘Ik heb een voicemail van de baas gehad,’ zei Moss, toen ze de meldkamer binnenstapte.

Peterson kwam op precies hetzelfde moment binnen, met een dienblad vol koffie. Hij begon uit te delen aan alle agenten, die met een vermoeide blik in hun ogen hun jas stonden uit te trekken.

‘Ze wil dat wij alvast beginnen en Linda als eerste terughalen voor verhoor.’

‘Is haar advocaat er al?’ vroeg Peterson.

‘Ja, die zag ik net bij de receptie. Hij leek niet erg blij dat hij er op dit goddeloze uur ook bij moet zijn.’

‘Ach, om negen uur is het allemaal achter de rug,’ zei agent Singh, terwijl ze de laatste beker van het dienblad pakte.

‘Sorry, maar die heb ík nodig,’ beet Moss haar toe. ‘Ga jij er maar een uit de automaat halen.’

‘Was dat nou nodig?’ vroeg Peterson, toen Singh was afgedropen.

‘Ze deed alsof wij alleen maar op de klok zitten te kijken tot het negen uur is... alsof het maar een formaliteit is.’

‘Is dat dan niet zo?’ vroeg Peterson ongemakkelijk.

‘Nee,’ zei Moss scherp. ‘Maar, moet je horen, de baas had een inval...’

72

Linda's slaapkamer was klein en donker. Een schuifraam met een diepe vensterbank vol kussens keek uit over de tuin. Vanaf hierboven zag Erika dat er op het gazon nog steeds een paar hoopjes vuilgele sneeuw lagen. Naast het raam stond een zware, donkere klerenkast. De deur kraakte toen Erika hem opende. Aan de ene kant hing een verzameling wijde, donkere rokken, daarnaast hingen keurig gestreken, witte blouses, sommige met een kantkraagje. De rest van de kast werd in beslag genomen door een enorme verzameling dikke, wijde kattentruien. Onder in de kast lag een hoop pumps, allemaal door elkaar, met ertussen een paar degelijke sandalen, een paar lichtblauwe hardloopschoenen, een stoffig paar schaatsen en een roze Thighmaster.

In de hoek tegen de achterwand stond een donkerhouten eenpersoonsbed, met boven het krullerige hoofdbord een stevige, metalen crucifix. Op de zorgvuldig gemaakte patchworksprei hield een rij knuffelkatten de wacht, van groot naar klein. Hun Disney-achtige ogen keken hartverscheurend vrolijk het sombere halfduister in. Onthutst bedacht Erika dat Linda kennelijk nog haar bed had opgemaakt en die katten daar had neergezet, voor ze de politieauto in was gesleurd.

Op het nachtkastje stond een kleine lamp in Tiffany-stijl, er lag een rond plastic doosje met een doorzichtige nachtbeugel erin en er stond een ingelijst fotootje van een paar jaar geleden: Linda op een schommelstoel in de tuin met een prachtige zwarte kat met witte pootjes op schoot. Erika pakte het lijstje, draaide het om, maakte de metalen lipjes los en trok de kartonnen achterkant ervanaf. Op de achterkant van de foto was in een keurig handschrift geschreven:

Mijn lieve jongen Boots en ik.

Erika bleef de foto vasthouden terwijl ze verder neusde. Tegenover het voeteneind van het bed stond een ouderwetse secretaire in hetzelfde donkere hout, vol pennen en met een kinderlijke bureauset. In het stof op het tafelblad was een grote vierkante vorm te zien, waar de politie Linda's laptop had weggehaald. Op een kaptafel tussen het raam en de secretaire lag het absolute minimum aan make-up: een grote pot eenvoudige crème en een zak wattenbolletjes. Ernaast lag een borstel, waarin een paar van Linda's muizige haren blonken in het licht dat door het raam viel. Naast de deur stond een grote boekenkast, volgepropt met Jackie Collins, Judith Krantz en tientallen historische romannetjes. Ook waren er foto's van familievakanties in Kroatië, Portugal en Slowakije – hoofdzakelijk Linda en Andrea met verschillende zwerfkatten – en eentje van Linda onder aan een klif, met een lange, zongebruinde jongen met donkerblond haar. Linda droeg een klimuitrusting en een rode plastic helm, en grijnsde zo breed dat de kinband ervan in haar glimmende bruine gezicht sneed. Op de achterkant van deze foto stond niets.

Op de muur naast de deur hing een groot prikbord met foto's. Ze overlapten elkaar en waren allemaal van Boots, de mooie zwarte kater met de witte pootjes. Linda op een fiets, met een rieten mand met daarin Boots op een dekentje. Linda op een schommel in de tuin, met Boots op schoot. Andrea en Linda samen aan het ontbijt, terwijl Boots languit op zijn rug midden op tafel lag, met een stuk toast in zijn witte poten. Linda en Andrea gooiden lachend hun hoofd in hun nek. Ook was er een foto van Boots op Simons bureau, luierend op een stapel papieren. Hoe druk hij het ook had, haar vader had het blijkbaar toch goed gevonden dat Linda die foto nam.

Erika begon de punaises uit het prikbord te trekken en foto's te verzamelen. Op veel ervan bleek in het overlappende gedeelte iemand eruit of eraf te zijn geknipt. Toen ze alle foto's van de familie bestudeerde, realiseerde Erika zich wie er steeds ontbrak.

73

Linda zag er lamlendig uit toen Peterson de verhoorruimte betrad. Haar haar zat helemaal in de war en ze leek niet erg goed te hebben geslapen in haar cel. Haar advocaat was net klaar met het poetsen van zijn bril en zette hem weer op.

'Hier, ik heb koffie voor je gehaald, Linda.' Peterson ging tegenover haar zitten en schoof haar een beker toe. De advocaat, die zag dat Peterson er zelf ook een had, leek geïrriteerd dat hij werd overgeslagen.

Peterson hield zijn beker in het licht. 'Kijk dan, ze doen het nooit goed. Ik zei dat ik Peterson heette, hebben ze geschreven: "Peter Son".'

Linda keek hem even aan, stak toen haar hand uit naar haar beker en keek ernaar.

'Mijn naam is wel goed,' zei ze. Toen ze de beker draaide, begon ze te stralen. 'O, en ze hebben er een poesje bij getekend! Kijk dan!' Ze draaide de beker naar Peterson.

Peterson grijnsde. 'Ik dacht wel dat je dat leuk zou vinden,' zei hij.

Linda kneep haar ogen tot spleetjes. 'Ik snap heus wel wat je probeert,' zei ze. Ze leunde achterover en duwde de beker van zich af. 'Maar zo simpel ben ik niet.'

'Dat dacht ik ook niet,' zei Peterson. Hij startte de opname en noemde zijn naam en het tijdstip.

'Linda, gisteren vertelde je dat je geen kat had.'

'Nee, die heb ik ook niet,' zei ze, voorzichtig drinkend van haar koffie.

'Heb je er wel eens een gehad?'

'Ja,' zei ze zacht. 'Hij heette Boots.'

'Boots?'

'Ja, hij was helemaal zwart, maar met vier witte pootjes, alsof hij laarzen aanhad...'

In de minuten daarna raakte Linda opgetogen aan de praat over Boots. Ze zat Peterson net te vertellen dat Boots altijd bij haar onder de dekens sliep, met zijn kop op haar kussen, toen de advocaat haar onderbrak.

'Luister, rechercheur Peterson, wat heeft dit met uw onderzoek te maken?'

'Hallo, ik zit hier over mijn kat te vertellen, ja!' snauwde Linda hem toe.

'Mejuffrouw Douglas-Brown, ik werk voor u, hoor...'

'Weet ik heus wel. Maar ik praat nu godverdomme over mijn kat, oké?'

'Oké, best,' zei de advocaat.

Linda draaide zich weer naar Peterson. 'Ik ben het zo zat dat mensen denken dat katten gewoon maar huisdieren zijn. Want dat zijn ze niet. Het zijn zulke intelligente, schitterende wezens...'

In de observatieruimte zaten Moss en Crane mee te kijken. 'Hou haar aan de praat over die kat,' zei Moss in de microfoon. In de verhoorruimte klonk haar stem zacht door het speakertje in Petersons oor.

'Had Boots ook nog een tweede naam? Ik heb eens een hond gehad die Barnaby Clive heette,' zei Peterson.

'Nee, hij was Boots Douglas-Brown, dat was wel genoeg. Ik wilde dat ik ook een tweede naam had, of gewoon een mooiere dan dat saaie Linda.'

'Och, ik vind Linda wel een mooie naam, hoor,' zei Peterson.

'Maar Boots klinkt exotischer...'

'Wat is er eigenlijk met Boots gebeurd? Want ik neem aan dat zij niet meer onder ons is?' vroeg Peterson.

'Hij! Boots was een HIJ... En nee, hij is niet meer onder ons,' zei Linda. Ze kneep hard in het tafelblad.

'Gaat het wel? Maakt dat je verdrietig, om te praten over hoe Boots aan zijn eind is gekomen?' drukte Peterson door.

'Natuurlijk maakt dat me verdrietig. Want hij is DOOD!' riep Linda uit.

Er viel een stilte.

'Oké, goed zo, Peterson, blijf zo doorgaan. Ze begint te breken,' zei Moss in zijn oor.

74

Het huis van de familie Douglas-Brown was stil. Het voelde zwaar en beklemmend aan, van alle geheimen en onbeantwoorde vragen. Erika had geen idee hoe lang ze in Linda's slaapkamer was geweest, turend naar al die familiefoto's; de droefheid uit Linda's spullen opsnuivend. Ze liep nu over de gang, nog steeds met de foto's van kater Boots in haar hand, en keek wat er achter al die deuren zat. Ze kwam langs lege logeerkamers, een grote badkamer, een gigantische linnenkast en twee grote ramen op de gang, die uitkeken op de kale achtermuur van de buren.

Aan het andere eind van de gang, het verst van Linda's kamer, vond Erika Davids slaapkamer. De deur stond open.

Vergeleken met Linda's kamer was deze fris en smaakvol ingericht. Er stonden een groot, metalen tweepersoonsbed en een brede garderobekast met een spiegel. Aan de ene wand hing een ingelijste poster van Che Guevara, naast een Pirelli-kalender, waarop een mooie blondine januari presenteerde, met haar armen voor haar blote borsten. Er hing een zweem van een dure aftershave en op het grote bureau stond een opengeklapte, zilverkleurige MacBook-laptop, met ernaast een iPod in het docking station van een grote speakerset. Op de muur erboven hing een rek met zes Skullcandy-koptelefoons, in verschillende felle kleuren. Toen Erika het snoer van een telefoonoplader achter het bureau uit zag kronkelen, trok ze haar iPhone uit haar zak en sloot hem aan. Het duurde even voor hij begon op te laden, maar toen zette ze hem aan. Ze liep naar de MacBook en streek over het track pad. Het scherm lichtte op en vertelde haar dat er een wachtwoord moest worden ingevoerd. Erika keek verder de kamer rond. Grote zwart-witfoto's van Battersea Power Station, het National Theatre en de vismarkt van Billingsgate sierden de overgebleven ruimte op de muren. Een stevige kast was gevuld met boeken over architectuur, van paperbacks tot gigantische fotoboeken.

Toen ze haar blik langs de ruggen liet gaan, sprong een felblauwe er voor haar uit: *Zwemmen in Londen: de 50 mooiste zwemplekken van Londen.* Erika trok het boek eruit en begon te bladeren door bladzijden vol foto's van zwembaden en lido's in Londen. Een akelig gevoel begon van diep uit haar buik naar boven te kruipen.

75

Op Lewisham Row zaten Moss en Crane nog steeds te kijken hoe het verhoor zich ontvouwde. Peterson luisterde, terwijl Linda honderduit vertelde over Boots, haar geliefde kat.

Er werd geklopt, Woolf stak zijn hoofd om de deur. 'Dit is zojuist afgegeven voor inspecteur Foster.' Hij gaf Moss een vel papier, dat zij vlug door begon te lezen.

'Dit komt van Linda Douglas-Browns privéarts, uit Harley Street. Hij verklaart dat Linda er mentaal niet aan toe is om door de politie te worden verhoord.'

'Jezus, wat krijgen we nou?' zei Crane.

'Wie heeft dit gebracht?' vroeg Moss.

'Diana Douglas-Brown. Die stond hier ineens met nog een advocaat,' zei Woolf. 'Jullie moeten dit verhoor nu staken.'

'We krijgen te horen dat ze niets weet en toch wordt dit document hier nog voor zeven uur 's ochtends persoonlijk afgeleverd?' protesteerde Moss.

'Jullie weten dat ik achter jullie sta, maar dit komt van hogerhand. Je weet wel, het establishment, de gevestigde orde. Ik kan de rand van de afgrond al zien,' zei Crane. Het was te zien dat hij ermee in zijn maag zat.

'Geef ons nog een paar minuten, Woolf. Ga even weg en kom over tien minuten terug.'

Woolf knikte aarzelend en vertrok.

'Oké, Peterson, zet haar nog wat meer onder druk,' sprak Moss in de microfoon.

'Hoe is hij doodgegaan, Linda?' vroeg Peterson in de verhoorruimte. 'Hoe is Boots overleden?'

Linda's onderlip trilde. Ze kneep in de koffiebeker en streek over het poesje dat erop getekend was. 'Dat gaat je niets aan.'

'Vond de rest van het gezin het ook erg dat Boots dood was?'

'Ja.'

'Andrea en David ook? Want die waren toen nog wat jonger.'

'Natuurlijk waren ze toen jonger! Andrea vond het wel erg, maar David...' Linda's gezicht betrok en ze beet hard op haar lip.

'Wat is er met David?' vroeg Peterson.

'Niets. Die vond het ook erg,' zei Linda vlak.

'Je klinkt niet erg overtuigend. Vond David het erg of niet, Linda?'

Ze begon heel snel te ademen, zoog de lucht naar binnen en blies hem weer uit, bijna hyperventilerend. 'Hij... vond... het... ook... erg,' zei Linda, terwijl ze naar haar voeten staarde.

'Dus David vond het erg?' herhaalde Peterson.

'DAT ZEG IK TOCH? HIJ VOND HET GODVERGETEN ERG!' schreeuwde Linda.

'Ik geloof dat dit gaat...' begon de advocaat.

Maar Peterson ging door: 'David is weg. Naar een vrijgezellenfeest, is het niet, Linda?'

'Ja. Het verbaasde me hoe moeilijk het was om hem te laten gaan,' zei ze, waarna ze verstijfde. Er verscheen een diepe rimpel tussen haar wenkbrauwen.

'Hij is maar een paar dagen weg, toch?' vroeg Peterson.

Linda begon te huilen, de tranen stroomden over haar wangen.

'Het is goed. Hij komt terug, Linda... David komt gewoon terug,' zei Peterson.

Linda greep zich nog steviger vast aan de tafel. Haar gezicht was rood en er lag een vreemde grijns om haar mond.

'Mijn cliënte is...' begon de advocaat.

'Ik wil niet dat hij terugkomt,' gromde Linda.

'Linda, waarom wil je niet dat David terugkomt? Het is goed, ik ben het, je kunt het mij wel vertellen,' zei Peterson. Hij voelde de spanning bijna letterlijk tintelen in de verhoorruimte.

'Ver weg,' zei Linda duister. 'Ik wil dat hij ver weg blijft... Weg... WEG!'

'Waarom, Linda, vertel me eens waarom. Waarom wil je David zo ver weg hebben?'

'OMDAT HIJ MIJN KAT HEEFT VERMOORD!' riep ze plotseling. 'HIJ HEEFT BOOTS VERMOORD! David heeft Boots vermoord! Maar niemand geloofde me! Ze dachten allemaal dat ik dat maar verzon, maar hij heeft mijn kattenbaby vermoord. En de kat van Giles heeft hij ook vermoord, en vervolgens zorgde hij dat het eruitzag alsof ík het had gedaan! De gore klootzak...'

'David? Heeft David jouw kat vermoord?' zei Peterson.

'Ja!'

'Maar hoe dan?' vroeg Peterson.

Linda liep paars aan, terwijl ze steeds harder in de tafel kneep en hem zelfs probeerde om te gooien. Maar de tafel zat vastgeschroefd aan de vloer. Toen buitelden de woorden ineens over haar lippen: 'Hij heeft hem gewurgd, hij heeft hem gewurgd... Net als, net als...' Linda beet zo hard op haar lip, dat er een druppel bloed uit kwam.

'Net als wie, Linda?'

'Net als die meisjes,' maakte ze haar zin fluisterend af. Ze klonk gekweld.

76

Erika's handen trilden terwijl ze het boek in Davids slaapkamer doorbladerde. Haar hart begon steeds sneller te slaan. Ze zag een stuk over het Serpentine Lido, iets over het Brockwell Lido, de Hampstead Heath Ponds... Alle moordlocaties, behalve het Horniman Museum, stonden erin. En in elk stuk waren in een rusteloos handschrift aantekeningen bij de foto's en teksten gemaakt. Op sommige bladzijden vulden deze alle lege ruimte rond de foto's. Er stond waar de in- en uitgangen waren, of er bewakingscamera's hingen, wat de openingstijden waren en wat de beste plek in de omgeving was om een auto te verstoppen.

Achter in het boek stuitte Erika op een plattegrond over twee pagina's, waarop alle locaties waren omcirkeld. Hij zag er precies hetzelfde uit als de kaart in de meldkamer. Erika liet het boek met een bons vallen en liep naar het bureau, waar haar telefoon lag op te laden. Ze pakte hem op en begon door haar telefoonlijst te scrollen, op zoek naar het doorkiesnummer van Moss of Crane op Lewisham Row.

Maar toen voelde ze achter zich iets bewegen. Ze zag een schaduw, en ineens werd er een hand over de hare gelegd, die de telefoon uit haar hand trok.

77

Precies op het moment dat Linda brak en David als de moordenaar aanwees, kwam commissaris Marsh de observatieruimte binnen. Samen met Moss en Crane keek hij geschokt toe hoe Linda haar zelfbeheersing verloor. Met een knalrood gezicht raasde en tierde ze. Ze trok aan haar haar, terwijl de spuug aan alle kanten uit haar mond vloog.

'David heeft Boots voor mijn ogen vermoord, hij heeft hem gewurgd! Niemand geloofde me toen ik zei dat hij dat had gedaan, niemand! Ze dachten allemaal dat ik loog! Dat ik het zelf had gedaan!'

'Maar zei je nou dat David ook meisjes heeft vermoord? Welke meisjes dan?' vroeg Peterson.

'Ja, meisjes... dat soort waar je voor moet betalen. Hij spendeerde daar zoveel aan...'

'Hoe bedoel je, "spendeerde"?'

'Geld, achterlijke eikel!' brieste Linda. 'En niet zijn eigen geld. O nee! Pappa kocht het af, pappa betaalde het. Maar pappa wilde geen nieuwe kat voor mij kopen... Ze beweerden dat ik loog toen ik zei dat David hem had vermoord. Ze geloofden HEM eerder dan MIJ. Een godvergeten moordenaar. Ben ik minder waard dan een moordenaar? IS DAT ZO? Met plezier betaalde pappa duizenden ponden, DUIZENDEN!'

'Waarom moest hij die duizenden ponden betalen, Linda? Aan wie gaf hij dat geld dan?' vroeg Peterson.

'Aan Igor, die godvergeten *fuck buddy* van Andrea! Voor die meisjes.'

'Je vader betaalde hem?' vroeg Peterson.

'Nee, hij gaf Giles het geld om hem te betalen! En hij heeft David geld gegeven om het land te verlaten. AL DAT GELD... EN VOOR MIJ WILDE HIJ NIET EENS EEN POESJE KOPEN!'

Linda deed haar hoofd achterover en liet het toen met een klap op het tafelblad neerkomen. Vervolgens deed ze hetzelfde nog een keer.

'Stop, stop, stop!' riep Peterson. Linda's advocaat had zich al teruggetrokken in een hoek. Peterson liep naar de muur en zette het alarm aan, het loeide meteen door het hele politiebureau. Toen draaide hij zich om en keek recht in de camera. 'Ik kan hier hulp gebruiken, NU!'

'Waar is inspecteur Foster eigenlijk?' vroeg Marsh in de observatieruimte.

Moss zweeg even. Toen trok alle kleur weg uit haar gezicht. 'Jezus, die is naar het huis van de Douglas-Browns.'

78

Toen Erika zich omdraaide, stond ze oog in oog met David. Hij droeg een groene trui, een donkere bodywarmer en een spijkerbroek. Hij haalde de SIM-kaart uit haar telefoon en brak hem met een kleine *krak* doormidden. Toen liet hij het toestel vallen. Er klonk een geknars en gekraak toen hij het met de hak van zijn schoen versplinterde.

Erika keek naar Davids gezicht. Het was alsof zijn masker van jeugdigheid en zelfverzekerde aantrekkingskracht ineens was weggevallen. Zijn neusvleugels stonden wijd, zijn ogen spuwden vuur. Hij zag er gevaarlijk uit. Ineens werd het haar allemaal helder. Wat was ze stom geweest.

'Ik dacht dat je weg was, David,' zei Erika.

'Ik ben ook weg, op een vrijgezellenweekend...'

Erika keek naar het boek dat op het tapijt lag. Het was opengeklapt bij de kaart van Londen.

'Het staat niet aangegeven in het boek, maar Andrea heb je ook vermoord, hè?' vroeg ze vlak.

'Ja, dat klopt. Jammer eigenlijk, met haar kon je veel meer lol beleven dan met Linda,' zei David. 'Ik zie wat u denkt: waarom dan Andrea en niet Linda?'

'Is dat ook wat jij denkt, David?'

'Nee. Linda is juist een aanwinst gebleken: zij krijgt mooi de moord op Andrea in de schoenen geschoven. En Igor Kucerov gaat eraan vanwege de hoeren. Het waren tenslotte ook zíjn hoeren. En Ivy Norris... Ach, dat stuk schorem hoorde toch al onder de grond te liggen.'

'Hoor je wel wat je zegt?'

'Jazeker,' zei David laatdunkend.

'Waarom heb je het gedaan?'

David haalde zijn schouders op.

'Kun je dat echt? Het met een schouderophalen van je af laten glijden? Dat geloof ik dus niet,' zei Erika.

'Geloof het maar wel,' beet hij haar toe. 'Denkt u soms dat u mij kunt analyseren? Rationaliseren wat ik heb gedaan, waarom ik heb gemoord? Nou, ik heb het gedaan omdat het kón.'

'Maar het kan níét, David. Je zult er niet mee wegkomen, het zal zijn consequenties hebben.'

'U hebt geen idee hoe het is om bevoorrecht op te groeien, rijk en invloedrijk. Het is als een drug, bedwelmend. Om te zien hoe mensen voor jou en je ouders terugdeinzen. Macht walmt uit je poriën en besmet iedereen om je heen. Macht maakt corrupt, kapselt in, verleidt... Hoe meer macht mijn vader krijgt, hoe meer hij vreest het kwijt te raken.'

'Hij wist dus dat je Mirka, Tatjana en Karolina had vermoord?'

'Natuurlijk... Niet dat hij er blij mee was, of zo. Maar ach, het waren maar Oost-Europese meiden: die denken allemaal dat ze zich rijk kunnen pijpen en neuken.'

'Maar Andrea dan? Zij was je zus! Je vaders lievelingetje nog wel!'

'Zij begon te dreigen dat ze het aan mijn moeder ging vertellen, dat ze godbetert naar de pers zou stappen! Stomme trut. Eerste levensles van het establishment: mond dicht. Of iemand anders sluit hem voor je – voorgoed.'

'Ik kan niet geloven dat je vader bereid was zelfs dat in de doofpot te stoppen. Dat hij zich erbij kon neerleggen dat jij zijn geliefde dochter had vermoord.'

'Kop dicht! U weet niet waar u het over hebt. Er is niets dat mijn vader erger vreest dan in ongenade te zullen vallen. Hij is als de dood dat de andere wolven zich zullen omdraaien om hem in stukken te scheuren... Angst is machtiger dan liefde. Hij stond ineens voor de keuze: óf Linda redden, óf mij. Nou ja, Linda is toch al half van het padje, en zij had zo'n bloedhekel aan Andrea dat ze zich waarschijnlijk op een gegeven moment zelf op haar had gestort.'

'Nee, Linda zou Andrea nooit hebben vermoord,' zei Erika.

'O, neemt u het nu voor haar op? Jezus! Nou ja, de meeste lui zullen wel medelijden krijgen, na een bezoekje aan Linda's slaapkamer... Weet u, als mijn vrienden kwamen logeren, zochten we die kat van haar altijd op en stopten hem in een van die grote spaarpotten op mijn vaders kantoor... Je kon haar alles laten doen om het sleuteltje daarvan te krijgen.'

Erika dwong zichzelf om oogcontact met David te houden. 'Boots. Dat was de naam van haar kat.'

'Ach ja, die goeie ouwe Boots... Linda kon vreselijke woede-uitbarstingen krijgen als ze haar zin niet kreeg. Een daarvan heb ik gebruikt om van Boots af te komen... Ik heb hem gewurgd, voor het geval u zich dat afvraagt. Hebt u wel eens een kat proberen te wurgen?'

'Nee.'

'Zelfs geen konijn gedood? Jullie Slowaken houden wel van een lekker konijntje, toch?'

'Nee.'

'Bij katten moet je oppassen voor de nagels. Ze gaan helemaal door het lint. Eigenlijk bewonderenswaardig hoe ze zich verzetten om maar in leven te blijven.'

'Je ouders zijn intelligente mensen. Die moeten toch hebben geweten dat jij degene was die die kat had doodgemaakt?' zei Erika.

'Dat is dus het probleem als je de opvoeding van je kinderen aan anderen overlaat. Als je een kinderjuf inhuurt, speel je zelf vanaf dat moment nog slechts een figurantenrol. Je ziet je kinderen voor ze in bad gaan, een uurtje hier, een uurtje daar. "Niet te dichtbij, lieverd. Mama is al opgemaakt voor een avondje uit..." Je kind verandert in een verzameling statistieken: hij heeft een tien voor wiskunde gekregen, hij kan *Für Elise* spelen op de piano... Laten we hem een pony geven, dan kunnen we ons ook eens onder het polovolk mengen...'

David leek een ogenblik te verdwalen in zijn eigen gedachten. 'Maar goed... Ik neem aan dat het verhoren van alle betrokken partijen vruchteloos is gebleken? Ja, mijn vader heeft hun zwijgen uiterst lucratief gemaakt. En Linda zal de moord op Andrea op zich nemen, dat heb ik haar laten beloven.'

'Waarom zou ze dat doen?'

'Omdat ik heb gezegd dat ze dan een nieuwe kat van me zou krijgen. En dat ze niet meer bang hoefde te zijn dat ik hem iets zou aandoen.'

'Dat meen je niet,' zei Erika.

'O, jawel. Linda zal het gooien op geestesziekte; ze zal een paar jaar in een of andere dure inrichting moeten doorbrengen. Mijn vader zal dan wel een van de verpleegkundigen wat centjes toestoppen, om dat smachtende plekje tussen haar benen te sussen... en misschien mag ze er zelfs een kat. Hihi, Linda biedt haar poes aan om een poes te krijgen...' Hij begon te lachen, hoog en bezeten.

Erika nam deze kans waar om naar de slaapkamerdeur te sprinten. Maar David was sneller. Hij greep haar, zijn handen vlogen om haar hals, hij knalde haar tegen de boekenkast en perste alle lucht uit haar longen. Alleen was ze er ditmaal op voorbereid: ze bracht haar arm omhoog en stompte met de muis van haar hand op zijn neus. Er klonk een bevredigende *krak* toen het kraakbeen brak. Davids greep verslapte. Erika wist hem van zich af te duwen en rende weer naar de openstaande deur, maar net voordat ze over de drempel was, kreeg hij haar arm te pakken en trok hij haar terug. Ze klapte tegen het bureau, waarna hij zich weer op haar keel stortte. Het bloed gutste inmiddels over zijn kin, en een blik van pure woede verwrong zijn gezicht. Erika schopte met haar benen en zwaaide met haar armen, terwijl ze al hijgend trachtte weer wat lucht in haar platgedrukte longen te krijgen. Maar hoe hard ze ook kronkelde, hij gaf niet op en probeerde haar te bedwingen door half boven op haar te klimmen. Toen wist hij een van haar armen onder zijn knie vast te pinnen.

Erika zocht met haar vrije hand over het bureau, kreeg een presse-papier te pakken en sloeg hem ermee tegen zijn oor. Opnieuw verloor David zijn greep op haar. Zij wist onder hem vandaan te kruipen en probeerde opnieuw de deur te bereiken. Hij herstelde zich echter vlug, stak een van zijn lange benen uit en liet haar struikelen. Ze viel. Hij torende hoog boven haar uit, met zijn gezicht vol bloed. Het zat zelfs op zijn tanden, zag ze toen hij haar een maniakale grijns schonk. Erika worstelde, krabde en schopte, vocht als een beest om onder hem vandaan te komen, maar hij drukte haar keer op keer neer. Toen deed hij zijn arm omhoog en stompte recht in haar gezicht: eenmaal, tweemaal. Bij de derde keer voelde Erika een van haar tanden in haar keel vliegen. En toen werd alles zwart.

79

'Meneer, inspecteur Foster heeft haar telefoon een half uur geleden aangezet. Het signaal kwam uit het huis van de familie Douglas-Brown,' zei Peterson. De centrale meldkamer was inmiddels op volle sterkte bezig met een klopjacht op David Douglas-Brown.

'Ik wil dat er een team van agenten naar dat huis wordt gestuurd. En ik wil een zoektocht met volledige bewapening. Alles in een straal van acht kilometer rond dat huis moet worden afgesloten en uitgekamd. O, en vaardig een arrestatiebevel uit voor David Douglas-Brown, laat zijn foto overal rondgaan.'

'Meneer, Simon en Diana Douglas-Brown hebben ons verteld dat David het land uit is, vanwege een vrijgezellenfeest in Praag. De gegevens van de douane laten echter zien hij er nog gewoon is, hij heeft het land nooit verlaten,' zei Crane.

'Ik wil dat hij gevonden wordt. En snel ook. Inspecteur Foster zou wel eens in gevaar kunnen zijn,' zei Marsh. 'En sleur Simon Douglas-Brown uit zijn cel en flikker hem in een verhoorruimte...'

'U realiseert zich natuurlijk dat dit alles niet-ontvankelijk zal worden verklaard,' zei Simon twintig minuten later, toen Marsh Linda's bekentenis voor hem had samengevat. 'Mijn advocaat heeft me geïnformeerd dat u een verklaring van Linda's arts doorgefaxt heeft gekregen, die aantoont dat alles wat uit haar mond komt niet telt voor de rechtbank. Linda heeft ze niet allemaal op een rijtje, ze is nooit helemaal goed wijs geweest. En wat David betreft: dat die zijn plannen heeft gewijzigd zonder mij daarvan op de hoogte te stellen? Dat is toch geen vergrijp? Ze zullen dat vrijgezellenfeest wel verplaatst hebben.'

Simon stond op van zijn stoel in de verhoorruimte. 'Welnu, ik zal assistent-korpschef Oakley later bellen en hem aanraden...'

'Zwijg, Simon,' zei Marsh.

'Pardon?' zei Simon.

'Zwijg en ga weer zitten. Je zit nog steeds vast onder ede en ik ben nog niet klaar met je. Zitten. Nu.'

Simon liet zich met een geschokt gezicht terug op zijn stoel zakken.

'Oké. Er is een aanhoudingsbevel uitgevaardigd voor je zoon, die we verantwoordelijk achten voor de dood van vijf vrouwen, onder wie je eigen dochter.'

Simon zweeg.

'We hebben ook ontdekt dat de telefoon, die Andrea zou zijn kwijtgeraakt en die ze bij de verzekering heeft geclaimd, op jouw naam stond. Andrea loog dat hij was gestolen, we hebben het toestel als bewijs.' Marsh opende een envelop en schudde de in plastic verpakte, kapotte telefoon eruit. 'Oké, dit is hoe ik het zie. In het gunstigste geval ben je simpelweg de lul voor verzekeringsfraude. En je weet zelf hoe hard de regering daarvoor heeft gelobbyd. Dat zou gevangenisstraf kunnen betekenen. En terwijl je daar sowieso geen populaire bink zult zijn, zal dit feit ongetwijfeld ook de sluisdeuren openzetten voor allerlei ander volk dat jouw bloed wel kan drinken: journalisten en politici met name. Voeg daar nog aan toe dat je eigen zoon je dochter heeft vermoord, en dat jij hem vervolgens willens en wetens hebt opgedragen het land te ontvluchten en je andere dochter erbij te lappen...'

'Oké! OKÉ!' schreeuwde Simon. 'Oké, ik zal praten...'

'Simon Douglas-Brown, baron van Hunstanton, ik arresteer u op beschuldiging van belemmering van de rechtsgang en het verhullen van criminele activiteiten. We vermoeden tevens dat u uw machtspositie hebt misbruikt, om de uitslag van een of meerdere zaken van het Openbaar Ministerie te beïnvloeden. Begin maar te vertellen, en snel een beetje,' zei Marsh.

80

David spoelde zich snel af in de badkamer en propte een tissue in zijn neus om het bloeden te stelpen. Toen pakte hij zijn tas, paspoort en geld en droeg Erika over zijn schouder naar beneden. Het verbaasde hem hoe zwaar ze nog was, voor zo'n mager iemand. In de garage onder het huis gingen de lichten automatisch aan. Hij liep naar de kofferbak van de auto. Daarin lag de prostituee met het lange, donkere haar, die hij op Paddington Station had opgepikt.

Ze hadden een tijdje rondgereden, hij en de prostituee, terwijl zij hem, met haar hand in zijn broek, een erectie probeerde te bezorgen. Maar haar gefriemel had hem niets gedaan. Het was een drukke avond en op al zijn gebruikelijke plekken, de parken en de lido's, was veel te veel bedrijvigheid geweest. Overal liepen mensen, politieauto's reden traag voorbij.

Daardoor was hij gedwongen geweest haar mee te nemen naar zijn ouderlijk huis. O, wat was ze opgetogen toen hij er de oprit op reed. Ze had meteen haar make-up gecheckt in het spiegeltje boven de passagiersstoel. Alsof ze niet was ingehuurd om te neuken, maar zou worden voorgesteld aan zijn ouders. Ze had vast wat te vaak *Pretty Woman* gezien. Toen hij dit bedacht en er hardop om lachte, lachte ze met hem mee.

Stomme koe.

Zodra ze in de ondergrondse garage uit de auto waren gestapt, had hij haar met haar gezicht tegen de betonnen muur geslagen. Ze was niet meer bijgekomen. Het eigenlijke moment waarop ze doodging, was daardoor een beetje een sof geweest.

Maar goed, nu had hij de ultieme beloning: inspecteur Foster.

Toen hij de kofferbak van zijn auto opende, lag het dode meisje op haar rug. Hij was al drie keer gaan kijken sinds hij haar had gewurgd, en telkens fascineerde het hem weer om te zien hoe ze veranderde. Van de rigide blik met de grote ogen van de rigor mortisfase, via de paarsige zweem over haar huid waarbij het leek alsof ze sliep, naar nu: haar scherpe jukbeenderen begraven onder rollen pafferig vlees en blauwe plekken die als inktvlekken waren uitgelopen. Hij moest lachen om haar opgezwollen gezicht. Wat zou ze het erg vinden als ze zag hoe dik ze was geworden! Hij legde Erika's slappe lichaam naast haar, sloot de kofferbak en deed hem op slot.

Het was nog steeds vroeg in de ochtend toen hij de parkeergarage uit reed, de straat op. Voorzichtig reed hij de eerste paar kilometer naar de aansluiting op de M4. Toen hij eenmaal op de snelweg zat, voegde hij zich tussen het spitsverkeer dat over de M25 om de buitenwijken van Londen cirkelde.

Erika voelde dat ze weer bij kennis kwam, maar om haar heen bleef het stikdonker. Ze lag met haar gezicht tegen iets ruws aan en één arm lag in een rare hoek onder haar. Toen ze haar andere arm omhoog deed om aan haar gezicht te voelen, raakte haar hand iets zwaars, een paar centimeter boven haar hoofd. Ze verplaatste zich een beetje en een felle pijn schoot door haar gezicht. Ze proefde bloed en slikte pijnlijk. Onder haar rammelde en schommelde het. Ze tastte om zich heen: ze voelde de afgeronde wanden van een afgesloten ruimte, metaal boven haar, de binnenkant van een slot en besefte dat ze in de kofferbak van een auto lag. Opeens sloeg een gore, scherpe stank haar in het gezicht, hij had wel iets van rotting. Ze kokhalsde en stikte er bijna in, omdat ze in deze benauwde ruimte niet anders kon dan die ranzige geur opnieuw in haar longen zuigen. De auto ging harder rijden en maakte een scherpe bocht, de ongelijke weg hobbelde onder haar door. Erika werd door de snelheid tegen de rand van de kofferbak gedrukt, er rolde iets zwaars tegen haar aan.

Toen pas begreep ze dat ze samen met een lijk in de kofferbak van een auto lag.

81

In de meldkamer stroomde de informatie binnen. Moss en Peterson realiseerden zich vol afschuw dat inspecteur Foster wel eens het volgende slachtoffer zou kunnen worden. Het huis van de familie Douglas-Brown was doorzocht, het was verlaten. Erika's auto was twee straten verderop gevonden, Davids kenteken was gefotografeerd bij het verlaten van het westelijke deel van de Londense kilometerheffingszone.

'Simon Douglas-Browns secretaresse heeft op naam van David een enkeltje voor de Eurostar naar Parijs gekocht,' zei Crane toen hij de telefoon neerlegde.

'Niet naar Praag dus,' zei Moss.

'Shit. En inspecteur Foster?' vroeg Peterson.

'Zij was niet meer in het huis en ze zit niet in haar auto. Dus moet ze in die van hem zitten,' zei Moss. 'Crane, hoe snel kunnen we een helikopter versieren?'

'Binnen vier minuten nadat commissaris Marsh de opdracht heeft gegeven,' zei Crane.

'Oké, dan bel ik Marsh,' zei Moss.

82

Het bord van de afslag naar treinstation Ebbsfleet International doemde boven hem op. David gaf richting aan en verliet de M25. Hij schakelde terug toen hij op de afrit kwam, die hem een rondje liet draaien en vervolgens overging in een tweebaansweg. Op de A2 was het ook druk, maar de meeste auto's sloegen alweer af bij het Bluewater Shopping Centre, met zijn futuristische glazen pieken, dat was gebouwd op een plek waar vroeger een kalksteengroeve lag. David reed door. Hij stoof langs verlaten industrieterreinen, weilanden en hier en daar een boom tussen de lage begroeiing. Hij begon pas langzamer te rijden, toen hij iets verderop een parkeerhaven zag. Hij draaide erop en zette de auto uit. Vervolgens stapte hij uit, om een ketting los te haken die een smalle zandweg afsloot.

Erika had liggen vechten tegen de angst die in haar keel omhoog kroop. De angst om opgesloten te liggen met een lijk én om wat er ging gebeuren als ze hun bestemming hadden bereikt. Ze had zichzelf gedwongen te checken of het lichaam toch nog tekenen van leven vertoonde, waarbij ze had ontdekt dat het ging om een meisje met lang haar, dat al enige tijd geleden haar laatste adem had uitgeblazen.

Erika's ogen waren gewend geraakt aan het donker. Naast de binnenkant van het slotmechanisme ontwaarde ze twee speldenprikken van licht. Ze was er voorzichtig met haar handen overheen gegaan, had de scherpe, vettige omtrek afgezocht naar een zwak punt, een manier om het ding open te wrikken. Toen maakte de auto een slingerbeweging en rolde het lijk weer tegen haar aan. Even had ze gek van angst naar het slot geklauwd, waarbij twee van haar vingernagels tot het leven waren ingescheurd. De pijn had haar weggevoerd van de afgrond van blinde paniek. Ze had zichzelf gedwongen na te blijven denken, kalm te blijven.

Te overleven.

Ze had een gaatje gevonden in het tapijt onder haar, bedoeld om deze laag omhoog te trekken om bij de opbergplek voor gereedschappen en het reservewiel te komen. Ze moest op haar zij boven op het dode meisje gaan liggen, om het tapijt ver genoeg omhoog te krijgen om eronder te kunnen grijpen. Toen had ze een moersleutel gevonden, die ze nu stevig beethield. Het ding was koud, maar haar handen zweetten.

Ze voelde dat de auto tot stilstand kwam en zette zich schrap. Een portier ging open, een massa verplaatste zich, maar enkele ogenblikken later zakte de auto weer in, toen David weer instapte. Erika hoorde het portier dichtslaan, waarna de auto zich heel langzaam weer in beweging zette. Hij schommelde van links naar rechts, de vering knarste. Ze voelde het lijk naast zich bewegen, waarna het dode gewicht boven op haar rolde; de haren op de schedel drukten zich tegen haar achterhoofd. Ze sloot haar ogen en probeerde te blijven nadenken, zich te concentreren op wat ze zou gaan doen.

David reed traag over de hobbelige zandweg, die uitkwam bij een enorme uitgediende kalksteengroeve. In het midden was een diepe, met water gevulde kuil. Hij stopte op zo'n twintig meter van de rand van de groeve en zette de motor uit. Toen stapte hij uit en liep naar de rand. De wanden van de steengroeve waren recht en glad. Hier en daar groeiden wat toefjes gras, en uit een spleet in de rotswand stak zelfs een boompje. Zo'n vijftien meter dieper lag het wateroppervlak er als een spiegel bij. Het zwakke ochtendlicht bescheen een paar grote, matte plekken, waar het water nog bevroren was. Links van hem lag het Bluewater Shopping Centre laag aan de horizon, een paar kilometer de andere kant op verliet een hogesnelheidstrein net Ebbsfleet International en gleed stilletjes voorbij, op weg naar de Eurotunnel richting Parijs.

David keek op zijn horloge: er was net genoeg tijd. Hij deed zijn rugzak af en zette hem een paar meter van de auto op de grond.

Toen opende hij een van de achterportieren en keek of het kinderslot erop zat. Vervolgens pakte hij het zware stuurslot dat er in de beenruimte lag en slofte naar de achterkant van de auto. Hij luisterde even, pakte het stuurslot stevig beet en opende toen de kofferbak.

In de schone lucht bij de steengroeve leek de stank ineens erger. De geur van rotting die uit de benauwde ruimte opsteeg, was als een klap in zijn gezicht. Beide lichamen lagen doodstil. Maar toen hij zich naar voren boog om Erika eruit te halen, schoot haar arm ineens uit en sloeg ze hem met een moersleutel op de zijkant van zijn hoofd.

Hij stommelde naar achteren en even zag hij sterretjes, maar toen ze vervolgens uit de kofferbak begon te kruipen, zwaaide hij met het stuurslot en raakte vol de zijkant van haar linkerknie. Kreunend stortte ze ter aarde. Hij deed hetzelfde met haar rechterknie, weer gilde ze het uit van de pijn. Toen greep David haar beet en sleurde haar naar de achterbank.

'Verzet je niet,' zei hij.

'David... Zo hoeft het toch niet te eindigen,' hijgde Erika door de pijn heen, toen ze de enorme plas daarbeneden zag. Haar benen kon ze niet bewegen en een van haar armen, die in de auto onder haar had gelegen, sliep. Ze voelde zich nog steeds wazig van de eerdere klappen, maar deed als een razende haar best om haar hoofd erbij te houden.

Toen David haar ruw in de auto duwde, raakte haar hoofd het deurkozijn. Het portier werd met een klap dichtgegooid. Ze keek om zich heen en zag dat ze op de achterbank zat, recht achter de bestuurdersstoel. Ze ving een glimp op van haar eigen gezicht in de achteruitkijkspiegel. Haar blonde haar zat aan een kant vol bloed en plakte tegen haar schedel, een van haar ogen was zo blauw en dik geworden dat het dichtzat. Ze voelde aan het portier naast haar, maar dat ging niet meer open. Huiverend van de pijn rekte ze zich uit naar de andere kant, maar ook dat portier zat op slot.

Het portier aan de andere kant van de chauffeursstoel werd geopend. Alle lucht werd uit de auto gezogen en vervangen door de stank van de dood. David hield het dode meisje in zijn armen. Ze zag er nog weerzinwekkender uit dan Erika zich had voorgesteld. Ze had lang donker haar, maar haar hele gezicht was opgezwollen, ze had twee blauwe ogen en meerdere snijwonden. Aan de zijkant van haar hoofd waren een paar haarlokken uitgetrokken. Toen Erika naar beneden keek, zag ze ook een paar donkere haarslierten aan haar eigen jas hangen.

David duwde het meisje op de passagiersstoel, haar hoofd zakte meteen opzij. Erika zag dat er een parelachtig waas over haar ogen lag, haar gezwollen tong hing als een grote, donkerpaarse slak uit haar mond.

'David, luister. Ik weet niet wat je van plan bent, maar je zult er echt niet mee wegkomen... Als je je nu overgeeft, kan ik...'

'Jij bent echt een arrogante trut, hè?' beet hij haar tussen de stoelen door toe. 'Daar zit je dan, helemaal verrot geslagen, in een auto ergens in niemandsland... en jij denkt dat ik me aan je ga overgeven.'

'David!'

Hij boog zich naar haar toe en gaf haar een keiharde stomp recht in haar gezicht. Haar hoofd vloog naar achteren en stuiterde tegen het zijraampje. Een ogenblik werd het weer zwart voor haar ogen.

Toen ze opnieuw bijkwam, voelde ze dat er met een klik een autogordel om haar heen werd getrokken. Het volgende ogenblik werd het portier naast haar met een klap dichtgesmeten. David gluurde nog een keer tussen de stoelen door naar haar, terwijl hij de handrem eraf haalde. Erika voelde dat de wielen loskwamen.

'Het schijnt vannacht weer te gaan vriezen,' zei David, waarna hij het chauffeursportier dichtgooide. Een paar seconden later begon de auto te rollen, in de richting van de rand van de steengroeve.

De auto maakte steeds meer snelheid. David, die hem voortduwde, begon te rennen. Een paar meter voor de rand liet hij los. De auto vloog naar voren en verdween over de rand.

Erika voelde dat de wielen de rand van de steengroeve verlieten. Vervolgens leek de horizon wel weg te vliegen en te worden vervangen door iets helderblauws, dat in razende vaart op de voorruit afkwam. David had zowel haar als het dode meisje vastgebonden, maar toch voelde ze de klap tot diep in haar nekwervels. Even werd de auto ondergedompeld in het blauw, toen richtte hij zich weer op en brak door het oppervlak heen, waarna het licht van buiten weer naar binnen knalde. Erika zocht koortsachtig naar de sluiting van de autogordel, maar die ging niet open. David had de ramen een paar centimeter opengelaten, waardoor er nu ijskoud water binnenstroomde, dat de auto razendsnel begon te vullen. Erika had gedacht dat ze nog wel wat tijd zou hebben om te reageren en probeerde de deur, maar die zat nog steeds op het kinderslot. Het water gutste intussen naar binnen, binnen enkele tellen zat ze er al tot aan haar borst in. Erika raakte in paniek en nam een zo diep mogelijke hap adem. Het bulderende geluid vanboven verdween zodra ze onder water was. De auto begon in een angstaanjagend tempo te zinken, steeds dieper en donkerder. Door het gewicht van de motor stevenden ze snel af op een frontale botsing met de bodem van de steengroeve.

De politiehelikopter bereikte net de rand van de oude steengroeve toen ze, diep onder hen, Davids auto over de rand zagen glijden en in het water vallen. Moss en Peterson zaten samen met een politiepiloot in de cabine. Ze onderhielden een open radioverbinding met de meldkamer van Lewisham Row, versterking en een ambulance waren reeds onderweg.

'De verdachte gaat ervandoor,' riep Moss, die de gyroscoopcamera aan de onderkant van de helikopter bediende en de beelden direct doorstuurde naar de meldkamer. 'Zet de politie in de hoogste staat van paraatheid. De verdachte vlucht van de plaats delict, in noordelijke richting, dat is richting Ebbsfleet Station.'

'Shit, stel dat ze in die auto zit? Hoe lang nog voor de versterking er is?' vroeg Peterson.

'Die rijdt op vier tot vijf minuten van jullie vandaan,' meldde Marsh via de radio.

'Inspecteur Foster zit daarin, dat moet wel. Landen, landen, landen!' gilde Moss in de radio. De helikopter daalde vlug. De verpulverde witte kalk uit de steengroeve waaide op hen af. De helikopter had de grond amper geraakt, of Moss en Peterson sprongen er al uit en doken onder de nog draaiende rotorbladen door, met hun handen voor hun ogen tegen het rondvliegende stof. De seconden vlogen voorbij. Beneden in het water zagen ze bubbels naar het oppervlak komen, die in een grote kring bij elkaar kwamen.

'Jullie hebben toestemming om te schieten, maar we willen hem graag levend hebben,' hoorden ze Marsh zeggen.

Peterson rende zo hard als hij kon naar een van de toegangshellingen opzij van de steengroeve.

Moss volgde hem, al roepend in haar radio. 'Er zit waarschijnlijk een agent in die auto die net over de rand is gekieperd. Ik herhaal: er zit een politieagent gevangen in die gezonken auto.'

'Nog drie minuten van jullie verwijderd,' zei een stem.

'Shit, dat is te veel!' riep Moss.

De helikopter hing nu recht boven hen. Hij vloog over de rand van de steengroeve en liet zich zakken tot hij vlak boven de steeds groter wordende kring van bubbels in het water hing. Peterson stond aan de kant van het water. Zonder enige aarzeling trok hij zijn jack uit, gooide zijn vuurwapen aan de kant, waadde het water in en zwom naar het midden. Zijn armen vormden razendsnelle boogjes – links, rechts, links – tot hij bij de plek was waar de auto was gezonken. Daar dook hij onder.

'Rapporteer, alsjeblieft. De verdachte is op de vlucht, hebben we al versterking op Ebbsfleet Station? Ik herhaal, hebben we daar reeds versterking? Als hij godverdomme op de trein weet te stappen...' Dat was Marsh door de radio.

'Ja, versterking is onderweg en het station wordt al afgesloten,' antwoordde een andere stem.

'Moss, rapporteer. Volgens de beelden die we hier zien, is Peterson het water in gedoken.'

'Ja, meneer, rechercheur Peterson is onder water. Ik herhaal, rechercheur Peterson bevindt zich onder water,' zei Moss in haar radio. Ze stond nu ook aan de waterkant.

'Jezus!' riep Marsh uit.

Het bleef even stil op de radio, terwijl de helikopter bulderend boven het water hing en er een ovalen vorm boven liet zakken. Er tikten nog een paar seconden weg.

'Kom op! Alsjeblieft, kom op nou!' riep Moss. Ze stond op het punt om ook het water in te gaan, toen Peterson eindelijk opdook, met Erika's ogenschijnlijk levenloze lichaam in zijn armen.

Boven hen werd de steengroeve opeens gevuld met het gegil van de sirenes van een ambulance, een brandweerwagen en meerdere politieauto's. De helikopter liet een veiligheidslijn tot vlak boven het wateroppervlak zakken, waarna Peterson deze om zichzelf en Erika heen haakte. Toen stak hij zijn beide duimen omhoog en werden ze uit het water omhooggetrokken, waarna ze half gedragen, half gesleept naar de kant werden gebracht, naar waar Moss stond.

'De inspecteur ziet er ernstig gewond uit en lijkt buiten bewustzijn,' zei Moss in haar radio. 'Er loopt een toegangsweg, links van waar jullie zijn aangekomen, naar het water. Ik herhaal, inspecteur Foster reageert niet!' riep Moss.

Peterson en Erika hadden nu de kant van het water bereikt, waar de helikopter hen voorzichtig liet zakken. Meteen renden er vier ambulancemedewerkers over de helling op hen af. Ze maakten Erika los van de veiligheidslijn en legden haar op de grond.

Peterson, die doorweekt aan de waterkant stond te rillen, kreeg vlug een foliedeken over zich heen, daarna stortte het ambulancepersoneel zich op Erika. Er volgde een paar gespannen ogenblikken. En toen hapte Erika opeens naar adem en hoestte wat water op.

'Goed zo, gaat u zo maar liggen,' zei de ambulancemedewerker, terwijl hij haar in de stabiele zijligging legde. Erika hoestte opnieuw, er vloog nog meer water uit haar mond. Toen hijgde ze diep en hapte haar longen vol schone, ijskoude lucht.

'Inspecteur Foster is uit het water en leeft nog,' zei Moss. 'Godzijdank, ze leeft nog.'

83

Erika hoorde een zacht gesis en een ritmisch gepiep, terwijl ze heel langzaam weer iets in beeld kreeg. Ze lag in een ziekenhuiskamer, vlak naast een raam. De luxaflex was gesloten en de zachte gloed van een nachtlampje verlichtte de kamer. Vanuit haar ooghoek zag ze nog een bed. Het beddengoed ervan steeg en daalde op het ritme van het sisgeluid dat ze had gehoord. Ze bewoog haar tong in haar kurkdroge mond. Ze begreep dat de patiënt in het bed naast haar aan de beademing lag.

Blauwe dekens werden over haar heen getrokken, grote delen van haar lichaam waren volkomen gevoelloos: haar benen, een arm, de linkerkant van haar gezicht. Ze voelde geen pijn, er was alleen het onaangename gevoel dat de pijn vlak om de hoek school. Op dit moment zweefde ze er nog hoog boven, maar het zou niet lang meer duren, of ze werd ermee geconfronteerd. Maar voorlopig kon ze er nog overheen drijven en toekijken – verdoofd lichaam, verdoofde emoties.

Ze sloot haar ogen en liet zich meevoeren.

Toen Erika opnieuw ontwaakte, was het donker en zat Marsh naast haar bed. Hij droeg een chic overhemd en zijn leren jas. De pijn begon zich langzaam op te dringen: in haar gezicht, haar benen, haar arm. En ze voelde ook dat ze dichter bij haar emoties kwam. De angst, de herinneringen. Dat ze dacht dat ze zou gaan sterven. Het branden van haar longen, toen ze haar adem niet langer had kunnen inhouden en al dat water had opgezogen. Het dode meisje dat bij haar in die kofferbak had gelegen: haar troebele gezicht toen ze onder water waren gegaan en haar donkere haren die zich als een halo om haar hoofd hadden uitgespreid.

'Het komt weer goed met je,' zei Marsh, terwijl hij voorzichtig Erika's rechterhand pakte. Ze merkte dat de linker was verbonden en dat ze maar aan één kant kon horen – de kant waar Marsh niet zat. 'Je bent geopereerd. Er zit een pin in een van je benen en je hebt een gebroken jukbeen...' Marsh' stem stierf weg. Op zijn schoot lag een bosje druiven dat hij onhandig vastklampte. Het was bijna komisch. 'Maar geen zorgen: je zult volledig herstellen... Ik heb een kaart op je nachtkastje gezet. Iedereen op het bureau heeft er iets op gezet. Je hebt het goed gedaan, Erika. Ik ben trots op je.'

Erika probeerde iets terug te zeggen. Pas bij de derde poging lukte het: 'David?'

'Die is op Ebbsfleet gearresteerd. Hij zit nu in hechtenis, samen met zijn vader, Giles Osborne en Igor Kucerov. Isaac heeft nog eens goed naar het forensisch bewijsmateriaal gekeken en iets gevonden: een paar minuscule haren die waren aangetroffen op het lichaam van Mirka Bratova, het tweede slachtoffer. Ze kwamen overeen met Davids DNA. En Linda heeft een officiële verklaring afgelegd. O, en de forensische recherche heeft zich op de auto gestort. Die is uit de steengroeve getrokken... met het meisje er nog in...'

Marsh glimlachte ongemakkelijk en gaf een kneepje in Erika's hand. 'Maar goed, er is nog genoeg tijd om je alles te vertellen. Wat ik nu echt kwijt wil, is dat ik er voor je ben als je iets nodig hebt. En dat ik hier als je vriend ben... Je krijgt trouwens ook nog de groeten van Marcie. Zij heeft wat toiletspullen voor je gekocht, ik heb ze in je kastje gelegd.'

Erika probeerde te glimlachen, maar de pijn was fel en gemeen aan het worden.

Er kwam een verpleegkundige binnen. Ze keek even op Erika's patiëntenkaart, liep naar het infuus en drukte op een knop.

'Peterson... Ik wil Peterson graag bedanken,' zei Erika.

Er klonk een piepje, waarna Erika iets kouds door haar hand voelde druppelen. Marsh en de ziekenhuiskamer werden wazig en verdwenen in een pijnloze witheid.

EPILOOG

Erika ademde diep in en voelde hoe schone lucht haar longen vulde. Naast haar op de houten bank deed Edward precies hetzelfde. In een aangename stilte keken ze samen naar het moeras, dat zich in groen en bruin voor hen uitstrekte. In de verte was de lucht zwaar van de wolken, die zich in elkaar draaiden tot een blauwzwarte kluwen die langzaam hun kant op kwam.

'Er is onweer op komst,' zei Edward.

'Nog heel even... Ik vind het hier zo mooi. Zelfs het gras is groener in het noorden,' zei Erika.

Edward lachte. 'Is dat een metafoor, lass?'

'Nee, het is echt groener hier.' Ze grijnsde. Toen maakte ze haar blik los van het prachtige uitzicht en keek naar Edward naast haar, diep weggedoken in zijn dikke winterjas. Slechts een smal kiezelpad scheidde Marks grafsteen van de bank waarop ze zaten.

'Ik begin het steeds minder moeilijk te vinden om hier te komen,' zei Edward. 'Als je eenmaal gewend bent geraakt aan die gouden letters, zijn geboortedatum en de dag waarop hij, je weet wel... Ik kom hier vaak met hem praten.'

Erika begon weer te huilen. 'Maar ik weet niet waar ik moet beginnen, wat ik tegen hem moet zeggen,' snikte ze en ze zocht in haar jas naar een zakdoek.

'Gewoon ergens beginnen,' zei Edward, terwijl hij haar een pakje zakdoekjes gaf. Met zachte hand draaide hij haar gezicht naar het zijne. Hij zag dat er weer haar begon te groeien op de plek aan de zijkant van haar hoofd, waar een lange rij hechtingen in was gegaan.

'Oké...' zei ze. Ze trok een zakdoekje uit het pakje en depte haar gezicht ermee droog.

'Weet je wat, ik loop alvast terug en zet de waterkoker aan. Praat jij maar gewoon. Natuurlijk, in het begin voel je je een idioot, maar er is hier helemaal niemand...'

Hij gaf Erika een klopje op haar schouder en liep het pad af. Ze keek hem na. Hij draaide zich nog een keer glimlachend naar haar om, toen liep hij behoedzaam verder tussen de graven, in de richting van het dorp. Ze zag ineens dat hij precies zo liep als Mark.

Ze draaide zich weer naar het graf. 'Nou goed, ik heb dus vijf moorden opgelost... En ik ben op het nippertje ontsnapt aan de moordenaar, tweemaal zelfs,' zei ze. 'Maar dat is niet wat ik je kwam zeggen...'

Haar telefoon rinkelde in haar zak, ze trok hem eruit. Het was Moss.

'Hallo, baas. Het is nu al een paar maanden geleden, dus ik dacht ik bel u eens...'

'Hallo,' zei Erika.

'Bel ik ongelegen?'

'Nee... Nou ja, ik... Ik zit net bij Marks graf.'

'O, shit. Dan bel ik wel terug.'

'Nee nee, dat hoeft niet. Ik probeer met hem te praten. Volgens mijn schoonvader moet ik met hem praten, hij denkt dat het helpt. Ik weet alleen niet wat ik moet zeggen...'

'U zou hem kunnen vertellen dat uw moordenaar in mei terecht moet staan. Hebt u het nieuws van vandaag al gezien? David Douglas-Brown is in staat verklaard om voor de rechter te verschijnen. Sir Simon is uit The House of Lords gezet... En het ziet ernaar uit dat Igor Kucerov opnieuw zal worden berecht voor de moord op Nadia Greco. We wachten alleen nog op het Openbaar Ministerie, in verband met Giles Osborne. Maar ik heb er alle vertrouwen in dat hij zal worden aangepakt vanwege belemmering van de rechtsgang... Bent u daar nog, baas?'

'Ja. En ik heb het gezien. Maar dat wil Mark allemaal niet horen.'

'Als ik onder de groene zoden lag, zou ik ook willen dat mijn vrienden me op de hoogte hielden van wat er boven de grond gebeurde...'

Er viel een stilte. De wind ruiste door het gras, de kluwen van donkere wolken hing nu bijna recht boven Erika.

'Sorry, ik ben misschien een beetje bot,' zei Moss.

'Nee, je bent eerlijk. Dat is nog veel beter. Heeft Peterson mijn kaart gekregen?'

'Ja. Maar u kent hem, hij is het sterke, zwijgzame type. Hij heeft u nog opgezocht in het ziekenhuis, maar toen was u buiten westen.'

'Dat weet ik.'

Er viel weer een stilte.

'Maar eh... wanneer komt u terug, baas?'

'Dat weet ik nog niet. Binnenkort. Van Marsh moest ik zoveel tijd nemen als ik nodig heb. Dus ik blijf nog een poosje hier, bij Edward.'

'Nou, we kijken allemaal uit naar uw terugkomst, baas. U kómt terug, toch?'

'Jazeker, ik kom terug,' zei Erika. 'Ik zal jullie bellen.'

'Goed zo. Nou, geniet er maar van daar. En als u... u weet wel, met Mark praat... doe hem dan de groeten van mij.'

'Dat is wel de raarste boodschap die ik ooit heb moeten doorgeven,' zei Erika droog.

'Ik wilde gewoon dat ik hem had gekend,' zei Moss.

Precies op het moment dat Erika de verbinding verbrak, begon de donder recht boven haar te rommelen. Ze draaide zich weer naar het graf en keek naar de gouden letters op het zwarte graniet.

TER HERINNERING AAN
MARK FOSTER
1 AUGUSTUS 1970 – 8 JULI 2014
VOORGOED IN ONS HART

'Dat is het lastigste woord, Mark,' zei Erika. 'Voorgoed. Ik zal het voorgoed zonder jou moeten stellen. Ik weet nu nog niet hoe ik zonder je kan leven, maar ik zal wel moeten. Om door te kunnen gaan, zal ik je op een gegeven moment moeten loslaten. Want ik moet door, Mark: blijven werken, mijn leven leiden. De meeste tijd denk ik dat ik niet zonder je verder kan, maar ik moet wel. Er is zoveel slechtheid in de wereld. En ik denk dat ik daar alleen mee kan omgaan door te blijven werken. Door te proberen een verschil te maken voor deze wereld.'

Er dreef water over Erika's wang en ditmaal was het eens geen traan. De regen begon te vallen, dikke druppels spatten op de kiezels en op Marks grafsteen.

'Je vader heeft thee voor me gezet... dus ik ga er maar eens vandoor. Maar ik kom terug, dat beloof ik je,' zei ze. En ze stond op, legde haar vingers tegen haar lippen en drukte ze vervolgens op de koude steen, vlak onder Marks naam.

Toen gooide Erika haar tas over haar schouder en zocht haar weg over de begraafplaats, terug naar thee met een plak cake en de warmte van Edwards keuken.

EEN BERICHT VAN ROBERT

Allereerst wil ik je enorm bedanken dat je ervoor hebt gekozen om *Het meisje in het ijs* te lezen. Als je ervan hebt genoten, zou ik het erg fijn vinden als je ook een recensie zou willen schrijven. Die hoeft echt niet lang te zijn, een paar woorden zijn genoeg. Maar zoiets maakt veel verschil en kan nieuwe lezers helpen mijn boeken te ontdekken.

Maar ík wil ook graag van je horen. Wat vond je bijvoorbeeld van inspecteur Erika Foster? Wat zou je willen dat er vervolgens gebeurt? Je kunt contact met me opnemen via mijn Facebookpagina, Twitter, Goodreads of mijn eigen website, die je vindt op: www.robertbryndza.com. Ik lees alles en zal altijd reageren. Er komen nog veel meer boeken en ik hoop dat je met me meegaat!

Robert Bryndza

PS Als je een mailtje wilt zodra mijn volgende boek uitkomt, kun je je via de onderstaande link op mijn mailinglijst laten zetten. Je mailadres zal nooit met derden worden gedeeld en je kunt je op elk gewenst moment weer uitschrijven.

www.bookouture.com/robert-bryndza
www.twitter.com/robertbryndza
www.facebook.com/bryndzarobert

DANKWOORD

Bedankt, Oliver Rhodes, Claire Bord, Keshini Naidoo, Kim Nash en het geweldige team van Bookouture. Jullie zijn ongelooflijk en ik ben enorm blij dat ik met jullie mag samenwerken. (En bedankt dat jullie me niet hebben uitgelachen, toen ik in die eerste mail schreef dat ik ernaar had gesmacht om een misdaadroman te schrijven!)

Speciale dank aan Claire Bord, voor al je steun en omdat je me ertoe hebt aangezet dit boek beter te maken dan ik ooit had durven dromen.

Bedankt, Henry Steadman, voor de geweldige cover en bedankt, Gabrielle Chant, voor het met zorg en precisie redigeren van het manuscript. En bedankt, Angela Marsons, voor je vriendschap en steun en omdat je me hebt aangemoedigd om ervoor te gaan. En zoals altijd, bedankt, Stephanie Dagg.

Dank aan mijn schoonmoeder, Vierka, die wel helderziend lijkt als ik het zo moeilijk heb met schrijven dat het laat wordt, waarop zij voor mijn deur staat met een heerlijke warme hap, liefde en vriendelijkheid, waar ik altijd weer van opvrolijk.

En dank aan mijn echtgenoot, Ján, die het op de een of andere manier voor elkaar krijgt om me aan te moedigen en te prijzen als dat nodig is, maar er ook niet voor terugdeinst om te schreeuwen, om te zorgen dat ik me aan mijn deadlines houd. Laat maar komen, al die lof en aansporingen, en dat geschreeuw kan ik ook niet missen. Zonder jouw *tough love* en onwankelbare vertrouwen zou ik nog steeds lopen zwoegen in een baan waar ik niets mee had, ervan dromend dat ik schrijver wilde worden.

En als laatste, dank aan alle fantastische lezers en Book-bloggers, zowel de nieuwe die mijn werk nog maar net hebben ontdekt, als degenen die mijn werk al volgen vanaf Coco Pinchard tot aan het misdaadgenre. Mond-tot-mondreclame werkt echt: als jullie allen niet over mijn boeken kletsen en bloggen, zou ik veel minder lezers hebben. Bedankt. Ik had toch gezegd dat het een spannende rit zou worden!

LEES MEER VAN

Robert Bryndza

Het zijn stuk voor stuk alleenstaande mannen. Allemaal met een teruggetrokken en een weinig opmerkelijk leven. Ze zijn ook allemaal dood.

Midden in een broeierig hete zomernacht wordt inspecteur Erika Foster opgeroepen. Een dokter is thuis in zijn bed gevonden, gestikt. Zijn polsen zijn vastgemaakt en zijn ogen puilen uit door de doorschijnende plastic zak die strak om zijn hoofd is gebonden. Een paar dagen later wordt een tweede slachtoffer gevonden, in exact dezelfde omstandigheden. Wat linkt de slachtoffers aan elkaar en aan hun moordenaar? Waarom is er zo weinig bekend over hun verleden? Als Erika en haar team de zaak onderzoeken, stuiten ze op een zeer berekenende dader, die zijn prooi al lang van tevoren stalkt – en dan op het juiste moment toeslaat.

Verkrijgbaar als
e-book
& papieren boek

LEES MEER VAN

Robert Bryndza

Wanneer inspecteur Erika Foster een tip krijgt dat er bewijsmateriaal voor een grote narcoticazaak verstopt ligt in een ongebruikte groeve in een buitenwijk van Londen, gaat ze direct tot een zoekactie over. In de dikke modder worden inderdaad drugs gevonden, maar ook het skelet van een kind. De overblijfselen worden snel geïdentificeerd als de elfjarige Jessica Collins: het vermiste meisje dat zesentwintig jaar geleden overal in het nieuws was.

Om het verband tussen de nieuwe en de oude zaak te vinden, moet Erika dieper graven en meer zien te ontdekken over de uiteengevallen familie Collins en de oude inspecteur die destijds op deze zaak was gezet: een vrouw die nog altijd wordt geplaagd door het trauma van de onopgeloste moord. Al snel realiseert Erika zich dat iemand niet wil dat deze zaak ooit wordt opgelost, en dat die persoon er alles aan doet om te voorkomen dat Erika de waarheid achterhaalt. Is de dader dichterbij dan ze denkt?

Verkrijgbaar als
e-book
& papieren boek